中国语言文学文库·典藏文库

吴承学　彭玉平　主编

中国文学批评简史

黄海章　著

中山大学出版社
·广州·

版权所有　翻印必究

图书在版编目（CIP）数据

中国文学批评简史/黄海章著． —广州：中山大学出版社，2018.12
（中国语言文学文库·典藏文库/吴承学，彭玉平主编）
ISBN 978-7-306-06430-1

Ⅰ. ①中… Ⅱ. ①黄… Ⅲ. ①中国文学—文学批评史—古代
Ⅳ. ①I206.09

中国版本图书馆 CIP 数据核字（2018）第 203812 号

出 版 人：王天琪
策划编辑：嵇春霞
责任编辑：林彩云
封面设计：曾　斌
责任校对：罗雪梅
责任技编：何雅涛
出版发行：中山大学出版社
电　　话：编辑部 020-84110771，84113349，84111997，84110779
　　　　　发行部 020-84111998，84111981，84111160
地　　址：广州市新港西路 135 号
邮　　编：510275　　传　　真：020-84036565
网　　址：http://www.zsup.com.cn　E-mail：zdcbs@mail.sysu.edu.cn
印 刷 者：佛山市浩文彩色印刷有限公司
规　　格：787mm×1092mm　1/16　20.25 印张　343 千字
版次印次：2018 年 12 月第 1 版　2019 年 9 月第 2 次印刷
定　　价：76.00 元

如发现本书因印装质量影响阅读，请与出版社发行部联系调换

中国语言文学文库

##

主　编　吴承学　彭玉平

编　委（按姓氏笔画排序）

　　　　王　坤　王霄冰　庄初升

　　　　何诗海　陈伟武　陈斯鹏

　　　　林　岗　黄仕忠　谢有顺

总　序

吴承学　彭玉平

中山大学建校将近百年了。1924年，孙中山先生在万方多难之际，手创国立广东大学。先生逝世后，学校于1926年定名为国立中山大学。虽然中山大学并不是国内建校历史最长的大学，且僻于岭南一地，但是，她的建立与中国现代政治、文化、教育关系之密切，却罕有其匹。缘于此，也成就了独具一格的中山大学人文学科。

人文学科传承着人类的精神与文化，其重要性已超越学术本身。在中国大学的人文学科中，中国语言文学学科的设置更具普遍性。一所没有中文系的综合性大学是不完整的，也几乎是不可想象的。在文、理、医、工诸多学科中，中文学科特色显著，它集中表现了中国本土语言文化、文学艺术之精神。著名学者饶宗颐先生曾认为，语言、文学是所有学术研究的重要基础，"一切之学必以文学植基，否则难以致弘深而通要眇"。文学当然强调思维的逻辑性，但更强调感受力、想象力、创造力和语言表达能力。有了文学基础，才可能做好其他学问，并达到"致弘深而通要眇"之境界。而中文学科更是中国人治学的基础，它既是中国文化根基的重要组成部分，也是中国文明与世界文明的一个关键交集点。

中文系与中山大学同时诞生，是中山大学历史最悠久的学科之一。近百年中，中文系随中山大学走过艰辛困顿、辗转迁徙之途。始驻广州文明路，不久即迁广州石牌地区；抗日战争中历经三迁，初迁云南澄江，再迁粤北坪石，又迁粤东梅州等地；1952年全国高校院系调整，始定址于珠江之畔的康乐园。古人说："艰难困苦，玉汝于成。"对于中山大学中文系来说，亦是如此。百年来，中文系多番流播迁徙。其间，历经学科的离合、人物的散聚，中文系之发展跌宕起伏、曲折逶迤，终如珠江之水，浩浩荡荡，奔流入海。

康乐园与康乐村相邻。南朝大诗人谢灵运,世称"康乐公",曾流寓广州,并终于此。有人认为,康乐园、康乐村或与谢灵运(康乐)有关。这也许只是一个美丽的传说。不过,康乐园的确洋溢着浓郁的人文气息与诗情画意。但对于人文学科而言,光有诗情是远远不够的,更重要的是必须具有严谨的学术研究精神与深厚的学术积淀。一个好的学科当然应该有优秀的学术传统。那么,中山大学中文系的学术传统是什么?一两句话显然难以概括。若勉强要一言以蔽之,则非中山大学校训莫属。1924年,孙中山先生在国立广东大学成立典礼上亲笔题写"博学、审问、慎思、明辨、笃行"十字校训。该校训至今不但巍然矗立在中山大学校园,而且深深镌刻于中山大学师生的心中。"博学、审问、慎思、明辨、笃行"是孙中山先生对中山大学师生的期许,也是中文系百年来孜孜以求、代代传承的学术传统。

一个传承百年的中文学科,必有其深厚的学术积淀,有学殖深厚、个性突出的著名教授令人仰望,有数不清的名人逸事口耳相传。百年来,中山大学中文学科名师荟萃,他们的优秀品格和学术造诣熏陶了无数学者与学子。先后在此任教的杰出学者,早年有傅斯年、鲁迅、郭沫若、郁达夫、顾颉刚、钟敬文、赵元任、罗常培、黄际遇、俞平伯、陆侃如、冯沅君、王力、岑麒祥等,晚近有容庚、商承祚、詹安泰、方孝岳、董每戡、王季思、冼玉清、黄海章、楼栖、高华年、叶启芳、潘允中、黄家教、卢叔度、邱世友、陈则光、吴宏聪、陆一帆、李新魁等。此外,还有一批仍然健在的著名学者。每当我们提到中山大学中文学科,首先想到的就是这些著名学者的精神风采及其学术成就。他们既给我们带来光荣,也是一座座令人仰止的高山。

学者的精神风采与生命价值,主要是通过其著述来体现的。正如司马迁在《史记·孔子世家》中谈到孔子时所说的:"余读孔氏书,想见其为人。"真正的学者都有名山事业的追求。曹丕《典论·论文》说:"盖文章,经国之大业,不朽之盛事。年寿有时而尽,荣乐止乎其身,二者必至之常期,未若文章之无穷。是以古之作者,寄身于翰墨,见意于篇籍,不假良史之辞,不托飞驰之势,而声名自传于后。"真正的学者所追求的是不朽之事业,而非一时之功名利禄。一个优秀学者的学术生命远远超越其自然生命,而一个优秀学科学术传统的积聚传承更具有"声名自传于后"的强大生命力。

为了传承和弘扬本学科的优秀学术传统，从 2017 年开始，中文系便组织编纂中山大学"中国语言文学文库"。本文库共分三个系列，即"中国语言文学文库·典藏文库""中国语言文学文库·学人文库"和"中国语言文学文库·荣休文库"。其中，"典藏文库"（含已故学者著作）主要重版或者重新选编整理出版有较高学术水平并已产生较大影响的著作，"学人文库"主要出版有较高学术水平的原创性著作，"荣休文库"则出版近年退休教师的自选集。在这三个系列中，"学人文库""荣休文库"的撰述，均遵现行的学术规范与出版规范；而"典藏文库"以尊重历史和作者为原则，对已故作者的著作，除了改正错误之外，尽量保持原貌。

　　一年四季满目苍翠的康乐园，芳草迷离，群木竞秀。其中，尤以百年樟树最为引人注目。放眼望去，巨大树干褐黑纵裂，长满绿茸茸的附生植物。树冠蔽日，浓荫满地。冬去春来，墨绿色的叶子飘落了，又代之以郁葱青翠的新叶。铁黑树干衬托着嫩绿枝叶，古老沧桑与蓬勃生机兼容一体。在我们的心目中，这似乎也是中山大学这所百年老校和中文这个百年学科的象征。

　　我们希望以这套文库致敬前辈。

　　我们希望以这套文库激励当下。

　　我们希望以这套文库寄望未来。

2018 年 10 月 18 日

吴承学：中山大学中文系学术委员会主任、教授，长江学者特聘教授
彭玉平：中山大学中文系系主任、教授，长江学者特聘教授

目 录

上 编

一、概 说 ... 3
二、儒家的文学观 ... 7
 （一）孔子（前551—前479）... 7
 （二）孟子（前372—前289）... 9
 （三）荀子（前298—前238）... 10
 （四）在《礼记·乐记》和《诗大序》中所见到的一些文学论点
  ... 10
三、道家思想对于文学批评的影响 ... 15
 （一）老子（约前517—前471）... 15
 （二）庄子（前369—前286）... 16
四、两汉的文学批评 ... 18
 （一）司马迁对《离骚》的批评 ... 18
 （二）班固对《离骚》的批评 ... 20
 （三）王逸对《离骚》的批评 ... 20
 （四）扬雄、班固对辞赋的批评 ... 21
 （五）王充的文学观 ... 23
五、魏晋的文学批评 ... 29
 （一）曹丕（187—226）... 29
 （二）陆机（261—303）... 32
 （三）葛洪（284—364）... 37
六、南北朝的文学批评 ... 42
 （一）刘勰（465—520）... 42
 （二）钟嵘（约468—约518）... 59
 （三）颜之推（531—591）... 66

七、唐代的文学批评 … 71
- （一）陈子昂（661—701） … 71
- （二）李白（701—762） … 74
- （三）杜甫（712—770） … 76
- （四）白居易（772—846） … 78
- （五）韩愈（768—824） … 84
- （六）柳宗元（773—819） … 89
- （七）司空图（837—908） … 92

八、宋代的文学批评 … 98
- （一）欧阳修（1007—1072） … 98
- （二）王安石（1021—1086） … 101
- （三）苏轼（1037—1101） … 103
- （四）黄庭坚（1045—1105） … 107
- （五）严羽（约1192—约1245） … 112

九、金代的文学批评 … 117
- 元好问（1190—1257） … 117

十、明代的文学批评 … 125
- （一）复古派 … 125
  - 李梦阳（1472—1529） 何景明（1483—1521） … 125
- （二）反复古的公安派 … 128
  - 袁宏道（1568—1610） … 128
- （三）由反复古而走到另一种形式主义的竟陵派 … 130
  - 钟惺（1572—1624） 谭元春（1586—1637） … 130
- （四）李贽（1527—1602） … 131
- （五）黄宗羲（1610—1695） … 133
- （六）顾炎武（1613—1681） … 138
- （七）王夫之（1619—1692） … 140

十一、清代的文学批评 … 144
- （一）王士禛（1634—1711） … 144
- （二）沈德潜（1673—1769） … 147
- （三）桐城派的古文 … 152
  - 方苞（1668—1749） … 152

　　　　刘海峰（1698—1780） ················· 153
　　　　姚鼐（1731—1815） ·················· 154
　　（四）叶燮（1627—1703） ················· 157
　　（五）袁枚（1715—1797） ················· 162
　　（六）章学诚（1738—1801） ················ 168

下　编

十二、近代的文学批评 ····················· 177
　　（一）龚自珍（1792—1841） ················ 177
　　（二）魏源（1794—1856） ················· 185
　　（三）李兆洛（1769—1841） ················ 192
　　（四）刘熙载（1813—1881） ················ 197
　　（五）黄遵宪（1848—1905） ················ 212
　　（六）康有为（1858—1927） ················ 220
　　（七）谭嗣同（1865—1898） ················ 227
　　（八）梁启超（1873—1929） ················ 233
　　（九）严复（1854—1921） ················· 241
　　（十）章炳麟（1868—1936） ················ 249
　　（十一）王国维（1877—1927） ··············· 257
　　（十二）刘师培（1884—1919） ··············· 270
　　（十三）况周颐（1861—1926） ··············· 278
　　（十四）黄侃（1886—1935） ················ 284

附：三家 ··························· 292
　　（一）陈廷焯（1853—1892） ················ 292
　　（二）林纾（1852—1924） ················· 298
　　（三）陈衍（1856—1937） ················· 304

整理后记 ··························· 309

一、概　说

　　中国文学批评史包括阐述中国文学理论的发展及其演变的历史，其中自然包括对历代某些作家和作品的批评。它产生的程序，可约述如下：中国最古的文学作品，是劳动人民的歌谣。在未有文字以前，已经保留在口头上。等到文字制作出来，便把这些口传的歌谣记录下来，一代一代地传下去。他们制作的动机，是"饥者歌其食，劳者歌其事"，绝不是有什么文学理论来指导他们。现在《诗经》中的《国风》，绝大部分是民间的歌谣。它反映了当时的社会现实和人民生活的状况，但我们却不能从里面看出有什么文学理论来做指导。《雅》《颂》两部分，不管它是讽刺时政的亦好，颂扬君主的功德、阐扬祖宗的遗烈、赞颂神明的威灵的亦好，也总不能说是受到什么文学理论的指导才写出来。所以文学作品是先于文学理论，这是毫无疑义的。

　　就文学批评来说，也是在作品已经流行以后才产生出来。譬如有了《诗经》，读诗的人，才各提出他们不同的看法。孔子以为："诗可以兴，可以观，可以群，可以怨。"[①]　"诗三百，一言以蔽之，曰，思无邪。"[②]孟子以为："说诗者不以文害辞，不以辞害志。以意逆志，是为得之。"[③]"颂其诗，读其书，不知其人可乎？是以论其世也。"[④]荀子以为诗在阐明"圣道之归"[⑤]。汉代的儒家，提出"诗教"和"美刺"的看法（这些内容，在下一节《儒家的文学观》中再加以阐述）。他们的出发点，各有不同，结论也不全一致，而且都不是完整的批评，但总不能不说是雏形的文学批评。而这种批评，不能不产生在作品流行以后，也是毫无疑义的。

　　从文人的制作来说，先有屈原的《离骚》，而后有淮南王刘安、司马

[①]《论语·阳货》。
[②]《论语·为政》。
[③]《孟子·万章》篇上。
[④]《孟子·万章》篇下。
[⑤]《荀子·儒效篇》。

迁、王逸等对《离骚》的看法。先有司马相如、扬雄一般辞赋的制作，而后有王充、班固、刘勰等对辞赋的批评。它的发生程序也和前面所说的一样。但是，一种文学批评产生以后，它也能反过来给文学以重大的影响，这也是毫无疑义的。

关于文学理论和批评，首先散见于六经、诸子当中，是片面的、破碎的。时代愈演愈进，才有专门从事文学批评的人。如曹丕的《典论论文》、陆机的《文赋》、挚虞的《文章流别》等。再后才有总结前人的经验、提出自己的看法、比较完整的文学批评著作产生，如刘勰的《文心雕龙》、钟嵘的《诗品》等。在唐人的诗文集中，也可以找到许多文学理论和批评。宋元以降，则变为诗话、词话、曲话而出现。如南宋严羽的《沧浪诗话》、胡仔的《苕溪渔隐丛话》，明胡应麟的《诗薮》，清李渔的《曲话》、叶燮的《原诗》、赵云崧的《瓯北诗话》、焦循的《剧说》、刘熙载的《艺概》，以及况周颐的《蕙风词话》、王国维的《人间词话》，等等。这些都是比较有条理系统可寻的。他们的理论也比较深入一些（自然，有很大部分的诗话，是支离破碎的）。这种由破碎而逐渐趋于完整的倾向，是我们应当注意的第一点。

在古代文学理论和批评中，有些是含有现实主义文学的因素，可以推动文学向前发展的，有些是偏于唯美主义、形式主义，会把文学拉向后退的。文学史上进步的、向上的和落后的、反动的两种矛盾的斗争，在文学批评史上也同样地显现出来。譬如刘勰主张："情者，文之经。辞者，理之纬。经正而后纬成，理定而后辞畅。"（《文心雕龙·情采篇》）以为文学的内容决定了形式。和沈约、王融的提倡声病，颜延之、谢庄、任昉的提倡用典，用人为的枷锁来束缚自然的情感思想的发展，使内容服从于形式的相比，显然前者是进步的、向上的，后者是落后的、反动的。但是这两种斗争，不必一定在同一时期出现。譬如东汉辞赋盛行，造成文坛上虚伪浮夸的作风，王充对这种作风加以否定，以为文章要能"立真伪之平，定善恶之实。非苟调文饰辞，为奇伟之观也"。他虽然是站在反辞赋方面，但在当时却没有大力阐扬辞赋的文学批评家和王充形成对抗的形势。说王充和这种反现实主义的逆流做斗争则可，说他和反现实主义的文学批评家做斗争则不可。又如唐代韩愈的古文运动，可以说是反齐梁骈俪文学的运动，使文学重新和政治社会发生密切的联系。但同时，并没有旗帜鲜明地要继承齐梁文坛风气的文学批评家和他展开剧烈的斗争。双方斗争同时出现，却以明清两代为最著。如公安、竟陵之于前后七子，袁枚之于沈德潜，但这并不是常有的状态。这是我们应当注意的第二点。

又在过去号称进步的向上的文学批评家中，他们自身也有许多矛盾，也有一些落后的反动的因素。譬如刘勰，看到了文学和时代的关系、文学和作者个性的关系、内容和形式的关系，以及文学常在变化发展当中，等等，是相当进步的。可是他过于推崇孔子和六经，以为"征之周孔，则文有师"①。"百家腾跃，终入环内。"② 过于强调政治对文学的影响，和君主提倡文学的作用，③ 这些都是比较落后的见解。又如钟嵘在南朝竞尚浮靡的风气中，反对用典，反对声病，反对崇尚玄虚，这些都是比较进步的意见。然而他在《诗品》中，却把陆机、潘岳列在上品，陶潜、鲍照列在中品，曹操列在下品，这显然是还受到当时崇尚声律辞藻的限制，不能说是合理的批评。我们在这种交互错综的情况下，对一些进步的、向上的文学理论和批评，自然要加以充分地吸收，但对其中落后的、反动的成分，也要加以严格地批判。这样，才不会迷信古人，才能够达到古为今用的目的。反过来说，在某些落后的文学批评家中，有某些部分还是值得肯定的，也不要采取一笔抹杀的态度。譬如沈约，是趋向形式主义、唯美主义的作家，但他说"文章当从三易：易见事，一也；易识字，二也；易诵读，三也"（见《颜氏家训·文章篇》）。这还不失为一种合理的意见，不能随便加以否定。这是我们应注意的第三点。

最后是在进步的、向上的和落后的、反动的两种矛盾的斗争中，胜利是属于前者而不是后者。譬如，由东汉以至南朝，辞赋派虚伪浮夸的作风已经达到高度，但是经过了王充、刘勰、钟嵘这些文学批评家严厉地抨击以后，现实主义的文学潮流在潜滋暗长。到了唐代，便形成了陈子昂的诗坛革新运动和韩愈的古文运动（自然，这两种运动的产生，有其主要的社会根源）。明代前后七子的复古思潮，经过李贽、袁中郎、汤显祖、徐文长诸人的反对，以后便被打得落花流水。清代盛行的桐城派，直到五四运动以前，在文坛还有相当的力量。他们专门讲求文章的神理、气味、格律、声色，内容非常空洞，摆脱不了形式主义的窠臼。然而五四运动的发

---

① 《文心雕龙·征圣》。
② 《文心雕龙·宗经》。
③ 《文心雕龙·时序》。

生，由于李大钊同志等的领导，马列主义文艺理论的输入，却把它摧毁得干干净净。在新民主主义革命的阶段，毛泽东同志的文艺思想更如旭日东升，资产阶级的文艺思想已经被打垮了。我们回顾过去，有不少优秀的文学理论可以供我们吸收，来丰富我们现代文学的内容，同时也感到要积极地发挥创造性，才能够在世界上开出奇异的鲜花。

二、儒家的文学观

(一) 孔　子（前551—前479）

儒家对文学的看法，散见于《论语》《孟子》《荀子》《易经》《礼记》和《尚书》等书中。《论语》中记载孔子对《诗》的见解说：

诗可以兴，可以观，可以群，可以怨。(《阳货》)

这是说明诗有兴观群怨的作用。什么叫作"兴"？依孔安国的解释，"兴"就是"引譬连类"，即"由彼及此"。具体来说，即"触物起情"。从作者本身来说，即由于自然的景物或社会上某种事象，触动了他主观的感情，因而写成了诗篇。从读者本身来说，是透过这种作品的内容，而获得了很大的感染。有如朱熹所说的"感发意志"。什么叫作"观"？依郑玄的解释是："观风俗之盛衰。"因为诗是反映社会真实的。作者本身，固然意在反映社会的真实，读诗的人透过这种作品，可以更清楚地认识当时人类社会真实的面貌。什么叫作"群"？依孔安国的解释是："群居相切磋。"诗已然有感染群众的力量，当然也就有教育群众的作用，使读者的心理和性格受到了很大的影响。什么叫作"怨"？孔安国说："刺上政也。"我们试看："幽厉昏而板荡怒，平王微而黍离哀。"(《文心雕龙·时序》)《伐檀》①之诗，刺在

---

① 《伐檀》(魏风)：

坎坎伐檀兮，置之河之干兮，河水清且涟猗！不稼不穑，胡取禾三百廛兮？不狩不猎，胡瞻尔庭有县（悬）貆兮？彼君子兮，不素餐兮！

坎坎伐辐兮，置之河之侧兮，河水清且直猗！不稼不穑，胡取禾三百亿兮？不狩不猎，胡瞻尔庭有县（悬）特兮？彼君子兮，不素食兮！

坎坎伐轮兮，置之河之漘兮，河水清且沦猗！不稼不穑，胡取禾三百囷兮？不狩不猎，胡瞻尔庭有县（悬）鹑兮？彼君子兮，不素飧兮！

位贪鄙。《硕鼠》①刺人君重敛,诛剥人民。这都是很好的例证。诗不仅有讽刺统治阶级的巨大作用,也显示出人民对腐恶的统治者反抗的思想感情。孔子的这段话,看起来虽很简单,然而把诗的感染性、社会性、讽刺性及其教育作用,都概括地说出来了。

不过,孔子还不免是旧制度的维护者,有其进步的一面,亦有其落后的一面。所以在兴观群怨的后面,便提到"迩之事父,远之事君",希望人们受到了诗的涵养以后,能为君父服务。至于"多识于鸟兽草木之名",那就无关大体了。

《论语·为政篇》又说:

《诗》三百,一言以蔽之,曰,思无邪。

关于思无邪的解释,各家互有出入。程子说:"思无邪,诚也。"朱子说:"凡诗之言,善者可以感发人之善心,恶者可以惩创人之逸志,其用归于使人得其性情之正而已。"

程子的看法,是从作诗者本身出发。这里也可以分作两层意思:第一,以为三百篇诗,总括起来,都是表达人们真实的思想情感。("诚"可解为"实")"实"和"伪"互相对待,三百篇诗,都是诗人们真实的思想情感的流露,没有一点虚伪。第二,三百篇诗都是表达诗人诚正的思想的。

前一种的解释是比较进步的,但和孔子尊重封建伦理道德的意义有很大的出入。后一种把"无邪"解作"诚正","邪"和"正"互相对待,郑卫之风,在今天看来,多是男女的恋歌,有它不可磨灭的价值,但是从封建伦理道德的角度看来,总不能不发生很大的抵触。孔子也曾说"放郑声""郑声淫"呢!那么,所谓"三百篇诗,都是表达诗人诚正的思想

---

① 《硕鼠》(魏风):

硕鼠硕鼠,无食我黍!三岁贯女(汝),莫我肯顾。逝将去女(汝),适彼乐土。乐土乐土,爰得我所。

硕鼠硕鼠,无食我麦!三岁贯女(汝),莫我肯德。逝将去女(汝),适彼乐国。乐国乐国,爰得我直。

硕鼠硕鼠,无食我苗!三岁贯女(汝),莫我肯劳。逝将去女(汝),适彼乐郊。乐郊乐郊,谁之永号?

的",便不可通了。

朱子以为诗的本身,虽有善恶之不同,但都起着教育人们的作用。这种解释是比较说得通的。我们今天对遗留下来的古典文学,也认为有些是可作为正面教材的,有些是可作为反面教材的呢!诚然,朱熹把郑卫之风多指为淫秽之诗,对于"男女相与咏歌,各言其情"的作品,不能认识它真正的价值,但对于尊重封建伦理道德的儒家来说,他的解释还不会违背孔子原来的意思呢!

(二) 孟 子（前372—前289）

孟子对诗的见解是:
(1) 知人论世。
《万章篇》下说:

> 颂其诗,读其书,不知其人可乎? 是以论其世也。

无论哪一家的作品,都是作者所处的时代、生活的经历和思想情感的反映。如果对他的身世毫无所知,作品的思想内容便无从认识,所得出来的结论,便不免成为个人的臆见。所以必先论世,才可以知人;知人,才可以透视他作品的内容,而获得真正的领会。这种着重客观的研究方法,是比较可靠的。

(2) 以意逆志。
《万章篇》上说:

> 说诗者不以文害辞,不以辞害志。以意逆志,是为得之。

他以为说诗的须通过主观的体会,才能探索出作者的心理。如果仅从词句的表面上看,常不免陷于错误。譬如《云汉》之诗说:"周余黎民,靡有孑遗。"并非真正经过旱灾以后,一个人都没有,不过突出地描写旱灾严重的损害而已!又如"嵩高维岳,峻极于天"（《大雅》）,是极意形容其高。"谁谓河广,曾不容刀"（《国风》）,是极意形容其狭。"千禄百福,子孙千亿"（《大雅》）,是极意形容其多。"周原膴膴,堇荼如饴"（《大雅》）,是极意形容土味的膏腴。这些都是运用夸张的手法来突出表现的。如果"以辞害志",许多浪漫主义的作品,便无从理解了。从这方面看来,孟子的话是合理的。

但是,把以意逆志的方法推演出来,往往成为主观的武断,完全陷入唯心主义的泥沼。孟子为要阐明他王道的主张,对齐宣王的好勇、好货、好色,都引《诗》来证明他无碍王道的推行(见《梁惠王》下),这完全是强人以就我,并非通过作品来看作者的意旨。这样,就完全不可信赖了。

我们所着重的,还是在知人论世一方面。因为它是植根于社会的,从作者的生活实践来探索的,是有其客观的基础的。我们对这方面有清楚的了解,再加上主观的体会,虽然批评不见得十分中肯,也不致离题万里了。纯然"以意逆志",必然导致非常荒谬的结论!

(三) 荀　子（前298—前238）①

荀子对诗的看法,完全着重在"阐明圣道之旨归"。《正论篇》说:"故凡言议期命是非,以圣王为师。"《非相篇》说:"凡言不合先王,不顺礼义,谓之奸言。"《儒效篇》说:"圣人也者,道之管也。天下之道管是矣,百王之道一是矣,故诗书礼乐之道归是矣。"

"圣王之道",是一切言论思想的标准,《诗》《书》《礼》《乐》,均以圣道为归。他尽管说"诗是言其志也"(《儒效篇》),然而所谓志,并非作者自己的思想感情,而是在阐发圣人之志。把一切言论思想统一于圣人,把《诗》《书》《礼》《乐》都作为阐发圣道的工具,这可说是后代"文以载道"的先河。它的好处,是把文学和道德教育紧密地联系在一起,它的流弊,是忽视了文学的社会根源,泯灭了作者的个性,扼杀了文学独立的生命,把它当作经典的附庸。

(四) 在《礼记·乐记》和《诗大序》中所见到的一些文学论点

《礼记·乐记》说:

> 凡音之起,由人心生也。人心之动,物使之然也。感于物而动,故形于声。声相应,故生变。变成方谓之音。比音而乐之,及干戚羽

---

① 关于荀子的生卒年众说纷纭,此系根据汪中《述学·荀卿子年表》推算,托始于赵惠文王楚顷襄王之元年,终于春申君之死,凡六十年。

旄,谓之乐。乐也者,音之所由生也,其本在人心之感于物也。

　　凡音者,生人心者也。情动于中,故形于声。声成文,谓之音。是故治世之音安以乐,其政和,乱世之音怨以怒,其政乖,亡国之音哀以思,其民困。声音之道,与政通矣。

　　诗,言其志也。歌,咏其声也。舞,动其容也。

　　故歌之为言也,长言之也。说之,故言之。言之不足,故长言之。长言之不足,故嗟叹之。嗟叹之不足,故不知手之舞之足之蹈之也。

把诗歌、音乐、舞蹈三者合为一体,以为都是人类情感的表现。那么,"情动于中,故形于声",便不仅指音乐而言,诗歌也包括在内。从音乐中表达出来的安乐之音、怨怒之音、哀思之音,可以看出政治的好坏和国家的治乱兴亡,也可以同样理解为从诗歌中所表达出来的安乐、怨怒、哀思的呼声,可以看出政治的好坏和国家的治乱兴亡。为什么能够这样?因为诗歌是人类内心情感迸发出来的东西,而"人心之动,物使之然""感于物而动,故形于声"。具体地说,是由于客观自然景物或社会现象种种刺激才产生的。诚然,物质是第一性的,思维是第二性的,对于这种正确的结论,古代哲人受着历史的限制,完全无法看到,但是他们不会把情感当作自然波动的东西,认为它的产生有其物质上的基础,认为诗歌、音乐可以反映社会人生真实的状态,在当时来说,总算是具有很大的进步意义的。

《礼记·表记》说:"情欲信,辞欲巧。"

《易·系辞》(下)说:"其旨远,其辞文。"

《尚书·周书》说:"辞尚体要,弗惟好异。"

《尚书·虞书》说:"诗言志,歌永言。声依永,律和声。"

从这些记载中可以看出,儒家对于文学的内容和形式互相联系的问题,曾做初步的提出。"情欲信",是要有真实无伪的感情。"辞欲巧",是要有精巧的文辞来表达。"其旨远",是要有高远的理想。"其辞文",是要用美丽的文辞来发抒。"修辞立其诚"和"辞尚体要",意在说明先要有真实的思想感情来做内容,才不会流为形式主义、唯美主义。诚然,对于这些单辞只义,我们不能添油加醋把它说成古代文学理论一种重大的发明,但说它含有进步的因素,却并非穿凿附会。

《虞书》诗言志一段,说明诗歌音律合一的原理,和《乐记》相为表里,也是颇有价值的。

在《礼记·经解》中，又提出诗教问题。孔子曰："入其国，其教可知也。其为人也，温柔敦厚，诗教也。"

《正义》曰："温，谓颜色温润。柔，谓性情和柔。诗依违讽谏，不指切事情，故云温柔敦厚，是诗教也。"

所谓"依违讽谏，不指切事情"，即用委婉含蓄之辞，来寄托讽喻的意义，而非露骨地指斥。读诗的人，受了这种暗示，可以潜移默化。《礼记》一书，人多谓西汉初期经生所述，其言当属可信。在《论语》中记载孔子论诗的凡好几节，都没有谈到温柔敦厚。从《诗经》本身来看，如《巷伯》之诗，"取彼谮人，投畀豺虎，豺虎不食，投畀有北，有北不受，投畀有昊"，表示对谮人极度的憎恶。《伐檀》之诗，"不稼不穑，胡取禾三百廛兮？不狩不猎，胡瞻尔庭有县貆兮？彼君子兮，不素餐兮！"对那些残酷剥削人民的统治者，也直接加以有力的抨击，这些都绝对说不上温柔敦厚。汉初的儒生，为了麻醉人民，消解他们强烈反抗统治者的心理，因而制造出这种原则来，所起的坏的影响是很大的。

但是从另一个角度看来，温柔敦厚，不直接指斥，便有注重含蓄的意义在内。一篇作品富有"弦外之音，言外之意"，耐人反复咀嚼，这也是一种艺术表现手法，同时也还是属于讽刺的诗篇。不过直接标出温柔敦厚来，作为一种教育，意在培养统治阶级的顺民，便成为一种反动的理论。

此外，还有《诗大序》一篇，或以为卜子夏作，或以为东汉卫宏作，大概系代表汉代儒生说诗的意见。它的出现，是在《礼记·乐记》之后。它的理论，大部分是从《乐记》搬来的。如"情动于中，而形于言"，至"不知手之舞之足之蹈之也"一段，说明诗乐舞合一，固完全根据《乐记》。"情发于声，声成文谓之音"，至"亡国之音哀以思，其民困"一段，说明诗歌反映社会现实，也见于《乐记》本文。而六义之说，是渊源于《周礼·春官》。《周礼·春官》曰："太师教六诗：一曰风，二曰赋，三曰比，四曰兴，五曰雅，六曰颂。"可见这一篇是拼凑而成的文章。但它对风、雅、颂却提出一种新的解释。

上以风化下，下以风刺上，主文而谲谏，言之者无罪，闻之者足以戒，故曰风。至于王道衰，礼义废，国异政，家殊俗，而变风变雅作矣。国史明乎得失之迹，伤人伦之废，哀刑政之苛，吟咏情性，以讽其上，达于事变，而怀其旧俗者也。故变风发乎情，止乎礼义。发乎情，民之性也。止乎礼义，先王之泽也。是以一国之事，系一人之本，谓之风。言天下之事，形四方之风，谓之雅。雅者，政也，言王政之所由废兴也。政有大小，故有大雅焉，有小雅焉。颂者，美盛德之形容，以其成功告于神明者也。(《诗大序》)

照它的说法，风包含两种意义：一是帝王的风化影响到一切被统治者；二是人民群众用诗歌来讽刺政治的得失，表达他们的思想感情。变风变雅之作，起于"王道衰，礼义废，国异政，家殊俗"，在政治纷乱、社会动摇当中，诗歌尤富有深刻的讽刺意义，所以风的意义，应该以讽刺为主。这种讽刺的作风，一直贯穿于两千多年的封建社会。我们知道，封建社会是人压迫人的社会。一般人民群众都是被压迫者。由于被压迫，发出反抗的呼声，要求改善政治，减轻痛苦，于是乎有许多富有讽刺意义的诗歌产生出来。杜甫的"三吏""三别"，白居易、元稹、张籍的乐府诗，都是循着这条讽刺的路线发展出来的。刘勰说："风雅之兴，志思蓄愤，而吟咏情性，以讽其上，此为情而造文也。"(《文心雕龙·情采篇》)白居易《与元九书》，也强调讽刺的意义。这种影响对后世是巨大的。自然，像郑风卫风中歌咏男女爱情的诗篇，也把它说成有什么讽刺的意义，无异于白日见鬼！然像《伐檀》《硕鼠》《七月》① 一类的诗篇，占《诗

---

① 《七月》(豳风)：

七月流火，九月授衣。一之日觱发，二之日栗烈，无衣无褐，何以卒岁！三之日于耜，四之日举趾。同我妇子，馌彼南亩，田畯至喜。

七月流火，九月授衣。春日载阳，有鸣仓庚。女执懿筐，遵彼微行，爰求柔桑。春日迟迟，采蘩祁祁，女心伤悲，殆及公子同归。

七月流火，八月萑苇。蚕月条桑，取彼斧斨，以伐远扬，猗彼女桑。七月鸣鵙，八月载绩，载玄载黄，我朱孔阳，为公子裳。

四月秀葽，五月鸣蜩。八月其获，十月陨萚。一之日于貉，取彼狐狸，为公子裘。二之日其同，载缵武功，言私其豵，献豜于公。

五月斯螽动股，六月莎鸡振羽，七月在野，八月在宇，九月在户，十月蟋蟀，入我床下。穹窒熏鼠，塞向墐户。嗟我妇子，曰为改岁，入此室处。

六月食郁及薁，七月亨（烹）葵及菽。八月剥枣，十月获稻。为此春酒，以介眉寿。七月食瓜，八月断壶。九月叔苴，采荼薪樗，食我农夫。

九月筑场圃，十月纳禾稼。黍稷重穋，禾麻菽麦。嗟我农夫，我稼既同，上入执宫功。昼尔于茅，宵尔索绹，亟其乘屋，其始播百谷。

二之日凿冰冲冲，三之日纳于凌阴，四之日其蚤，献羔祭韭。九月肃霜，十月涤场。朋酒斯飨，曰杀羔羊。跻彼公堂，称彼兕觥，万寿无疆！

经》的主要部分，说它具有深刻的讽刺意义，是不会看错的。

雅多出于士大夫手中。《大雅》多雍容赞美之辞，《小雅》多讽刺时政，性质和风相类。(《大戴记·投壶》所谓八篇可歌之雅，包括《鹊巢》《采蘩》《采苹》《驺虞》《伐檀》诸篇，可知风雅并没有截然的区别。）把《大雅》《小雅》解释为大政、小政，是牵强附会的。雅为华夏之正声和外来的音乐、地方的音乐，都有重大的区别。根据《虞书》"诗言志，歌永言，声依永，律和声"之说，诗和乐是分不开的。用华夏的音乐来歌咏华夏的诗篇，这样去解释雅，是比较全面的。

至于颂，或颂扬当代帝王的功德，或赞美帝王祖宗的功绩，用来昭告神明。绝大部分是御用的诗歌，和风的性质恰恰相反。有些人以为"诗三百篇的人民性，也正在于讽刺了有害于人民的东西，歌颂了有利于人民的东西"（见郭绍虞先生所著《中国古典文学理论批评史》上册第48页）。其实依照它歌颂的内容来看，无非是夸耀主子们的"盛德""武功""政绩"和奴隶们的"戴德感恩"，供领主或贵族们在祭祀和宴会的时候阿媚神灵或娱乐自己之用，距离人民是遥远的。在封建社会中的贵族文人，认为它是一种庄严典雅的文学，照我们今天的眼光看来，它的价值是微乎其微的！

三、道家思想对于文学批评的影响

道家崇尚自然，反对人为，崇尚朴素，反对浮华，从基本上说来，他们对文学是持有否定的态度的。

(一) 老　子（约前517—前471）

老子说："信言不美，美言不信。"（《道德经八十一章》）
"善者不辩，辩者不善。"（同上）
"知者不言，言者不知。"（《道德经五十六章》）

文学是发挥辩智的工具，是运用美妙的艺术手法来表达的，当然不为老子所赞同。然而道家崇尚自然、崇尚朴素的思想，却成为后代文学批评家反对形式主义有力的工具。老子说：

> 处其厚，不居其薄，处其实，不居其华。（《道德经三十八章》）

韩非解释它说：

> 夫君子取情而去貌，好质而恶饰。夫恃貌而论情者，其情恶也；须饰而论质者，其质衰也。何以论之？和氏之璧，不饰以五彩，随侯之珠，不饰以银黄。其质至美，物不足以饰之。（《解老篇》）

这种重内质而轻文饰的理论，便给后来的文学批评家用来抨击形式主义、唯美主义，使文学重返于自然、真朴，自由自在地发抒自己的思想感情。

（二）庄　子（前369—前286）①

庄子说："道隐于小成，言隐于荣华。"（《齐物论》）
刘勰引申他的意思来反对齐梁浮靡的作风。他说：

> 情者，文之经，辞者，理之纬；经正而后纬成，理定而后辞畅，此立文之本源也。……是以联辞结采，将欲明经，采滥辞诡，则心理愈翳。固知翠纶桂饵，反所以失鱼。言隐荣华，殆谓此也。（《文心雕龙·情采篇》）

这是一个很明显的例证。
又庄子以为语言文字，不过是一种粗迹，最高的真理，当求之语言文字之外。《秋水篇》说：

> 可以言论者，物之粗也；可以意致者，物之精也；言之所不能论，意之所不能察致者，不期精粗焉。

《天道篇》说：

> 视而可见者，形与色也；听而可闻者，名与声也。悲夫！世人以形色名声为足以得彼之情，夫形色名声果不足以得彼之情，则知者不言，言者不知，而世岂识之哉？

他的意思是要我们不局限于语言文字的形色名声，而推崇真理。这种说法是唯心的、神秘的。它影响到后代文学批评，也赋予了许多神秘的气味。陆机在《文赋》中说：

> 若夫丰约之裁，俯仰之形。因宜适变，曲有微情。譬犹舞者赴节以投袂，歌者应弦而遣声。是盖轮扁所不得言，亦非华说之所能精。

---

① 据马叙伦先生《天马山房丛著·庄子年表》，起周烈王七年，至赧王二十九年（前369—前286）。

是以为文章精妙的境界,不可以言语表达出来,要靠作者驰骋天才、深心默会。

刘勰《文心雕龙·神思篇》也说:

> 至于思表纤旨,文外曲致,言所不追,笔固知止。至精而后阐其妙,至变而后通其数,伊挚不能言鼎,轮扁不能语斤,其微矣乎!

这和陆机也是同一个意思。这些所谓文章至精至妙的境界和庄子的神秘思想,是有渊源的。它的结果是使人堕入空虚渺茫,不可捉摸。

其实所谓神妙的境界,也并非不可解释,主要还是从实践中艰苦锻炼得来。我们试从庄子所述说的许多故事中,可以悟出一些道理。如《达生篇》说:

> 仲尼适楚,……见痀偻者承蜩,犹掇之也。仲尼曰:"子巧乎?有道邪?"曰:"我有道也。……吾处身也,若厥株拘。吾执臂也,若槁木之枝。虽天地之大,万物之多,而唯蜩翼之知。吾不反不侧,不以万物易蜩之翼,何为而不得?"孔子顾谓弟子曰:"用志不分,乃凝于神,其痀偻丈人之谓乎?"

这是告诉我们学习技术,要专精致志、艰苦不移,才能有卓越的成就。学习技术是如此,学习文学也是如此。

又如《天道篇》记载轮扁的话:

> 斫轮,徐则甘而不固,疾则苦而不入。不徐不疾,得之于手,而应之于心,口不能言,有数存焉于其间,臣不能以喻臣之子,臣之子亦不能受之于臣。是以行年七十而老斫轮。

这种不徐不疾、心手相应的境界,也正是从不断的艰苦实践中得来。如果离开了可以告人的基本功夫,而强调精妙的技术不可传授,便完全陷入神秘主义。文章精妙的境界,基本上也还是由艰苦磨练得来。能体会出这点道理,也就不会给庄周神秘的气氛完全笼罩了。

道家的思想,初看和文学理论无关,但如上面所说,二者实有其息息相通之处。它的影响并不小,所以不能不概括地述说一下。

四、两汉的文学批评

两汉的文学批评,多集中于辞赋方面。从汉王朝的创立以至汉武帝,七十余年间,物质生产由恢复而达到繁荣,造成了都市经济的发达(这种经济发达是表面的)。武帝凭借那些物质财富,于是穷奢极欲,好大喜功。内兴土木,外事四夷。一般文人,为迎合君主以取富贵起见,于是作辞赋以颂扬功德,造成了形式主义、唯美主义的作风。这种作风,直到东汉时期,基本上还没有改变,所以一般文学批评的对象,多集中在辞赋方面。而那些辞赋家,又自以为祖述屈原,因而批评辞赋的,又往往对屈原的《离骚》有所论述。现在且把司马迁、班固、王逸诸人的意见,评述一番。

(一) 司马迁对《离骚》的批评

司马迁(前145—前87)①论《离骚》,根据淮南王刘安之说加以发挥。《史记·屈原贾生列传》说:

> 屈平疾王听之不聪也,谗谄之蔽明也,邪曲之害公也,方正之不容也,故忧愁幽思而作《离骚》。《离骚》者,犹离忧也。……屈平正道直行,竭忠尽智,以事其君,谗人间之,可谓穷矣。信而见疑,忠而被谤,能无怨乎?屈平之作《离骚》,盖自怨生也。《国风》好色而不淫,《小雅》怨诽而不乱,若《离骚》者,可谓兼之矣。……其文约,其辞微,其志洁,其行廉,其称文小而其旨极大,举类迩而见义远。其志洁,故其称物芳;其行廉,故死而不容自疏。濯淖污泥之中,蝉蜕于浊秽,以浮游尘埃之外,不获世之滋垢,皭然泥而不滓者也。推此志也,虽与日月争光可也。

---

① 司马迁卒年,无可确定。据王国维《太史公行年考》,梁启超《要籍解题及其读法》,郑鹤声《司马迁年谱》,谓大概卒于汉武帝末年(前87)。

司马迁提出一个"怨"字,作为《离骚》的根本原因,或者以为他"借他人之酒杯,浇自己之块垒",这固然不无一些理由,但屈原在《离骚》中,也曾这样说:"怨灵修之浩荡兮,终不察夫民心。众女嫉余之蛾眉兮,谣诼谓余以善淫。……忳郁邑余侘傺兮,吾独穷困乎此时也。宁溘死以流亡兮,余不忍为此态也!""世溷浊而嫉贤兮,好蔽美而称恶。闺中既以邃远兮,哲王又不寤。怀朕情而不发兮,余焉能忍与此终古。"正由于他"正道直行,竭忠尽虑",为祖国、为人民谋利益而遭到了谗人的间阻,所以中怀"郁邑""侘傺",又不能"忍与此终古",于是抑制不住的感情,借《离骚》倾注出来。《惜诵》也说:"惜诵以致愍兮,发愤以抒情。……恐情质之不信兮,故垂著以自明。"也明明白白地说出他的心曲。所以司马迁的话,并不是从主观出发,而是有他客观的根据的。

他更推论屈原由于志洁行廉,所以在《离骚》中,称述芳草美人,以喻其高洁的意志。宁愿溘死流亡,而终不忍对祖国、对人民抱着疏远的心情。"其称文小而其旨极大,举类迩而见义远","其文约,其辞微",是说他假借眼前微小的事物,来寄托他高远的意旨。如《离骚》说:"朝饮木兰之坠露兮,夕餐秋菊之落英。苟余情其信姱以练要兮,长颇颔亦何伤!""制芰荷以为衣兮,集芙蓉以为裳。不吾知其亦已兮,苟余情其信芳。"作者借这些芳馨的植物来象征他高洁的感情。"兰芷变而不芳兮,荃蕙化而为茅。何昔日之芳草兮,今直为此萧艾也。岂其有他故兮,莫好修之害也。"作者借此来讽刺一般自鸣高洁结果却随俗腐化的人们。"日月忽其不淹兮,春与秋其代序。惟草木之零落兮,恐美人之迟暮。""及年岁之未晏兮,时亦犹其未央。恐鹈鴂之先鸣兮,使百草为之不芳。"作者则借此来说明人们当及时努力免致老大无成。这都是"举类迩而见义远""文约辞微"具体的例证。司马迁对屈原的思想感情和《离骚》的艺术特征,是看得很清楚的。《屈原贾生列传赞》说:"余读《离骚》《天问》《招魂》《哀郢》,悲其志。适长沙,观屈原所自沈渊,未尝不垂涕,想见其为人。"他对"其志""其人"都表示高度的同情,所以对"其文",也就不会作泛泛的批评了。

(二）班固对《离骚》的批评

班固（32—92）的《离骚赞序》说：

> 《离骚》者，屈原之所作也。屈原初事怀王，甚见信任，同列上官大夫妒害其能，谗之王，王怒而疏屈原。屈原以忠信见疑，忧愁幽思而作《离骚》。离，犹遭也。骚，忧也。明已遭忧作辞也。是时周室已灭，七国并争，屈原痛君不明，信用群小，国将危亡，忠诚之情，怀不能已，故作《离骚》。

这种论点是继承司马迁而来的。可是他在《离骚赞序》中和司马迁的看法，又有很大的不同。他说：

> 今若屈原，露才扬己，竞乎危国群小之间，以离谗贼。然责数怀王，怨恶椒兰，愁神苦思，强非其人，忿怼不容，沈江而死，亦贬絜狂狷景行之士。多称昆仑、冥婚、宓妃虚无之语，皆非法度之政，经义所载。谓之兼诗风雅，而与日月争光，过矣！

是又以屈原为过于亢直，为着自己主张不行，以至忿怼沈江，殊乖大雅明哲保身之旨。其实，屈原在恶势力包围之中，能积极发挥斗争的精神，最后宁愿牺牲生命，来殉他自己的政治主张，这正是他可以和日月争光的所在。班固责备他不能如"蘧瑗持可怀之智，宁武保如愚之性，全命避害，不受世患"，这简直是责备他不能妥协退屈，是非常荒谬的批评！

(三）王逸对《离骚》的批评

王逸在《楚辞章句序》中，反对班固的看法。他说：

> 今若屈原，膺忠贞之质，体清洁之性。直若砥矢，言若丹青。进不隐其谋，退不顾其命。此诚绝世之行，俊彦之英也。……昔伯夷叔齐，让国守分，不食周粟，遂饿而死，岂可复谓有求于世而怨望哉？

且诗人怨主刺上曰:"呜呼小子!未知臧否。匪面命之,言提其耳。"① 讽谏之语,于斯为切。然仲尼论之,以为大雅。引此比彼,屈原之词,优游婉顺,宁以其君不智之故欲提其耳乎?而论者以为露才扬己,怨刺其上,强非其人,殆失厥中矣!

他认为屈原讽谏之辞,比《大雅·抑篇》,尚觉优游婉顺,他固非心怀怨望,亦无背圣人之旨,所以班固的批评是不合乎中道的。其实,屈原怨愤不平之气,在《离骚》中彻底流露出来,固用不着为之辩护。然而他的怨愤,并不是关心于私人的进退得失,而是注视到祖国和人民的安危,所以他的文章,也就具有丰富的人民性和伟大的爱国主义的精神。王逸的看法,还跳不出"温柔敦厚"的范围,所以不能说是正确的。他又说:

夫《离骚》之文,依五经以立义焉。"帝高阳之苗裔",则"厥初生民,时惟姜嫄"也。"纫秋兰以为佩,则将翱将翔,佩玉琼琚"也。"夕揽洲之宿莽",则《易》"潜龙勿用"也。"驷玉虬以乘鹥兮",则"时乘六龙以御天"也。"就重华而陈词",则《尚书》"咎繇之谋谟"也。"登昆仑而涉流沙",则禹贡之敷土也。

是以为《离骚》和《诗》《易》《尚书》相合,用以反驳班固"皆非法度之政,经义所载"的说法。其实《离骚》之可贵,正由于它能不受经义的范围,运用创造性的语言和韵律,来发抒他热爱祖国、热爱人民的思想感情,在《诗经》以外,形成一种新的领域。《诗经》基本上是属于现实主义的,而《离骚》则为积极浪漫主义的开山。它不是从《诗经》蜕化而出,而是有它产生的社会环境和历史渊源。汉代由于武帝罢黜百家,推崇六艺,形成儒学独尊的局面,东汉文人的思想,不能超越这种范围,所以王逸以《离骚》比附六经,是有其历史局限性的。

(四)扬雄、班固对辞赋的批评

扬雄(前53—18)是汉代有名的辞赋家,但到了晚年,他却有反辞

---

① 四句见《诗·大雅·抑》篇。

赋的批评。我们先看看汉代的封建帝王对辞赋家是怎样的态度。

《汉书·王褒传》说：

> 上令褒与张子侨等，并待诏，数从褒等放猎。所幸宫馆，辄为歌颂，第其高下，以差赐帛。议者多以为淫靡不急。上曰："不有博弈者乎？为之犹贤乎已，辞赋大者与古诗同义，小者辨丽可喜。譬如女工有绮縠，音乐有郑卫。今世俗犹皆以此虞说（愉悦）耳目。辞赋比之，尚有仁义风（讽）谕（喻），鸟兽草木多闻之观，贤于倡优博弈远矣！"

辞赋比倡优博弈，不过略胜一筹，它的功用不过是用来愉悦封建帝王，所谓"仁义风（讽）谕（喻）"，在汉赋中百不得一。在大篇的辞赋里，完全看不到社会真实的面貌和人民的疾苦，所以成为反现实主义的逆流。

扬雄在《法言·吾子篇》中表达了他对辞赋的看法：

> 或问："吾子少而好赋？"曰："然。童子雕虫篆刻"；俄而曰："壮夫不为也。"或曰："赋者可以讽乎？"曰："讽乎！讽则已！不已，吾恐不免于劝也。"或曰："雾縠之组丽。"曰："女工之蠹矣。"……或问："景差，唐勒、宋玉、枚乘之赋也，益乎？"曰："必也淫。""淫则奈何？"曰："诗人之赋丽以则，辞人之赋丽以淫。如孔氏之门用赋也，则贾谊升堂，相如入室矣，如其不用何！"

辞赋最大的意义是在讽喻，然而汉赋实则劝百而讽一。雾縠之组丽，无益人民之被服。辞赋之淫丽，只益君主之浮夸。这些歌颂圣德之隆、宫室之美、田猎之盛、都市之繁荣的作品，只属于宫廷文学的范畴，和人民是漠不相关的。《汉书·扬雄传》说：

> 雄以为赋者，将以风之，必推类而言，极丽靡之辞，闳侈巨衍，竞于使人不能加也，既乃归之于正。然览者已过矣。往时武帝好神仙，相如《上大人赋》，欲以风，帝反缥缥有凌云之志。繇是言之，赋劝而不止明矣。又颇似俳优淳于髡优孟之徒，非法度所存，贤人君

子诗赋之正也，于是辍不复为。

讽而不免于劝，这是他深切体会得来的，所以自悔其少作，说："雕虫篆刻，壮夫不为也。"

班固在《汉书·艺文志·诗赋略》中更进一步表明这种意见。他说：

春秋之后，周道浸坏，聘问歌咏，不行于列国，学诗之士，逸在布衣，而贤人失志之赋作矣。大儒孙（荀）卿及楚臣屈原，离谗忧国，皆作赋以风（讽），咸有恻隐古诗之义。其后宋玉、唐勒、汉兴、枚乘、司马相如，下及扬子云，竞为侈丽闳衍之辞，没其风谕之义。是以扬子云悔之曰："诗人之赋丽以则，辞人之赋丽以淫，如孔氏之门用赋也，则贾谊登堂，相如入室矣，如其不用何！"

他给汉赋和荀卿、屈原的赋画了一个明确的界线。荀屈的赋，是离谗忧国，荀屈用赋来发挥它讽刺的作用，是有丰富的内容的。枚乘、司马相如、扬雄之赋，是以侈丽宏博之辞争胜的，失掉了讽刺的意义。这种论调基本上虽和扬雄一致，然界线却画得比较明显。

有人以为扬雄、班固的见解，完全是汉代儒生以美刺论诗的一套，是一种腐朽的理论，笔者以为不应该这样看。把《关雎》说成后妃之德，把郑卫之风当作淫秽之诗，这当然不免冬烘头脑。然而《硕鼠》《伐檀》《七月》《正月》等，确具有深刻的讽刺意义。赋既然是古诗之流，说它具有讽刺意义，并不会牵强附会。屈原的《离骚》，尽管和《诗经》不同，但对怀王的昏庸，群小的乱政，都不惮加以深刻的讽刺，从这一点说，是有其共同的意义的。汉代辞赋家祖述屈原，遗弃他严肃的讽刺内容，掇拾他美人香草华美的辞藻，完全走上了形式主义、唯美主义的路向，于是乎"金玉其外，败絮其中"，洋洋大篇不过用来阿媚专制帝王而已！扬雄、班固的看法，基本上还是正确的。

（五）王充的文学观

王充生于东汉光武建武三年（公元27年），卒于和帝永元七八年间（公元95—96年）。那个时候，正是一个封建统治相对稳定、阶级矛盾暂时缓和、生产力恢复和发展的时期。明、章、和三世政府曾积极以公田赐给贫民，同时还供给种子，贷给田器，并且也注意到恢复和发展水利事业。（如邓晨在汝南修复鸿却陂，灌溉田地数千顷；何敞又加以修理，灌溉田地竟达三万余顷；马棱在广陵修陂湖，灌田两万余顷；等等。）由于水利灌溉的引用，牛耕和铁制农具的推广，使以前人力所不能垦殖的荒地也垦殖起来，熟地更加肥沃。在和帝末年，垦田数字达732万多顷。此外，手工业如纺织、盐、铁等，也逐渐恢复和发展起来。

从明、章时起，东汉帝国的国力，也逐渐扩张。对外政策，由防守转入进攻。如进击匈奴、开通西域等，都是在这个时期发生的。

王充生活在这个时代，觉得东汉王朝的力量远远超过从前，所以形成他反复古主义的思想，包孕着历史进化观的因素。

从他的家世来看，"世祖勇，任气，……不摈于人。岁凶，横道伤杀，怨雠众多。会世扰乱，恐为怨雠所擒，祖父泛，举家担载，就安会稽，留钱塘县，以贾贩为事。生子二人，长曰蒙，少曰诵。诵即充父。祖素任气，至蒙诵滋甚。诵在钱塘，勇势凌人，末复与豪家丁伯等结怨，举家移处上虞"。（《论衡·自纪篇》）

王充的祖父和父亲，既然是贾贩，当然为人所贱视，而且豪侠任气，不怕结怨豪家，当然是富于反抗精神。王充在这样的家庭环境中成长，对他反抗性格的养成，当然也有很大的影响。

他自己虽然擅长著述，而骂他的人却说："宗祖无淑懿之基，文墨无篇籍之遗，虽著鸿儒之论，无所禀阶，终不为高。……吾子何祖？其先不载。况未尝履墨涂，出儒门，吐论数千万言，宜为妖异，安得宝斯文而多贤。"（亦见《论衡·自纪篇》）

这是出身微贱、为人瞧不起的证据，宜乎他对那些腐恶的统治者，非常憎恨了。

他虽曾做过"功曹""从事"，然地位卑微，而且"以数谏诤不合去"，且"贫无一亩庇身"，这样的生活遭遇，更加深了他对腐恶社会的认识，加强了他的反抗精神。

从学术思想方面来说，他受到影响最大的是桓谭。他以为："质定世事，论说世疑，桓君山莫尚也。"（《论衡·案书篇》）"挟君山之书，富于积猗顿之财。"（《论衡·佚文篇》）"孔子不王，素王之业，在于《春秋》，然则君山素丞相之迹，存于《新论》者也。"（《论衡·定贤篇》）"又作《新论》，论世间事，辨照然否，虚妄之言，伪饰之辞，莫不证定。"(《论衡·超奇篇》)桓谭是极富有反抗精神的人,他在谶纬盛行的时代,敢于公开地抨击,几乎被汉光武砍掉了头颅,这种精神是王充所敬佩的。王充所著的《论衡》,一言以蔽之,曰"疾虚妄",也是桓谭"辨照然否"的精神。

他在《论衡》中严厉地批判了谶纬五行说的虚妄,否定了天的意志的存在,否定了封建最高统治者受天之命而为君。对于学术界最有权威的孔、孟,也不惜加以怀疑和讽刺,这充分表示了他积极反抗的精神。同时,这种精神也表现在文学批评方面。

诚然,《论衡》是一部批评学术的专书,而不是文学批评专书,但它批评文学较有创新的见解,而且较有条理系统可寻,所以专从这一方面加以论述。

王充标出他作《论衡》的宗旨,说:

> 是故《论衡》之造也,起众书并失实,虚妄之言,胜真美也。故虚妄之语不黜,则华文不见息;华文放流,则实事不见用。故《论衡》者,所以铨轻重之言,立真伪之平,非苟调文饰辞,为奇伟之观也。冀悟迷惑之心,使知虚实之分。虚实之分定,而华伪之文灭,华伪之文灭,而纯诚之化日以滋矣。(《论衡·对作篇》)

所谓"华伪之文",自然是针对当时整个学术界利用华美的辞藻来装饰它虚伪的内容的文章来说的,然而汉代盛行的辞赋,当然也包括在里头。因为它是运用浮夸的文辞来为君主歌功颂德,盛陈都市的繁荣和宫室之美、田猎之盛的,并没有什么真实的内容。王充对这些"雕虫篆刻"的东西是持反对的态度的。《论衡·定贤篇》说:

> 以敏于赋颂为宏丽之文为贤乎,则夫司马长卿、扬子云是也。文丽而务巨,言眇而趣深,然而不能处定是非,辨然否之实。

他所注重的,是能辨别是非然否的文章,而非雕文饰辞的赋颂。他以为扬雄作《太玄经》,"造于眇思,极睿冥之深"(《论衡·超奇篇》)。桓谭"论世间事,辨照然否,虚妄之言,饰伪之辞,莫不证定"。(同上)这些文章,才合乎他的标准。他拿出这种标准来衡量文学,强调思想内容，反对形式主义，对文学的发展来说，是起着进步作用的。

《论衡·超奇篇》又说：

> 文由胸中而出，心以文为表。观见其文，奇伟倜傥，可谓得论也。
>
> 精神由中，故其文语感动人深。

这是说，文章是表现其胸中所欲言的，有充实的思想感情，才有真实动人的力量。浮华的辞赋，徒从形式上争胜，是没有生命的东西。

王充又说：

> 有根株于下，有荣叶于上。有实核于内，有皮壳于外。文墨辞说，士之荣叶皮壳也。实诚在胸臆，文墨著竹帛。外内表里，自相副称。意奋而笔纵，故文见而实露也。（《论衡·超奇篇》）

这一段话涉及内容和形式互相联系的问题。根株荣叶，实核皮壳，是有机的联系，不能把它们分割开来。文章也是"外内表里，自相副称。意奋而笔纵，文见而实露"，不能强分为二。对于内容和形式密切联系的问题，他已经初步看到了。

但王充生在华伪之文盛行的时代，为矫正这种颓风，就比较偏重内容。《论衡·自纪篇》说：

> 夫养实者不育华，调行者不饰辞。丰草多华英，茂林多枯枝。为文欲显白其为，安能令文而无谴毁？

与其华而不实，毋宁实而不华。那些"调弄笔墨，为美丽之观"的文章，是不足取的。

他对作家的个性和创造性，也有所论述。《论衡·自纪篇》说：

> 饰貌以强类者，失形；调辞以务似者，失情。百夫之子，不同父母。殊类而生，不必相似。各以所禀，自为佳好。……美色不同面，皆佳于目。悲音不共声，皆快于耳。酒醴异气，饮之皆醉。百谷殊

味，食之皆饱。谓文当前合，是谓舜眉当复八采，禹目当复重瞳。

作者各有其精神面目，所以发为文章，也各有其独到的理论和特殊的风格，不必强同，亦不可强同，总之不失为美好的作品。模仿古人，必会失去了自己，纵使古人再现，也是不足为贵的。

他反对那些诵说经典的儒生，因为他们毫无创造性。《论衡·佚文篇》说：

……造论著说为文。……发胸中之思，论世俗之事，非徒讽古经，读故文也。论发胸臆，文成手中，非说经艺之人所能为也。

《论衡·超奇篇》说：

凡贵通者，贵其能用之也。即徒讽诵，读诗讽术，虽千篇以上，鹦鹉能言之类也。衍传书之意，出膏腴之辞，非俱侻之才不能任也。

他的目标是能做一个鸿儒，（《论衡·超奇篇》说："能精思著文，连结篇章者，为鸿儒。"）而非普通的文学作家。他的这些话，也不是为批评文学来说，但是运用到文学方面，当然也要"论发胸臆，文成手中"，富有创造精神的，才是最可贵的。

他对语言文学的一贯性也看得很清楚。

《论衡·自纪篇》说：

夫文由语也，或浅露分别，或深迂优雅，孰为辩者？故口言以明志，言恐灭遗，故著之文字，文字与言同趋，何为犹当隐闭旨意？……

口则务在明言，笔则务在露文。……

夫笔著者欲其易晓而难为，不贵难知而易造。口论务分解而可听，不务深迂而难睹。

语言文学，都表达人们的思想感情，但语言不能传诸久远，故用文学来表达。无论是写在纸片上的，还是口头上所要说的，内容上并没有什么不同，不过是艺术技巧有所不同罢了。假如文章隐晦，便不能尽其表达的功用。而且意旨欲其深厚，词句欲其浅出，使人们读后，如亲听作者的语言，这样的文章才是好的文章。那些"以艰深文其浅陋"的，都是他所反对的。

但语言经过长时期的演变，今古有所不同。古人的文章，是用古代的语言写的，所以流传到后代，有些难懂的地方。后人以为古人的文章，力求深晦，或则因此对古人发生惊叹，以为高不可攀，这些看法都是错误的。《论衡·自纪篇》说：

> 经传之文，圣贤之语，古今言殊，四方谈异也。当言事时，非务难知，使旨隐闭也。后人不晓，世相离远，此名曰语异，不名曰才鸿。

对后人错误的看法，说得很清楚。最后要提出来的，是他大力抨击了一般崇古保守的儒生，大胆地解放了思想。

《论衡·案书篇》说：

> 夫俗好珍古不贵今，谓今之文不如古书。夫古今一也，才有高下，言有是非，不论善恶而徒贵古，是谓古人贤今人也。

《论衡·齐世篇》说：

> 述事好高古而下今，贵所闻而贱所见。辨士则谈其久者，文人则著其远者。近有奇而辨不称，今有异而笔不记。

《论衡·须颂篇》说：

> 俗儒好长古而短今。……汉有实事，儒者不称。古有虚美，诚心然之。信久远之伪，忽近今之实，斯盖三增九虚所以成也。

尽管这些话不是针对一般文人来说的，但文人的确具有这种病根，而且相当严重。

五、魏晋的文学批评

（一）曹　丕（187—226）

东汉末年黄巾起义，打垮了汉王朝的统治，被尊为正统的儒家思想和封建伦理发生了动摇。曹操掌握政权，崇尚法术，下令征求"负污辱之名，见笑之行，不仁不孝，而有治国用兵之术"①的人物，轻视贞节的行为，具有浓厚的反礼教传统的色彩。这些反映在文学上，便是要求摆脱礼教束缚，充分地发挥自己的思想感情，因而文学从儒家的道德附庸中解脱出来，取得了独立的地位。

又由于文人充分发挥自己的思想情感的缘故，肯定了作者的个性和不同的风格，作者的个性和风格已然各有不同，也就各有其所长与所短，不能不分别给予评价。这些思想都可以从曹丕的《典论·论文》中看出来。

《典论·论文》说：

> 盖文章经国之大业，不朽之盛事。年寿有时而尽，荣乐止乎其身。二者必至之常期，未若文章之无穷。是以古之作者，寄身于翰墨，见意于篇籍。不假良史之辞，不托飞驰之势，而声名自传于后。

"文章经国之大业"，则非雕虫小技，而可以为当前的政治和国家服务。文章可以成为不朽之盛事，则其本身的生命，可垂诸久远，而非事功和道德的附庸。文学家可以"不假良史之辞，不托飞驰之势，而声名自传于后"，则专精文学，亦可以借著作垂名千古。这充分显示出文学有其独立的地位，值得人们的努力。

---

① 见《魏武帝集·举贤勿拘品行令》。

《典论·论文》又说：

> 文以气为主。气之清浊有体，不可力强而致。譬诸音乐，曲度虽均，节奏同检，至于引气不齐，巧拙有素，虽在父兄，不能以移子弟。

"气"是什么？是指作者的才性。"体"是什么？是指天赋的本质。"气之清浊有体，不可力强而致"，是指作者天所赋予的才性，高下不同，刚柔各异。他以为这是固定的，并不是后天所能改变的。譬如，美妙的音乐，须靠卓越的天才。这种天才，却不是父兄所能传给子弟的。文章也是如此。而才性各有所偏，所以作为文章，也各有其长短得失。《典论·论文》说：

> 王粲长于辞赋，徐干时有齐气，然粲之匹也。如粲之《初征》《登楼》《槐赋》《征思》，干之《玄猿》《漏卮》《圆扇》《橘赋》，虽张、蔡不过也，然于他文，未能称是。琳、瑀之章表书记，今之隽也。应玚和而不壮，刘桢壮而不密。孔融体气高妙，有过人者，然不能持论，理不胜辞，以至乎杂以嘲戏，及其所善，扬、班俦也。

由于作者的才性不同，所以风格各异，优劣各异。他能指出他们创作的特点，开出评价作家与作品之风，也算是一种贡献。

他又把文学分为四大类，以为各有它的功能。《典论·论文》说：

> 夫文，本同而末异。盖奏议宜雅，书论宜理，铭诔尚实，诗赋欲丽。

这四者从它的本质来说，都可以发抒人们的思想感情，但就它的功能来说，却各有其不同之点。奏议所以表示作者对当前政治的意见，而且是拿给最高的统治者看的，所以文辞要雅正。书论以发挥思想为主，这类的文章，务在条理精密，能辨析是非，而不在于文辞的藻丽。铭诔所以记载事功，追述死者的言行，要"纪事恰如其事，传人恰如其人"，才不愧"修辞立诚"之旨。如果"妄言伤正，华辞损实"（杨炫之《洛阳伽蓝记·

记赵逸》），这类阿谀的文章，不过用来讨好权贵或骗取金钱而已！诗赋以抒情赋物为主，色彩比较鲜明，音节比较谐适，如只有真实的内容，毫无声音辞藻之美，便会削弱动人的力量，所以用一个"丽"字来形容它。我们知道，形式所以表现内容，选择不当，便不能把内容充分发挥出来。譬如运用诗歌来发表复杂的政治意见，用长篇的散文来发抒刹那的情感，必然会失败的。

以上所说，是曹丕在文学批评史上比较重要的贡献。此外，还有两点值得提出来。

（1）文人抬高自己，打击别人，所以不能有正确的批评。

《典论·论文》说：

> 文人相轻，自古而然。傅毅之于班固，伯仲之间耳，而固小之。与弟超书曰："武仲以能属文，为兰台令史，下笔不能自休。"夫人善于自见，而文非一体，鲜能备善，是以各以所长，相轻所短。

作家只以自己的所长来轻蔑他人的所短，而不能看清自己的所短，吸收他人的所长，这样从主观片面来看问题，当然不能有正确的结论。

（2）崇古非今，但尚虚名，不求实际。

《典论·论文》说：

> 常人贵远贱近，向声背实。

古人已远，不胜其思慕之情，于是"高古而称所闻。前人之业，菜果甘甜，后人新造，密（当作蜜）酪辛苦"（《论衡·超奇篇》）。王充慨叹于前，曹丕兴嗟于后。挟持崇古非今的偏见，是不能看出文学发展的趋势的。至于崇尚虚名，但看招牌，不问货色，这完全是一种崇拜权威的思想。权威的作家，自然有造成他具有权威的条件，然而文学决非权威的作家所能范围。无名的作家，也往往有其独到的意见。崇拜权威，简直是崇拜偶像而已！我们今天提倡破除迷信，解放思想，曹丕所说，是相当中肯的。

但曹丕的缺点，也应该指出来。

（1）他说："文章经国之大业。"虽然强调文学的政治作用，实际上是希望一般文人能替他颂扬功德，粉饰太平。他在当时吸引了一般文人，集中邺下，不过"怜风月，狎池苑，述恩荣，叙酣宴"（《文心雕龙·明诗》）而已！

（2）才性并不是由于天赋，是可以用后天环境或教育来转移的。我们知道，才性具有可塑性，要通过生活的实践，教育的培养，才能发展出来。要不辜负自己的天才，必须经过严格的锻炼。如果强调天赋的才能不可以人力变更，便要把天才杀死。

在阶级社会中，不同的阶级有不同的思想感情，绝没有所谓超阶级的人性。才性由于天赋的说法，是从主观唯心论出发，根本是错误的。

（3）文学的风格，诚然是随作者的个性而有所不同，然而也受到客观社会的影响。因为人们的思想感情，是从客观的社会环境中孕育出来的（尽管他个人有特殊之点）。社会发展到某一个阶段，往往形成一种文学思潮，在不同的风格中，也有其总的倾向。我们试看建安时期的文学作家，风格虽各有不同，然而总的倾向是："慷慨以任气，磊落以使才。造怀指事，不求纤密之巧；驱辞逐貌，惟取昭晰之能。"（《文心雕龙·明诗》）刘勰推究它的原因说："良由世积乱离，风衰俗怨。并志深而笔长，故梗概而多气也。"（《文心雕龙·时序》）可见风格不能仅就作者本身的才性来决定，曹丕的看法是不免片面的。

（4）他对文学反映社会现实这一面完全没有谈到，是一个很大的缺点。可能是由于他阶级的局限、生活圈子的狭窄，即使看到了一些社会动乱的影子，也不能引起他的激情。

（二）陆　机（261—303）

陆机是晋太康（晋武帝年号）时有名的作家。司马氏结束了三国分崩离析之局，获得了暂时的统一，太康时代呈现出短期的繁荣，一般文人炫耀于繁荣的表象，而且多出身于上层社会，和人民有着很远的距离，所以他们的作品多内容空虚，竞逐辞藻和声律。陆机也是"词旨敷浅，但工涂泽"（沈德潜评语，见《古诗源》）的，可是他的《文赋》在文学批评史上，却有相当的地位。

《文赋》的主旨，是在探究"作文之利害所由"。换句话说，是在探究文章的写作方法。这样，当然有偏于形式主义的倾向。但写作方法是不能和内容割裂开来的。他对形式和内容的关系，提出了合理的意见。

《文赋》说：

> 理扶质以立干，文垂条而结繁。
> 辞程才以效伎，意司契而为匠。
> 或遗理以存异，徒寻虚而逐微。言寡情而鲜爱，辞浮漂而不归。
> 其会意也尚巧，其遣言也贵妍。

他以"理""意""情"为文学的内容，然后用文辞来表达。譬如，树木有了强固的根干，然后能长出繁茂的枝条，结出累累的果实。譬如，建造房屋，须有总揽全盘计划的匠师，然后才能指挥百工，使之较量材力，呈现技能。文章如没有伟大的理想、充实的意义、丰富的感情来做内容，必不免追逐浮虚，泛滥而无所归宿。这种意见和他的创作实践是相矛盾的，然而也是可贵的。

其次是说到创作文学，须有丰富的想象。

《文赋》说：

> 其始也，皆收视反听，耽思旁讯。精骛八极，心游万仞。其致也，情瞳昽而弥鲜，物昭晰而互进。倾群言之沥液，漱六艺之芳润。浮天渊以安流，濯下泉而潜浸。于是沈辞怫悦，若游鱼衔钩而出重渊之深，浮藻联翩，若翰鸟缨缴而坠曾云之峻。

"收视反听，耽思旁讯"，是把耳目所接触到的客观现实，收进脑子里头，再深入地加以想象的熔铸。因为耳目所摄取的客观材料，是有限的，或限于狭小的空间，或限于短促的时间，这样写作起来，便很局促，所以要展开想象的翅膀，才能"精骛八极，心游万仞"。而且经过想象的熔铸，更能使事物的情貌，由朦胧而显豁，由隐晦而昭晰，呈现出新鲜活跃的姿态。再进一步说，文学写作的材料，并不局限于当前耳目所接触的，还可以从前人的文学遗产中吸收过来。"倾群言之沥液，漱六艺之芳润"，是说从诸子百家中，从儒家的六经中，吸取其精华。这不但丰富了写作的材料，而且也丰富了想象。最后达到了穷高极深的境界，好像"浮天渊以安流，濯下泉而潜浸"。一切构思，经过了想象的熔铸，酝酿成熟以后，于是心灵深处悲欢的感受，涌现于字里行间，好像"游鱼衔钩而出重渊之深，翰鸟缨缴而坠曾云之峻"。这种文章，可以算是优秀的作品了。

可是陆机以为作者一方面要继承前代的文学优良传统，一方面还要有新的创造。所以又说：

> 收百世之阙文，采千载之遗韵。谢朝华于已披，启夕秀于未振。
> 虽杼轴于予怀，怵他人之我先。苟伤廉而愆义，亦虽爱而必捐。

前人的"阙文""遗韵"，是可加以收采、加以发扬的，但还要吐弃陈言，独抒己见，不必因袭古人。这种见解和他的创作实践也是相矛盾的，然而也是可贵的。

他又认为作者的感情，是由客观事物的触动，不是无因而生。《文赋》说：

> 遵四时以叹逝，瞻万物而思纷。悲落叶于劲秋，喜柔条于芳春。心懔懔以怀霜，志渺渺而临云。……慨投篇而援笔，聊宣之乎斯文。

这和《乐记》"人心之动，物使之然"，"感于物而动，故形于声"的说法，是一贯的。对后来刘勰"物色之动，心亦摇焉，情以物迁，辞以情发"（《文心雕龙·物色》）的论调，也起到了一种启示的作用。

其次，他以为文章须在兴趣勃发不能遏止的时候写出来，才能恰到好处。故说：

> 方天机之骏利，夫何纷而不理？思风发于胸臆，言泉流于唇齿。……文徽徽以溢目，音泠泠而盈耳。

如果"六情底滞，志往神留，兀若枯木，豁若涸流"，写作起来，必然失败。

后来，刘勰"意得则抒怀以命笔，理伏则投笔而卷怀"（《文心雕龙·养气》）的论调，也从这里推演出来，但并没有什么重大的意义。

在体裁方面，陆机比曹丕分析得较为细密。他把文章分为十类，即诗、赋、碑、诔、铭、箴、颂、论、奏、说等，而且以为功用各有不同。

《文赋》说：

> 诗缘情而绮靡，赋体物而浏亮。碑披文以相质，诔缠绵而凄怆。铭博约而温润，箴顿挫而清壮。颂优游以彬蔚，论精微而朗畅。奏平彻以闲雅，说炜晔而谲诳。

"哀乐之心感，而歌咏之声发"，所以诗是缘情而生，且须具备色彩声音，才能增加感染的力量，故曰"缘情绮靡"。赋以表现客观事物为主，要能体会事物的状貌和精神，使它豁然呈露于我们的眼底，故曰"体物浏亮"。（《文选》李善注：浏亮，清明之谓也。）碑以文述事，要文质相称、表里一致，才不致成为虚美之文，故曰"披文相质"。诔所以追述死者的生平，致其哀悼之意，故贵"缠绵凄怆"。铭所以纪述事功，兼寓警惕之意，要内容广博而文辞精炼，且饶温润之气。箴以规戒为主，故贵顿挫清壮。颂所以褒功述德，论所以辨析是非，故一贵优游彬蔚，一贵精微畅朗。奏所以陈述政治的意见，不贵奇辞异说，要在平彻闲雅，气象雍容。虽说以陆离光怪之辞来耸动人们的视听，但要奇而不失其正。他对于体裁和功用的分析，比曹丕算是跨进一步，但这种分析也是偏于形式主义的。

至于写作方法，非常琐碎，现在只能举些例子。

（1）要用最精警的句子来表达最主要的意思。

《文赋》说：

> 立片言而居要，乃一篇之警策。虽众辞之有条，必待兹而效绩。

即是此意。

（2）篇章的结构。

《文赋》说：

> 或仰逼于先条，或俯侵于后章。或辞害而理比，或言顺而义妨。离之则双美，合之则两伤。考殿最于锱铢，定去留于毫芒。苟铨衡之所裁，固应绳其必当。

仰逼先条，谓后面的意思和前面相逼近，则不免重复。俯侵后章，谓前面说得太尽，便使后面不能舒展。辞害理比，谓理论虽然前后一贯，但不能运用适当的文辞来表达，不免有质无文。言顺义妨，谓文辞虽然流畅，但意义乖谬，不免有文无质。离之则双美，合之则两伤，谓取舍得宜，则两全其美，勉强凑合，则两败俱伤。所以须斟酌至当，不失锱铢毫发，结构才能达到完美的地步。

（3）辞藻声律的注重。

《文赋》说：

> 或藻思绮合，清丽千眠。炳若缛绣，凄若繁弦。……暨音声之迭代，若五色之相宣。

以上开出了南朝文士崇尚辞藻声律之先河，是形式主义一种不良的倾向。

最后他以为文章要达到精妙的境界，全靠作者的天才，非人工所能为力。

《文赋》说：

> 若夫丰约之裁，俯仰之形，因宜适变，曲有微情。……譬犹舞者赴节以投袂，歌者应弦而遣声。是盖轮扁所不得言，亦非华说之所能精。

这和曹丕"譬诸音乐，曲度虽均，节奏同检，至于引气不齐，巧拙有素，虽在父兄，不能以移子弟"（《典论·论文》）的论调，完全一致，充满了唯心主义神秘的色彩。

纵观《文赋》全篇，不免以缤纷的辞藻，掩盖它所要表达的内容，而且意义错杂，无一贯的系统。刘勰说："陆赋巧而碎乱。"（《文心雕龙·序志》）可谓一针见血。由于赋尚铺陈，饰以声音辞藻之美，不适于表现文学的理想，陆机受到这种限制，便不能随意发挥，使人读起来，有如雾里看花、朦胧隐约，很难看透他的真意。篇中所述，如体裁、结构、修辞等，多偏于形式的问题，没有多大的价值。但关于文学内容和形式的联系、想象力的重要、对创造性的郑重提出等，都有一些独到的意见，对后来的刘勰、钟嵘，都有相当的影响，也是值得我们注意的。

(三) 葛　洪（284—364）

葛洪，字稚川，丹阳句容人。晋惠帝时，石冰作乱，洪曾被征为将兵都尉，有军功，旋弃去。元帝为丞相，辟为椽。咸和（晋成帝年号）初，求为勾漏令，行至广州，为刺史邓岳所留，止于罗浮山，后卒，年八十一。

葛洪治学，杂糅儒道方术。所著自诗赋方伎外，有《抱朴子》内外篇，凡七十卷（内篇二十卷，外篇五十卷）。其《自叙》说："内篇言神仙，方药，鬼怪变化，养生延寿，禳邪却祸之事，属道家。外篇言人间得失，世事臧否，属儒家。"他的文学理论，多散见于外篇《尚博》《辞义》《钧世》《文行》诸篇中，现在把它来阐述一下。

葛洪在文学上的见解，多和王充相类似。如《尚博篇》说：

> 或贵爱诗赋浅近之细文，忽薄深美富博之子书，以切磋之言为骏拙，以虚华之小辩为妍巧。真伪颠倒，玉石混淆。同广乐于桑间，钧龙章于卉服。悠悠皆然，可叹可慨者也！

他不满于俗人推尊辞赋而忽视富有思想内容的子书，这和王充轻视司马相如和扬雄的辞赋而尊视桓谭的《新论》，基本上是相同的。他在二十多岁时，便以为"作细碎小文，妨弃功日，未若立一家之言，乃草创子书"。（《自叙》）又《御览六百二》载《抱朴子》佚文说：

> 陆平原作子书未成，吾门生在陆君军中，常在左右，说陆君临亡曰："穷通，时也。遭遇，命也。古人贵立言以为不朽，吾所作子书未成，以此为恨耳。"余谓仲长统作《昌言》未竟而亡，后缪袭撰次之。桓谭《新论》未备而终，班固为其成瑟道。今才士何不赞成陆公子书？

他对于作子书未成的人，深致慨叹，而他自己所作的《抱朴子》，在外篇中，讥刺世事，臧否人物，也颇多思想湛深之文，可见他想卓然成一家之言，不仅仅欲以文人自限。但他对辞赋并不根本采取否定的态度，他自定所著，还有碑颂诗赋百卷①，这是和王充不同的所在。

他重视子书，把这个尺度运用到文学批评方面，便不徒看到美丽的文辞，而且看到了内在的充实的思想和情感，这样便不会为形式主义所局限。

他又以为文学作家，各有性情，各有风格，不能从个人的爱憎出发，来评定它的好坏。《辞义篇》说：

> 五味舛而并甘，众色乖而皆丽。近人之情，爱同憎异，贵乎合己，贱于殊途。夫文章之体，尤难详尝。苟以入耳为佳，适心为快，匙（少）知忘味之九成，雅颂之风流也。

这和王充所说"美色不同面，皆佳于目，悲音不共声，皆快于耳；酒醴异气，饮之皆醉；百谷殊味，食之皆饱"基本上也相一致。

王充以为古人的著作，并不是故作艰深，而是由于"古今言殊，四方谈异。后人不晓，世相离远。此名曰语异，不名曰才鸿"（《论衡·自纪篇》）。葛洪也有同样的意见。《钧世篇》说：

> 古书之多隐，未必昔人故欲难晓，或世异语变，或方言不同。

但他还补充一些理由，就是："经荒历乱，埋藏积久，简编朽绝，亡失者多，或杂续残缺，或脱去章句，是以难知，似若至深耳。"（亦见《钧世篇》）

其看法比王充较为全面。

他也反对盲目崇拜古人，与王充如出一辙。《钧世篇》说：

> 守株之徒，喽喽所玩，有耳无目。……其以古人所作为神，今世所著为浅。贵远贱近，有自来矣。故新剑以诈刻加价，弊方以伪题见宝。是以古书虽质朴，而俗儒谓之堕于天也；今文虽金玉，而常人同之于瓦砾也。

---

① 见《抱朴子》外篇《自叙》。

这样大胆的言论，无疑地可以破除迷信，解放思想，这是他积极进步的一面，也可以看出他受到王充巨大的影响。

可是他对今古文章的比较和推究今胜于古的理由，又不免落到形式主义这一方面。

《钧世篇》说：

> 且夫《尚书》者，政事之集也，然未若近代之优文诏策军书奏议之清富赡丽也。《毛诗》者，华采之辞也，然不及《上林》①《羽猎》②《二京》③《三都》④之汪濊博富也。……若夫俱论宫室，而"奚斯""路寝"⑤之颂，何如王生之赋《灵光》⑥乎？同说游猎，而《叔畋》⑦《卢铃》⑧之诗，何如相如之言《上林》乎？并美祭祀，而《清庙》⑨《云汉》⑩之辞，何如郭氏《南郊》⑪之艳乎？等称征伐，而《出车》《六月》⑫之作，何如陈琳《武军》⑬之壮乎？……近者夏侯湛、潘安仁，并作《补亡诗》——《白华》《由庚》《南陔》《华黍》之属，诸硕儒高才之尝文者，咸以古诗三百，未有足以偶二贤之所作也。

他不从《诗经》能反映社会的真实，能声诉人民的疾苦着眼，而认为"华采之辞"，这是对《诗经》严重的歪曲。他不批判《上林》《羽猎》《二京》《三都》这些辞赋止于颂扬阿媚，毫无真实的内容，而认为"汪濊博富"，远过《诗经》，这是对辞赋盲目的赞颂。甚至以潘安仁、夏

---

① 《上林》，指《上林赋》，司马相如所作。
② 《羽猎》，指《羽猎赋》，扬雄所作。
③ 《二京》，指《两京赋》，张衡所作。
④ 《三都》，指《三都赋》，左思所作。
⑤ 奚斯，鲁公子鱼。《诗·鲁颂·閟宫》云："奚斯所作"。中有"路寝孔硕"句。
⑥ 王生，王延寿，东汉辞赋家，著有《鲁灵光殿赋》。
⑦ 《叔畋》，《诗·郑风》有《叔于田》一首，又有《大叔于田》一首。
⑧ 《卢铃》，《齐风》有《卢铃》一首。
⑨ 《清庙》，见《诗·周颂》。
⑩ 《云汉》，见《诗·大雅》。
⑪ 郭氏，郭璞，著有《南郊赋》（见《全晋文》卷一二〇）。
⑫ 《出车》《六月》，皆见《诗·小雅》。
⑬ 《武军赋》见《全后汉文》卷九二。

侯湛所作《补亡诗》，认为诗三百篇，完全比不上，那更是"荒乎其唐"。他自己也曾说过："古诗刺过失，故有益而贵；今诗纯虚誉，故有损而贱。"（《辞义篇》）究竟司马相如、潘岳那些人的诗赋，是"有益而贵"呢？还是"有损而贱"呢？如果以为铺张扬厉，就可以超过前人，那么，古诗固然不值得重视，而深美富博之子书，也比不上虚华小辩之辞赋了，这可不是绝大的矛盾？

他之所以会犯这样错误，就是认为："古者事事醇素，今则莫不雕饰，时移世改，理自然也。"（《钧世篇》）

把"醇素""雕饰"作为古今文章优劣的标准，这完全陷入形式主义、唯美主义的泥沼。

王充反对雕文饰辞，葛洪则不惟不加以反对，而且以为后胜于前的主要条件，这是两家最大的分歧，也是葛洪比较落后的一面。

他衡量作家之长短得失，也受了曹丕的一些影响。《辞义篇》说：

> 夫才有清浊，思有修短。虽并属文，参差万品。或浩瀚而不渊潭，或得事情而辞钝，违物理而文工。盖偏长之一致，非兼通之才也。暗于自料，强欲兼之，违才易务，故不免嗤也。

这和曹丕"气之清浊有体，不可力强而致"，而"文非一体，鲜能备善"，是以"能之者偏"的论调，有些相同。他所涉及的范围，一是深度与广度，二是内容与形式。"浩瀚而不渊潭"，是广而不深，病在全面铺开，而不能重点突出。"得事情而辞钝"，是情理惬当，而文辞拙劣，病在有内容而无形式。"违物理而文工"，是文辞美妙，而意义悖谬，病在有形式而无内容。（当然，拙劣的形式，亦是一种形式，悖谬的内容，亦是一种内容，这里是说形式内容不能得到统一，不要呆看。）这些利病，便超出《典论·论文》所讨论的范围。

《辞义篇》又说：

> 属笔之家，亦各有病：其深者患乎譬言烦冗，申诫广喻，欲弃而惜，不觉成烦也。其浅者患乎妍而无据，证援不给，皮肤鲜泽，而骨鲠迥弱也。

前一类的作家，意义深而取譬过烦，患在不能剪裁。后一类的作家，辞藻华美，而证据薄弱，患在不能充实。前一种偏于内容，后一种偏于形式。他想达到："繁华晔晔，则并七曜以高丽，沈沦微妙，则侪玄渊之无测。"（亦见《辞义篇》）内容深奥而又有美妙的形式来表达它，这种意见是合理的。

此外，他反对儒家重德行而轻文艺的主张。《尚博篇》说：

> 或曰，著述虽繁，适可以骋辞耀藻，无补救于得失，未若德行不言之训。故颜闵为上，而游夏乃次。四科之格，学本而行末，然则缀文固为余事，而吾子不褒崇其源，而独贵其流，可乎？抱朴子答曰：德行为有事，优劣易见；文章微妙，其体难识。夫易见者，粗也。难识者，精也。夫唯粗也，故铨衡有定焉。夫唯精也，故品藻难一焉。吾故舍易见之粗，而论难识之精，不亦可乎？

他不把文章当作道德的附庸，自不失为一种合理的意见。但以为评论文学，可以和德行根本割裂开来（舍易见之粗，而论难识之精），是否作家的生活实践和他的文章根本毫无关系呢？不管他的生活道路如何，道德品质如何，而仅仅就文章以论文章，所作出来的结论，是否可靠呢？而且他评论"难识之精"，究竟以何为标准呢？是否以为"雕饰"胜于"醇素"，《上林》《羽猎》《二京》《三都》，胜于《毛诗》华采之辞呢？这些都不能不使我们产生疑问。我们就他所著的《抱朴子》看来，文辞赡丽，全是骈文的风格。虽然有许多好的理论来做骨干，不同于浮华的辞赋，然总不免过于雕琢、过于铺排，形式主义、唯美主义对他的影响，力量是不小的。

六、南北朝的文学批评

(一) 刘 勰（465—520）

刘勰,字彦和,是南朝梁有名的文学批评家,也是中国文学批评史上一个有名的人物。《南史》本传说:

> 勰早孤,笃志好学。家贫,不婚娶,依沙门僧祐居,遂博通经论。因区别部类,录而序之。定林寺经藏,勰所定也。梁天监中,兼东宫通事舍人,……深被昭明太子爱接。初,勰撰《文心雕龙》五十篇,论古今文体。……既成,未为时流所称,勰欲取定于沈约,无由自达,乃负书候约于车前,状若货鬻者。约取读,大重之,谓深得文理,常陈诸几案。勰为文长于佛理,都下寺塔及名僧碑志,必请勰制文教。与慧震沙门于定林寺撰经证功毕,遂求出家,先燔须发自誓,敕许之,乃变服,改名慧地云。

刘勰的生平,略如上述。至于他创作《文心雕龙》的动机,可分两点来说。

(1) 南朝为文学上形式主义发展的时期,当时的作家,多出身于贵族或官僚,他们在政治、经济上均有特殊的地位,因而生活非常奢侈,根本和人民隔绝。如谢灵运借祖父之资,车服鲜艳,器物珍异,而游览山水,也是凿山浚湖,穿池植援,出入群从,结队惊众,豪华远达朝廷,邻郡疑为山贼。又如颜之推《颜氏家训·涉务篇》说:

> 梁世士大夫,皆尚褒衣博带,大冠高履,出则车舆,入则扶侍,郊郭之内,无乘马者。……江南朝士,因晋中兴南渡江,……至今八九世,未有力田,悉资俸禄而食耳!假令有者,皆信僮仆为之,未尝目睹起一坡土,耘一株苗,不知几月当下?几月当收?安识世间余务

乎？故治官则不了，营家则不办，皆优闲之过也。

他们生活在特殊的小天地当中，毫不了解社会人生的真相，所以作为文章，除了描绘自己苍白的生活外，不能有充实的内容，于是只好从形式方面来争胜。

《文心雕龙·明诗篇》说：

宋初文咏，体有因革，……俪采百字之偶，争价一句之奇，情必极貌以写物，辞必穷力而追新，此近世之所竞也。

《物色篇》说：

自近代以来，文贵形似，窥情风景之上，钻貌草木之中。

钟嵘《诗品序》说：

大明（宋武帝年号）泰始（宋明帝年号）中，文章殆同书钞。近任昉、王元长等，辞不贵奇，竞须新事，遂乃句无虚语，语无虚字，拘挛补衲，蠹文已甚！

《南史·庾肩吾传》说：

齐永明（齐武帝年号）中，王融、谢朓、沈约文章，始用四声，以为新变，至是转拘声韵，弥为丽靡。

可见当时南朝文学上总的倾向是：①雕琢词句，②精研声律，③堆砌典故。

他们用精巧的形式来掩盖内容的空虚，最后且发展到专门描写男女色情的宫体诗，这些诗都是贫血的、病态的，是上层的统治者生活腐化堕落的表现。这是一种反现实主义的逆流。敏感的人，知道它将来必然趋于没落。刘勰虽出身于官僚地主的家庭，但他早年死去了父亲，家境十分贫穷，弄到不能婚娶，只好走到佛寺中，依僧祐来过活，在统治阶级内部来说，是一个被压迫者，对那些拥有特殊的政治经济地位而生活腐化堕落的官僚们，当然是憎恶的。他在少年时代，思想上颇受到儒家的影响，认为文章和当前的政治社会是有密切的联系的，对那些贵族官僚们把文学当作消遣品，纯粹趋向形式主义的作风，也当然是反抗的。《文心雕龙·序志篇》说：

> 去圣久远，文体解散，辞人爱奇，言贵浮诡，饰羽尚画，文绣鞶帨，离本弥甚，将遂讹滥。……于是搦笔和墨，乃始论文。

唯其是他不满意于"饰羽尚画，文绣鞶帨"的形式主义的作风，想把它拉回到一条现实主义的路向，所以写成《文心雕龙》一书，以发挥他正确的文学主张。

（2）他认为在他以前的，如曹丕、陆机之流，对文学的批评都是细碎的、片面的，不能总揽全貌。他要总结前人的经验，做出他自己认为比较正确的结论来，所以有了《文心雕龙》的制作。

《序志篇》说：

> 详观近代之论文者多矣：至如魏文述典（指《典论·论文》），陈思序书（指《与杨德祖书》），应玚《文论》（指《文质论》），陆机《文赋》，仲洽《流别》（挚虞，字仲洽，著有《文奉流别》），宏范《翰林》（李充，字宏范，有《翰林论》），各照隅隙，鲜观衢路。或臧否当时之才，或铨品前修之文，或泛举雅俗之旨，或撮题篇章之意。魏典密而不周，陈书辩而无当。应论华而疏略，陆赋巧而碎乱。《流别》精而少巧，《翰林》浅而寡要。……并未能振叶以寻根，观澜而索源。不述先哲之诰，无益后生之虑。

"各照隅隙，鲜观衢路"，"并未能振叶以寻根，观澜而索源"，所以都是片面的、细碎的，不能作为批评的标准。

《序志篇》又说：

> 夫铨序一文为易，弥纶群言为难，……及其品列成文，有同乎旧谈者，非雷同也，势自不可异也。有异乎前论者，非苟异也，理自不

可同也。同之与异,不屑古今,擘肌分理,惟务折衷。

"擘肌分理",是把各家的主张加以精细地分析,"惟务折衷",是经过分析批判后得出一种他所认为比较正确的理论。这种工作,是前人没有尝试过的,他能披荆斩棘,开辟出一片新的园地来,纵然有许多缺点,也是难能可贵的。

关于刘勰的文学主张,可分几点来说明。

(1) 文学和社会环境的关系。

刘勰以为文学的产生和变化,是受到了社会环境的绝大影响。

《文心雕龙·时序篇》说:

> 时运交移,质文代变,……幽厉昏而《板》《荡》怒①,平王微而《黍离》哀②。故知歌谣文理,与世推移,风动于上,而波震于下。……

这是说《板》《荡》《黍离》诗篇的产生,和当时昏乱的政治、衰微的国力有密切的关系。

他批评建安文学说:

> 观其时文,雅好慷慨,良由世积乱离;风衰俗怨,并志深而笔长,故梗概而多气也。……(《文心雕龙·时序》)

这是说建安文士悲凉慷慨的作风,系由时代的纷乱、民生的痛苦所造成。如曹植的《送应氏》诗、王粲的《七哀》诗,都是很好的例证。

他批评东晋文学说:

---

① 《诗·大雅·板》序曰:"板,凡伯刺厉王也。"又《荡》序曰:"荡,召穆公伤周室大坏也。厉王无道,天下荡荡无纪纲文章,故作是诗也。"《板》《荡》皆厉王时诗,此云幽厉,盖连类言之。

② 《诗·王风·黍离》序曰:"黍离,闵宗周也。周大夫行役,至于宗周,过故宗庙宫室,尽为禾黍,闵周室之颠覆,彷徨不忍去而作是诗也。"

> 自中朝贵玄①，江左称盛，因谈余气，流成文体。是以世极迍邅，而辞意夷泰，诗必柱下之旨归，赋乃漆园之义疏②。（《文心雕龙·时序》）

这是说东晋文士清谈老庄的风气，系承袭西晋而来。在时代极度纷乱中，文学的趋向，反而逃避现实、远离现实，好像和他的看法根本矛盾。其实，正由于时代极度的纷乱，一般志行薄弱的文人，找不到正当的出路，因而假借老庄的玄学，来麻醉他们自己的灵魂。他们和时代并不是绝缘的。何况东晋的作家，还有刘琨、陶潜一些人，能够发挥爱国主义的精神，对当时腐恶的政治，采取激烈反抗的态度，时代的色彩在他们的作品中，还可以明显地看出来呢！

刘勰在《时序篇》的结论是：

> 故知文变染乎世情，兴废系乎时序，原始以要终，虽百世可知也。

可知道一代文学思潮的产生和风格的形成，都和当时的社会有密切的关系。而文学是人类社会生活真实的反映，也可从此得到说明。

曹丕、陆机，只知道强调作者的天才，而不知文学的产生和变化，要受到社会环境绝大的影响，只知道文学的风格，是由于作者的才性所形成，而忽略了它所受到的社会的影响这一方面。刘勰比他们，算是跨进了一大步了。

然而《时序篇》中，对于历代君主提倡文学所造成的影响，不免过于强调了！如说先秦时代，"唯齐楚两国，颇有文学。齐开庄衢之第③，

---

① 玄，指老庄之学。
② 老聃为柱下史，庄周为漆园吏。此两句是说，当时的诗赋，都以阐发老庄的思想为归宿。
③ 《史记·孟子荀卿列传》："驺奭者，齐诸驺子，亦颇采驺衍之术以纪文，于是齐王嘉之，自如淳于髡以下，皆命曰列大夫，为开康庄之衢，高门大屋尊宠之。"

楚广兰台之宫①，孟轲宾馆②，荀卿宰邑③，故稷下扇其清风④，兰陵郁其茂俗⑤，邹子以谈天飞誉，驺奭以雕龙驰响⑥，屈平联藻于日月，宋玉交彩于风云"。齐楚两国文学的兴盛，是由于最高统治者的提倡。而所谓"春秋以后，角战英雄，六经泥蟠，百家飙骇。……韩魏力政，燕赵任权。……"这种纷乱的局面，在他看来，是足以破坏文学的发展的。而对于当时社会重大的变革怎样刺激了作者的思想感情，他们的文学又怎样反映了当时的社会现实，则完全没有说到。至于推究汉武帝时代文学发达的原因，是"孝武崇儒，润色鸿业，礼乐争辉，辞藻竞骛。柏梁展朝宴之诗⑦，金堤制恤民之咏⑧，征枚乘以蒲轮⑨，申主父以鼎食⑩，擢公孙之对策⑪，叹儿宽之拟奏⑫。……"所以"遗风余采，莫与比盛"。而建安文学发达的原因，除了时代的影响外，也由于"魏武⑬以相王之尊，雅爱诗章；文帝⑭以副君之重，妙善辞赋，陈思⑮以公子之豪，下笔琳琅，并体貌英逸，故俊才云蒸"。由于他论列一代文学，都排列着这些现象，便把社会对文学的重大影响削弱了！这是一个很大的缺点！

---

① 宋玉《风赋》，楚襄王游于兰台之宫，宋玉景差侍。
② 《孟子·公孙丑》下，赵岐注："孟子虽仕齐，处师宾之位，以道见敬。王欲见之，使人往谓孟子云，寡人如就见者，若言就孟子之馆相见也。"
③ 《史记·孟子荀卿列传》："齐人或谗荀卿，荀卿乃适楚，而春申君以为兰陵令。"
④ 《史记·孟子荀卿列传》："自驺衍与齐之稷下先生，如淳于髡、慎到、环渊、接子、田骈、驺奭之徒，各著书言治乱之事。"
⑤ 刘向《荀子叙》："兰陵多善为学，盖以孙卿也。"
⑥ 《史记·孟子荀卿列传》："齐人颂曰：谈天衍，雕龙奭。"
⑦ 汉武帝元封三年，作柏梁台，与群臣联句。
⑧ 《汉书·沟洫志》："武帝既封禅，发卒数万人，塞瓠子决河。上悼功之不成乃作歌。"（歌词中有"泛滥不止兮愁吾人"之句，故说："制恤民之咏"）又《王尊传》："河水盛溢，泛浸瓠子金堤。"
⑨ 《汉书·枚乘传》："武帝自为太子，闻乘名，及即位，乃以安车蒲轮征乘。"
⑩ 《汉书·主父偃传》："丈夫生不五鼎食，死即五鼎烹耳。"
⑪ 《汉书·平津侯传》："元光五年，复征贤良文学，国人固推弘（公孙弘），弘至太常时对者百余人，太常奏弘策居下，策奏，天子擢弘为第一。"
⑫ 《汉书·倪宽传》："张汤为廷尉，有疑奏已再见却矣，掾史莫知所为，宽为言其意，掾史因使宽为奏，奏成，即时得可。异日汤见，上问曰：'前奏非俗吏所及，谁为之者？'汤言倪宽。上曰：'吾固闻之久矣'。"
⑬ 魏武，曹操。
⑭ 魏文，曹丕。
⑮ 陈思，曹植。

(2) 文学和自然环境的关系。

《文心雕龙·物色篇》说：

> 春秋代序，阴阳惨舒，物色之动，心亦摇焉。……情以物迁，辞以情发。……是以诗人感物，联类不穷。流连万象之际，沈吟视听之区；写气图貌，既随物以宛转；属采附声，亦与心而徘徊。

"物色之动，心亦摇焉"，可知道人类思想感情的波动，不是自然而然的，而是受着客观现实的刺激，才产生出来的。它随着自然景物的变化，而发生了悲欢爱憎的感情，这和陆机所说的"悲落叶于劲秋，喜柔条于芳春"相一致，然而陆机只看到自然环境对文学的影响，刘勰则于自然环境外，还看到客观社会现实对文学的影响，比陆机又向前发展了一步。

有人以为"人们的认识，人们的思想感情，并不是决定于自然界本身，而是被人们的实践所决定的。环绕在人们周围的世界，如果它不是作为人们活动的对象，它便不可能成为人们认识和理解的对象。生产活动和社会斗争，正是人们活动的两个主要方面，也是人们在自然界和社会生活中获某种感受和理解的真正来源。没有指出这一点，关于文学艺术的源泉的问题，也就没有得到彻底的圆满的解决"。[①]

诚然，刘勰对这一点并没有指出来，当然远远谈不到彻底的、圆满的解决，然而刘勰受着历史的局限，也绝不可能看到这一点。我们只能从他所处的历史阶段中来指出他的进步性，同时和现在的看法区别开来，但不能用现在的标准去要求他。

(3) 论文宜兼顾作者的个性和他在学术上的修养。

《文心雕龙·体性篇》说：

> 夫情动而言形，理发而文见，盖沿隐以至显，因内而符外者也。然才有庸儁，气有刚柔，学有浅深，习有雅郑，并情性所铄，陶染所凝，……各师成心，其异如面。

[①] 刘绶松：《文心雕龙初探》，载《文学研究》1957年第2期，第33—34页。

他以为作者天资有高下，气质有刚柔，学问有浅深，习染有邪正。由于赋禀和后天教育的关系，便造成了作者各种不同的个性特征，因而表现在文学上，形成各种不同的风格。他说：

> 贾生俊发，故文洁而体清；长卿傲诞，故理侈而辞溢；……嗣宗俶傥，故响逸而调远；叔夜儁侠，故兴高而采烈；……触类以推，表里必符。岂非自然之恒资，才气之大略哉！（《文心雕龙·体性》）

这是作者才性不同形成不同风格的例证。他又说："才有天资，学慎始习，斲梓染丝，功在初化，器成采定，难可翻移。"

可知道后天的习染，对人的天资的发展和变化有很大的关系。

《事类篇》亦说：

> 夫姜桂同地，辛在本性，文章由学，能在天资。才自内发，学以外成。

"才自内发，学以外成"，光靠一点小聪明，不努力从事学问，是不能有伟大的成就的。要不辜负自己的聪明，必须不断地教育自己、锻炼自己，才能把原有的美质逐步发展出来。

诚然，在阶级社会中，并没有抽象的人性。所谓人的本性，都打上了阶级的烙印。由于作者阶级出身不同，所受教育不同，学术修养不同，便造成他不同的个性特征。刘勰不能从阶级观点来分析人性，根本是错误的，但他受到了历史的局限也是不可避免的。至于批评文学，除了解当时的社会现实外，还需注意到作者的个性和他的学术修养，基本上说来是对的。

（4）内容和形式的联系。

文学有丰富的内容，还需有优美的形式。只有内容与形式统一的作品，才成为真实的艺术作品。刘勰对这一点看得很清楚。

《文心雕龙·情采篇》说：

> 水性虚而沦漪结，木体实而花萼振，文附质也。虎豹无文，则鞟同犬羊，犀兕有皮，而色资丹漆，质待文也。

> 夫能设谟以位理，拟地以置心，心定而后结音，理正而后摛藻，使文不灭质，博不溺心，正采耀乎朱蓝，间色屏于红紫，乃可谓雕琢其章，彬彬君子矣。

所谓"质"，即文学的内容。所谓"文"，即文学的形式。"文附质""质待文""文不灭质""博不溺心"，即内容和形式要紧密地联系。

刘勰再进一步提出内容决定形式的主张。

《情采篇》说：

> 夫铅黛所以饰容，而盼倩生于淑姿；文采所以饰言，而辩丽本予情性。故情者，文之经，辞者，理之纬；经正而后纬成，理定而后辞畅，此立文之本源也。
>
> 是以联辞结采，将欲明经，采滥辞诡，则心理愈翳。固知翠纶桂饵，反所以失鱼。言隐荣华①，殆谓此也。

"辞"和"采"无非是表达"情"和"理"，即形式无非是表达内容。如果没有充实的内容，辞采便无所附丽。

《风骨篇》说：

> 辞之待骨，如体之树骸，情之含风，犹形之包气。……若丰藻克赡，风骨不飞，则振采失鲜，负声无力。是以缀虑裁篇，务盈守气，刚健既实，辉光乃新。

"辞之待骨，如体之树骸"，人无骸骨，则形不能自树，文无骨干，则辞不能自树。骨是什么？在内容方面说，就是充实的思想、真挚的感情、丰富的想象，有了这些，才能构成文学，好像人体的骨干一样。在形式方面说，则为结构严整，文辞精炼。但它根本上还有待于充实的内容，否则不免空虚无物。从这里亦可以看出形式需由内容来决定。所谓"缀虑裁篇，务盈守气，刚健既实，辉光乃新"。

"情之含风，犹形之包气"。有形无气，则成为僵死的形骸；有情无

---

① 《庄子·齐物论》说："道隐于小成，言隐于荣华。"

风,则干巴巴地没有感人的力量。这里所谓的风,是指表情生动郁勃,有如长风吹动。但如果不是一往情深,蕴结于中,非吐不可,也就没有长风吹动的气势。这和内容决定形式的看法,根本上还是一致的。

至于他所指的内容,是进步的还是反动的,他也有很好的说明。

《情采篇》说:

> 诗人什篇,为情而造文,辞人赋颂,为文而造情。何以明其然?盖风雅之兴,志思蓄愤,而吟咏情性,以讽其上,此为情而造文也;诸子之徒,心非郁陶,苟驰夸饰,鬻声钓世,此为文而造情也。故为情者要约而写真,为文者淫丽而繁滥。而后之作者,采滥忽真,远弃风雅,近师辞赋,故体情之制日疏,逐文之篇愈盛。

他所肯定的,是风雅一类的文学,因为它能深刻地反映当时广大人民对腐恶的政治和社会憎恶与反抗的心情,含有强烈的讽刺作用。他所否定的是汉代辞赋一派的文学,像司马相如、枚乘之流,作为歌功颂德的辞赋,不过卖名声于天下,企图爬上政治舞台,邀宠于专制帝王而已!这一类淫丽泛滥的文章是反现实主义的逆流。齐梁文士,只知效法辞赋、遗弃风雅,所以"体情之制日疏,逐文之篇愈盛"。他的爱憎是很分明的,他这种主张,是可以推动现实主义文学向前发展的。

再看《时序篇》说:"幽厉昏而《板》《荡》怒,平王微而《黍离》哀。"指出《板》《荡》《黍离》一类的诗歌,由于反抗幽厉的昏暴与慨叹周室的衰微而作。又推究建安文学"慷慨任风,磊落使才"这种作风之形成,是由于"世积乱离,风衰俗怨"。当时的作家,亲见人民在战争中饱受死亡流离之祸,而自己亦在飘摇流转,所以作诗歌来声诉人民的疾苦和自己悲凉的遭遇。他对富于人民性现实性的文学给予如许的赞扬,对华而不实的辞赋则加以严厉的遣责,这种鲜明的态度、正确的主张是曹丕、陆机诸人所望尘莫及的!

(5)文学常在变化发展当中。

《通变篇》说:

> 夫设文之体有常,变文之数无方。……凡诗赋书记,名理相因,此有常之体也;文辞气力,通变则久,此无方之数也。名理有常,体

必资于故实，通变无方，数必酌于新声。故能骋无穷之路，饮不竭之源。

又说：

文律运周，日新其业。变则可久，通则不乏。

尽管诗、赋、书、记的体裁，后代和前代相同，而文辞气力声律等，则各具特殊的色彩。所谓"黄唐淳而质，虞夏质而辨，商周丽而雅，楚汉侈而艳，魏晋浅而绮，宋初讹而新"（《通变》）。唯其一方面有所继承，一方面又有新的创造，文学才能不断地向前发展，否则便要陷于僵死的状态。这种看法，基本上说来是对的，但不能郑重地指出由于社会不断地向前发展，人类的思想情感也不断地随之发展，因而所反映的社会形态和所描绘的人物性格心理行动等，后代和前代有极大的不同，而文辞、气力、声律等的变迁，仅仅限于形式方面，不免有很大的遗憾！

此外，刘勰为矫正当时浮华的风气，对儒家不免过于推崇，因而也含着不少复古的色彩。

《征圣篇》说：

征之周孔，则文有师矣。是以子政①论文，必征于圣；稚圭②劝学，必宗于经。……若征圣立言，则文其庶矣。

《宗经篇》说：

经也者，恒久之至道，不刊之鸿教也。……故论说辞序，则《易》统其首；诏策章奏，则《书》发其源；赋颂歌赞，则《诗》立其本；铭诔箴祝，则《礼》总其端；纪传铭檄，则《春秋》为根，并穷高以树表，极远以启疆，所以百家腾跃，终入环内者也。若禀经以制式，酌雅以富言，是仰山而铸铜，煮海而为盐也。……夫文以行

---

① 《汉书》："刘向，字子政。"
② 《汉书》："匡衡，字稚圭。"

立，行以文传，四教①所先，符采相济，励德树声，莫不师圣，而建言修辞，鲜克宗经。是以楚艳汉侈，流弊不还，正末归本，不其懿欤！

由于汉代的辞赋家只知吸收《楚辞》优美的辞藻和声律来制作大篇的辞赋，形成一种浮夸的作风，影响到南朝文士，愈益趋向浮靡，距离实际的人生社会愈远，所以刘勰想用儒家的学说来矫正它，使之"正末归本"，这在当时来说具有进步的作用。但由于刘勰对儒家的经典过于重视，遂以为一切文学，其源皆出于六经。不但"百家腾跃，终入环内"，而且不管时代有何种重大的变化，六经还成为"恒久之至道，不刊之鸿教"。这种见解和他进步的文学主张是相矛盾的。我们试看同在春秋战国的社会中，老庄孟荀韩非公孙龙之文，不但内容有很大的不同，即形式亦不相似，我们不能把它当作"六经之支与流裔"。所谓"百家腾跃，终入环内"，全是无稽之谈。我们再看《楚辞》不同于《诗经》，唐宋之文不同于魏晋，六经又何能成为"恒久之至道，不刊之鸿教"？这种充满复古臭味的说法是应该加以批判的。

最后谈到刘勰对文学批评所建立的标准。

在他未提出文学批评的标准以前，先指出过去文学批评家的偏向。《知音篇》说：

> 篇章杂沓，质文交加，知多偏好，人莫圆该。慷慨者逆声而击节，酝籍者见密而高蹈，浮慧者观绮而跃心，爱奇者闻诡而惊听。会己则嗟讽，异我则沮弃，各执一隅之解，欲拟万端之变。所谓东向而望，不见西墙也。

这是说由于批评文学的人主观的嗜好不同，因而对作品不能做出正确的评价。文学是丰富多彩的，或则慷慨激昂，或则蕴藉含蓄，或则辞采精丽，或则奇诡惊人，如果只以合乎自己的口味来评定，那只是片面的批评。钟嵘的《诗品》说："随其嗜欲，商榷不同。淄渑并泛，朱紫相夺，喧议竞起，准的无依。"便是这个意思。

---

① 《论语·述而篇》："子以四教：文，行，忠，信。"

刘勰以为文学批评家应具有博大精深的学问。《知音篇》说：

> 凡操千曲而后晓声，观千剑而后识器；故圆照之象，务先博观。阅乔岳以形培塿，酌沧波以喻畎浍，无私于轻重，不偏于憎爱，然后能平理若衡，照辞如镜矣。

学问渊博的人，才能比较各个作家之长短得失，做出合理的结论。不观乔岳之高，不知培塿之低，不酌沧波之深，不知畎浍之浅。在比较衡量之下，长短轻重，是有其客观的标准的，那便非"执一隅之解"，以"拟万端之变"所可比拟了。

刘勰进一步提出"六观"为批评文学的标准。

《知音篇》说：

> 是以将阅文情，先标六观：一观位体，二观置辞，三观通变，四观奇正，五观事义，六观宫商。

六观的内容怎样，现在且提出笔者浅陋的见解。

（1）观位体。

"体"，即文章的体裁。"位体"，即《熔裁》篇所说"设情以位体"。"情理设位，文采行乎其中"。

《附会篇》说：

> 夫才量学文，宜正体制，必以情志为神明，事义为骨髓，辞采为肌肤，宫商为声气。

"体制"只是文章的某一种形式，还需有某一种所要表现的内容位置。这种内容是什么？即所谓"情""情理""情志"。"情"和"志"不是孤立的，而是"应物斯感""情以物迁""物色之动，心亦摇焉"。它是有其客观现实基础的，它是对客观现实所起的一种爱和憎、悲和喜的真实的表示。抽掉了它，便是内容空虚，有文无质。所以说，"设情以位体"，"情理设位，文采行乎其中"。批评某种文章是否有真正的价值，第一步先要看它有无真实的内容。如果把"位体"仅仅解作为体制的经营，便要成为形式主义。

（2）观置辞。

辞所以表达感情，用字遣词，能不能把作者胸中所蕴蓄的感情充分表达出来，是文章一个重要的关键，也是分辨文章优劣的一个重要的关键。因为读者是要通过文辞来体会出作者内在的感情来的，文辞若不精确，虽有情感，亦不能通之他人，便要失去了感染人们的力量。主观的意图虽然是好的，而客观的效果，却完全失败了！

（3）观通变。

《通变篇》说：

> 变则可久，通则不乏。

《物色篇》说：

> 古来辞人，异代接武，莫不参伍以相变，因革以为功，物色尽而情有余者，晓会通也。

能变，所以能通，能通，所以能久。能变，故能多采多姿；能通，故能有所继承，有所创造。墨守成规，是不会有什么好的作品出现的。这也是批评文学一个重要的标准。

（4）观奇正。

《定势篇》说：

> 渊乎文者，并总群势；奇正虽反，必兼解以俱通；刚柔虽殊，必随时而适用。……近代辞人，率好诡巧，原其为体，讹势所变，厌黩旧式，故穿凿取新，察其讹意，似难而实无他术也，反正而已。……然密会者以意新得巧，苟异者以失体成怪。旧练之才，则执正以驭奇；新学之锐，则逐奇而失正；势流不反，则文体遂弊。秉兹情术，可无思耶？

他憎恶齐梁文士，只从辞藻声律方面刻意求新，所谓"竞一句之奇，争一字之巧"。极其所至，不能超出人工雕琢的范围。这种"厌黩旧式，穿凿取新"的文章,并不能算作奇文。文章之奇,要在于能有新意。或发前人所未发,或补前人所未备。有了新意,而能用新的形式来表现它,才算是一篇新奇的作品。所谓"密会者以意新得巧",便是这种道理。然而齐梁文士,逐奇失正。势流不反,文章遂日即颓弊。《序志篇》说:"辞人爱奇,言贵浮诡,饰羽尚画,文绣鞶帨,离本弥甚,将遂讹滥。"也是同一个意思。刘勰固然主张"通变",然并不主张以浮诡的风气来变易前代现实主义的优良传统,所以批评文章,要斟酌乎奇正之间。这也是一个不能忽视的标准。

（5）观事义。

"事义",即《事类篇》所说:"据事以类义,援古以证今。"南朝文士喜欢堆砌典故,这固然是刘勰所不赞同的,但他以为运用故实得宜,可使自己所持的道理得到一种有力的佐证,可以加强读者的信心,增加文章的效用。故说:"明理引乎成辞,征义举乎人事。"（亦见《事类篇》）不过用事要"理得而义要",并不以掉书袋为能。否则用事太多,反而掩蔽了作者的真意。所以批评文章的好坏,不在于它所运用典故的多少,而是看它是否用得简约而精要,这也是一个应注意的标准。

（6）观宫商。

宫商是属于声律方面。诗歌的制作,须具有强烈的音乐性,不唯言之而成文,而且歌之而成声,不唯以内容充实胜人,而且能以声音感人,这是诗歌和散文一个重要的区别。但"音律所始,本于人声者也。声含宫商,肇自血气,先王因之,以制乐歌"。（《声律篇》）如沈约之提倡"四声八病",用人为的规律来束缚自然情感的发展,那只是有害而无益的。诚然,刘勰在《声律篇》中,也曾谈到"声有飞沈,响有双叠",对音律也非常刻意,不免受到了沈约的影响。然而,诗歌能否合乎自然的节奏?读起来能否朗朗上口?用这种标准来衡量它的优劣,还是必要的。

最后刘勰以为从作家的作品中,可以探究出作者的思想感情来。《知音篇》说:"缀文者情动而辞发,观文者披文以入情,沿波讨源,虽幽必显。世远莫见其面,觇文辄见其心。岂成篇之足深,患识照之自浅耳。夫志在山水,琴表其情;况形之笔端,理将焉匿?故心之照理,譬目之照形,目瞭则形无不分,心敏则理无不达。"批评文学的人,能从作品中探究出作者的思想感情,才不会流为主观的武断,这一点也是相当重要的。

以上所说,刘勰的文学主张,基本上说来是进步的。他所提出的批评文学的标准，也是言之成理的。至于他的局限性，上面也谈到一些，但在这里还要加以补充说明。

（1）他对民间文学，采取忽视的态度。如《明诗篇》虽说："民生而志，咏歌所含"，但整篇所举的，都是有名的作家，哪些民歌民谣对时代有怎样的反映，对作家有怎样的影响，完全找不出来。如《乐府篇》中，虽然说到"匹夫庶妇，讴吟土风，诗官采言，乐盲被律，志感丝篁，气变金石。是以师旷觇风于盛衰，季札鉴微于兴废"。认识到诗官所采的匹夫庶妇的讴吟，被之管弦，可以看出风俗的盛衰、国家的兴废，终不免言之太简！而对这些民歌民谣的一些批评，是"好乐无荒，晋风所以称远；伊其相谑，郑国所以云亡"。只着眼于教育作用，没有看到它本身的艺术价值。而郑风男女赠答之歌，本是人民真实情感的流露，乃用儒家拥护礼教的眼光，说它是亡国之音，也是一种错误的批评。如《谐隐篇》，曾举出"昔华元弃甲，城者发睅目之讴①；臧纥丧师，国人造侏儒之歌②；并嗤戏形貌，内怨为俳也"，说明这种歌谣，是人民对执政者怨诽讽刺的表示。对于隐语，也认为是"遁辞以隐意，谲譬以指事也。……伍举刺荆王以大鸟③，齐客讥薛公以海鱼④，……隐语之用，被于纪传。大者兴治济身，其次弼违晓惑。……与夫谐辞，可相表里者也"。也看出民间具有讽刺性的语言，起着相当的作用。然而，篇终的结论是："文辞之有谐隐，譬九流之有小说。盖稗官所采，以广视听。"轻忽的态度，也可以从这里看出来了！

（2）他对文学起源的看法，不免陷于唯心论的窠臼。《原道篇》说，

---

① 《左传》宣公二年，郑伐宋，宋师败绩，囚华元。宋人赎华元于郑。半入，华元逃归。宋城，华元为植巡功。城者讴曰："睅其目，皤其腹，弃甲而复，于思于思，弃甲复来！"

② 《左传》襄公四年，臧纥救鄫，侵邾，败于狐骀。国人诵之曰："臧之狐裘，败我于狐骀。我君小子，侏儒是使。侏儒！侏儒！使我败于邾！"

③ 《史记·楚世家》：庄王即位，三年不出号令，日夜为乐，令国中曰："敢谏者死。"伍举入谏，曰："愿有进隐。曰：有鸟在于阜，三年不蜚（飞）不鸣，是何鸟也？"庄王曰："三年不蜚，蜚将冲天，三年不鸣，鸣将惊人。举退矣，吾知之矣。"

④ 《战国策·齐策》：靖郭君将城薛，客多以谏。靖郭君谓谒者无为客通。齐人有请者曰："臣请三言而已矣。益一言，臣请烹。"靖郭君因见之。客趋而进曰："海大鱼"，因反走。君曰："客有于此。"客曰："鄙臣不敢以死为戏。"君曰："亡，更言之。"对曰："君不闻大鱼乎？网不能止，钩不能牵，荡而失水，则蝼蚁得意焉。今夫齐，亦君之水也，君长有齐，奚以薛为？失齐，虽隆薛之城到于天，犹之无益也。"君曰："善。"乃辍城薛。

"文之为德也大矣！与天地并生者何哉？夫玄黄色杂，方圆体分，日月迭璧，以垂丽天之象；山川焕绮，以铺理地之形，此盖道之文也。仰观吐曜，俯察含章，高卑定位，故两仪①既生矣。惟人参之，性灵所钟，是谓三才。为五行之秀，实天地之心②，心生而言立，言立而文明，自然之道也。傍及万品，动植皆文。龙凤以藻绘呈瑞，虎豹以炳蔚凝姿；云霞雕色，有逾画工之妙；草木贲华，无待锦匠之奇；夫岂外饰，盖自然耳。至于林籁结响，调如竽瑟；泉石激韵，和若球锽；故形立则章成矣，声发则文生矣。夫以无识之物，郁然有彩，有心之器，其无文欤？"

他以为盈天地间，如日月、山川、龙凤、虎豹、云霞、草木，都呈现着美丽的文采，而林籁泉石所发出来的声音，亦无异乎音乐的节奏。人是有感情的动物，对自然的景物有所触发，自然会表现为文章，决不是矫揉造作得来的。这对南朝文士情感空虚只知以人工雕琢为文来说，是具有反讽意义的。然而文学真正的起源是劳动。《淮南子·道应训》说："今举大木者，前呼邪许，后亦应之，此举重劝力之歌也。"人类在劳动生产过程中，产生了有节奏的劳动韵律，再进一步就发展为诗歌。最初的诗歌，是人类集体的口头创作，是与劳动有密切关系的。《吕氏春秋·古乐篇》说："昔葛天氏之乐，三人操牛尾，投足以歌八阕。"有《载民》《遂草木》《奋五谷》等，可以看出一些消息来。而刘勰乃以人类情感受自然景物触发，为产生文学的起源，这种说法完全是唯心的。

（3）整部《文心雕龙》，花费巨大的篇幅来讨论文章的体裁，《辨骚》《明诗》《乐府》《诠赋》等篇，诚然有许多精论，然自此以下，如《颂赞》《祝盟》《铭箴》《诔碑》《哀吊》《杂文》《谐隐》《史传》《诸子》《诏策》《檄移》《封禅》《章表》《奏启》《议对》《书记》等，都属无关紧要之作，而且把经、史、子三部的书都纳入文学范围，也不免失之广泛（诚然，经、史、子三部中也有很好的文学作品，但就文学批评的范围来说，应缩小一些）。这样便无法做更深入的批评。

（4）他反对当时浮华的作风，但是《文心雕龙》还是运用骈文写的。用骈文来发挥文学理论和文学批评，能够有这样的成就，自然是很难得的，但这种文体，为声律、对偶、典故、辞藻所限制，不能信笔挥洒，也

---

① 两仪，指乾坤，即天地。
② 《礼记·礼运篇》："人者，天地之心也，五行之端也。"

就使人不免"如雾里看花,终隔一层",也是一种小小的遗憾。(可能是因为他的文章是写给当时统治阶级内部的文人看的,不采用当时盛行的文体,便没人去理会。也可能是习俗移人,贤者不免。)

(5)陶渊明是东晋末年一个大诗人,而且深为萧统所喜爱。说他"文章不群,辞采精拔,跌宕昭彰,独超众类,抑扬爽朗,莫与之京。横素波而傍流,干青云而直上。语时事则指而可想,论怀抱则旷而且真。加以贞志不休,安道苦节,不以躬耕为耻,不以无财为病。自非大贤笃志,与道污隆,孰能如此乎?"(《陶渊明集序》)刘勰"深被昭明太子(萧统)爱接"(《南史》本传),平日应相与其上下议论,但《文心雕龙》中,对陶潜全没有提及,不是原本有些残缺的地方,便是他对陶潜这种真朴自然的东西,采取轻视的态度。这里作为一种疑问提出来。少提一个作家,看起来无关紧要,其实从这里是可以看出作者对待文学的态度。

尽管刘勰的文学理论够不上我们现代的标准,尽管其存在着许多缺憾,但在当时来说,已起着巨大的进步作用。他严厉地批判了齐梁的形式主义、唯美主义,也给唐代陈子昂、李白诸人所提倡的诗坛革新运动打下了理论的基础,影响也是相当重大的。

(二) 钟　嵘(约468—约518)

钟嵘,字仲伟,颍川长社(今河南许昌)人。齐永明(齐武帝年号)中,为国子生,明《周易》。建武(齐明帝年号)初,为南康王侍郎。永元(东昏侯年号)末,除司徒行参军。梁天监(梁武帝年号)初,衡阳王元简出守会稽,引为宁朔记室,专掌文翰。迁西中郎晋安王记室。顷之,卒官(《南史》本传)。

他尝著《诗品》一书,评论五言诗的作家与作品,起于汉,迄于梁,被评的凡一百二十二人,列为上中下三品,追溯其源流,品第其优劣。比之刘勰的《文心雕龙》,范围较狭,但在反抗南朝浮靡的风气来说,有其积极的进步意义。

他在《诗品序》中,首先说到诗歌产生的原因。

他说:"气之动物,物之感人,故摇荡情性,形诸舞咏。……若乃春风春鸟,秋月秋蝉,夏云暑雨,冬月祁寒,斯四候之感诸诗者也。"

这和刘勰所说"春秋代序,阴阳惨舒。物色之动,心亦摇焉。……情以物迁,辞以情发"(《文心雕龙·物色》)的理论是一贯的。即由自然景物的触动，而产生了诗歌。

他又说："至于楚臣去境①，汉妾辞宫②。或骨横朔野，魂逐飞蓬。或负戈外戍，杀气雄边。塞客衣单，孀闺泪尽。或士有解佩出朝，一去忘返。女有扬蛾入宠，再盼倾国。凡斯种种，感荡心灵，非陈诗何以展其义？非长歌何以骋其情？"

这段话统括起来，即"穷者欲达其言，劳者须歌其事"。作家在生活道路上有了种种波折，因而用诗歌来表现它。

照他的看法，诗歌是人类真实情感的流露，而情感的触动，是受着自然环境和作者个人生活遭遇的影响的。这样作出来的诗歌，才不是无病呻吟。这对南朝文士竞尚辞藻、声律、典故而毫不顾及内容的文风来说，是起着进步作用的。但他不能从生产斗争和阶级斗争中来探究文学产生及发展的原因，也是有着很大的局限性的。（自然，我们不能用这种标准来要求他。）

其次，他对南朝浮靡的作风大力加以抨击。

（1）反对用典。

《诗品序》说："吟咏情性，亦何贵于用事？'思君如流水'③，既是即目；'高台多悲风'④，亦惟所见；'清晨登陇首'⑤，羌无故实；'明月照积雪'⑥，讵出经史？观古今胜语，多非补假，皆由直寻。"

诗歌所以发抒人类的性情，而性情的发抒，贵在能直接流露，不必乞求于典故。典故愈多，性情愈少。他指出当时用典的流弊说：

> 颜延，谢庄，尤为繁密，于时化之。故大明⑦、泰始⑧中，文章殆同书钞！近任昉、王元长等，辞不贵奇，竞须新事。尔来作者，浸以成俗。遂乃句无虚语，语无虚字，拘挛补衲，蠹文已甚！

---

① 楚臣，指屈原。去境，谓放逐。
② 汉妾，指王昭君。
③ 徐干《室思》诗："思君如流水，何有穷已时。"
④ 曹子建《杂诗》："高台多悲风，朝日照北林。"
⑤ 《北堂书钞》卷一五七引张华诗："清晨登陇首，坎壈行山难。"《全晋诗》失载。
⑥ 谢灵运《岁暮》诗："明月照积雪，北风劲且哀。"
⑦ 大明，宋武帝年号，当公元457—464年。
⑧ 泰始，宋明帝年号，当公元465—471年。

这些堆砌典故的文章，有如僧人所穿的百衲衣，全资补缀，又如手足痉挛的病夫，运用不灵。他直斥为文章之蠹。这些作品都是封建士大夫的玩意儿。他们凭借其在文坛上的地位，散播着一种歪风，钟嵘对此加以严厉的抨击，对现实主义的发展是有很大的帮助的。

（2）反对声病。

《诗品序》说：

> 古曰诗颂，皆被之金竹，故非调五音，无以谐会。若"置酒高堂上"①，"明月照高楼"②，为韵之首。故三祖③之辞，文或不工，而韵入歌唱，此重音韵之义也，与世之言宫商异矣。今既不被管弦，亦何取于声律耶？齐有王元长者，尝谓余云："宫商与二仪俱生，自古辞人不知之，惟颜宪子④乃云律吕音调，而其实大谬，惟见范晔、谢庄颇识之耳。尝欲进知音论，未就。"王元长创其首，谢朓、沈约扬其波，三贤或贵谷子孙，幼有文辩。于是士流景慕，务为精密，襞积细微，专相凌架，故使文多拘忌，伤其真美。余谓文制，本须讽诵，不可蹇碍，但令清浊通流，口吻调利，斯为足矣。至平上去入，则余病未能；蜂腰鹤膝⑤，闾里已具。

从乐府本身来说，诗和乐是合一的，所以五音不谐适，便不能歌唱。但乐府歌词，大部分是从民间采来，当它在民间流行的时候，只求合乎自然的节奏，并不受人为音律的拘束。过于重视人为的音律，便要使诗歌内容受到绝大的限制，因而情感思想不能很真切自然地流露出来，结果是"文多拘忌，伤其真美"。沈约这些人对声韵学有相当的贡献，我们并不否认，但是把这些人为的规律严苛地加到诗歌上面，便无异于戴上了许多镣铐。试问《诗经三百篇》《汉魏乐府》和《古诗十九首》等，是否合

---

① 见阮瑀《杂诗》。
② 曹植《七哀》诗："明月照高楼，流光正徘徊。"
③ 三祖，魏武帝（曹操）为魏太祖，魏文帝（曹丕）为魏高祖，魏明帝（曹叡）为魏烈祖。
④ 颜宪子，即颜延之，宪子是谥号。
⑤ 沈约曰："诗病有八：一曰平头，二曰上尾，三曰蜂腰，四曰鹤膝，五曰大韵，六曰小韵，七曰旁纽，八曰正纽。"

乎沈约所提出来的音律的标准？如其不合，是否便毫无价值？即就沈约的诗来说，又是否能合乎他自己所提出来的音律的标准？这种清规戒律，不过是庸人自扰罢了！

（3）反对玄谈。

晋代为老庄思想极盛时期，一般名士，挥尘高谈，影响所及，散文固大畅玄风，诗歌也蒙上了浓厚的老庄色彩。正始时代，如嵇康、阮籍之流，他们借老庄无为而治的思想，来抨击司马氏残酷的政治措施，是有其进步意义的，但后来谈玄说理的，却远离现实的人生社会，变成了一套观念的游戏。他们所作的诗歌，自谓能以平淡之辞，寓精微之理，其实完全看不到时代的色彩和作者真实的思想感情。这种作风是钟嵘所反对的。《诗品序》说：

> 永嘉时，贵黄老，稍尚虚谈，于时篇什，理过其辞，淡乎寡味。爰及江表，微波尚传，孙绰、许询、桓庾①诸公诗，皆平典似《道德论》，建安风力尽矣！

建安的文学作家，慷慨以任风，磊落以使才，能反映时代乱离、人民的痛苦和作者自身的遭遇，而孙绰、许询这些人所走的玄虚道路，恰恰相反，无怪乎钟嵘说"建安风力尽矣"了！

有人以为，到了南朝，"庄老告退，而山水方滋"，他所抨击的对象已经不复存在了，所以在当时起不了什么作用。其实像谢灵运的山水诗，如"虑淡物自轻，意惬理无违"②，"异音同至听，殊响俱清越"③，"沈冥岂别理，守道自不携"④，处处都是老庄思想的表现。而且除老庄以外，还加上了《周易》，佛理。"庄老告退"的说法，只是从表象上来看问题的，实际上并不如此。不过谢灵运能通过艺术的手法来表现，比孙绰、许询这些人要高明得多，然而这种玄虚的道路，终是和现实的社会人生有着很远的距离的。像谢灵运远离人外的山水诗，除了给我们以一些美的感受

---

① 桓温，庾亮。
② 见《谢康乐集·石壁精舍还湖中作》。
③ 见《石门岩上宿》。
④ 见《登石门最高顶》。

外，还有什么很大的社会意义？钟嵘所抨击的，只限于晋代高谈玄虚的作家，不能指出谢灵运的诗也还有这种倾向，正嫌他实力不足，并不能说他所抨击的对象已经不复存在了！

现在且谈到他所批评的人物。他标举《国风》《小雅》《楚辞》为五言诗的三大源泉，如李陵出于《楚辞》、曹植出于《国风》、阮籍出于《小雅》等。并把作家分为上中下三品：如曹植、刘桢、陆机、潘岳，列于上品；曹丕、陶潜、鲍照，列于中品；曹操、徐干，列于下品；等等。本来探究作者诗歌的来源是很重要的，但须着重他当前的社会现实和他的生活道路，以及世界观、学术修养，等等，至于前代某一个作家对他有重大的影响，虽然也必须说到，但要有明确的证据，不能凭主观的意见来断定。就建安文学总的风格来说，是"慷慨以任风，磊落以使才"，这是由于"世积乱离，风衰俗怨"。就曹植、王粲的作风来说，如曹的《送应氏》① 诗、王的《七哀》诗②，都是反映社会乱离、表现人民疾苦的作品。风格固然相似，即他们表现个人哀乐之作，也同属于悲凉慷慨的范围。而钟嵘谓曹植出于《国风》，王粲出于李陵（钟谓李陵出于《楚辞》，则王粲亦是《楚辞》的继承者）。究竟有何根据？至于陶潜的诗，歌咏劳动，歌咏田园，反抗腐恶的统治者，他的艺术风格是真朴、生动、自然，全没有六朝文士雕琢的气息，在晋代是一支秀出的奇花。钟嵘乃谓其源出于应璩，而且把他列在中品，是否全出于主观的臆断？曹操运用乐府以写

---

① 曹植《送应氏》诗：
步登北邙阪，遥望洛阳山。洛阳何寂寞，宫殿尽烧焚。垣墙皆顿擗，荆棘上参天。不见旧耆老，但睹新少年。侧足无行径，荒畴不复田。游子久不归，不识陌与阡。中野何萧条，千里无人烟。念我平常居（一作生亲），气结不能言。

② 王粲《七哀》诗：
西京乱无象，豺虎方遘患。复弃中国去，委身适荆蛮。亲戚对我悲，朋友相追攀。出门无所见，白骨蔽平原。路有饥妇人，抱子弃草间。顾闻号泣声，挥涕独不还。未知身死处，何能两相完？驱马弃之去，不忍听此言。南登灞陵岸，回首望长安。悟彼泉下人，喟然伤心肝！

时事，如《蒿里行》《苦寒行》《碣石篇》《短歌行》① 等，真"如幽燕老将，气韵沈雄"，在建安中最为突出，又何以列在下品？大概钟嵘生在梁代，在文学理论上虽然反对浮靡的作风，但在文学鉴赏方面，还不免受着时代的局限，所以不能有很公正的批评吧！

尽管这样，他批评各家的长短得失，也还有许多可取的。他对曹植虽然评价过高，但说他"情兼雅怨，体被文质"，则确能道出他风格的特征。曹植的诗，辞藻确比汉乐府为华美，开六朝人浮靡之渐，但他有充实的情感思想来构成他的诗的内容，有慷慨悲凉的音调来驱使他的辞采，既不同于汉乐府之质朴，亦异于六朝人的浮华。质而文，雅而怨，确是他诗歌的特色。

他批评阮籍说："咏怀之作，可以陶性灵，发幽思。言在耳目之内，情寄八荒之表。……自致远大，颇多感慨之词。厥旨渊放，归趣难求。……"

阮籍处在司马氏残酷地屠杀知识分子的时代，他不敢对政治做露骨的批评，而心中愤郁，对政治又不能不有所批评，于是采取隐蔽的方式来表达。如"秋风吹飞藿，零落从此始"②，"凝霜被野草，岁暮亦云已"③，都隐喻当时的知识分子被屠杀的悲哀。如"外厉贞素谈，户内灭芬芳，

---

① 《蒿里行》《苦寒行》《碣石篇》《短歌行》，均见《魏武帝集》。兹举《苦寒行》《碣石篇》为例：

《苦寒行》：

北上太行山，艰哉何巍巍！羊肠坂诘屈，车轮为之摧。树木何萧瑟，北风声正悲。熊罴对我蹲，虎豹夹路啼。谿谷少人民，雪落何霏霏。延颈长叹息，远行多所怀。我心何怫郁，思欲一东归。水深桥梁绝，中道正徘徊。迷惑失故路，薄暮无宿栖。行行日已远，人马同时饥。担囊行取薪，斧冰持作糜。悲彼东山诗，悠悠使我哀。

《碣石篇》（一作步出夏门行）：

东临碣石，以观沧海。水何澹澹，山岛竦峙。树木丛生，百草丰茂。秋风萧瑟，洪波涌起。日月之行，若出其中；星汉灿烂，若出其里。幸甚至哉，歌以咏志。

孟冬十月，北风徘徊。天气肃清，繁霜霏霏。鹍鸡晨鸣，鸿雁南飞。鸷鸟潜藏，熊罴窟栖。钱镈停置，农收积场。逆旅整设，以通贾商。幸甚至哉，歌以咏志。

乡土不同，河朔隆冬。流澌浮漂，舟船行难。锥不入地，蘴藾深奥。水竭不流，冰坚可蹈。士隐者贫，勇侠轻非。心常怨叹，戚戚多悲。幸甚至哉，歌以咏志。

神龟虽寿，犹有竟时。腾蛇乘雾，终为土灰。老骥伏枥，志在千里。烈士暮年，壮心不已，盈缩之期，不但在天；养怡之福，可得永年。幸甚至哉，歌以咏志。

② 均见阮籍《咏怀诗》其三。

③ 均见阮籍《咏怀诗》其三。

委曲周旋仪，姿态愁我肠"①，是对阿媚司马氏的虚伪的儒教徒一种深刻的讽刺。所以说："言在耳目之内，情寄八荒之表。"然有时隐晦太过，使人真意不明，所以说"厥旨渊放，归趣难求"。这种批评，他人是移用不得的。

他批评刘琨说："善为凄戾之辞，自有清拔之气。琨既体良才，又罹厄运，故善叙丧乱，多感恨之词。"

刘琨是晋代杰出的爱国诗人。他统率孤军，在敌后方作战，虽受强敌四面包围，然而不挠不屈，最后斗争失败，为段匹䃅所缢杀，然而他的爱国主义精神是可钦佩的。由于他处境艰难、兵粮俱乏，东晋王朝不但不加以援助，反而从中构陷，使他非常悲愤，他的诗篇就是他艰难的遭际和抑塞磊落的情感的发抒，所以说："既体良才，又罹厄运，故善叙丧乱，多感恨之词。"如《扶风歌》②之苍凉悲壮，千载以来，犹发出巨大的光芒。钟嵘结合他当前的社会环境和他个人的生活遭遇来说明他风格形成的原因，是相当正确的。（至于谓其源出于王粲，则纯属主观的臆见。）

此外，如批评谢灵运："尚巧似，……颇以繁芜为累。……然名章迥句，处处间起。"

批评谢朓："……奇章秀句，往往警遒。……善自发端，而末篇多踬。"

批评沈约："所著既多，今剪除淫杂，收其精要，允为中，品之第矣。"

这些批评都颇有斤两。灵运有句无篇，谢朓虎头蛇尾，沈约平平无奇，千载以下，看法都差不多，可见他不是随意抑扬。有人说嵘求誉于沈约，约拒之，因以此为报复。其实列约为中品，已经无可再高了！钟嵘不肯替沈约捧场，对其四声八病说，攻之尤力，比刘勰还要彻底，这正足以

---

① 见阮籍《咏怀诗》其六十七。
② 刘琨《扶风歌》：
朝发广莫门，暮宿丹水山。左手弯繁弱，右手挥龙渊。顾瞻望宫阙，俯仰御飞轩。据鞍长叹息，泪下如流泉。系马长松下，发鞍高岳头。烈烈悲风起，泠泠涧水流。挥手长相谢，哽咽不能言。浮云为我结，飞鸟为我旋。去家日已远，安知存与亡。慷慨穷林中，抱膝独摧藏。麋鹿游我前，猿猴戏我侧。资粮既乏尽，薇蕨安可食！揽辔命徒侣，吟啸绝岩中。君子道微矣，夫子固有穷。惟昔李骞期，寄在匈奴庭。忠信反获罪，汉武不见明。我欲竟此曲，此曲悲且长。弃置勿重陈，重陈令心伤。

表示他的识力,何能指为报复?

总之《诗品》一书,基本上看来,是有进步性的。篇中标出"建安风力",也给唐代的陈子昂以一种启示。它是能推动文学向前发展的。即使有些批评不当的地方,也不妨碍它的价值。

(三) 颜之推(531—591)

颜之推,琅琊临沂(今山东省临沂县北)人。梁湘东王时,曾为国左常侍。元帝即位,为散骑常侍。江陵陷后,入周。寻奔北齐,累官黄门侍郎,平原太守。齐亡后,复入周,为御史上士。隋开皇中,太子召为学士。飘零流转,身世略同于庾子山。他因"北方政教严切,全无隐退者"(《颜氏家训·终制篇》),不得已屈身异族,然潜在的民族意识,还时时流露出来!《颜氏家训·教子篇》说:

> 齐朝有一士大夫,常谓吾曰:"我有一儿,年已十七,颇晓书疏。教其鲜卑语,及弹琵琶,稍能通解,以此伏事公卿,无不宠爱。"吾时俯而不答。异哉!此人之教子也!若由此业自致卿相,亦不愿汝曹为之!

他的苦衷,从这里可以看出来。

他对齐梁浮丽夸靡的文风,强烈地加以反对。一方面是有他的家学渊源,一方面是看到当时的文人,严重脱离实际,文章虽美,无益于世,因此奋然欲加以改革。同时也受到北方文学一些影响,从而导出他自己的文学主张。

《颜氏家训·文章篇》说:

> 吾家世文章,甚为典正,不从流俗。梁孝元在藩邸时,撰《西府新文纪》,无一篇见录者。亦以不偶于世,无郑卫之音故也。

时人好为郑卫之音,而他一家的文章,则和当时的风尚截然不同,这是反抗齐梁形式主义、唯美主义一个重要的因素。

《颜氏家训·涉务篇》说:

> 吾见世中文学之士,品藻古今,若指诸掌。及有试用,多无所堪。居承平之世,不知有丧乱之祸;处廊庙之下,不知有战阵之急,保俸禄之资,不知有耕稼之苦;肆吏民之上,不知有劳役之勤,故难可以应世经务也。

这些出身于贵族官僚的文人,唯知享乐腐化,毫不关心民生的疾苦、国家的安危。尽管抵掌雄谈,其实毫无所用!这是颜之推所深恶痛绝的。《勉学篇》又说:

> 吟啸谈谑,讽咏辞赋,事既优闲,材增迂诞,军国经纶,略无施用。

他以为这些华而不实的文章,不能为当前的政治服务,也是毫不中用的。

他已然严重地指斥那些浮华的文士、浮华的文章,他所提倡的文学作风,当然是转到一条新的路向。

他在北方流寓很久,自然也受到了当日文坛的一些影响。李延寿《北史·文苑传序》说:

> 中州板荡,戎狄交侵,僭伪相属,生灵涂炭,故文章黜焉。其能潜思于战争之间,挥翰于锋镝之下,亦有时而间出矣;……然皆迫于仓卒,牵于战阵。章奏符檄,则灿然可观;体物缘情,则寂寥于世;非其才有优劣,时运然也。

由于北方戎马倥偬、章奏符檄,最切合当时的需要,文人所长,全在此点。至于诗赋,则远逊南人。颜之推受到了一些影响,因而有下面的说法:

> 朝廷宪章,军旅誓诰,敷显仁义,发明功德,牧民建国,不可暂无。至于陶冶性灵,从容讽谏,入其滋味,亦乐事也。行有余力,则

可习之。(《颜氏家训·文章篇》)

他虽然不废陶冶性灵的诗歌,但以为非当务之急,这也是他崇尚实际的一种明显的表示。

《文章篇》又说:

> 文章当以理致为心肾,气调为筋骨,事义为皮肤,华丽为冠冕。

这和刘勰《文心雕龙·附会篇》所说"必以情致为神明,事义为骨髓,辞采为肌肤,宫商为声气"相类似,都是把质和文统一起来。但形式是为内容服务的,所以对当时重文轻质的一种错误的方向,不能不加以矫正。《文章篇》又说:

> 今世相承,趋末弃本,率多浮艳。辞与理竞,辞胜而理伏,事与才争,事繁而才损。放逸者流宕而忘归,穿凿者补缀而不足。

那些追逐辞藻、崇尚典故的浮伪之文,其中空无所有,不能不来一番改革。所以下文又说:

> 必有盛才重誉,改革体裁者,实吾所希。

他自顾人微言轻,所以对盛才重誉者寄予一番希望。

可是他主张先质而后文,却并不主张因质而废文。所以《文章篇》又说:

> 古人之文,宏才逸气,体度风格,去今实远,但缉缀疏朴,未为密致耳!今世音律谐靡,章句偶对,讳避精详,贤于往昔多矣。宜以古之制裁为本,今之辞调为末,并须两存,不可偏弃也。

唯其斟酌古今,调和文质,所以和苏绰这些提倡复古的,也有很大的不同。

苏绰作为《大诰》,以勖在位百官:"克捐厥华,即厥实,背厥伪,崇厥诫。勿偈（愒）勿忘，一乎三代之彝典。"文章完全模仿《尚书》，这是违背文学发展的规律的。而颜之推的主张，对当时文学的发展是有推动作用的。

他还主张文人要有充实的学问。"明六经之旨，涉百家之书。"（《勉学篇》）他指出为学的要义说：

> 所以学者，欲其多智明达耳。
> 夫所以读书学问，本欲开心明目，利于行耳。
> 夫学者，所以求益尔。……古之学者为己，以补不足也；今之学者为人，但能说之也。古之学者为人，行道以利世也；今之学者为己，修身以求进也。夫学者犹种树也。春玩其华，秋登其实。讲论文章，春华也；修身利行，秋实也。（以上所引均见《勉学篇》）

因为当时的文士，极端浮夸，"一事惬当，一句清巧，神厉九霄，志凌千载，自吟自赏，不觉更有旁人！"（见《文章篇》）颜之推看不惯这种派头，所以勉励子弟不要做一个空头的文人，要能够刻苦学问，实践躬行。春玩其华，秋登其实。这种见解，已非文章所能范围了。

在学习文章方面，他以为要能够虚心接受人家的批评。《文章篇》说：

> 学为文章，先谋亲友；得其评裁，知可施行，然后出手。慎勿师心自任，取笑旁人也。
> 江南文制，欲人弹射，知有病累，随即改之。陈王得之于丁廙也。

这种说法，在今天还是有相当意义的。

此外，如引沈约的话："文章当从三易：易见事，一也；易识字，二也；易读诵，三也。"也还有一些可取。从这里可以看出他对典故沉晦、奇字满纸难以上口的文章，是采取反对的态度的。

但是他在《文章篇》中，批评"自古文人，多陷轻薄"，自屈原以至谢元晖，无一获免，持论未免苛刻。又以为"砂砾所伤，惨于矛戟；讽刺之祸，速乎风尘。深宜防虑，以保元吉"。对腐恶的统治者不敢用文学来做积极斗争的武器,唯知深自韬晦、明哲保身,这纯然是一种消极的人生态度。

又对人们作品的好坏,批评的勇气也有所不足。如说:"山东风俗,不通击难。吾初入邺,遂尝以此忤人,至今为悔,汝曹必无轻议也。"

畏祸的心理,也跃然如见。

他的斗争性是不强的,他的文学理论也比不上南朝的刘勰、钟嵘,可是在反抗南朝的形式主义、唯美主义这一点来说,是有其一定的地位的。

七、唐代的文学批评

（一）陈子昂（661—701）

陈子昂是初唐诗坛革新运动的先驱者。这种革新的社会根源，是由于初唐的社会经济，虽不断地向前发展，但背后潜伏着新的危机。如唐高宗时，对外屡有战争发动，武则天在位，轻开边衅、大兴土木（兴建大佛寺、塑造大佛像）、任用酷吏、诛锄异己等，都给人民带来很大的痛苦。陈子昂注意当前的社会现实，认为诗歌有反映现实的作用，而过去的齐梁文学，淫靡腐烂，只供贵族官僚娱乐，无关乎社会民生。初唐，如上官仪，创为六对①、八对②之说，为诗对仗工整、绮错婉媚，还是梁陈宫体的继续，然在当时影响甚大，有"上官体"的称号。它的功用，只在于阿谀君主、希求恩宠而已！这些诗歌是不能用来反映复杂矛盾的社会现实的，非加以改造不行。

从文学自身发展的趋势看来，南朝的形式主义、唯美主义，经过了刘勰、钟嵘及颜之推等的批判，旧势力一时虽未见动摇，而新势力则潜滋暗

---

① 六对：正名对。天对地，日对月。
同类对。花叶对草芽。
连珠对。赫赫对萧萧。
双声对。绿柳对黄槐。
迭韵对。放旷对彷徨。
双拟对。春树春花对秋池秋月。
② 八对：正名对。天对地，日对月。
异类对。风织池间字对虫穿草上文。风虫池草俱异类。
双声对。同前双声对。
迭韵对。同前迭韵对。
联绵对。与连珠对同。
双拟对。同前双拟对。
回文对。如"情新因意得，意得逐情新"。
隔句对。如"相思复相忆，夜夜泪沾衣。空叹复空泣，朝朝君未归"。（见《诗苑类格》）

长。到了隋代，李谔上书隋文帝，痛斥浮华的文章："竞一韵之奇，争一字之巧。连篇累牍，不出月露之形；积案盈箱，惟是风云之状。……故文笔日繁，其政日乱。"《隋书·李谔传》已很明显地透露出革新的趋势来。初唐四杰，虽未能脱尽齐梁的风气，然已经开始离开了宫廷的狭隘范围，注视到社会现实。虽然运用典故辞藻，但有一股清新的气息。到了陈子昂的时候，酝酿成熟，诗坛的革新运动，遂涌现出来。

陈子昂《与东方左史虬修竹篇序》说：

> 文章道弊，五百年矣。汉魏风骨，晋宋莫传，然而文献有可征者。仆尝暇时观齐梁间诗，采丽竞繁，而兴寄都绝，每以永叹。思古人常恐逶迤颓靡，风雅不作，以耿耿也！

在这里，什么叫作"风骨"？什么叫作"兴寄"？"汉魏风骨"的内涵如何？陈子昂为什么要提倡它？"风雅"和这些有什么关系？都是应该解释的。

刘勰《文心雕龙·风骨篇》说：

> 辞之待骨，如体之树骸，情之含风，犹形之包气。……若瘠义肥辞，繁杂失统，则无骨之征也。思不环周，索莫乏气，则无风之验也。

"骨"就文章的内容说，是充实的思想感情，有了它才能构成文学，就好像人体有骨干一样。它表达文章的形式，则为文章严整的结构，有严整的结构才能有精密的系统、有清晰的条理。然而，形式的结构，基本上有待于充实的内容，否则成为空架子。"风"是指表情生动郁勃，有长风吹动的气势，好像大气鼓荡人身一样。但这生动郁勃如长风吹动的气势，还是根于蕴藉于中非吐不可的感情，否则生趣索然，没有感人的力量。所以风和骨是贯穿着内容和形式两方面的。"瘠义肥辞，繁杂失统"，是说意少辞多，结构散乱，那便是"无骨之征"。"思不环周，索莫乏气"，是说情感不充沛，表达出来，毫无生动的气息，那便是"无风之验"。可知道有风骨的文章，是思想感情充实、结构严整、富有生动郁勃的气势的。

所谓"兴"，是"触物以起情"；所谓"寄"，是"借物以托情"。

"寄"和六义中的"比",是同义而异名。"比兴"是中国传统的作风。如《诗经》中的:"关关雎鸠,在河之洲。窈窕淑女,君子好逑。"由于看见洲岛中雎鸠的和鸣,而联想到美好的婚姻。"燕燕于飞,差池其羽。之子于归,远送于野。"由于看见燕儿高低飞动,而感念到离别的悲伤。这是兴的表现。如《硕鼠》用以讽刺统治者之高度剥削人民,《柏舟》用以象征作者身世飘零,不知所止,但又如柏木之坚,不能屈志,这是比的表现。运用"比"和"兴",意义较为含蓄,使读者反复咀嚼,感到有余不尽。但最主要的,还在于体会其中伟大的社会意义,而不是限于艺术的欣赏。

"风骨"和"兴寄"意义已经明了,现在且看"汉魏风骨"的含义。

通常以为"汉魏风骨"即"建安风骨",这种解释范围较狭一些。按照陈子昂自己的意见,是把魏正始时代的文学也包括在里面的。《与东方左史虬修竹篇序》说:

> 见明公《咏孤桐篇》,骨气端翔,音情顿挫,光英朗练,有金石声。遂用洗心饰视,发挥幽郁。不图正始之音,复睹于兹,可使建安作者,相视而笑。

把正始和建安并举,可以看出它真正的含义。
卢藏用批评陈子昂说:"吐弃齐梁,恢复建安。"
释皎然评他的《感遇诗》说:"出自阮公之作,难以为俦。"
这些都涉及正始和建安两个时代,所以这种解释,是有其客观上的根据的。

建安作者,由于"世积乱离,风衰俗怨"(《文心雕龙·时序》),他们作品的一部分能反映社会的乱离、人民的痛苦,悲愤的心情不可遏抑地倾注出来,造成"慷慨以任气,磊落以使才"的风格,人们称之为"建安风力"或"建安风骨",意义是一致的。正始时代,如阮籍的《咏怀》诗,抨击司马氏对知识分子残酷的屠杀和虚伪的儒教徒对统治者之屈节阿谀,忧生念乱的心情,亦曲折倾吐。它所表现的悲凉郁勃的风调,和建安是相接近的。陈子昂的《感遇诗》,也深深受到它的影响。所以汉魏风骨,应该包括建安和正始两个时代。

陈子昂所以提倡"汉魏风骨",是由于齐梁文学只从辞藻声律典故上刻意揣摩，而内容空虚，丝毫不能反映现实，批判现实，在客观上不能发生什么积极的影响，而风格淫靡，亦不能振奋人们的意志，所以提倡汉魏风骨来挽救它。

他之所以提倡"兴寄"，是由于齐梁文学唯知摹写山川云物，刻画鸟兽虫鱼，毫无伟大的社会意义在里面。这些作品，只可供贵族文人茶余酒后消遣，和《诗经》比兴的意义，大相违反。诗歌既不能"蓄愤以斥言"，又不能"环譬以托讽"（《文心雕龙·比兴》：比则蓄愤以斥言，兴则环譬以托讽），它在社会上究竟能起什么作用？所以陈子昂要提倡"兴寄"来挽救它。

《诗经》中的"风雅"，是包含着"兴寄"作用的。说"风雅"，说"兴寄"，名义上虽有不同，实质上还是一贯的。"风雅"能反映社会现实，起着巨大的作用，建安和正史的文学，能反映社会乱离和对腐恶的政治的反抗，吐露出悲凉慷慨之音，它是继承"风雅"这一条正确的路向向前发展的。陈子昂树起反齐梁的旗帜，和上官仪这一派宫廷文学，做不调和的斗争，用"风雅""兴寄""汉魏风骨"来号召，开出诗坛一条新路，后来的李白、白居易，都受到他很大的影响。李白说："大雅久不作，吾衰竟谁陈？"又说："蓬莱文章建安骨。"白居易也曾标举诗之六义，来挽救齐梁人"嘲风雪，弄花草"的作风。他们的精神都是一贯的。

我们要明白陈子昂那些人的号召，是以复古为创新，不要误会他们要回到《诗经》汉魏这些阶段。

诚然，唐代的诗坛革新运动，主要是基于客观形势的要求，即使没有陈子昂出来，它也要由细流而汇为轩然大波的。但有了陈子昂的大力推动，潮流得以加速发展，也是无可否认的。

《唐书》说："唐兴，文章承徐庾余风，天下祖尚，子昂始变雅正。"

韩愈说："国朝盛文章，子昂始高蹈。"

这些批评都是合理的。

（二）李　白（701—762）

陈子昂不满于齐梁时代的"采丽竞繁，而兴寄都绝"，于是掀起了诗坛革新运动，但还不能把靡丽的风气完全转变过来，到了李白，才把颓风扫荡。李阳冰引卢藏用的话来批评他说：

> 陈拾遗（子昂）横制颓波，天下质文，翕然一变。至今朝诗体，尚有梁陈宫掖之风，至公（李白）大变，扫地并尽。

这自然是由于客观形势的发展，扫荡颓风，较易为力，但李白是当时一个伟大的诗人，有了一种新的提倡，当然容易发生重大的影响。对于诗的主张，可从他的《古风》里面看出来。

《古风》第一首说：

> 大雅久不作，吾衰竟谁陈？王风委蔓草，战国多荆榛。龙虎相啖食，兵戈逮狂秦。正声何微茫，哀怨起骚人。扬马激颓波，开流荡无垠。废兴虽万变，宪章亦已沦！自从建安来，绮丽不足珍。圣代复元古，垂衣贵清真。……我志在删述，垂晖映千春。希圣如有立，绝笔于获麟。

他首先提出"大雅不作""正声微茫"，和陈子昂"风雅不作，以耿耿也"，实是同一意趣。他以为屈原的《离骚》，虽继《诗经》而起，但已多偏于抒写个人的哀怨，和《诗经》反映广大人民的思想感情的，固然有所不同。汉代扬雄、司马相如之徒，只撷取屈原的缤纷辞藻，来构成他们宏丽的辞赋，而忽视《离骚》所表现的内容。这种风气一开，一直到了六朝，完全走上了绮丽淫靡一条路，前人的法则已经不复存在了！唐代初年，还是沿袭这种风气。他要摆脱掉雕琢辞藻、精研声律这些人造的枷锁，而复返于清真。所谓"清真"，即如他自己所说："清水出芙蓉，天然去雕饰。"即以生动自然的艺术手法，来表现作者的真思想、真感情。这对六朝人来说，是完全处在对立的地位的。他自己想在诗坛上建树一种新的功勋，俨然以孔子删《诗》《书》、述《礼》《乐》、作《春秋》自比。想把"自从建安来，绮丽不足珍"的诗风完全革掉，如孔子作《春秋》之绝笔于获麟。他的胸襟、他的勇气，都和盘托出了。

《古风》第三十五首又说：

> 丑女来效颦，还家惊四邻。寿陵失故步，笑煞邯郸人。一曲斐然子，雕虫丧天真。棘刺造沐猴，三年费精神。功成无所用，楚楚且华身。大雅思文王，颂声久崩沦。安得郢中质，一挥成风斤！

他以为诗歌贵能创造，不必模仿他人。譬如西施有天然的美质，所以捧心而颦，愈增加其美的姿态。东施奇丑，也来学她，便足使四邻惊怪了。寿陵余子，舍弃他自己走路的姿势，而学习邯郸人的步伐，结果只好匍匐而行，便要使邯郸人笑煞了。又譬如天然的花草虫鱼，各有其美丽的姿态，雕刻的花草虫鱼，非不斐然可观，然已丧失了天真活泼的意趣。又如用棘楚来造沐猴，花了三年的工夫，纵然雕刻出一个沐猴的形象，岂非徒劳无补？那些工于模仿、工于雕琢的文士们，正和雕刻花草虫鱼、造沐猴的匠人一样，距离《诗经》大雅的作风，是很远的了，不能不使他叹息。他茫茫四顾，很少有能了解他心事的人，哪得如匠石之遇郢人，尽情倾吐他的怀抱呢？

他慨叹"梁陈以来，艳薄斯极。……将复古道，非我而谁？"（孟棨《本事诗》）和陈子昂提倡风雅，都是以复古为创新，路向完全一致。在当日的诗坛，都是起着主导作用的。

（三）杜　甫（712—770）

陈子昂吐弃齐梁，提倡汉魏风骨，李白慨叹"梁陈以来，艳薄斯极"，以"清真"来挽救它的颓风，杜甫的主张和他们却不尽相同。他固然赞美陈子昂"有才继骚雅"（《陈拾遗故宅》），也称道李白的诗为："清新庾开府，俊逸鲍参军。"（《春日忆李白》）他自己固然"上薄风骚"，然而也"下该沈宋"（见元稹《唐故工部员外郎杜君墓系铭并序》）。固然"别裁伪体亲风雅"（《戏为六绝句》），然而也"颇学阴何①苦用心"。他是集《诗》《骚》、汉魏乐府、六朝文学之大成的伟大作家，对于初唐的王杨卢骆②，也认为"不废江河万古流"（《戏为六绝句》）。他这种主张是否矛盾，还有待于我们的解答。

杜甫是唐代最伟大的现实主义作家，他的诗歌成为时代的一面镜子，无疑是继承了《诗经》汉魏乐府这一条路线，和南朝文士崇尚辞藻声律、趋向唯美主义截然相反。但是南朝作家中，如鲍照之强烈地反抗门阀制度，愤怒地发出怀才不遇的呼声，他的风格，如"惊涛怒飞，回澜倒激"（陈祚明《采菽堂古诗评选》），"饥鹰独出，奇矫无前"（敖陶孙《诗

---

① 阴何，指阴铿、何逊，为南朝诗人。
② 王杨卢骆，指王勃、杨炯、卢照邻、骆宾王，号称"初唐四杰"。

评》)。《拟行路难》十八篇,实为李杜歌行之前驱。这些诗歌是可以吸收的。庾信入北朝以后,身经亡国之痛,漂泊之哀,作《哀江南赋》以发抒他悲愤的情怀。他的诗歌,由于生活的激变和受了北方刚健的作风的影响,也逐渐改变了原来涂饰的面目,比较有动人的力量。如"冰河牵马渡,雪路抱鞍行"(《昭君辞》),"独下千行泪,开君万里书"(《寄王琳》),都颇有沉郁的气概。杜甫说:"庾信平生最萧瑟,暮年诗赋动江关"(《咏怀古迹》),并不是泛泛的批评。即如李白,也心折谢朓,反复见诸吟咏,至欲携其惊人句一问青天。至如南朝的《子夜歌》,对他的创作也有相当的影响,更可以看出不能采取一笔抹杀的态度。但因为这种唯美主义的作风,达到了高峰,只能大力加以抨击,才能走上一条新的路向,其实李白也并非一棒要把它们打死的。

明白了此中消息,便知杜甫不薄齐梁,是有他的理由的。杜甫论诗的态度,是"不薄今人爱古人","转益多师是汝师"(《戏为六绝句》)。

我们知道,陈子昂、李白提倡"复古",是以"复古"为"创新",杜甫不薄齐梁,也意在吸取齐梁的精华,来创造他的新风格,并不是步齐梁人的后尘。他所吸收的范围,不仅不限于齐梁,也不限于《诗》《骚》、汉魏乐府,总之"转益多师",才能由继承而达到创造。

他自己曾说"读书破万卷,下笔如有神",唯其读得通透,才能够熔铸变化,成为自己独创的东西。

有人以为"骚雅"和"齐梁文学"是两条道路的斗争,杜甫这样的做法,可不是"和平共处"?其实,明白杜甫对齐梁文学不是无条件地吸收,而是经过了分析批判,此中矛盾便可以消解了。

上面说过,像鲍照、庾信这些作家,在思想性方面都有许多可以吸收的地方,艺术表现的手法更不必说。即如阴铿、何逊,思想性虽然薄弱,但他们的艺术技巧,也有些可以吸收过来的。杜甫诗歌的总路向,是现实主义的一条正确的路向,是《诗经》和汉魏乐府的继承人。路向已然辨得清楚,即使他向"敌人"学习一些技术,也不会冲淡了斗争的气氛。他到底还是站在陈子昂、李白那一边(尽管李白是积极浪漫主义者,但在当时代表诗坛向上的进步的力量,则无不同),绝不会起什么混淆作用!他之所以"别裁伪体",正是为着要把两条道路划分清楚。

唯其他能站在正确的方向,而又能充分吸收古今诗人的精华,所以他的诗歌，思想性和艺术性都达到高度的统一。他对中唐元白诸人的新乐府运动起了绝大的启示作用，对宋代的作家如陈简斋、陆游、文天祥等，也起了重大的影响。

但由于他晚年过重格律，对后代也产生一些不良的影响。他自己说："遣辞必中律"（《桥陵三十韵》），"晚节渐于诗律细"（《遣闷戏呈路十九曹长》），因而导出方回一些人专门从格律方面去继承杜甫，其实距离十万八千丈。这固然由于他们不善学，然而杜甫对艺术的锤炼讲得多一些，对他们也不能不产生一些暗示作用。

(四) 白居易（772—846）

白居易的文学主张，简括地说来是"文章合为时而著，诗歌合为事而作"（《与元九书》）。明白些说，即文学要能反映当前的社会现实，批判当前社会现实，达到"救济人病，裨补时阙"的目的。他之所以这样提出来，是鉴于中唐时代，土地兼并日益剧烈，"富者兼地数万亩，贫者无容足之居"（《陆宣公奏议》）。而两税法的施行，"羡余"和"和籴"等对人民严重的剥削，使阶级矛盾日益加深。而当时统治阶级内部的矛盾也极其错综复杂。如藩镇割据地盘，反抗中央，藩镇与藩镇之间也常彼此混战，藩镇部下的骄将悍卒，又往往杀戮主师，拥立"留后"，中央无法过问。如此纷乱的局面，当然加深了人民的痛苦。此外，如宦官和大臣之间的矛盾，皇帝和宦官之间的矛盾，关东士族与新兴进士阶层之间的矛盾，也相当尖锐。政治日益腐化，社会日益动摇，一般富有正义感的诗人，深刻地注视到这些现象，关心到人民的疾苦、国家的安危，因而创作了许多伟大的现实主义的诗篇。当时轰轰烈烈的新乐府运动，即从这样的客观形势之下产生出来。他的文学理论产生的重要根源，也可以从这里找到。

其次是他从《诗经》中得到一种启示，认为文学要富有讽喻的意义，才能显示出重大的作用。《策林》六十九说：

> 闻《蓼萧》之诗，则知泽及四海也[①]。闻《华黍》之咏，则知

[①] 《蓼萧》，《诗·小雅》篇名。毛序："蓼萧，泽及四海也。"

时和岁丰也①。闻《北风》之言,则知威虐及人也②。闻《硕鼠》之刺,则知重敛于下也③。……故国风之盛衰,由斯而见也;王政之得失,由斯而闻也,人情之哀乐,由斯而知也。……

从《诗经》中可以看出"国风之盛衰""王政之得失",这样,才有伟大的社会意义,才有伟大的教育作用。

他赞美张籍的乐府诗说:

张君何为者?业文三十春。尤工乐府诗,举代少其伦。为诗意如何?六义互铺陈。风雅比兴外,未尝著空文。……上可裨教化,舒之济万民;下可理情性,卷之善一身。

亦在于张能发挥风雅比兴之义,有益于教化,有益于生民。最低限度,亦能发抒自己的感情,获得一种安慰。

关于诗的讽喻说,有它长远的历史根源。如孔子"兴""观""群""怨"之说,郑玄解"观"为"观风俗之盛衰",孔安国解"怨"为"怨刺上政",这里便含有讽喻的意义。《毛诗序》说:"吟咏情性,以讽其上。"班固批评司马相如、扬雄的辞赋说:"竞为侈丽闳衍之辞,没其风谕之义。"刘勰说:"风雅之兴,志思蓄愤,而吟咏情性,以讽其上,此为情而造文也。"陈子昂批评齐梁间诗说:"采丽竞繁,而兴寄都绝。"都提出了讽喻的重要意义。而元结《二风诗论》亦说:"极帝王理乱之道,系古人规讽之流。"这些都是白居易文学理论的先声,但是他发挥得更为透彻。

他持这种讽喻说来做抨击南朝形式主义、唯美主义的武器。《与元九书》说:

陵夷至于梁陈间,率不过嘲风雪,弄花草而已!噫!风雪花草之

---

① 《华黍》,也是《诗·小雅》篇名,词亡。毛序:"华黍,时和岁丰,宜黍稷也。"
② 《北风》,《诗·邶风》篇名。毛序:"北风,刺虐也。卫国并为威虐,百姓不亲,莫不相携持而去焉。"
③ 《硕鼠》,《诗·魏风》篇名。毛序:"硕鼠,刺重敛也。国人刺其君重敛,蚕食于人,不备其政,贪而畏人,若大鼠也。"

物，三百篇中岂舍之乎？顾所用何如耳！设如"北风其凉"①，假风以刺威虐也；"雨雪霏霏"②，因雪以愍征役也；"棠棣之华"③，感华以讽兄弟也；"采采芣苢"④，美草以乐有子也。皆兴发于此，而义归于彼，反是者，可乎哉？然则"余霞散成绮，澄江静如练"⑤，"离花先委露，别叶乍辞风"⑥之什，丽则丽矣，吾不知其所讽焉！故仆所谓嘲风雪，弄花草而已！于时六义尽去矣！

南朝文人所追逐的，是"俪采百字之偶，争价一句之奇。情必极貌以写物，辞必穷力而追新"。像"余霞散成绮，澄江静如练"一类的句子，也未尝不能刻画自然美丽的景象，给人们一些美的感受，但毫无讽喻的意义，看不出当时政治的好坏、风俗的盛衰，不能负起"救济人病，裨补时阙"的重大责任，所以白居易大力加以抨击。

他以为风雪花草是可以充分运用的，不过要看它有无重大的社会意义寄托在里头。如果为咏物而咏物，为写景而写景，那就微不足道了。

他在唐代诗人中，最推崇陈子昂、杜甫，但还不能达到他理想的要求。《与元九书》说：

  唐兴二百年，其间诗人，不可胜数。所可举者，陈子昂有《感遇诗》二十首，鲍防有《感兴诗》十五首⑦。又诗之豪者，世称李杜。李之作，才矣，奇矣，人不逮矣，索其风雅比兴，十无一焉。杜诗最多，可传者千余首，至于贯穿今古，觑缕格律，尽工尽善，又过于李。然撮其《新安吏》《石壕吏》《潼关吏》《塞芦子》《留花门》之章，"朱门酒肉臭，路有冻死骨"之句，亦不过三四十首。杜尚如此，况不逮杜者乎？

---

① "北风其凉"，见《诗·邶风·北风》篇。
② "雨雪霏霏"，见《诗·小雅·采薇》篇。
③ "棠棣之华"，见《诗·小雅·棠棣》篇。
④ "采采芣苢"，见《诗·周南·芣苢》篇。
⑤ "余霞散成绮，澄江静如练"，见谢朓《晚登三山还望京邑》诗。
⑥ "离花先委露，别叶乍辞风"，见鲍照《玩月城西楼廨中》诗。
⑦ 鲍防，字子慎，天宝末进士。《全唐诗》存诗八首，《感兴诗》十五首已佚。

陈子昂是唐代诗坛革新的先驱者，杜甫是唐代最伟大的现实主义作家，他们都给白居易所领导的新乐府运动以很大的启示，他还想继承杜甫这一条路向再加以发展，力挽形式主义的颓风。他说：

> 仆常痛诗道崩坏，忽忽愤发。或食辍哺，夜辍寝，不量才力，欲扶起之。《与元九书》

他有这样的决心，力求在他创作实践中贯彻。《寄唐生》诗说：

> 我亦君之徒，郁郁何所为？不能发声哭，转作乐府诗。篇篇无空文，句句必尽规。……非求宫律高，不务文字奇。惟歌生民病，愿得天子知。

"惟歌生民病，愿得天子知"，是运用诗歌来反映人民的疾苦，使皇帝看了以后，能够改善政治，减轻人民的负担，这就是"救济人病，裨补时阙"的一种说明。

"非求宫律高，不务文字奇"，这是对追逐声音辞藻之美的一种蔑视。他把诗歌作为一种战斗的武器，狠狠地给腐恶残酷的统治者以有力的打击。"沥肝胆，忘身命。""不惧权豪怒，亦任亲朋讥。"这种战斗的精神，是很让人钦佩的。《伤唐衢》诗说：

> 忆昨元和初，忝备谏官位。是时兵革后，生民正憔悴。但伤民病痛，不识时忌讳。遂作《秦中吟》，一吟悲一事。

这是他战斗的宣言。

《与元九书》说：

> 凡闻仆《贺雨诗》，而众口籍籍，已谓非宜矣。闻仆《哭孔戡诗》，众面脉脉，尽不悦矣。闻《秦中吟》，则权豪贵近者相目而变色矣。闻乐游园寄足下诗，则执政柄者扼腕矣。闻《宿紫阁邨》诗，则握军要者切齿矣。大率如此，不可遍举。

这是他的讽喻诗击中权贵人的要害的一种反响。

白居易《秦中吟》《新乐府》这一类的诗,完全是在当日社会现实影响之下,和以"讽喻说"为中心写出来的。它的诗歌所走的路向,就是文学上一种正确的路向,何况他还能够总结他诗歌的战斗经验,写成一篇《与元九书》,突出地显示文学的政治性、人民性、战斗性,在他以前的文学批评家,从来没有这样自觉地、鲜明地来表示自己的文学见解的。这是很珍贵的文学遗产。

在他的《策林》六十八中,也有可以互相发表的意见。他说:

> 稂莠秕稗生于谷,反害谷者也。淫辞丽藻生于文,反伤文者也。故农者芸稂莠,簸秕稗,所以养谷也。王者删淫辞,削丽藻,所以养文也。……辞赋合炯戒讽谕者,虽质虽野,采而奖之;碑诔有虚美愧辞者,虽华虽丽,禁而绝之。若然,则为文者必当尚质抑淫,著诚去伪。

在这两条道路的斗争中,他坚决地要删去"淫辞丽藻",而褒奖合乎讽喻之义的。他以为这样,才能反映人民的疾苦,才能警惕封建统治者,从而改进政治。尽管他受着历史的局限,不能真正站在人民的立场上,然而这种"救济人病,裨补时阙"的伟大的人道主义精神和进步的文学主张,是可以促进文学向前发展的。

但白居易《与元九书》对前代文学作家的批评,也有许多片面的地方。如批评屈原、苏武、李陵说:

> 河梁①之句,止于伤别。泽畔②之吟,归于怨思。旁皇抑郁,不暇及他耳。

苏李诗为后人拟作,姑且不谈。屈原热爱祖国、热爱人民的思想感情,他却没有看到,以为《离骚》只限于声诉个人的"旁皇抑郁",便不免把它伟大的价值抹杀了!汉代乐府,如《东门行》《妇病行》《孤儿

---

① 李陵《别苏武》诗:"携手上河梁,游子暮何之?"
② 屈原《渔父》辞:"屈原既放,游于江潭,行吟泽畔。"

行》一类,也能深刻地反映人民的疾苦,又何以一字不提?恐不免过于疏忽吧!

他继续谈到晋宋的诗说:

> 以康乐之奥博,多溺于山水;以渊明之高古,偏放于田园。江鲍之流,又狭于此。如梁鸿《五噫》① 之例者,百无一二焉。于时六义寖微矣!

在晋以前,没有提到建安时代重要的作家,在正始时代,没有提到嵇康、阮籍,难道陈子昂所提倡的汉魏风骨,都毫不足理睬么?陶潜的诗,如《饮酒》②《拟古》③一类,也具有反抗腐恶的现实精神,田园诗中,也有许多反映他热爱劳动和与劳动人民建立相当友谊的作品,这些优点,他都没有看到,只轻轻说了一句"偏放于田园",可不是流于片面?

谈到唐代李白的诗,是这样说:

> 李之作,才矣,奇矣,人不逮矣,索其风雅比兴,十无一焉。

"大雅久不作,吾衰竟谁陈?"是李白《古风》开宗明义的第一篇。他是继承陈子昂的诗坛革新运动、大变齐梁颓风的重要人物。他歌颂祖国伟丽的河山,也注视到阶级矛盾和民族矛盾。他的作品,如《古风》《战城南》《乌栖曲》《胡无人》《登高丘而望远海》一类,也具有丰富的讽喻内容。"索其风雅比兴,十无一焉",这种批评,恐不免过于轻率。

最后说到这篇《与元九书》,文学理论虽然超过前人,然而这是他谪居江州时所写的。这个时候,他的感情,不免有些怅惘,坚强的战斗性开

---

① 梁鸿,东汉时人,见《后汉书·逸民传》。曾作《五噫歌》,其词说:
"陟彼北芒兮,噫!顾瞻帝京兮,噫!宫阙崔巍兮,噫!人之劬劳兮,噫!辽辽未央兮,噫!"

② 陶潜的《饮酒》(二十首录一):清晨闻叩门,倒裳往自开。问子为谁欤?田父有好怀。壶浆远见候,疑我与时乖。褴褛茅檐下,未足为高栖。举世皆尚同,愿君汨其泥。深感父老言,禀气寡所谐。纡辔诚可学,违己讵非迷?且共欢此饮,吾驾不可回!

③ 《拟古》(九首录一):少时壮且厉,抚剑独行游。谁言行游近,张掖至幽州。饥食首阳薇,渴饮易水流。不见相知人,惟见古时丘。路边两高坟,伯牙与庄周。此士难再得,吾行欲何求?

始动摇,他将他自己战斗的文学经验写成结论以后,并不能继续坚持这个战斗主张,写出更多更好的抨击腐恶的政治、反映人民的思想感情的作品。他四顾彷徨地感到新兴力量的单微,于是乎且战且走地终于走上了明哲保身、逃避现实的道路,这把中小地主阶级的软弱性、动摇性、两面性充分地暴露出来。

他把他自己的诗分为讽喻诗、闲适诗、感伤诗、杂律诗,而且为之解说:"谓之讽喻诗,兼济之志也。谓之闲适诗,独善之义也。"(亦见《与元九书》)他做谏官的时候,意在兼济天下,后来遭到贬谪,意志逐渐动摇,打算独善其身,于是乎他的诗歌,也就由讽喻变为闲适了。他预先替自己留下退步,不能像孔子一样"知其不可而为之","拾遗风采",到晚年便完全褪色了!

(五) 韩 愈 (768—824)

韩愈是中唐时代古文运动的领导人。在他以前,如萧颖士、李华、独孤及、梁肃、柳冕等,都曾倡导古文,虽然影响不大,但也为韩愈打下了基础。柳冕《答荆南裴尚书论文书》曾说:

> 君子之儒,学而为道,言而为经,行而为教,声而为律,和而为音。……王泽竭而诗不作,骚人起而淫丽兴,文与教分而为二。以扬马①之才,则不知教化;以荀陈②之道,则不知文章。以孔门之教评之,非君子之儒也。夫君子之儒,必有其道;有其道,必有其文。道不及文,则德胜;文不及道,则气衰;文多道寡,斯为艺矣。

其主张"文与教合一""文与道合一"。文教合一,则必须阐发圣人之道的文章,才能有教化的作用。文道合一,也必须用文章来阐发圣人之道,才不会成为淫丽之文。所谓"文""教""道",在他看来,是三位一体,这便是韩愈"文以载道"说的先声。

韩愈主张复兴儒学,排斥佛老,从而提倡古文,反对骈文。他所谓"道",原不出儒家思想的范围。"文以载道",是用文章来为儒家思想服

---

① 扬马,指扬雄、司马相如。
② 荀陈,指荀淑、陈实,皆东汉儒者。

务。他在《原道》篇中大力宣扬一套封建伦理。如：

> 君者，出令者也。臣者，行君之令而致之民者也。民者，出粟米丝麻，作器皿，通货财，以事其上者也。君不出令，则失其所以为君，臣不行君令而致之民，民不出粟米、丝麻、作器皿，通货财以事其上，则诛。

为臣的是君主的仆从，可不用说。那些出粟米丝麻的农人、作器皿的工人、通货财的商人，都要辛勤地为封建统治者服务，否则要砍掉他们的头颅，这无疑是一套反动的思想。但这是韩愈宣传儒家思想的一面，另一面如在当时藩镇割据的局势之下，主张集权中央，消灭互相攻杀之祸，减轻人民的劳役和租税，客观上是对人民有利的。当日僧尼道士，不但享有免税免役的特权，而且拥有大量土地，生活非常奢侈，使国家的财政和社会经济发生严重的影响，劳动人民的负担日益沉重，在这种情况之下，从而排斥佛老，客观上也是对人民有利的。《原道》篇说：

> 农之家一，而食粟之家六；工之家一，而用器之家六；贾之家一，而资焉之家六；奈之何民不穷且盗也！

这是切中时弊的话，是具有积极的进步意义的。

照上面看来，用文章来为儒家思想服务，并不等于全部宣扬儒家反动的落后的思想。在当时历史条件之下，也还有其积极的进步的一面。所以把"文以载道"的主张，根本加以否定，是不合历史唯物主义的。

我们再进一步看，韩愈虽然自命为继承儒家道统的人物，其实他思想上充满着许多矛盾。一方面排斥异端，另一方面却说孔墨必相为用（《读墨子》）；一方面高谈仁义，另一方面却盛赞管仲、商鞅对齐秦两国富强事业的贡献（《进士策问》）；一方面师法圣贤，尊严道统，另一方面又说"圣人无常师"，"弟子不必不如师，师不必贤于弟子，闻道有先后，术业有专攻，如是而已"（《师说》）；一方面说臣民要绝对服从君上，另一方面却说"川不可防，言不可止。下塞上聋，邦其倾矣"（《子产不毁乡校颂》）。这都是很明显的矛盾。也可以看出他在"文以载道"的旗帜下，还隐藏着许多"非道"的东西。因此，韩愈的思想内容，就不能说完全是反动，只认为他在文体改革上获得了成功。

"文以载道"的主张，在当日散文界所起的作用，就是打垮了形式主义。因为道是内容，文是形式。文章为一定的政治思想和社会教育服务，即形式为内容服务。那些骈俪的文章是着重辞藻的美丽、声律的谐和、对偶的工整的，纯粹偏于形式主义。在中唐时代，新兴的中小地主政治集团，要和世家大族作政治上的斗争，是不能运用这种陈腐的工具的，所以必须有比较质朴流畅的文章，才能正确地表达自己的意见，才能使文学和当前的政治社会紧密地联系起来，它所起的作用是积极的、进步的。

此外，韩愈还有一些对文学比较进步的看法，其认为作家对当时的社会现实感到种种矛盾，潜伏在心中达到不能遏抑的时候，才假借文学倾注出来。他们或歌或哭，都是不得已而发，即所谓不平之鸣。《送孟东野序》说：

> 大凡物不得其平则鸣。草木之无声，风挠之鸣；水之无声，风荡之鸣，……金石之无声，或击之鸣。人之于言也亦然，有不得已者而后言。其歌也有思，其哭也有怀。凡出乎口而为声者，其皆有弗平者乎！

他所举的例子是：

> 周之衰，孔子之徒鸣之，其声大而远。……其末也，庄周以其荒唐之辞鸣。楚，大国也，其亡也，以屈原鸣。……汉之时，司马迁、相如、扬雄，最其善鸣者也。……唐之有天下，陈子昂、苏源明、元结、李白、杜甫、李观，皆以其所能鸣。其存而在下者，孟郊东野，始以其诗鸣。

在封建社会中，绝大部分有政治抱负的知识分子都是遭受压迫的，所以发出不平之鸣。如屈原、司马迁、李白、杜甫，都是很显著的。他们的作品，并不在于发泄他个人的牢骚，而是在于反映当时社会矛盾的现实和他们热爱祖国、热爱人民的伟大精神。即如孟郊是一个小作家，也还有像

《寒地百姓吟》①《织妇辞》②一些东西，反映出人民的疾苦，也不以发泄个人的牢骚为限。所以"不平则鸣"的看法，是把文学现象的发生和一定社会矛盾联系起来的，是有其进步意义的。

韩愈在《荆潭唱和诗序》中又说：

> 夫和平之音淡薄，而愁思之声要眇；欢愉之辞难工，而穷苦之言易好也。是故文章之作，恒发于羁旅草野。至若王公贵人，气满志得，非性能而好之，则不暇以为。

羁旅草野之人，或则自己穷愁潦倒，饱尝痛苦的滋味，或则接近人民，深知人民的疾苦，因而有许多矛盾蓄积在心中，他们的文章乃是从个人与社会矛盾交错中产生出来的，是怀着悲愤激昂的感情抒写出来的，所以能恰到好处。王公贵人，沉溺于骄奢淫逸的生活，无视人民的疾苦，他既然感到气满志得，便用不着来写文章；即写文章，也没有什么好的作品产生出来。

《送王秀才序》亦说：

> 吾少时读《醉乡记》，私怪隐居者无所累于世，而犹有是言，岂诚旨于味邪？及读阮籍、陶潜诗，乃知彼虽偃蹇不欲与世接，然犹未能平其心，或为事物是非相感发，于是有托而逃焉者也。

他看出阮籍、陶潜由于事物是非相感发，内心蓄积着许多矛盾，因而托之于酒，声之于诗，以鸣其不平，并非醉生梦死之徒可比拟。这种看法和《送孟东野序》里所表示的意见，基本上相一致，也是值得重视的。（这和专为发泄自己的牢骚而作的文章，没有什么重大的社会意义的，应该区别开来。）

---

① 《寒地百姓吟》：无火炙地眠，半夜皆立号。冷箭何处来？棘针风骚骚。霜吹破四壁，苦痛不可逃。高堂捶钟饮，到晓闻烹炰。寒者愿为蛾，烧死彼华膏。华膏隔仙罗，虚绕千万遭。到头落地死，踏地为游遨。游遨者是谁？君子为郁陶！
② 《织妇辞》：夫是田中郎，妾是田中女。当年嫁得君，为君秉机杼。筋力日已疲，不息窗下机。如何织纨素，自著蓝缕衣。官家榜村路，更索栽桑树。

韩愈对文人的修养方面，也颇为重视。《答李翊书》说：

> 将蕲至于古之立言者，则无望其速成，无诱于势利，养其根而俟其实，加其膏而希其光。根之茂者其实遂，膏之沃者其光晔，仁义之人，其言蔼如也。

那些急于追求个人的名利、对道德毫无修养的人，在他看来，不配称为"立言者"。文章是人格的具现，根株强固，才能期望佳果累累，膏油充足，才能期望光辉四照。

《答尉迟生书》说：

> 夫所谓文者，必有诸其中，是故君子慎其实。实之美恶，其发也不掩。本深而末茂，形大而声宏，行峻而言厉，心醇而气和。

它更把文章和生活实践、心理涵养紧密地联系起来，告诉我们文章的好坏，有它重要的根源，并非仅仅关于艺术技巧的优劣。

《答刘正夫书》说：

> 若圣人之道，不用文则已，用则必尚其能者。能者非他，能自树立不因循者是也。

也说明有卓然独立、不傍他人门户的气概，才能创造出特殊的风格来。这些见解都是合理的。

韩愈所倡导的古文运动，对后来北宋初年的反西昆体运动起了很大的影响。它推动了文学向前发展，和形式主义做不调和的斗争，这是主要的一面。但是他宣扬封建伦理，宣扬道统，自以为是孟轲的继承人。后来的古文家，思想不能超越儒家的范围，往往发出一套陈腐的理论，内容是落后的，或是反动的，这种责任，虽不能完全推到韩愈身上，总不能不说受到他相当的影响。其次，古文的体裁虽然比骈文较适宜于说理、叙事、抒情，但就语言上说，还不是充分吸收人民的语言。韩愈的文章，有些还是刻意求奇，读起来不容易懂的。后来的古文家，打着载道的招牌，实际上专从形式上兜圈子，以求达到古奥幽深的地步，于是乎打垮了旧的形式束缚，又转入另一种新的形式束缚中。这固然可以说后人不善师法韩愈，但韩愈对他们也不能不有若干影响。不过那些不良的影响，不能掩盖他在古文运动上的成就罢了！

（六）柳宗元（773—819）

柳宗元，字子厚，河东（今山西运城县）人。贞元（唐德宗年号）初，进士及第，后为监察御史。顺宗即位，他加入以王叔文为首的代表中小地主阶级利益的进步的政治集团。叔文失败，他被贬为邵州刺史，不到元和半路，又被贬为永州司马。直到宪宗元和十年（815），才迁为柳州刺史。元和十四年（819），死在柳州，年四十七。

他在贬谪中，仍然遭到许多非议，感到"万罪横生，不知其端"（《与萧翰林俛书》）。其心情是很痛苦的，但也由于他在人生道路上有这样的波折，使他对腐恶的社会现实认识得更为清楚，对人民的痛苦有更高度的同情，因而他的文学创作很富于现实性、人民性。

他是古文运动的一员健将，他也认为文与道不可分离。《答韦中立论师道书》说：

> 始吾幼且少，为文章以辞为工。及长，乃知文者以明道，是固不苟为炳炳烺烺、务彩色、夸声音而以为能也。

《报崔黯秀才书》说：

> 然圣人之言，期以明道，学者务求诸道而遗其辞。辞之传于世者，必由于书。道假辞而明，辞假书而传。要之之道而已耳；……今世因贵辞而矜书，粉泽以为工，道密以为能，不亦外乎？

道是内容，文是形式，文章为道服务，不以"务彩色，夸声音"为能，这也是对齐梁以来骈俪文学的一种有力抨击，基本上和韩愈一致。

他所标出来的"道"，诚然是一套儒家思想，然而他的思想，却不是儒家思想所能范围。他在《天说》中指出，天不能赏功而罚祸，在《断刑论下》中指出"古之所以言天者，盖以愚蚩蚩者耳"，在《贞符序》中，指出皇帝"受命不于其天，于其人；休符不于其祥，于其仁"，对专制帝王假借天的权威来做愚民的工具无情地加以揭发。在《六逆论》中，他反对世家大族掌握政权，主张任贤使能来治理国政，实际上是对当时旧的大地主政治集团的抨击。在《送薛存义序》中，以为官吏是"民之役而非以役民"，对当时贪污的官吏，指斥为盗窃人民的财产，人民将"甚怒而黜罚之"。在《捕蛇者说》中，指出安史乱后六十年来租税对人民残酷的压迫，弄到乡村残破，十室九空。这些文章都富有深刻的讽刺性和人民性。他在《杨评事文集后序》中说：

> 文之用，辞令褒贬，导扬讽喻而已。

在封建社会中，可褒扬的并不多，他的文章，是在能尽讽喻的作用。中唐时代，白居易等所提倡的新乐府运动，着重"讽刺时政，泄导人情"，"救济人病，裨补时阙"，柳宗元对"讽喻"这一点，虽没有大力提倡，但也已经看到它是文章一种重大的作用，而且用他的创作实践来贯彻它，这对推动文学向前发展来说，是起着积极进步的作用的。

他在《答吴武陵论非国语书》中又说：

> 夫为一书，务富文采，不顾事实，而益之以诬怪，张之以阔诞，以炳然诱后生，而终之以僻，是犹用文锦覆陷阱也，不明而出之，则颠者众矣。

他认为文章要能真实地反映现实，如果对现实加以歪曲，而又用美丽夸诞的文辞来掩盖它，便要严重地毒害人们，比纯然走向形式主义的还要厉害。他这样强调正确的内容，而且用战斗的精神来维护真理，也是可以推动文学向前发展的。

《报袁君陈秀才避师名书》说：

> 大都文以行为本，在先诚其中。

所谓中心的诚，当然是指真实无伪的感情思想，把这真实无伪的感情思想，用文辞表达出来，做到"表里一致"，这便是"诚于中，形于外"。但作者的感情思想，是从生活实践中培养得来。如果行为悖谬、人格卑污，当然不会有高洁的感情、正确的思想，这样，在文辞中所表现的内容，也就"糟得很"。"文以行为本"，是告诉我们要作好的文章，先要有正确的人生道路、高尚的道德品质，光从艺术技巧上去追求，是毫不济事的。他把文学和生活修养紧密地联系起来，也给形式主义者以一种有力的打击。

此外，他又富有辨伪的精神。他的文章，如《辩列子》《辩文子》《辩鬼谷子》《辩晏子春秋》《辩亢仓子》《辩鹖冠子》，皆能充分提出自己的意见，不肯迷信古人，这在思想解放上也具有促进作用。

他对文章的取材是很广博的。《答韦中立论师道书》说：

> 本之《书》以求其质，本之《诗》以求其恒，本之《礼》以求其宜，本之《春秋》以求其断，本之《易》以求其动。此吾所以取道之原也。
>
> 参之《谷梁氏》以厉其气，参之《孟》《荀》以畅其支，参之《庄》《老》以肆其端，参之《国语》以博其趣，参之《离骚》以致其幽，参之《太史》以著其洁。此吾所以旁推交通而以为之文也。

他在六经中汲取道的泉源，按其不同的性质，而为不同的汲取。《书》以质直记事为主，故在求其质。"《诗》三百，一言以蔽之，曰思无邪"，有永恒的教育作用，故在求其恒。"《礼》者，因人之情而为之节文"，施行各有所当，而非刻板的教条，故在求其宜。《春秋》寓褒贬，别善恶，笔伐口诛，不稍假借，故在求其断。《易》阐明宇宙变动的原理，"变而通之以尽利，鼓之舞之以尽神"，故在求其动。能在六经中汲取精华，可以明析事理、丰富文学的内容，这是第一点。

此外，《谷梁氏》文章简峻，故可以厉其气。《孟》《荀》的文章，条畅明达，故可以畅其支。《老子》《庄子》的文章，纵横变化，故可以肆其端。《国语》虽为柳宗元所非斥，然而所谓"诬怪""阔诞"之辞，也复富有风趣，善于运用，也可以使艺术的描写更有生色。《离骚》"其文约，其辞微"，"其称文小而其指极大，举类迩而见义远"（《史记·屈原贾生列传》），能深心体会，发为文章，自可以达到幽深的境界。司马迁的《史记》，"善序事理，辨而不华，质而不俚，其文直，其事核，不虚美，不隐恶"（班固《汉书·司马迁传赞》），这便是所谓洁的内容。能够取法它，做起文章来，便不会有芜杂的毛病。柳宗元在六经外，还主张旁推交通，取材于子史《离骚》，这是第二点。即就佛经来说，他也以为"浮屠诚有不可斥者，往往与《易》《论语》合"（《送僧浩初序》）。他一方面阐明儒家之道，一方面通过批判来吸收佛家的精华，像他这样的做法，材料的来源，便可以"取之不尽，用之不竭"了。

他写作文章的态度也是很严肃的。《答韦中立论师道书》说：

> 故吾每为文章，未尝敢以轻心掉之，惧其剽而不留也；未尝敢以怠心易之，惧其弛而不严也；未尝敢以昏气出之，惧其昧没而杂也；未尝敢以矜气作之，惧其偃蹇而骄也。抑之欲其奥，扬之欲其明，疏之欲其通，廉之欲其节，激而发之欲其清，固而存之欲其重。此吾所以羽翼夫道也。

"轻心"，是作文章轻易下笔。"怠心"，是精神松懈，不能严肃紧张。"昏气"，是头脑昏昏，是非不辨。"矜气"，是自高自大，目无旁人。抱持这样的态度，是不会有好的作品产生出来的。不是草率完篇，便是漫无纪律；不是芜杂沉晦，便是叫嚣夸张。所以作家宜端正写作的态度。

至于"抑之""扬之""疏之""廉之""激而发之""固而存之"，这是说文章要错综变化，富有节奏性，如果流于单调，便缺乏艺术之美，纵然内容充实，也不能成为优美的作品。

他评论文学，对文学的内容、文学的功用、文学的取材、文学的写作态度、文学的艺术技巧、生活实践和文学的关系，都有谈到，算是相当全面，但谈得不够深，不够系统，使我们不免感到有些遗憾。

他在当时古文运动所起的作用，虽然比不上韩愈，然而"衡湘以南为进士者，皆以子厚为师。其经承子厚口讲指画，为文词者，悉有法度可观"（韩愈《柳子厚墓志铭》）。他不倦地培养后进，使古文运动得以广泛地开展，其贡献是不小的。

（七）司空图（837—908）

司空图，字表圣，河中（今山西永济）人，咸通（唐懿宗年号）末进士。僖宗时，用为知制诰中书舍人。后归隐中条山。唐亡，不食而死。

晚唐时代，由于政治极端腐化，统治者对人民的剥削加深，而统治阶级内部，如皇帝宦官大臣之间的矛盾，和藩镇割据地盘，兴兵造乱的祸害，也日益剧烈，使人民陷于水深火热之中，最后遂爆发了以黄巢为首的农民大起义。

这个时候，能够用文学来反映社会现实，抨击腐恶的统治者，替人民声诉不平的，有皮日休、聂夷中这些人。皮日休作《文薮》，欲以"上剥远非，下补近失"（《皮子文薮序》），又以为"乐府尽古圣王采天下之诗，欲以知国之利病，民之休戚者也。……诗之美也，闻之足以观乎功；诗之刺也，闻之足以戒乎政。……由是观之，乐府之道大矣"（《正乐府序》）。他是晚唐时代白居易的继承人，他涉及文学理论的文章虽不多，然而他的文学路向，无疑是现实主义的一条路向。

黄巢成立革命政权后，皮日休曾当过翰林学士，他是同情农民革命运动的，黄巢失败后被杀。从他的生活实践看来，也是富有反抗性、革命性的，这一派的文学倾向，也是比较进步的。

司空图则恰恰与此相反。他虽然有用世之心，以为"丈夫志业，引之犹恐自跼，诚不敢以此为惮，故文之外，往探治乱之本，俟知我者纵其狂愚，以成万一之效"（《与惠生书》）。但是为忠君思想所局限，他对黄巢所领导的农民革命是采取反对态度的。《新唐书》记载他的事实说："黄巢陷长安，将奔，不得前。图弟有奴段章者，陷贼，执图手曰，我所主张将军，喜下士，可往见之，无虚死沟中。图不肯。"他反对的态度是很明显的。他后来之所以不食而死，也为着哀宗被杀。这样的牺牲，并没有什么反抗腐恶现实的意义。

他的政治思想是落后的，他处在动乱的时代中，感到自己力量微薄，退隐中条王官谷，作休休亭，态度也是相当消极的。他的诗论也趋向唯心主义。

他评诗的著作，有《诗品》《与王驾评诗书》《与李生论诗书》《与极浦书》。

《诗品》把诗分为二十四种风格，即雄浑、冲淡、纤秾、沈著、高古、典雅、洗炼、劲健、绮丽、自然、含蓄、豪放、精神、缜密、疏野、清奇、委曲、实境、悲慨、形容、超诣、飘逸、旷达、流动等。

他对每一种风格都能想象出一种境界来形容它。如：

生者百岁，相去几何？欢乐苦短，忧愁实多。何如尊酒，日往烟

萝。花复茅檐，疏雨相过。倒酒既尽，杖藜行歌。孰不有古，南山峨峨！（旷达）

大风卷水，林木为摧。意苦欲死，招憩不来。百岁如流，富贵冷灰。大道日丧，若为雄才？壮士拂剑，浩然弥哀。萧萧落叶，漏雨苍苔。（悲慨）

观花匪禁，吞吐大荒。由道返气，处得以狂。天风浪浪，海山苍苍。真力弥满，万象在旁。前招三辰，后引凤凰。晓策六鳌，濯足扶桑。（豪放）

这些境界都形容得颇为恰当。它们本身也就是富有美感的四言诗，这是他的一个优点。但是风格的形成，是不能离开作者的思想内容的。譬如雄浑、豪放、劲健的风格，是由于作者本身具有这样的思想感情，然后能写成具有这样风格的诗篇。曹操在《碣石篇》中说"老骥伏枥，志在千里。烈士暮年，壮心不已"这些豪迈的话，是他个人英雄性格的自白。李白："兴酣落笔摇五岳，诗成笑傲凌沧洲。"《江上吟》"安能摧眉折腰事权贵，使我不得开心颜！"《梦游天姥吟留别》也充分表示出他个人傲岸的气概。离开思想内容而谈风格，必然令人不可捉摸。

至于推究作者思想情感产生的根源，又必然涉及作者所处的社会环境、生活遭遇、创作道路等。司空图离开具体内容，抽象地来谈这些境界，必然会走上唯心主义的道路。

诚然，他所谈的某种风格，并没有指明属于某一家，而只是他读了许多作品之后，脑子里头觉得有许多不同的风格，因而把它写出来，为概括的叙述。但这些抽象的理论，除使我们感到迷离惝恍外，对文学的发展实不能起什么积极作用。

在《诗品》中平列二十四种风格，看不出司空图论诗主要的倾向。王渔洋赏识他"不著一字，尽得风流"，"采采流水，蓬蓬远春"，是因为适合他所主张的神韵的境界，并不能说司空图专门着重这一点。但在《与李生论诗书》《与极浦书》中，却可以找出他论诗的重心。

《与李生论诗书》说：

文之难，而诗之难尤难。古今之喻多矣，而愚以为辨于味而后可以言诗也。江岭之南，凡足资于适口者，若醯，非不酸也，止于酸而已;若醝,非不咸也,止于咸而已。华之人以充饥而遽辍者,知其咸酸之外,醇美者有所乏耳。彼江岭之人,习之而不辨也,宜哉!

诗贯六义,则讽喻抑扬,渟蓄温雅,皆在其间矣。然直至所得,以格自奇。前辈诸集,亦不专工于此,矧其下者耶!王右丞、韦苏州澄淡精致,格在其中,岂妨于遒举(遒举,一作道学)哉?贾浪仙诚有警句,视其全篇,意思殊馁,大抵附于寒涩,方可致才,亦为体之不备也,矧其下者哉!噫!近而不浮,远而不尽,然后可以言韵外之致耳!

尽管说"诗贯六义,讽喻抑扬,渟蓄温雅,皆在其间",然而他所着重的是"味在酸咸之外","近而不浮,远而不尽",标举右丞(王维)苏州(韦应物)以示准的。这种有余不尽的境界是含蓄的境界。他认为含蓄的境界是诗的最高境界。

《与极浦书》亦说:

戴容州云:诗家之景,如蓝田日暖,良玉生烟,可望而不可置于眉睫之前也。象外之象,景外之景,岂容易可谈哉!

所谓"象外之象,景外之景",亦即"近而不浮,远而不尽"的境界,也是含蓄不尽的境界。

《与王驾评诗书》说:

国初上好文章,雅风特盛。沈宋始兴①之后,杰出于江宁②,宏肆于李杜,极矣。右丞,苏州,趣味澄敻,若清风之出岫。大历十数公③,抑又其次。元白④力勍而气孱,乃都市豪估耳!刘公梦得⑤,

---

① 沈宋,指沈佺期、宋之问。始兴,指张九龄。
② 江宁,王昌龄,字少伯,江宁人。《新唐书·文艺传》下说:"工诗,缜密而思清,时谓王江宁云。"
③ 大历十数公,大历,唐代宗年号。《新唐书·文艺传》下说:"卢纶与吉中孚,韩翃,钱起,司空曙,苗发,崔峒,耿湋,夏侯审,李端,皆能诗齐名,号大历十才子。"
④ 元白,即元稹、白居易。
⑤ 刘梦得,即刘禹锡。

杨公巨源①,亦各有胜会。浪仙②,无可③,刘得仁④辈,时得佳致,亦足涤烦。

虽然把右丞苏州列在李杜之后,然而"清风出岫"才合乎他论诗之旨。他对其他各家都无甚不满,而最憎恶的是元稹、白居易,因为他们的诗敢于大胆暴露统治者丑恶的面貌,运用通俗的语言,毫无含蓄的意趣,和皮日休推崇白居易,恰恰成一个鲜明的对比。

这种主张含蓄的诗论,开出宋代严沧浪之兴趣说,清代王渔洋之神韵说,都是属于唯心主义一条路向。它所起的不良的影响,是使人无视当前的社会现实,无视人民的痛苦,坠入空虚渺茫的境界中,去追求所谓"象外之象,景外之景""弦外之音,味外之味"。

但如果不离开内容来谈含蓄的境界,则这种境界也不失为一种美的境界。古典文学中,像绝句小词一类,字句很少,然往往意义深长,就是由于境界含蓄不尽,使人读后,如吃橄榄,回味无穷。譬如李白《送孟浩然之广陵》:"故人西辞黄鹤楼,烟花三月下扬州。孤帆远影碧空尽,惟见长江天际流。"《赠汪伦》:"李白乘舟将欲行,忽闻岸上踏歌声。桃花潭水深千尺,不及汪伦送我情!"都在短幅中表现非常真挚的友谊,使人感到有余不尽。如《玉阶怨》:"美人卷珠帘,深坐颦蛾眉。但见泪痕湿,不知心恨谁?"说不出来的无限怨情,也可以使人从二十个字中得到深深体会,这是含蓄的好处。又如王维诗:"行到水穷处,坐看云起时","漠漠水田飞白鹭,阴阴夏木啭黄鹂";韦应物诗:"寒雨暗深更,流萤度高阁","乔木生夏凉,流云吐华月"——里面虽没有什么社会意义,但也可给我们以美的感受。如果从这个角度来看,司空图的主张也还有一些好处。

但是,有内容而又富于含蓄的诗,也只适宜于短篇,如果像李白的《梦游天姥吟留别》、杜甫的《兵车行》一类的作品,或是豪放飘逸,或是悲壮苍凉,它的气势,有如长江黄河,一泻千里,那就用不上含蓄

---

① 杨巨源,字景山,和元稹、白居易唱酬。《全唐诗》编诗一卷。
② 浪仙,即贾岛。
③ 无可,诗僧,亦称可上人。
④ 刘得仁,或作刘德仁。《全唐诗》编诗二卷。

二字。继承司空图这派诗论的人，或是离开内容，仅从空中摸索，或则以诗的含蓄境界，为至高无上的境界，于是乎汪洋诗海，就变成一勺细流了！

八、宋代的文学批评

宋王朝的建立,在政治上结束了五代十国长期地方割据的纷乱局面,实行高度的中央集权。对新旧官僚和地主的利益,都予以保护。同时广开科举之路,每次录取进士,多至七八百人,使出身于中小地主阶级的知识分子,得到了较多登上政治舞台的机会。这对宋代诗文革新运动起了重大的作用。

宋代的诗文革新运动,实质上是代表中小地主阶级利益的文学集团对大官僚和贵族文学集团的斗争。当时的西昆体,是代表大官僚和贵族的文学流派。它的主要人物是杨亿、刘筠、钱惟演。这些都是御用文人。创作的内容,不外乎歌功颂德,粉饰太平。他们的诗歌,"组织华丽,用事精确,对偶森严",完全走向形式主义的道路。欧阳修《六一诗话》说:"自西昆体出,时人争效之,诗体一变。"此外又作为典丽的词赋和浮靡的骈文,文风大坏。在此以前,柳开已倡为古文,以韩愈之继承人自命。他说:"吾之道,孔子孟轲扬雄韩愈之道;吾之文,孔子孟轲扬雄韩愈之文也。"(《河东集》一)

他自名肩愈,字绍元,很明显地可以看出他的意向。

此外,孙复也说:"吾学尧、舜、禹、汤、文、武、周公、孔子、孟轲、荀卿、扬雄、王通、韩愈三十年。"(《信道堂记》)

石介又作《尊韩论》,以为"孔子后道屡废塞,辟于孟子,而大明于吏部(韩愈)"。

这些都是极端推尊韩愈的人,是散文改革的先驱者。等到欧阳修出来,遂和穆修、尹洙等力倡古文,和梅尧臣、苏舜钦等力反西昆派的诗,把文学引导到一条进步的路向。后来的王安石、苏轼等,都是经过他揄扬提拔,继承着他开辟的道路来发展的。现在分述如下。

(一)欧阳修(1007—1072)

欧阳修,字永叔,庐陵(今江西吉安)人。幼孤,家贫。宋仁宗天圣八年（1030）进士。在当时范仲淹与吕夷简的政治斗争中，他是倾向于范仲淹开明政治一边的，思想比较进步。他对散文的主张是"文和道合一"，认为道是内容，是本质，而文是形式，是明道的工具。《答吴充秀才书》说：

> 圣人之文，虽不可及，然大抵道胜者，文不难而自至也。故孟子皇皇，不暇著书，荀卿盖亦晚而有作。若子云、仲淹，方勉焉以模言语，此道未足而强言者也。后之惑者，徒见前世之文传，以为学者，文而已，故用力愈勤而愈不至。……若道之充焉，虽行乎天地，入乎渊泉，无不之也。（《欧阳文忠公全集》四十七）

他以为文人仅从文章方面去揣摩，于道无所窥见，虽"勤一世以尽心于文字间"，亦"无异草木荣华之飘风，鸟兽好音之过耳"（《送徐无党南归序》），终不能传之后世。所以有道而后有文，即有内容而后有形式。《与乐秀才第一书》说得尤为详尽：

> 古人之于学也，讲之深而信之笃，其充于中者足，而后发乎外者大以光。譬夫金玉之有英华，非由磨饰染濯之所为，而由其质性坚实，而光辉之发自然也。《易》之《大畜》曰："刚健笃实，辉光日新。"谓夫畜于其内者实，而后发为光辉者日益新而不竭也。……今之学者或不然。不务深讲而笃信之，徒巧其辞以为华，张其言以为大。夫强为，则用力艰；用力艰，则有限；有限，则易竭。又其为辞不规模于前人，则必屈曲变态以随时俗之所好，鲜克自立，此其充于中者不足，而莫自知其所守也。（《欧阳文忠公全集》六十九）

无"刚健笃实"的内容，"徒巧其辞以为华，张其言以为大"，不规模古人，则趋附流俗，以其中无所守，所以不能自立门面，这是他反形式主义一种有力的声明。

但是，他以为有充实的内容，还需有优美的艺术形式来表达，所以又和其他道学家"玩物丧志"的看法有很大的不同。《代人上王枢密求先集序书》说：

> 传曰："言之无文，行而不远。"君子之所学也，言以载事，而文以饰言。事信言文，乃能表见于后世。《诗》《书》《易》《春秋》，皆善载事而尤文者，故其传尤远。荀卿、孟轲之徒，亦善为言，然其道有至有不至，故其书或传或不传，犹系于时之好恶而兴废之。……言之所载者大且文，则其传也彰；言之所载者不文而又小，则其传也不彰。

文由道而出，道借文以传，有其道必有其文，否则其传也不远。唯其他重道而不薄视文章，所以还是文学批评家的论调。

自然，他所谓道，和韩愈一样，不能超出儒家的思想范围，他的主张，也基本上和韩愈一致，但实际上他能使用散文为政治斗争的工具，用流畅明快的语言来表达他的政治主张，这和脱离当前的社会政治，高唱继承尧、舜、禹、汤、文、武、周公、孔子、孟轲之道统的，却高明得多了。在挽救西昆一派形式主义的颓风、开出后来散文一条新的路向来说，也是起着进步的作用的。他抒情的散文，也曲折深挚，富有感人的力量。尽管他师法韩愈，但他的风格却和韩愈绝不相同，这也是推陈出新的一种好例。

他对诗的看法见于《梅圣俞诗集序》中：

> 予闻世谓诗人少达而多穷，夫岂然哉？盖世所传诗者，多出于古穷人之辞也。凡士之蕴其所有而不得施于世者，多喜自放于山巅水涯之外，见虫鱼草木风云鸟兽之状类，往往探其奇怪，内有忧思感愤之郁积，其兴于怨刺以道羁臣寡妇之所叹，而写人情之难言，盖愈穷则愈工，然则非诗之能穷人，殆穷者而后工也。（《欧阳文忠公全集》四十二）

这种"穷而后工"之说，也和韩愈"不平则鸣""欢愉之辞难工，愁苦之言易好"的论调，基本上相一致。其指出封建社会的文人和现实有种种矛盾，处于不得意被压迫的地位，才来创作诗歌，才有很大的感人的力量。

(二) 王安石（1021—1086）

王安石，字介甫，江西临川人。神宗熙宁二年（1069），被任命为宰相，厉行新法。当时的新法是在北宋的阶级矛盾尖锐、民族危机严重的情况下产生出来的。它的目的在于限制大官僚、大地主、大商人的某些特权，整顿国家的财政，加强国防的力量，具有很大的进步意义。但遭到了敌党的反对，终于辞职，归老南京。

他具有比较进步的政治主张，希望能改造腐朽的社会。他认为文学也要能切乎现实，不徒以雕琢辞藻为工。《张刑部诗序》说：

> 杨（亿）刘（筠）以文辞染当世，学者迷其端原，靡靡然穷日力以摹之，粉墨青朱，颠错丛庞，无文章黼黻之序。其属情籍事，不可考据也。方此时自守不污者少矣！

西昆体的文章，在他看来，粉墨青朱，无补于世，所以大力加以抨击。

《上人书》有说：

> 尝谓文者，礼教治政云尔！其书诸策而传之人，大体归然而已。而曰，言之不文，行之不远云者，徒谓辞之不可以已也，非圣人作文之本意也。……韩子尝语人以文矣，曰云云，子厚亦曰云云，疑二子者，徒语人以其辞耳，作文之本意，不如是其已也。孟子曰：君子欲其自得之也。自得之，则居之安，居之安，则资之深；资之深，则取之左右逢其源。孟子之云尔，非直施于文而已，然亦可托以为作文之本意。且所谓文者，务为有补于世而已矣。所谓辞者，犹器之有刻镂绘画也。诚使巧且华，不必适用；诚使适用，亦不必巧且华；要之以适用为本，以刻镂绘画为之容而已。不适用，非所以为器也；不为之容，其亦若是乎否也？然容亦未可已也，勿先之，其可也。

他以礼教治政为文学的范围，可见它内容的广泛。它的用意是把文学作为宣扬政治风俗教化的工具，不徒然以"刻镂绘画"为美。所谓"以适用为本"，也在于适用于礼教治政的范围，起着改进礼教治政的作用，这样才能"有补于世"。但他并不根本否定文辞之美,以为"容亦未可已也,勿先之,其可也",意思是说有了礼教治政的内容,刻镂绘画也还是需要的,不过不要把它摆在前面罢了!

《与祖择之书》说:

> 治教政令,圣人之所谓文也。书之策,引而被之天下之民,一也。圣人之于道也,盖心得之。作而为治教政令也,则有本末先后,权势制义,而一之于极①,其书之策也,则道其然而已矣。……
>
> 某生十二年而学,学十四年矣。圣人之所谓文者,私有意焉。书之策,则未也。间或悱然动于事而出于辞,以警戒其躬,若施于友朋,褊迫陋庳,非敢谓之文也。乃者执事欲收而教之,……因叙所闻与所志献左右,惟赐览观焉。

治教政令,本是当时实际的种种设施,然而把它记载在简册中,则成为垂教后世之文。推原治教政令的制作,并非一成不变,而是有其本末先后,权势制义②,总之能适合当前社会发展的趋势便好了(一之于极,即归于得乎其中,得乎其中,即适合当前社会发展的趋势)。安石早岁即有变法的企图,他读古人的文章,着眼于治教政令,而不斤斤于文字之末,这可以看出他的政治抱负,可以看出一个政治家对于文章的见解。它所包括的范围诚然不免过大,但在反抗西昆一派形式主义来说,也有积极的作用。

他在《祭欧阳文忠公文》说:

> 如公器质之深厚,智识之高远,而辅学术之精微,故充于文章,见于议论,豪健俊伟,怪巧瑰琦。其积于中者,浩如江河之停蓄,其发于外者,烂如日星之光辉。其清音幽韵,凄如飘风急雨之骤至,其雄辞闳辩,快如轻车骏马之奔驰。世之学者,无问乎识与不识,而读其文,则其人可知。

---

① 极,中。
② 义者,宜也。

因为欧阳修有深厚的器质、高远的知识、精微的学问，所以能发为光辉灿烂的文章，这也是"刚健笃实，辉光日新"的一种说明。"而读其文，则其人可知"，则文章也是作者伟大的人格的一种表现。这篇祭文的意义，自然在于表示他对欧阳修真挚的友谊，但也未尝不可以看出他对文章的见解来。

（三）苏　轼（1037—1101）

苏轼，字子瞻，号东坡居士，四川眉山县人。父苏洵，弟苏辙，都以散文著称，合称"三苏"。仁宗嘉祐元年（1056）进士。他的政治观点较为保守。与王安石政见不合，出知密州、徐州、湖州，后因诗案下狱，谪黄州团练副使。1085年，哲宗即位，太皇太后高氏当政，起用旧党，被召为翰林学士。不久，又出知杭州、颍州、定州。1093年，哲宗亲政，新党再度起用，被贬至惠州。越四年，又迁到海南的昌化。1100年徽宗即位，因大赦内迁。次年，死于常州，年六十五。

他毕生在政治场中活动，颇重视文学的社会作用。以为"缘诗人之义，托事以讽，庶几有补于国"（苏辙《东坡先生墓志铭》），因而写了许多政论文，议论古今，抨击时政。而且以为文章之作，出于不能自已，而非勉强成篇。《南行前集叙》说：

> 夫昔之为文者，非能为之为工，乃不能不为之为工也。山川之有云雾，草木之有华实，充满郁勃而见于外，夫虽欲无有，其可得耶？自少闻家君之论文，以为古之圣人，有所不能自已而作者，故轼与弟辙为文至多，而未尝敢有作文之意。

"充满郁勃而见于外"，就是由于作者心中有许多要说出来的东西到了不能遏抑的时候才迸发出来，蓄积深厚，发为文辞，才能喷薄凌厉，富于感人的力量。那些勉强为文的，不过是无病呻吟而已！这是文章真伪区别的所在，可以促使我们注意。

《凫绎先生诗集序》说：

> 昔吾先君……以鲁人凫绎先生之诗文十余篇示轼曰："小子识之，后数十年，天下无复为斯文者也。先生之诗文，皆有为而作。精

悍确苦，言必中当世之过。凿凿乎如五谷必可以疗饥，断断乎如药石必可以伐病。其游谈以为高，枝词以为观美者，先生无一言焉。"其后二十余年，先君既殁，而其言存。士之为文者，莫不超然出于形器之表，微言高论，既已鄙陋汉唐，而其反复论难，正言不讳，如先生之文者，世莫之贵矣！

这里所谓"有为而作"和"有所不能自已而作"，意义正同。他以为文章对于腐恶的社会现实，要敢于抨击"言必中当世之过"，"反复论难，正言不讳"，而后有合乎"托事以讽"之义。那些远离社会现实而高谈性理的文章，虽然自以为"微言高论"，"超然出于形器之表"，其实是不足贵的。他重视文学的社会作用也由此得到证明。

《文与可画筼筜谷偃竹记》说：

竹之始生，一寸之萌耳，而节叶具焉。自蜩腹蛇蚹，以至于剑拔十寻者，生而有之也。今画者乃节节而为之，叶叶而累之，岂复有竹乎？故画竹必先得成竹于胸中，执笔熟视，乃见其所欲画者，急起从之，振笔直遂，以追其所见，如兔起鹘落，少纵则逝矣。

这虽然论画竹，其实亦可作为论文的一种意见。画竹要胸有成竹，不能"节节而为之，叶叶而累之"，作文也要胸有成文，振笔直遂，以抒其所见，不能枝枝节节，杂凑成篇。唯其"有为而作"，"有所不能自已而作"，才能一气呵成。陆机《文赋》说："思，风发于胸臆言，泉流于唇齿。"无风发之思，必不能有泉涌之文，所以说"充满郁勃而见于外"。东坡论文，着重充实的内容，着重它在社会上所起的作用，这种理论是正确的。

作者胸中"有所不能自已"，但还要求其能充分表达。东坡对"达"字颇为留意。《答谢民师书》说：

所示书教及诗赋杂文，观之熟矣，大略如行云流水，初无定质，但常行于所当行，常止于不可不止，文理自然，姿态横生。孔子曰："言之不文，行之不远。"又曰："辞达而已矣！"夫言止于达意，疑若不文，是大不然。求物之妙，如系风捕影，能使是物了然于心者，盖千万人而不一遇也，而况能了然于口与手乎？是之谓辞达。辞至于能达，而文不可胜用矣。

诚然，像他自己所说："言止于达意，疑若不文"，其实要"了然于心"，"了然于口与手"，便并非容易。"求物之妙，如系风捕影"，风何以能系？影何以能捕？这是极意形容物之妙处，难以寻求。因为物的数量无穷，色彩声音姿态，全不一样，要把某种事物的精神动态摄入脑中，留下清晰的印象，非有锐敏的感受性、很强的记忆力不行。何况不但要了然于心，而且要了然于口，最后还要用有组织有规律的文字把它反映出来，历历如绘，非有高度的艺术技巧是无法达到的。至于社会现象的复杂变化矛盾冲突，更属无所不有，要了然于心、了然于口与手，那就更非容易！作者真能纵横变化，曲折以达其心中所欲言，那才算做到"达"的境界。像东坡自己说：

吾文如万斛泉源，不择地皆可出。在平地滔滔汩汩，虽一日千里无难，及其与山石曲折，随物赋形而不可知也。所可知者，常行于其所当行，常止于其不可不止，如是而已矣，其它虽吾亦不能知也。

"行于其所当行，止于其不可不止"，便是随心操纵、挥洒自如。人们说东坡的文章，灵心慧舌，其实也不外乎做到一个"达"字。

他又以为文章各有特殊的风格，不能强人以就我。《答张文潜书》有说：

文字之衰，未有如今日者也，其源实出于王氏（王安石）。王氏之文，未必不善也，而患在于好使人同己。自孔子不能使人同。颜渊之仁，子路之勇，不能以相移，而王氏欲以其学同天下。地之美者，同于生物，不同于所生，惟荒瘠斥卤之地，弥望皆黄茅白苇，此则王氏之同也。

在同一沃壤中，生长出许多植物，各自欣欣向荣，这象征着文坛多彩多姿，不必要求它的风格一律。

对于诗，他也是主张神似而不贵形似。他说：

> 论画以形似，见与儿童邻。赋诗必此诗，定非知诗人。①

诗画同出一源。顾恺之画人物，颊上三毫，神情毕肖，原不在枝枝节节去摹写。作诗也重在能突出表现事物的精神动态，不在枝枝节节去铺陈。所谓不贵形似，并不是说要离开实际的观察，徒然凭空刻画，而是在实际观察的基础上，抓住事物的本质，更概括地、更集中地来表现它。假如以为空虚真可以刻画，那便要陷入主观的唯心主义。

齐白石说过：

> 凡大家作画，要胸中先有所见之物，然后下笔有神，故与可以烛光取竹影。大涤子尝居清湘，方可空绝千古。匠家作画，专心前人伪本，开口便言宋元，所画非目所见，形似未真，何况传神？为吾辈以为大惭。[《甲子（1924）白石诗草》]

"要胸中先有所见之物，然后下笔有神"，可见"神"是不能离开"物"而超然存在的。"形似未真，何况传神？"可见传神之画，是在"形似"的基础之上发展起来的。明白了这种道理，便不难理解诗歌虽在现实中汲取泉源，而且是反映现实，但并不等于呆板地记录生活，而是突出地、集中地描写。东坡用画论来作诗论，是他的一种创见。在他以前，是没有人这样来体会的。

其次，他受了司空图的影响，论诗着重"含蓄的境界"。《书黄子思诗集后》说：

> 予尝论书，以谓钟王之迹，萧散简远，妙在笔画之外。至唐颜柳，始集古今笔法而尽发之，极书之变，天下翕然，以为宗师，而钟王之法益微。至于诗亦然。苏李之天成，曹刘之自得，陶谢之超然，盖亦至矣。而李太白、杜子美，以英伟绝世之姿，凌跨百代，古今诗人尽废，然魏晋以来，高风绝尘，亦少衰矣！李杜之后，诗人继作，虽间有远韵，而才不逮意。独韦应物、柳宗元，发纤秾于简古，寄至

---

① 《书鄢陵王主簿所画折枝二首》，见施注苏诗卷二十六。

味于淡泊，非余子所及也。

他批评韩柳诗说：

> 柳子厚诗，在陶渊明下，韦苏州上，退之豪放奇险则过之，而温丽静深不及也。所贵乎枯淡者，谓其外枯而中膏，似淡而实美，渊明子厚之流是也。若中边皆枯淡，亦何足道！佛云：如人食蜜，中边皆甜。人食五味知其甘苦者皆是，能分别其中边者，百无一二也。

他推重陶渊明、柳子厚、韦应物的诗，因为"外枯而中膏，似淡而实美"。这些诗之所以耐人寻味，就在于富有含蓄之美。他尤推重陶渊明，以为"才高意远，造语精到如此如大匠运斤，无斧凿痕，不知者疲精力，至死不悟"。

这些见解和他的创作实践是相矛盾的。他的诗歌有如"天马脱羁，飞仙游戏，穷极变幻，而适如其意中所欲出"（沈德潜《说诗晬语》），像这样的诗境，全不是含蓄的诗境。他贬谪岭南以后，虽然有许多和陶诗，也全不像渊明之神味渊永。他是积极浪漫主义者，不可能锋芒内敛以含蓄取胜。他不能为陶渊明、柳子厚、韦应物的诗，也好像李杜之各有其精神面目，不同于陶、韦、柳三家。由于作家有不同的社会环境、生活道路、思想根源，所以形成不同的风格。也唯其这样，才能开放出奇异的鲜花，推动诗歌向前发展。何况含蓄的境界，虽然是一种美的境界，也不能说是最高的境界。他自己说过"地之美者，同于生物，不同于所生"，又何必对含蓄的诗境往复徘徊呢？吴可《藏海诗话》说："东坡豪，山谷奇，二者有余，而于渊明则为不足，所以皆慕之。"这种解释也有它的理由。不过东坡注重含蓄的诗论，并没有超越司空图的范围，远远比不上他以画评诗的创见。

（四）黄庭坚（1045—1105）

黄庭坚，字鲁直，自号山谷道人，又号涪翁，江西分宁（今江西修水）人。他是反西昆体的一员健将，而且在诗歌上有开辟新路的雄心。张耒读黄鲁直诗有说"不践前人旧行迹，独惊斯世擅风流"，颇能表现他的气概。然而他的诗论，却偏向新的形式主义。

他平生最推尊杜甫,然却反对以诗为政治斗争的工具。他说:

> 诗者,人之情性也,非强谏争于廷,怨忿诟于道,怒邻骂坐之为也。……其发为讪谤侵凌,引颈以承戈,披襟而受矢,以快一朝之愤者,人皆以为诗之祸,是失诗之旨,非诗之过也。(《豫章黄先生文集·书王知载朐山杂咏后》)

诗歌既然根本离开政治,则所谓"人之性情",无非是局限于个人生活的小圈子,这样当然不会有丰富的社会内容,只能从形式方面去争奇斗巧,于是乎打垮了西昆派的形式主义,又转到新的"江西诗派"的形式主义中。

山谷论文章,注重学问。《与秦少章帖》说:

> 文章虽末学,要须茂其根本,深其渊源。

又说:

> 诗词高胜,要从学问中来。(《苕溪渔隐丛话前集》卷四七)

这原来是对的,然而他所谓的学问,却偏于书本的学问。
《与徐师川书》说:

> 诗正欲如此作。其未至者,探经术未深,读老杜李白韩退之诗不熟耳。

《答洪驹父书》说:

> 自作语最难。老杜作诗,退之作文,无一字无来处,盖后人读书少,故谓杜韩自作此语耳。古之能为文章者,真能陶冶万物,虽取古人之陈言入于翰墨,如灵丹一粒,点铁成金也。

在我们看来,杜诗的好处,在于它能成为时代的一面镜子,在于富有创造的精神，他却以为杜诗无一字无来历，能熔化古人之陈言以为己有，这样说来，我们要继承杜甫，只要多读一些书，多用一些典故便好了！

唯其他偏重在书本上、形式上，因而创为"夺胎换骨"之说。《冷斋夜话》云：

> 山谷言诗意无穷，而人才有限。以有限之才，追无穷之意，虽渊明少陵，不得工也。不易其意而造其语，谓之换骨法。规摹其意，而形容之，谓之夺胎法。

夺胎也好，换骨也好，最多不过取古人之词意，窜改一番而已，如白居易诗"百年夜分半，一岁春无多"，山谷把它改为"百年中去夜分半，一岁无多春再来"。梅圣俞诗"南陇鸟过北陇叫，高田水入低田流"，山谷把它改为"野水自添田水满，晴鸠却唤雨鸠归"，境界虽然有些不同，也不过窜来窜去。至于把唐人贾至的"桃花历乱李花香，又不吹愁惹恨长"，改为他自己的绝句："草色青青柳色黄，桃花历乱李花香。春风不解吹愁去，春日偏能惹恨长！"艺术手腕还是相当高明的。如果作诗仅从这一方面下功夫，不能深刻地反映当前的社会现实，不能反映广大人民的思想感情，无论熔铸古人的辞意多么精巧，都是没有出息的。

他又喜欢用拗句、押险韵、造硬语，把韩愈作诗的毛病继承下来，以此和古人争胜，便愈益倾向形式主义。

《后山诗话》说：

> 唐人不学杜诗，惟唐彦谦与今黄庶，谢师厚景初学之。鲁直，黄之子，谢之婿也。其于二父，犹子美之于审言也。然过于出奇，不如杜之遇物而奇也，三江五湖，平漫千里，因风石而奇尔。
>
> 诗欲其好，则不能好矣。王介甫以工，苏子瞻以新，黄鲁直以奇，而子美之诗，奇常工易新陈，莫不好也。
>
> 善为文者，因事以出奇。江河之行，顺下而已，至其触山赴谷，风搏物激，然后尽天下之变。

山谷立定一争奇斗巧之心，不能"因事以出奇"，便不免向形式方面翻跟斗。后来的江西诗派，益复变本加厉，清规戒律，束缚重重，而反映社会的真实，发抒情感的真诗，便微乎其微了！这些诗论在诗坛上所起的是倒退的作用，是应该加以批判的。

但是山谷论诗也具备着许多矛盾。范温《诗眼》说：

> 孙莘老尝谓老杜《北征》诗胜退之《南山》诗，王平甫以为《南山》胜《北征》，终不能相服。时山谷尚少，乃曰：若论工巧，则《北征》不及《南山》，若书一代之事，以与国风雅颂相表里，则《北征》不可无，而《南山》虽不作未害也。二公之论遂定。

他着眼到"书一代之事"，来定《北征》《南山》之优劣，认识到杜诗反映时代的伟大价值和形式主义者的论调，又迥然不同。

《答王观复书》说：

> 好作奇语，自是文章病，但当以理为主。理得而辞顺，文章自然出群拔萃。

《大雅堂记》说：

> 子美诗妙处，乃在无意于文。

评陶渊明诗说：

> 谢康乐庾义城之于诗，炉锤之功，不遗力也，然陶彭泽之墙数仞，谢庾未能窥者，何哉？盖二子有意于俗人赞毁其工拙，渊明直寄焉耳。

这种说法，无异驳倒他自己刻意求奇的主张，可见他思想上潜在着许多矛盾。

《书嵇叔夜诗与侄榎》说：

> 叔夜此诗，豪壮清丽，无一点尘俗气，凡学作诗者，不可不成诵在心，想见其人。虽沈于世故者，暂而揽其余芳，便可扑去面上三斗

俗尘矣，何况探其义味者乎？故书以付檠，可与诸郎皆诵取，时时讽咏，以洗心忘倦。余尝为诸子弟言，士生于世，可以百为，惟不可俗，俗便不可医也。或问不俗之状。余曰：难言也。视其平居无以异于俗人，临大节而不可夺，此不俗人也。士之处世，或出或处，或刚或柔，未易以一节尽其蕴，然率以是观之。

有不俗之人，而后有不俗之诗，而其所谓不俗，是在"临大节而不可夺"，论诗而推本于人的崇高道德品质，也决非形式主义所能梦见。

《跋王荆公禅简》说：

荆公学佛，所谓吾以为龙又无角，吾以为蛇又有足者也。然余尝熟观其风度，真视富贵如浮云，不溺于酒色财利，一世之伟人也。莫年小语，雅丽精绝，脱去流俗，不可以常理待之也。

他认为安石有如许高洁的胸襟，所以能写出脱去流俗的诗。作家的人格贯穿着他的作品，这也不似形式主义者的论调。

《书旧诗与洪龟父跋其后》说：

龟父笔力可扛鼎，他日不无文章垂世，要须尽心于克己，不见人物减否，全用其辉光以照本心。力学有暇，更精读千卷书，乃可毕兹能事。

则又着重于身心的修养，而以读书为次要，和死于书本下的又有很大的不同。

《书渊明诗后寄王吉老》说：

血气方刚时，读此诗如嚼枯木，及绵历世事，知决定无所用智，每观此篇，如渴饮水，如欲寐得啜茗，如饥啖汤饼，今人亦有能同味者乎，但恐嚼不破耳！

他触悟到鉴赏文学的，要从自己的生活体验中悟出作者的用意，然后能深深爱好，不仅在纸片上去寻求，也远远超过形式主义者的看法。

从上面所举的那些例子看来，他的诗论也有其合理的进步的一面，他之所以会给后人严重的非议，主要是在于南宋的吕本中，列举黄庭坚以下二十五人为江西宗派图，专门阐扬他偏于形式方面的理论，也可能把他们自己的意见加到黄庭坚身上，来壮大他们的声势。江西派所起的影响是昭昭在人耳目的，但这实由黄开其端，所以提出来批判也是应该的。

（五）严　羽（约 1192—约 1245）①

严羽，字仪卿，福建邵武人，著《沧浪诗话》。他论诗以妙悟为主，堕于主观唯心论的窠臼。他以为："禅道惟在妙悟，诗道亦在妙悟。且孟襄阳学力，下韩退之远甚，而其诗独出退之之上者，一味妙悟而已。惟悟乃为当行，乃为本色。"按禅宗为教外别传，不立文字，不落言筌，本难以死法捉摸。沧浪教人一味妙悟，究竟如何悟法，他自己亦说不出来！虽然他这样说过："禅家者流，乘有大小，宗有南北，道有邪正，学者须从最上乘，具正法眼，悟第一义。……论诗如论禅，汉魏晋与盛唐之诗，则第一义也。……然悟有浅深，有分限。有透彻之悟，有但得一知半解之悟。汉魏尚矣，不假悟也，谢灵运至盛唐诸公，透彻之悟也，他虽有悟者，皆非第一义也。"（《沧浪诗话·诗辨》）既然说汉魏晋与盛唐之诗为第一义，要人们从此处悟得，则谢灵运至盛唐诸公，不必从中区别出来，说为透彻之悟。究竟透彻之悟，和第一义之悟，是一还是二呢？他在《沧浪诗话·诗评》中说："诗有辞、理、意、兴。南朝人尚辞而病于理，本朝人尚理而病于意兴，唐人尚意兴而理在其中，汉魏之诗，辞理意兴，无迹可求。""无迹可求"，当然高出于南朝和唐人之上了，那么，"透彻之悟"上面，还有所谓"第一义之悟"，透过谢灵运盛唐诸公一关，还有汉魏的一关。然而"汉魏尚矣，不假悟也"，既然不假悟，是又超过悟的范围，又何能说为第一义之悟？悟得透彻，已经打破一切关头，又何能再由此通向第一？说来说去，还是纠缠不清，听话的更如丈二长的金刚，摸不着头脑了！

说到妙悟境界，是一种迷离惝恍的境界。譬如他自己说：

盛唐诸人，惟在兴趣。羚羊挂角，无迹可求。故其妙处，透彻玲

---

① 严羽生年大致在 1192—1197 年间，卒年约在 1241—1245 年间。

珑，不可凑泊。如空中之音，相中之色，水中之月，镜中之像，言有尽而意无穷。(《沧浪诗话·诗辨》)

这明白告诉我们，诗的高妙境界是不可捉摸的，你自己深刻体会便好了！非主观唯心论而何？

而且他以为时代愈后，诗道愈衰。盛唐不如汉魏，大历不如盛唐，晚唐又不如大历。强执时代的先后，以为盛衰的界限，这样推演下去，是一代不如一代，最好是返诸《诗经》三百篇以前。这种看法是完全违反文学发展的规律的。

他又说：

诗之是非不必争，试以己诗置之古人诗中与识者观之而不能辨，其真古人矣。(《沧浪诗话·诗法》)

他不知道做一个"真古人"，便要完全丧失了"自己"。我有我所处的社会环境，我有我自己的生活遭遇，我有我自己的思想感情，发为诗歌，便各有不同的风格，何必要做一个"真古人"？又何能勉强做一个"真古人"？他要我们向后看而不要向前看，他要让死人拖住活人，这是应该予以严厉的批评的！

沧浪自谓："近代之诗，……吾取其合于古人者而已！"(《沧浪诗话·诗辨》)用这种标准来定取舍，至多只能拣择一些假古董出来，这种看法也完全是反动的。

他教人做工夫的方法是：

先须熟读《楚辞》，朝夕讽咏，以为之本。及读《古诗十九首》，乐府四篇。李陵，苏武，汉魏五言，皆须熟读。即以李杜二集，枕借观之，如今人之治经然。后博取盛唐名家，酝酿胸中，久之自然悟入。虽学之不至，亦不失正路。此乃是从顶顿上做来，谓之向上一路，谓之直截根源，谓之顿门，谓之单刀直入也。(《沧浪诗话·诗辨》)

从《楚辞》至盛唐诸公，熟读而酝酿之，悟来悟去，都不外是纸片上的学问。岂不闻诗之外有事？诗之中有人？一个作家如不能面对现实，深入现实，发掘现实，反映现实，更进一步而指导现实，徒然徘徊于古人诗卷之中，便会被古人压死。所谓向上一路，所谓直截根源，不过如是！他的妙悟的伎俩也就可想而知了！

对于诗之体制，自风雅颂以至藏头歇后等体，他无不琐屑杂陈，而且以为"作诗正须辨尽诸家体制，然后不为旁门所惑。今人作诗，差入门户者，正以体制莫辨也"（《答吴景仙书》）。其实体制辨得虽精，亦不过选择一番，从中摹拟，脚根不离古人，又何能有自得创新之妙？明代的复古派，以为"文必秦汉，诗必盛唐"，枝枝节节从而摹拟，也受了沧浪不少的影响！

总之，离开当前的社会现实，离开火热的生活斗争，而摹仿古人，离开思想内容，而空谈妙悟，必然会引人走向迷离惝恍之境，陷入唯心主义的泥沼。

但沧浪说诗，在反对江西诗派的流弊来说，也起了一些好的作用。他说：

> 夫诗有别材，非关书也。诗有别趣，非关理也。……诗者，吟咏情性也。……近代诸公，乃作奇特解会，遂以文字为诗，以才学为诗，以议论为诗，夫岂不工，终非古人之诗也，盖于一唱三叹之音，有所歉焉。且其所作，多务使事，不问兴致。用事必有来历，押韵必有出处，读之反复终篇，不知著到何处？……诗而至此，可谓一厄也！（《沧浪诗话·诗辨》）

江西诗派，好发议论，掉书袋，讲格律，往往僻涩生硬，无一唱三叹之音，沧浪起来反对它，使人们不死于书本和格律下面，是对的。我们知道，在欧阳修、苏轼之后，江西诗派支配着宋代的诗坛，虽然其中也有一些好的作家和好的作品，但总的倾向，还是走上一条新的形式主义的道路，沧浪敢于向他们冲击，也算是有些胆力的。

他在论《诗法》中又说：

> 不必太着题，不必多使事。
> 押韵不必有出处，用事不必拘来历。

>　　意贵透彻，不可隔靴搔痒，语贵脱洒，不可拖泥带水。

这都是针对江西诗派的流弊来说的，也算能击中要害。

他在《诗评》中，也有一些中肯的话。如说：

>　　黄初之后，惟阮籍咏怀之作，极为高古，有建安风骨。晋人舍陶渊明、阮嗣宗外，惟左太冲高出一时，陆士衡独在诸公之下。
>　　建安之作，全在气象，不可寻枝摘叶。灵运之诗，已是彻首尾成对句矣，是以不及建安也。
>　　谢所以不及陶者，康乐之诗精工，渊明之诗，质而自然耳。

他以为阮籍接迹建安。陶诗之质朴自然，胜于谢灵运之工于琢句。太冲挺拔，高出一时。士衡唯知摹拟涂饰，独为下劣。这些批评都有斤两。

他对唐人的批评是：

>　　李杜二公，正不当优劣。……子美不能为太白之飘逸，太白不能为子美之沉郁。太白《梦游天姥吟》《远别离》等，子美不能道；子美《北征》《兵车行》《垂老别》等，太白不能作。
>　　少陵诗法如孙吴，太白诗法如李广。
>　　少陵诗宪章汉魏，而取材于六朝，至其自得之妙，则前辈所谓集大成者也。

李白是积极的浪漫主义者，杜甫是伟大的现实主义者，所以一则倾向于飘逸，一则倾向于沉郁；一则摧破格律的枷锁而放荡不羁，一则格律森严，结构缜密；一则接迹风雅，卑视六朝，一则宪章汉魏，虽齐梁亦在所不废。寥寥数行中，对李杜两家的特点，都能扼要指出。

他又说：

>　　高岑之诗悲壮，读之使人感慨。孟郊之诗刻苦，读之使人不欢。

以"悲壮"形容高岑，以"刻苦"形容东野，都是不可移易的。

> 唐人惟柳子厚深得《骚》学，退之、李观，皆所不及。

子厚冲淡似渊明，而忧愁幽思，则于《骚》为近，也能窥见他的诗的渊源。

> 和韵最害人诗，古人酬唱不次韵，此风始盛于元白皮陆，而本朝诸贤，乃以此而斗工，遂至往复有八九和者。

和韵诗都是为文造情，不过排比铺张，夸多竞丽，何曾反映着社会真实的面貌？又何曾表现著作者的真性情？沧浪特地指出这一类的诗对宋人的恶影响，也是切中时弊的。

总观沧浪诗说，发源于司空图，而借禅家"妙悟"之说为喻。推尊盛唐，以为师法，把诗歌导入唯心主义、复古主义的一条路向，是落后的，甚至是反动的。但他指出江西诗派形式主义的流弊，对魏晋及唐代的作家，有一些合理的批评，也是我们所不可忽视的。

九、金代的文学批评

公元1115—1234年间，女真族完颜氏所建立的金王朝，统治了黄河流域。女真族是比较落后的部族，但自从和辽宋接触经过长时期的文化交流以后，文化逐步提高。自金太祖阿骨打以来，尽力罗致辽宋文人，如韩昉、宇文虚中、蔡松年等，都受到金王朝的优待。皇统、正隆间，在京师设大学国子监，州镇也置教官。同时又制定以词赋经义取士的办法，世宗更考选官吏中文理优赡者，予以升级。文学的空气逐渐浓厚起来。

公元1214年，蒙古军入侵，金王朝由中都（今北京）迁到汴京（今河南开封），史称贞祐南渡。

南渡后的文人，有赵秉文、李纯甫、麻九畴、李长源、元好问等。

那时期的金王朝，地盘缩小，仅保有河南陕西。为了时时防御蒙古军的进攻，为了把损失的土地求得补偿，遂连年兴师伐宋，于是加重了聚敛徭役。"南渡二十年，所在之民，破田宅，鬻妻子，竭肝脑以养军"（《金史·哀宗本纪》），而"每有征伐及边衅，辄下令签军，使远近骚动。民家丁男，若皆强壮，或尽取无遗。号泣动乎邻里，嗟怨盈乎道路！"（刘祁《归潜志》）而蒙古诸将略地攻城，往往大量屠杀人民，于是死的死，逃的逃，黄河流域顿呈一片萧条的景象。公元1234年，蒙古族并吞金王朝。残酷的统治，并不减于金之末世。元好问的诗歌，对当时历史的真实，都有相当的反映。在金王朝一代中，号称最为杰出的诗人。在文学批评史上来说，也有他一定的地位。

元好问（1190—1257）

元好问，字裕之，太原秀容（今山西忻县）人，他曾在遗山（今山西定襄县城东北十八里）读过书，自号遗山山人。少从郝晋卿学，淹贯经史百家。兴定五年（1221），登第，累官至行省左司郎，金亡不仕，卒。有《遗山集》及《中州集》。关于文学批评的，有《论诗绝句》三十首。

杜甫曾有《戏为六绝句》，评论庾信诸人诗，开以诗评诗的先河。遗山所作，贯穿古今，衡量各家，颇有斤两，而他自己的文学见解，也从里面透露出来。

他"值金源亡国，以宗社丘墟之感，发为慷慨悲歌"（《瓯北诗话》卷八《论元遗山诗》），郝经称其"歌谣跌宕，挟幽并之气，高视一世"（亦见《瓯北诗话》所引）。他自己具有这样豪迈悲壮的风格，所以评论古人诗也着重这一方面。如说：

曹刘①坐啸虎生风，四海无人角两雄。可惜并州刘越石②，不教横槊建安中！（《论诗绝句》第二首）

认为刘琨的诗悲壮激越，可与建安的曹刘相角逐。

纵横诗笔见高情，何物能浇块垒平？老阮不狂谁会得？出门一笑大江横！（《论诗绝句》第五首）

认为阮籍抑塞磊落的情怀，运用纵横的诗笔来表现，人们以为他狂放不羁，实在没有体会出他的深心。"出门一笑大江横"，象征阮籍一种傲岸的气概，也象征他诗歌中一种阔大雄深的境界。

慷慨歌谣决不传，穹庐一曲本天然。中州万古英雄气，也到阴山敕勒川③！（《论诗绝句》第七首）

提出《敕勒歌》来代表北人刚健之音，认为有中州万古英雄之气。

笔底银河落九天，何曾憔悴饭山④前？世间东抹西涂手，枉着书

---

① 曹刘，指曹植、刘桢。建安（汉献帝年号）诗人。
② 刘越石，即刘琨。
③ 敕勒川，在今山西朔县境内。北齐斛律金作《敕勒歌》："敕勒川，阴山下。天似穹庐，笼盖四野。天苍苍，野茫茫，风吹草低见牛羊。"
④ 饭山，饭颗山。传李白有嘲杜甫诗："饭颗山头寻杜甫，头戴笠子日卓午。试问因何太瘦生，总为从前作诗苦。"

生待鲁连①。(《论诗绝句》第十五首)

"飞流直下三千尺,疑是银河落九天",他以为这是太白的诗境,决非憔悴苦吟的所能为力。

他对诗的风格的倾向,从上面所举的例子中,可以看出来。

他批评秦少游的诗说:

> 有情芍药含春泪,无力蔷薇卧晚枝②。拈出退之山石句③,方知渠是女郎诗。(《论诗绝句》第二十四首)

这里讥讽少游风格柔靡,不如退之《山石》之雄健。

他批评陆机说:

> 斗靡夸多费览观,陆文犹恨冗于潘④。心声只要传心了,布谷澜翻⑤可是难。(《论诗绝句》第九首)

他反对陆机以辞藻富丽为工,不能有真性情的流露。

他批评温庭筠、李商隐说:

---

① 鲁连,鲁仲连。战国时富有侠气的人物。李白平日惯以鲁仲连自比,而东涂西抹的文人却把他当作书生,元遗山以为这是错误的看法。

② 见秦观《春雨》诗。

③ 韩愈,字退之。有《山石》诗。元遗山《中州集》王中立传:"予尝从先生学,问作诗究竟如何? 先生举秦少游《春雨》诗,有情芍药云云,诗非不工,若以退之'芭蕉叶大栀子肥'(《山石》诗句)校之,则《春雨》为妇人语矣。破却工夫,何至学妇人!"

④ 《世说》:"孙兴公云:'潘文烂若披锦,无处不善,陆文若排沙拣金,往往见宝。'"是谓陆机的文章繁冗,比不上潘岳的简净。

⑤ 苏轼诗:"口角澜翻如布谷。"

邺①下风流在晋多,壮怀犹见缺壶歌②。风云若恨张华少③,温李④新声奈尔何!(《论诗绝句》第三首)

以为这些"儿女情多,风云气少"的作品,不能振作人们的意志。
他批评陈子昂说:

沈宋⑤横驰翰墨场,风流初不废齐梁。论功若准平吴例⑥,合著黄金铸子昂。(《论诗绝句》第八首)

赞美陈子昂横扫齐梁绮丽的颓风,在诗坛上有伟大的建树。
他批评元结说:

切响浮声⑦发巧深,研磨虽苦果何心?浪翁水乐无宫徵⑧,自是云山韶濩⑨音。(《论诗绝句》第十七首)

以为次山诗节奏自然,远胜于沈约之研磨声律。
从这些例子看来,对于专门讲究辞藻声律的作品,他是采取反对的态度的。

唯其他爱好气魄雄大的诗篇,因而对苦吟的诗人,也加以讥笑。如说:

---

① 邺,今河北临漳。建安时,曹操招揽四海文人,集于邺下。
② 《晋书·王敦传》:"酒后辄咏魏武(曹操)乐府歌曰:'老骥伏枥,志在千里。烈士暮年,壮心不已!'以铁如意击唾壶为节,壶口皆裂。"
③ 钟嵘《诗品》评张华诗:"其体华艳,兴托不奇。巧用文字,务为妍冶。虽名高曩代,而疏亮之士,犹恨其儿女情多,风云气少。"
④ 温李,即温庭筠、李商隐。晚唐诗人。
⑤ 沈宋,即沈佺期、宋之问。初唐诗人。
⑥ 《吴越春秋》:"勾践灭吴,范蠡既去,越王使良工铸金,象范蠡之形,置于座侧。"
⑦ 沈约《宋书·谢灵运传论》:"前有浮声,则后须切响。"
⑧ 浪翁,指元结。结字次山,自号浪士。水乐,指元次山所作《欸乃曲》。宫商角徵羽为五音。无宫徵,是说他不讲究音律,而合乎自然的节奏。
⑨ 韶濩,乐名。《庄子·天下》篇:"舜有大韶,汤有大濩。"

东野①穷愁死不休,高天厚地一诗囚。江山万古潮阳②笔,合在元龙百尺楼③。(《论诗绝句》第十八首)

池塘春草谢家春④,万古千秋五字新。传语闭门陈正字⑤,可怜无补费精神!(《论诗绝句》第二十九首)

以为东野苦吟,比不上昌黎雄大,陈师道闭门觅句,比不上谢客秀拔天然。

他对江西诗派也完全不满。如说,

古雅难将子美⑥亲,精纯全失义山⑦真。论诗宁下涪翁⑧拜?未作江西社里人⑨。(《论诗绝句》第二十八首)

因为这一派的诗,生硬晦涩,和他理想上的标准相距太远了!所以给予尖锐的批评。

但遗山虽然爱好气魄雄大的诗篇,面对这种诗的缺点,也充分指出来。如批评苏轼、黄庭坚说:

---

① 东野,指孟郊。好苦吟,穷愁至死。
② 潮阳,指韩愈。韩愈曾贬谪潮州。
③ 元龙,陈登字。许汜与刘备共论陈登。汜曰:"昔遭乱过下邳,见元龙,元龙无客主之意,久不与相语,自上大床卧,使客卧下床。"备曰:"君求田问舍,言无可采,是元龙所讳也,何缘当与君语?如小人(刘备自称)欲卧百尺楼上,卧君于地下,何但上下床之间邪?"(见《三国志·魏志·陈登传》)遗山的意思是说,韩愈的诗,远在孟郊之上。
④ "池塘生春草",谢灵运的诗句。
⑤ 陈师道,字无己,为秘书省正字。尝闭门觅句。
⑥ 子美,杜甫字。
⑦ 义山,李商隐字。
⑧ 涪翁,黄庭坚曾贬谪为涪州别驾,故号涪翁。
⑨ 《苕溪渔隐丛话》:"吕居仁自言传衣于江西,尝作宗派图。自豫章(黄庭坚)以降列陈师道二十五人为法嗣,谓其源出于豫章也。"
王若虚《滹南诗话》:"古之诗虽趣尚不同,制作不一,要皆出于自得,辞达理顺,皆是名家,何尝有以句法绳人者。鲁直开口论句法,此便是不及古人处,而门徒亲党,以衣钵相传,岂诗之真理也哉?"
按遗山不满意于江西诗派,故说:"论诗宁下涪翁拜?来作江西社里人。"

奇外无奇更出奇，一波才动万波随，只知诗到苏黄①尽，沧海横流却是谁？（《论诗绝句》第二十二首）

金入洪炉不厌频，精真那计受纤尘。苏门果有忠臣在，肯放坡诗百态新？（《论诗绝句》第二十六首）

苏黄两家虽然开合震荡，但他们的流弊是在好发议论、好用典故，且好和韵，动辄洋洋数百言，不免矜才使气。后人师法两家的，又往往忽视诗歌的内容，刻意求奇、求新，遗山因而有"沧海横流"之叹。

其次，遗山虽然爱好气魄雄大的诗篇，但对于真朴自然的作品，也加以赞美。

他批评陶渊明说：

一语天然万古新，豪华落尽见真淳。南窗白日羲皇上②，未害渊明是晋人。（《论诗绝句》第四首）

这种诗既不雕琢辞华，又不矜才使气，苏黄两家固然做不来，连他自己也无法勉强，所以给予很高的评价。

但不管真淳也好，气魄雄大也好，都不是从摹仿得来，而是有其戛戛独造的境界。他说：

窘步相仍死不前，唱酬无复见前贤。纵横自有凌云笔，俯仰随人亦可怜！（《论诗绝句》第二十一首）

这种健笔凌云不随人俯仰的精神是可贵的。

他又认为有真实的生活经历才能有真实的反映。如说：

眼处心生句自神，暗中摸索总非真。画图临出秦川③景，亲到长

---

① 苏黄，即苏轼、黄庭坚。
② 陶渊明《与子俨等疏》："尝言五六月中，北窗下卧，遇凉风暂至，自谓是羲皇上人。"
③ 《三秦记》："长安正南秦岭岭根水，流为秦川，一名樊川。"

安有几人?①(《论诗绝句》第十一首)

杜甫由于亲到长安,所以能真实地描绘出秦川的景象。暗中摸索,无非是骗人罢了!

总的来说,《论诗绝句》的基本精神是健康的,但限于评论各家的风格,很少涉及各家的思想内容,便不能很清楚地看出各种风格产生的原因,不免使人感到遗憾!

他在《小亨集引》中,标出一个诚字为诗的根本。他说:

> 唐诗所以绝出于三百篇之后者,知本焉尔矣!何谓本?诚是也。……故曰:"不诚无物。"夫惟不诚,故言无所主。心口别为二物,物我邈其千里。漠然而往,悠然而来,人之听之,若春风之过马耳,其欲动天地,感鬼神,难矣!……

所谓"诚",即"衷心的流露"。"心口别为二物,物我邈其千里",是口自口而心自心,物自物而我自我,这样,便不能表里如一、物我交融,便不能有真实感人的力量。

在《杜诗学引》中,说到杜诗吸收前人的精华,熔铸变化,以成自己的境界,也颇有精到的意见。他说:

> 窃尝谓子美之妙,释氏所谓学至于无学者耳。今观其诗,如元气淋漓,随物赋形;如三江五湖,合而为海,浩浩瀚瀚,无有涯涘;如祥光庆云,千变万化,不可名状,固学者之所以动心而骇目,及读之熟,求之深,含咀之久,则九经百氏古人之精华,所以膏润其笔端者,犹可仿佛其余韵也。夫金屑丹砂,芝参术桂,识者例能指名之,至于合而为剂,其君臣佐使之互用,甘苦酸咸之相入,有不可复以金屑丹砂芝参术桂而名之者矣。故谓杜诗为无一字无来处可也,谓不从古人中来亦可也。……

杜诗集《诗》《骚》、汉魏乐府、六朝诗学之大成,能熔铸万类,自

---

① 杜甫自天宝五载至十四载以前,皆在长安,见诸题咏。

成一格。从他吸收的材料来说，你说他无一字无来处也未尝不可以，但材料一经熔铸以后，便非复前人所有，而成为构成他自己崭新境界的元素，你说他不从古人中来，又何尝不可。譬如金屑丹砂，芝参术桂，合而为剂，其君臣佐使的功用和原来的药性，便有很大的不同。我们继承古代的文学遗产，并不是为继承而继承，而是为了革新和创造，遗山的理论足供我们参考。可是他为历史所局限，不能了解"批判地继承"的道理，没有正确的批判，就不可能正确地继承，也就不会有正确的革新和创造，他对这个问题的看法和我们还有着相当的距离。

十、明代的文学批评

明代有许多文学流派,展开了反复的斗争,而最主要的,是复古主义和反复古主义的斗争。

(一)复古派

现在先从"台阁体"说起。

明王朝自永乐到成化八十余年间,国内局势比较安定,为了点缀升平,大官僚和贵族们大量制作雍容典雅以歌功颂德为内容的"台阁体"。《四库提要》说:"成化以后,安享太平,多台阁雍容之作。愈久愈弊,陈陈相因,遂至啴缓冗沓,千篇一律。"这一派的代表人物,是杨荣、杨溥、杨士奇。文人在未入仕以前,给八股文腐蚀了他们的思想,入仕以后,又学作"台阁体"的诗文,于是把文坛弄到死寂无生气。打着复古派的旗帜,以李梦阳、何景明为首的前七子(除李何外,有徐祯卿、边贡、康海、王九思、王廷相)和以王世贞、李攀龙为首的后七子(除王李外,有谢榛、宗臣、梁有誉、徐中行、吴国伦),遂起来反对,打垮了"台阁体"对明代文坛的统治。从这点来说,是有进步意义的。

但是前后七子所走的路向,完全是复古的路向。他们的复古和唐代的陈子昂、韩愈、柳宗元等截然不同。陈子昂革新唐代诗坛,韩柳扫清齐梁骈俪的作风,用比较质朴自然的散文来代替,都是以复古为创新,而前后七子标举"文必秦汉,诗必盛唐",却完全是开倒车,违反了文学发展的规律。

前七子的活动,在弘治、正德间。后七子的活动,始于嘉靖时。先后造成了明代文学上声势浩大的复古运动高潮,是一条反动的路向。

李梦阳(1472—1529)　　**何景明**(1483—1521)

李梦阳说:"学不的古,苦心无益。"(《答周子书》)"西京之后,作者无闻矣。"(《空同子论学上》)可知其复古臭味的浓厚。连何景明也对他不满。以为"空同子刻意古范,铸形宿镆,而独守尺寸","高处是古人影子","未见子自筑一堂奥,突开一户牖",确能指出他的病根。

他告诉他的门徒说:"今人模临古帖,即太似不嫌,反曰能书,何独至于文而欲自立一门户耶?"其实临帖太似古人,绝不能造成自己的风格,诗文太似古人,也绝不能有自己的面貌,"尺寸古法",是行不通的。

何景明论诗,注重婉转的音调。以为初唐四子,虽"去古远甚,至其音节,往往可歌"。杜诗"辞固沈著,而调失流转,虽成一家语,实则诗歌之变体也"。(《明月篇序》)

又以为"三百篇首乎雎鸠,六义首乎风,而汉魏作者,义关君臣朋友,辞必托诸夫妇。……子美之诗,博涉世故,出于夫妇者常少,……而风人之义或缺。此其调反在四子下焉"。(同上)

他论诗不着重它的内容,而只注意到音节方面,这完全是形式主义者的看法。何况婉转流利,固然可歌,沉郁顿挫,也别成一种音调,难道就不可以歌唱么?

说到"风人之义",无非是"穷者欲达其言,劳者须歌其事",并不一定要托诸风诗,才能表现出作者爱憎的感情。《关雎》固然是好的风诗,《硕鼠》《伐檀》又何尝不是好的风诗呢?杜诗"陈事切直",正是《硕鼠》《伐檀》一条现实主义路向的发展,难道是缺乏风人之义么?

他在《与李梦阳书》中又说:

> 夫文靡于隋,韩力振之,然古文之法亡于韩;诗溺于陶,谢力振之,然古诗之法亦亡于谢。

韩愈的古文,不同于先秦两汉,正是他善变的地方。他以复古为名,实际上是开辟一条散文的新路,绝不如何景明之想开倒车。至于陶诗真朴自然,绝非谢灵运之工于雕琢者可比,而景明乃说"诗溺于陶,谢力振之",是以真朴自然之诗为拙陋,要以雕琢的诗风来挽救它,这显然是形式主义、唯美主义的路向。但他还以为谢变古而不能法古,所以古诗之法,荡然无存。充其所至,亦不过使诗歌成为假古董而已!

然而李、何论诗,也有一些合理的意见。如李梦阳《诗集自序》说:

> 曹县盖有王叔武云。其言曰:"夫诗者,天地自然之音也。今途咢而巷讴,劳呻而康吟,一唱而群和者,其真也,斯之谓风也。孔子

曰：礼失而求之野。今真诗乃在民间，而文人学士，顾往往为韵言，谓之诗。……夫文人学士比兴寡而直率多，何也？出于情寡而工于词多也。夫途巷蠢蠢之夫，固无文也，乃其讴也，号也，呻也，吟也，行咕而坐歌，食咄而寤嗟，此唱而彼和，无不有比焉兴焉。无非其情焉，斯足以观义矣。故曰，诗者，天地自然之音也……"李子闻之惧且惭曰，予之诗非真也，王子所谓文人学士韵言耳！出之情寡，而工之词者多也。

他批评自己的诗，不过文人学士之韵言，比不上民间流行的诗歌，富于感情，工于比兴，他对民间文学的价值是有所认识的。这是他思想上一大矛盾。

何景明推论古今诗坛之变化说：

曹、刘、阮、陆，下及李、杜，异曲同工，各擅其时，并称能言。何也？辞有高下，皆能拟议以成其变化也。若必例其同曲，夫然后取，则既取曹刘阮陆矣，李杜即不得更登诗坛，何以谓千载独步也？……今为诗不推其极变，开其未发，泯其拟议之迹，以成神圣之功，徒叙其已陈，修饰成文，稍离旧本，便自阢陧，如小儿倚物能行，独趋颠仆，虽由此即曹刘，即阮陆，即李杜，且何以益于道化也？(《与李空同论诗书》)

学习前人的作品，要"拟议以成其变化"，而非"亦步亦趋"。步趋前人，只如小儿之倚物能行，尽管曹、刘、阮、陆、李、杜，交错胸中，也不能构成自己的家数。所以学古要能变古，要能"推其极变，开其未发"，才能使文学不断地向前发展。这和他复古的主张也是根本相违背的。

但从李、何总的倾向来说，还是走向复古的道途，我们不能因为他们两人偶然有见到的地方，遂从而肯定他们在历史上起着进步作用。

至于后七子的领导人王世贞、李攀龙，也还是一派复古的论调。而李攀龙之于汉乐府更不惮公开的剽窃，这里不打算重述了。

（二）反复古的公安派

公安（湖北公安县）"三袁"（袁宗道、袁宏道、袁中道），当复古派势力高涨的时候，起来严厉地指斥。《明史·文苑传》说：

> 先是王李之学盛行，袁氏兄弟，独心非之。宗道在馆中，与同馆黄辉，力排其说。于唐好白乐天，于宋好苏轼，名其斋曰白苏。至宏道益矫以清新轻俊，学者多舍王李而从之，目为"公安体"。

宗道以为"口舌代心，文章代口舌"，所以文章贵能表达其心之所欲言，不必对古人句摹字拟。他又以为：

> 有一派学问，则酿出一种意见；有一种意见，则创出一般言语。无意见则虚浮，虚浮则雷同矣。故大喜者必绝倒，大哀者必号痛，大怒者必叫吼动地，发上指冠，惟戏场中人，心中本无可喜事，而欲强笑；亦无可哀事，而欲强哭，其势不得不假借摹拟耳。（《论文》下）

对复古派虚伪的面貌，揭露得颇为深刻。这些理论也深深影响到袁宏道。

袁宏道（1568—1610）

袁宏道在"三袁"中为最负盛名，他有如下文学主张。

（1）文学是随时代而发展的。他说：

> 古有古之时，今有今之时，袭古人语言之迹而冒以为古，是处严冬而袭夏之葛者也。《骚》之不袭雅也，雅之体穷于怨，不《骚》不足以寄也。后之人有拟而为之者，终不肖也，何也？彼直求《骚》于《骚》之中也。至苏李述别，及《十九》等篇，《骚》之音节体致皆变矣，然不谓之真《骚》不可也。（《雪涛阁集序》）

《骚》雅不相袭，《十九》等篇与《骚》又不相袭。唯其善变，所以能各存其真，所以能各有千古。

他又说：

盖诗文至近代而卑极矣。文则必欲准于秦汉，诗则必欲准于盛唐。剿袭模拟，影响步趋，见人有一语不相肖者，则共指以为野狐外道。曾不知文准秦汉矣，秦汉人曷尝字字学六经欤？诗准盛唐矣，盛唐人曷尝字字学汉魏欤？秦汉而学六经，岂复有秦汉之文？盛唐而学汉魏，岂复有盛唐之诗？唯夫代有升降，而法不相沿，各极其变，各穷其趣，所以可贵，原不可以优劣论也。(《小修诗序》)

这是对复古派"文必秦汉，诗必盛唐"直接的反驳。唯其"代有升降，法不相沿，各极其变，各穷其趣"，所以一时代有一时代的异彩，不必强我以就古人。依照前后七子的主张，只能有假古董出现。

(2) 文学贵能独抒己见。《叙梅子马王程稿》说：

诗道之秽，未有如今日者。其高者为格套所缚，如杀翮之鸟，欲飞不得，而其卑者，剽窃影响，若老妪之傅粉，其能独抒己见，信心而言，寄口于腕者，余所见盖无几也。

他批评袁中道诗说：

大都独抒性灵，不拘格套，非从自己胸臆流出，不肯下笔。(《小修集序》)

《与张幼于尺牍》说：

昔老子欲死圣人，庄生讥毁孔子，然至今其书不废。荀卿言性恶，亦得与孟子同传。何者？见从己出，不曾依傍半个古人，所以他顶天立地。今人虽讥诃得，却是废他不得。不然，粪里嚼渣，顺口接屁，倚势欺良，如今苏州投靠家人一般，记得几个烂熟故事，便曰博识，用得几个现成字眼，亦曰骚人！计骗杜工部，囤扎李空同，一个八寸三分帽子，人人戴得！以是言诗，安在而不诗哉？

对那些依傍古人门户的复古派，真可谓极嬉笑怒骂之能事。他要人们从古人格套中解放出来,自己放手写自己所要说的东西,在冲破旧势力来说,是起了很大的作用的。

他对民间文学的价值也有所认识。《小修诗序》说:

> 吾谓今之诗文不传矣,其万一传者,或今闾阎妇人孺子所唱《擘破玉》《打草竿》之类,犹是无闻无识真人所作,故多真声。不效颦于汉魏,不学步于盛唐,任性而发,尚能通于人之喜怒哀乐,嗜好情欲,是可喜也。

他以为这些民间歌曲,远胜于复古派虚伪的文章,也不失为一种进步的意见。

但公安派的文学主张虽然是进步的,而由于他们偏重性灵的抒发,所以他们的创作大都表现个人的闲情逸致,陶醉于山水,陶醉于园林,看不见人民的疾苦和社会的危机,严重地脱离现实,忽视了作品的思想内容,只成为茶余酒后的消遣品。后来给周作人、林语堂等所利用,成为风凉派的文章,企图瓦解当时人民斗争的意志,影响是非常坏的。这一点我们必须指出。

(三) 由反复古而走到另一种形式主义的竟陵派

钟惺(1572—1624)　　**谭元春**(1586—1637)

钟惺、谭元春,皆湖北竟陵人,他们以选《古诗归》《唐诗归》得名,世称钟谭,号为"竟陵派"。他们论诗,以"幽深孤峭"为归。喜欢标举"幽情单绪""奇情孤诣""孤怀孤诣",来反对繁芜、熟烂、浮浅的文章。穿凿于古人字句之间,来追求微言奥旨,结果走上了另一条形式主义的路向。

钟惺说:

> 真诗者,精神所为也。察其幽情单绪孤行静寄于喧杂之中,而乃以其虚怀定力独往冥游于寥廓之外。(《诗归序》)

谭元春说:

> 夫人有孤怀有孤诣，其名必孤行于古今之间，不肯遍满寥廓，而世有一二赏心之人，独为之咨嗟旁皇者，此诗品也。（《诗归序》）

这可以表示他们独往冥搜的态度。由这条路向发展，必然远离社会，远离人群，走向虚空冥漠的境界。钟惺《简远堂近诗序》说：

> 诗，清物也，其体好逸，劳则否，其地喜净，秽则否；其境取幽，杂则否，其味宣淡，浓则否，其游止贵旷，拘则否。

这样，必然要在山虚水深、逍遥放旷的境界，才能作出好诗来。然而杜甫一生，饥寒痛苦，奔窜流离；曹操南北驰驱，半生戎马，苏轼岭南迁谪，瘴雨蛮烟；文天祥三载燕都，幽囚桎梏；他们都写成许多不朽的诗篇。而王维、孟浩然一派诗人，只能刻画山川云物、庐舍田园，成就是不高的。好诗原在激烈的生活斗争中成长出来，绝不如钟惺所说。唯其他专走这条路向，于是乎好的只能做到"幽深孤峭"，坏的便僻涩而不可句读了！

他们自以为"潜思遐览，深入超出。缀古今之命脉，开人我之眼界"（《谭友夏合集》）。然而他们的眼界，真是奇特得很！如杜甫《前出塞》："我始为奴仆，何时树功勋？"本是愤激不平的话，而钟评却说："热中。"《新安吏》："送行勿泣血，仆射如父兄。"本是安慰送别中男的父母，而钟评却说："读此语仆射不得不做好人。"《课伐木》一序，原很拙直，而钟评却说："序，奥甚，质甚，古甚，则甚，细甚，使诵者不易上口，正其妙处。"这真是白日见鬼！

本来竟陵派所提出来的"孤怀孤诣"和公安派的"独抒性灵"都是写其胸中之所欲言，在反复古的意义来说，是有其进步作用的。可是钟、谭为矫前后七子之庸俗、公安末流之浮浅，转向另一个牛角尖拼命去钻，结果便引导人们走入魔道。

（四）李贽（1527—1602）

李贽的文学理论，散见在他所著的《焚书》中。

他以为文学产生的根源，是由于作者对当时的封建社会有着绝大的矛盾。他说：

且夫世之真能文者，比其初皆非有意于为文也。其胸中有如许无状可怪之事，其喉间有如许欲吐而不敢吐之物，其口头又时时有许多欲语而莫可所以告语之处，蓄极积久，势不能遏，一旦见景生情，触目兴叹，夺他人之酒杯，浇自己之垒块，诉心中之不平，感数奇于千载。既已喷玉唾珠，昭回云汉，为章于天矣，遂亦自负，发狂大叫，流涕恸哭，不能自止，宁使见者闻者，切齿咬牙，欲杀欲割，而终不忍藏于名山，投之水火。(《焚书》三《杂说》)

从这里可以看出，他对腐恶的封建社会极度的不满，想用文章来发泄他胸中的积愤，来冲击封建社会。他不顾一切恶势力的包围，勇猛地以孤军作战，其斗争的精神是可钦佩的。

他以为：

追风逐电之足，决不在于牝牡骊黄之间；声应气求之夫，决不在于寻行数墨之士，风行水上之文，决不在于一字一句之奇。若夫结构之密，偶对之切，依于道理，合乎法度，首尾相应，虚实相生，种种禅病，皆所以语文，而皆不可以语天下之至文也。(《焚书》三《杂说》)

所谓"天下之至文"，是有作者所特有的思想内容，也有其特殊的艺术风格，绝不同于形式主义者斤斤于法度字句之间。他反对复古派的精神也卓然可见。

他在《童心说》中又说：

夫童心者，真心也。……失却童心，便失却真心；失却真心，便失却真人。……天下之至文，未有不出于童心焉者也。……诗何必古选？文何必先秦？降而为六朝，变而为近体，又变而为传奇，变而为院本，为杂剧，为《西厢曲》，为《水浒传》，……皆古今至文，不可得而时势先后论也。

这和袁中郎"物真则贵，代有升降，法不相沿，各极其变，各穷其趣"的说法是一贯的。也可以看出中郎受到他不少的影响。

他强烈地反对复古派虚伪的文章,以为天地间之至文,绝非假人所能伪造,也绝非假人所能赏识。他说:

> 盖其人既假,则无所不假矣。由是而以假言与假人言,则假人喜,以假事与假人道,则假人喜,以假文与假人谈,则假人喜,无所不假,则无所不喜,满场是假,矮场何辨也?然则虽有天下之至文,其湮灭于假人而不尽见于后世者,又岂少哉!(《焚书》三《童心说》)

这段话也说得非常痛快。

他对小说戏曲一类的东西非常重视,以为:"《拜月》《西厢》,化工也,《琵琶》,画工也。"(《焚书》三《杂说》)"《水浒传》者,发愤之所作也。"(《忠义水浒传序》)这些都是反封建传统的看法,在当时起着进步的作用。

(五) 黄宗羲(1610—1695)

黄宗羲,字太冲,号梨洲,浙江余姚人,受业于刘宗周之门。明亡后,清师下浙东,熊汝霖、孙嘉绩,以一旅之师,划江而守,宗羲纠合里中子弟数百人加入他们的部队,号世忠营。江上军失败,宗羲走入四明山,结寨自固。鲁王监国,以为左佥都御史。海上既败,乃遁迹里门,潜心著述。清康熙十七年(1678),诏征博学鸿儒,坚辞不赴。十九年(1680),徐元文监修《明史》,复荐他入史局,又以母老力辞。三十四年(1695),卒,年八十六。所著有《明儒学案》《宋元学案》《明夷待访录》《易学象数论》《南雷文定》等书。

他生于民族矛盾极端尖锐的时代,热烈地投身于民族斗争中,等到事无可为,才发愤著述,保存民族大义,传播民族意识,所以他的文学主张,也贯穿着民族精神。现在分数点来叙述。

(1) 他以为民族矛盾最尖锐的时代就是文学最兴盛的时代。《谢皋羽年谱游录注序》说:

> 夫文章,天地之元气也。元气之在平时,昆仑旁薄,和声顺气,

发自廊庙,而鬯浃于幽遐,无所见奇。逮夫厄运危时,天地闭塞,元气鼓荡而出,拥勇郁遏,垒愤激讦,而后至文生焉。故文章之盛,莫盛于亡宋之日,而皋羽其尤也。

《陈苇庵诗序》说:

> 韩子曰:"和平之音淡薄,而愁思之声要眇;欢愉之辞难工,而穷苦之言易好。"向令风雅而不变,则《诗》之为道,狭隘而不及情,何以感天地而动鬼神乎?是故汉之后,魏晋为盛,唐自天宝而后,李杜始出,宋之亡也,其诗又盛,无他,时为之也。……

在民族矛盾极端尖锐的时代,一般富有反侵略精神的爱国志士,发为慷慨悲歌,如大海狂涛,掀天揭地,如火山喷发,烈焰飞腾,比较所谓承平时代,另有一番奇思壮采,也最富于感人的力量。这些诗歌都是他们的心血所流注和激烈的斗争生活的写真。宗羲的看法,笔者以为是合乎历史事实的。(在阶级矛盾极端尖锐的时代,也是文学极为兴盛的时代。如杜甫的"三吏""三别",白居易的《秦中吟》《新乐府》,都是在阶级矛盾极端尖锐之下写成的。宗羲对这一点没有提到,诚然是一个大漏洞,但在他所处的时代,民族矛盾已经超过了阶级矛盾,所以他突出地把它提出来。)

(2) 反映民族斗争的诗歌同时也保存了历史的真实。

《万履安先生诗序》说:

> 今之称杜诗者,以为诗史,亦信然矣。然注杜者但见以史证诗,未闻以诗补史之阙,虽曰诗史,史固无借乎诗也。逮夫流极之运,东观兰台,但记事功,而天地之所以不毁,名教之所以仅存者,多在亡国之人物,血心流注,朝露同晞,史于是而亡矣。犹幸野制遥传,苦语难销,此耿耿者,明灭于烂纸昏墨之余,九原可作,地起泥香,庸讵知史亡而后诗作乎?是故景炎①、祥兴②,宋史且不为之立本纪,

---

① 景炎,宋端宗年号。
② 祥兴,宋帝昺年号。

非《指南》《集杜》①，何由知闽广之兴废？非水云之诗②，何由知亡国之惨？……明室之亡，分国鲛人，纪年鬼窟，较之前代干戈，久无条序。其从亡之士，章皇草泽之民，不无危苦之辞。以余所见者，石斋，次野，介子，霞舟，希声，苍水，密之，十余家③，无关受命之笔，然故国之音铿尔，不可不谓之史也。先生固十余家之一也。生平未尝作诗，今《续骚堂》《寒松斋》《粤草》，皆遭乱以来之作也。避地幽忧，访死问生，惊离吊往，所至之地，必拾其遗事，表其逸民，而先生之诗，亦遂凄楚蕴结而不可解矣！夫蔓草零露，仍归天壤，亦复何限！先生独不能以余力留之乎？故先生之诗，真诗史也，孔子之所不删者也。

参加激烈的民族斗争的志士，他们斗争的史迹往往为新的统治者所埋没、所歪曲，希望人民永远不起来反抗，幸而那些流传在野的诗文，还发露耿耿精光，足供后人流连凭吊，也从而激起强烈的民族意识，这是以诗存史的伟大功用，也是前人所没有注意到的。

（3）用诗歌来传播革命种子。

宗羲对民族斗争的志士大力加以阐扬，而且以为他们的著作可以传播革命种子。《缩斋文集序》说：

泽望死十二年矣，所有篇章，亦与其骨俱委于草莽，无敢有明其书者，盖惊世骇俗之言，非今之地上所宜有也。……虽然，泽望之文，可以弃之使其不显于天下，终不可灭之使其不留于天地。其文盖天地之阳气也。阳气在下，重阴锢之，则击而为雷。……宋之亡也，谢皋羽、方韶卿、龚圣予之文，阳气也，……未百年而发为迅雷。……今泽望之文，亦阳气也。……锢而不出，岂若刘蜕之文冢，腐为墟壤，蒸为芝菌，文人之文而已乎？

---

① 文天祥有《指南录》《指南后录》《诗史集杜》。
② 水云，即汪元量。有《湖州歌》《越州歌》。
③ 十余家中，如黄道周（石斋）、屈翁山（介子）、张煌言（苍水）、方以智（密之），在当时都是负盛名的。

这些富有强烈的民族意识的文章，留传到后世，要发为迅雷，这意味着后来的人受到了它的感染，将轰轰烈烈地发生壮烈的革命行动，譬如明季遗民的著作，在晚清时代，一般从事革命运动的，曾大力把它传播，便是一种证明。

（4）文学是真性情的流露，但对国家民族的危难漠不关心的人，绝不能有真性情，也绝不能写成好的文学作品。

《黄孚先诗序》说：

> 古之人情与物相游而不能相舍，不但忠臣之事其君，孝子之事其亲，思妇劳人，结不可解；即风云月露，草木虫鱼，无一非真意之流通。故无溢言蔓辞，以入章句；无诡笑柔色，以资酬应。惟其有之，是以似之。今人亦何情之有？情随事转，事因世变。干啼湿笑，总为肤受。即其父母兄弟，亦若败梗飞絮适相遭于江湖之上。劳苦倦极，未尝不呼天也，疾痛惨怛，未尝不呼父母也；然而习心幻结，俄顷消亡，其发于心著于声者，未可便谓之情也。由此观之，今人之诗非不出于性情也，以无性情之可出也。

明清易代之际，出了不少"情随事转，事因世变"的人，这是说，他们并没有坚持民族气节，而是见风使舵；他们并没有把抗敌事业贯彻到底，反而卖身投靠。他们哭不是真哭，而是"干啼"；笑不是真笑，而是"湿笑"。哭和笑都不是从内心流露出来的，不过装得很像而已！这些人对他们自己的父母兄弟，还是漠不关心，对祖国对人民的灾难，当然熟视无睹。诗虽然出于性情，但他们根本谈不到有什么真的性情，也难怪他们的诗除了声音、文字之外，找不到什么内容了。

（5）文章不限于文人的创作。

《明文案序》上说：

> 今古之情无尽，而一人之情有至有不至。凡情之至者，其文未有不至者也。则天地间街谈，巷语，邪许，呻吟，无一非文，而游女，田夫，波臣，戍客，无一非文人也。

他认为文学是人民群众共有的东西，里巷的歌谣、劳人的呻叹，都属于好的文学作品。"而世不乏堂堂之阵,正正之旗,皆以大文目之,顾其中无可以移人之情者,所谓刳然无物者也。"(《论文管见》)这种看法也和明人强立门户、互相标榜的风气迥然不同,不失为一种进步的意见。

(6) 文以写其心之所明。

《论文管见》说:

> 所谓文者,未有不写其心之所明者也。心苟未明,劬劳憔悴于章句之间,不过枝叶耳,无所附之而生。故古今来不必文人始有至文,凡九流百家,以其所明者沛然随地涌出,便是至文。故使子美而谈剑器,必不能如公孙之波澜①,柳州而叙宫室,必不能如梓人之曲尽②;此岂可强者哉?

"心之所明",即作家本人的"真知灼见"。钻得透,挖得深,非从人家剽袭得来,所以发为文章,有特殊的内容、有特殊的精彩,非"劬劳憔悴于章句之间"的形式主义者所能学步。

(7) 诗应该辨其真伪,不必标榜盛唐。

《诗历题辞》说:

> 夫诗之道甚大,一人之性情,天下之治乱,皆所藏纳。古今志士学人之心思愿力,千变万化,各有至处,不必出于一途。今于上下数千年之中,而必欲一之于唐;于唐数百年之中,而必欲一之于盛唐;盛唐之诗,岂其不佳?然盛唐之平、奇、浓、淡,亦未尝归一,将又何所适从耶?是故论诗者但当辨其真伪,不当拘以家数。若无王孟李杜之学,徒借枕借咀嚼之力以求其似,盖未有不伪者也。一友以所作示余,余曰:杜诗也。友逊谢不敢当。余曰:有杜诗,不知子之为诗者安在?友茫然自失。此正伪之谓也。余不学诗,然积数十年之久,亦近千篇,乃尽行汰去,存其十之一二。师友既尽,孰定吾文?但按年而读之,横身苦趣,淋漓纸上,不可谓不逼真耳。

---

① 公孙,指公孙大娘。精于剑器浑脱舞。杜甫有《观公孙大娘弟子舞剑器行》。
② 柳州,柳宗元。有《梓人传》。

这是对复古派前后七子主张"诗必盛唐"的一种有力的驳斥。时各有治乱,人各有愿力心思,发为诗歌,即各有不同的内容与风格,叫他们一律向盛唐人看齐,固然办不到;而盛唐之平、奇、浓、淡,亦未尝归一,又究竟向谁看齐呢?复古派即使想也要俯首无言吧!

在《南雷文定》中,最多表章抗清死难志士和草泽遗民的文章。宗羲晚年,尤爱谢皋羽文,"欲起酸魂落魄,支撑天地"(《谢皋羽年谱游录注序》)。这可以看出他的苦心,也可以看出他文学主张产生的主要根源。诚然,抗清的事迹已经成为历史陈迹了,但他的反民族压迫、反侵略的精神,却永远照耀在史册上!

(六)顾炎武(1613—1681)

顾炎武,初名绛,字宁人,江苏昆山人。居亭林镇,因号亭林。清兵下江南,他曾和归庄起兵抵抗,失败后流转四方,遍历河北、山东、山西、陕西诸省,所至度地垦田,以备有事,最后卜居陕西的华阴。其以为:"华阴缩毂关河之口,虽足不出户,而能见天下之人,闻天下之事。一旦有警,入山守险,不过十里之遥。若志在四方,则一出关门,亦有建瓴之便。"(《与三侄书》)可见他不忘匡复的深心。清康熙二十六年(1687)卒,年六十九。所著有《音学五书》《天下郡国利病书》《日知录》《亭林诗文集》等。

他和黄宗羲一样,提倡经世致用之学,不屑做一个空头的文人。他对文章的看法是:

(1)文须有益于天下。

他说:

> 文之不可绝于天地间者,曰:明道也,纪政事也,察民隐也,乐道人之善也。若此者,有益于天下,有益于将来,多一篇多一篇之益矣。若夫怪力乱神之事,无稽之言,剿袭之说,谀佞之文,若此者有损于己,无益于人,多一篇多一篇之损矣。(《日知录》卷十九)

在他看来,文学和政治社会是密切联系的。文学要有补于政治,有益于人群,并非用它来高谈神怪、阿媚显人。认清了这种目标,才能够写出好的作品。

(2) 诗文是代变的。
他说：

> 三百篇之不能不降而《楚辞》，《楚辞》之不能不降而汉魏，汉魏之不能不降而六朝，六朝之不能不降而唐也，势也。用一代之体，则必似一代之文，而后为合格。
>
> 诗文之所以代变，有不得不变者。一代之文，沿袭已久，不容人人皆道此语，今且千数百年矣，而犹取古人之陈言一一而摹仿之，以是为诗，可乎？(《日知录》卷二十一)

时代不同，文学的内容和风格亦因而不同，认清了时代的特点，才不会剽袭古人的陈言，抹杀当前的现实。

(3) 文学要有创造的精神。
他说：

> 效《楚辞》者，必不如《楚辞》，效《七发》者，必不如《七发》，盖其意中先有一人在前，既恐失之，而其笔力复不能自遂，此寿陵余子学步邯郸之说也。
>
> 近代文章之病，全在摹仿，即使逼肖古人，既非极诣，况遗其神理，而得其皮毛者乎？(《日知录》卷十九)
>
> 君诗之病，在于有杜，君文之病，在于有韩欧，有此蹊径于胸中，便终身不脱依傍二字。(《与人书》卷十七)

处处拜倒在古人脚下，自己便无法出头。这样的文章，必不能有独创的意见，必不能有特殊的风格。

他指斥：

> 有明一代之人，其所著书，无非盗窃！(《日知录》卷十八)
>
> 其必古人之所未及就，后世之所不可无，而后为之。(《日知录》卷十九)

从这里可以看出他重视创造的精神。

(4) 严斥民族败类虚伪的诗文。

他说：

> 古来以文辞欺人者，莫若谢灵运，次则王维。……今有颠沛之余，投身异姓，至摈斥不容，而后发为忠愤之论，与夫名污伪籍，而自托乃心比于康乐右丞之辈，吾见其愈下矣！（《日知录》卷十九）

他指斥谢灵运、王维的虚伪，而主要的矛头，还是指向当前的民族败类。他曾慨叹说："余尝游览于山之东西，河之南北，二十余年，而其人益以不似。及问之大江以南，昔时所称魁梧丈夫者，亦且改形换骨，学为不似之人！"（《广宋遗民录序》）他抱着耿耿孤忠，欲借文章来保存民族大义，所以对这些人的著作，不能不揭发它们虚伪的面目。

（七）王夫之（1619—1692）

王夫之，字而农，号姜斋，湖南衡阳人，明崇祯举人。顺治四年（1647），清兵下江南，夫之与管嗣裘举兵于衡山，战败兵溃。辗转至广东肇庆，瞿式耜疏荐于明桂王，为行人。已而桂王走缅甸，被杀，夫之乃隐于衡阳之石船山，筑室曰观生居，学者称为船山先生。清康熙三十一年（1692）卒，年七十四。所著有《船山全书》二百八十八卷。其《诗译》及《夕堂永日绪论内外篇》，则为论诗文之作。

夫之评论文学，首先着重一个"意"字。

他说：

> 无论诗歌与长行文字，俱以意为主。意，犹帅也。无帅之兵，谓之乌合。李杜所以称大家者，无意之诗，十不得一二也。烟云泉石，花鸟苔林，金铺锦帐，寓意则灵。若齐梁绮语，宋人捃合成句之出处，役心向彼搜索，而不恤己情之所自发，此之谓小家数，总在圈绩中求活计也。（《夕堂永日绪论内篇》）

"意"是文章的思想内容，烟云泉石、花鸟苔林、金铺锦帐，俱属于客观的景物。然能以作者之意贯穿其间，则板者化为活，无情者变作有情，这样才能达到一个"灵"字。如果意境毫无，徒然运用美丽的词句来描绘自然的美,亦不过成为小家数而已!

在他看来,情景交融的境界才是美好的境界。如《诗译》说:

> 情景虽有在心在物之分,而景生情,情生景,哀乐之触,荣悴之迎,互藏其宅。

《夕堂永日绪论内篇》又说:

> 情景名为二而实不可离,神于诗者,妙合无垠。
> 景以情合,情以景生,初不相离,惟意所适。
> 含情而能达,会景而生心,体物而得神。
> 不能作景语,又何能作情语耶?古人绝唱句多景语,如"高台多悲风""蝴蝶飞南园""池塘生春草""亭皋木叶下""芙蓉露下落",皆是也,而情寓其中矣。
> "日暮天无云,春风扇微和",想见陶令当时胸次。岂夹杂铅汞人能作此语?

情和景所以不能根本分开,因为对于自然景物的感受,作者随其情感之变化而不同,所以客观的事物,不能不染上主观的色彩,因而通过作者笔端所描绘出来的自然景物,也就和客观的景物有所不同。作者的意象和客观的物象,融合为一,所以是景,也是情。后来王国维"一切景语皆情语"的主张,实受到船山的影响。

我们试把船山的看法推演一下:陶渊明的"平畴交远风,良苗亦怀新",是物亦具我之情;"众鸟欣有托,吾亦爱吾庐",是我亦具物之情。杜甫的"岸花飞送客,樯燕语留人",是物亦具我之情;"水流心不竞,云在意俱迟",是我亦具物之情。是物是情,是情是物,即物即情,即情即物,意义不很明白么?

其次,船山主张诗歌要有真实的体验、真实的性情。

他说:

> 身之所历,目之所见,是铁门限。即极写大景,如"阴晴众壑殊","乾坤日夜浮",亦必不逾此限。非按舆地图便可云。"平野入

青徐"也,抑登楼所得见者耳。隔垣听演杂剧,可闻其歌,不见其舞,更远,则但闻鼓声,而可云所演何出乎?(亦见《夕堂永日绪论内篇》)

作者唯能以身之所历,目之所见,发为诗歌,才能写得真切。身历愈广,目见愈多,文章的材料亦因而愈丰富、愈变化,写来也愈真切。徒然从书本上去研索,是逐流而非探源。泉源干枯,支流也易穷竭。他强调人们的生活实践,实是非常重要。

他又说:

> 一解弈者以诲人弈为游资。后遇一高手与对弈,至十数子,辄揶揄之曰:此教师棋耳。诗文立门庭使人学已,人一学即似者,自诩为大家,为才子,亦艺苑教师而已!高廷礼、李献吉、何大复、李于鳞、王元美、钟伯敬、谭友夏,所尚异科,其归一也。才立一门庭,则但有其局格,更无性情,更无兴会,更无思致,自缚缚人,谁为之解者?
>
> 立门庭者必饾饤,非饾饤不可以立门庭。盖心灵人所自有,而不相贷,无从开方便法门,任陋人支借也。

从作者性情、兴会、思致中流露出来的东西,思想内容、艺术风格,都各有其特点,并无确立的门庭、一定的格局,执死法以求之,则亦成为死文而已!此复古派中之前后七子所以不能自名其家也。

最后,他对文章主张精思,主张锻炼。《夕堂永日绪论外篇》说:

> 自李贽以佞舌惑天下,袁中郎、焦弱侯不揣而推戴之,于是以信笔扫抹为文字,而诮含吐精微,锻炼高卓者为咬姜呷醋,故万历壬辰以后,文之俗陋,亘古未有。如必不经思维者而后为自然之文,则夫子所云草创,讨论,修饰,润色,费尔许斟酌,亦咬姜呷醋耶?

他批评李贽那些人"以信笔扫抹为文字",自不能说是恰当的(李贽的文章,是有他独特的思想内容和艺术风格的),但他主张"含吐精微,锻炼高卓",不肯率意为文,那还是对的。唯精思而后能深,能透,唯锻炼而后能精，能简。深透精简的文章，绝非"不经思维""信笔扫抹"者所可比拟，也唯有深透精简的文章，才能够发人深思、耐人咀嚼，那些"下笔千言，离题万里"的作家，不过是欺世盗名而已！

十一、清代的文学批评

清代的文学批评,继承着明代复古派和反复古派的斗争,而且针锋相对,达到非常尖锐的程度。

现在且从清初王士禛说起。

(一) 王士禛 (1634—1711)

王士禛,字阮亭,别号渔洋山人。他论诗主张神韵,远绍司空图,近继严沧浪,是属于唯心主义的范畴。他在《唐贤三昧集序》中说:

> 严沧浪论诗云:"盛唐诸人,惟在兴趣。羚羊挂角,无迹可求。透彻玲珑,不可凑泊。如空中之音,相中之色,水中之月,镜中之象,言有尽而意无穷。"司空表圣论诗亦云:"味在酸咸之外。"康熙戊辰春杪,归自京师,居宝翰堂,日取开元天宝诸公篇什读之,于二家之言,别有会心,录其尤隽永超诣者,自王右丞而下四十二人,为《唐贤三昧集》,厘为三卷。

这可以看出他诗论的渊源。

他在唐人中最欣赏的,是王维、孟浩然的五言诗,认为与"言有尽而意无穷"和"味在酸咸之外"的旨趣相合。如《昼溪西堂诗序》说:

> 严沧浪以禅喻诗,余深契其说,而五言尤为近之。如王裴辋川绝句,字字入禅。他如:"雨中山果落,灯下草虫鸣","明月松间照,清泉石上流",以及……浩然:"樵子暗相失,草虫寒不闻",……妙谛微言,与世尊拈花,迦叶微笑,等无差别。通其解者,可语上乘。

他对杜甫一类反映现实的诗篇,则投以轻视的眼光。赵执信《谈龙录》说:

> 阮翁（渔洋）酷不喜少陵，特不敢显攻之，每举杨大年村夫子之目以语客。又薄乐天而深恶罗昭谏。余谓昭谏无论已！乐天《秦中吟》《新乐府》而可薄，是绝《小雅》也。若少陵有听之千古矣，余何容置喙！

杜甫、白居易的诗篇，主要是揭露现实、批判现实，讽刺性非常强烈，战斗性亦非常坚强，这些东西，在他看来，说不上什么神韵。神韵的境界，一定是非常"超诣"的，所谓"超诣"，一定是飘飘然有出世的倾向的，这样，唯有歌咏田园山水的诗篇，不涉及批评社会政治的内容的，才合乎他的标准。他所以推尊王、孟而不重视杜甫、白居易，原因就在这里。

他选《唐贤三昧集》，不录李杜二家，以为仿王介甫《百家诗选》之例，这不过是一种遁辞。翁方纲在《七言诗三昧举隅》中，曾揭露他的秘密。

他说：

> 渔洋选《唐贤三昧集》，不录李杜，自云，仿王介甫《百家诗选》之例，此言非也。先生平日极不喜介甫《百家诗选》，以为好恶拂人之性，焉有仿其例之理？以愚窃窥之，盖先生之意，有难以语人者，故不得已为此托辞云尔！先生于唐贤独推右丞、少伯诸家，得三昧之旨，盖专以冲和淡远为主，不欲以雄鸷奥博为宗。若选李杜而不取其雄鸷奥博之作，可乎？吾窥先生之意，固不得不以李杜为诗家正轨也，而其沈思独往者，则独在冲和淡远一派，此固右丞之支裔，而非李杜之嗣音矣。

根据他这条选诗的路向，必然会严重地脱离政治、脱离社会，使人向虚无飘渺的境界中，去追求"神韵"，追求"冲和淡远"，诗的现实性、讽刺性、战斗性，都被他根本取消了，剩下来的，只有一些声音文字之美而已！这种诗论无疑是落后的、反动的。

《四库总目提要》说：

> 国初多以宋诗为宗。宋诗又弊，士祯乃持严羽余论，倡神韵之说以救之。故其推为极轨者，惟王孟韦柳诸家。然三百篇尼山所定，其论诗一则谓归于温柔敦厚，一则谓可以兴观群怨。……宋人惟不解温柔敦厚之义，故辞意并尽，而流为钝根；士祯又不究兴观群怨之原，故光景流连，变而为虚响。

"光景流连，变为虚响"，是对渔洋诗论的确评，主要是在他不究兴观群怨之原，所以对诗的伟大社会意义毫不理解，因而沉醉于自然景物和虚无缥缈的境界中，来享受精神的快乐。

渔洋的弟子洪昇，曾问诗法于施闰章，先告以渔洋论诗大旨，施说："子师言诗，如华严楼阁，弹指即现，又如仙人五城十二楼，飘渺俱在天际。吾诗如作室者，瓴甓水石，须一一就平地筑起。"（见《渔洋诗话》）初看似赞美他想象丰富、境界高超，实际上是讽刺他缥缈虚无、不着边际。诗是植根于社会的，无论想象力怎样丰富，都以现实为基础，如果从想象到想象，只能造成虚伪的诗篇。渔洋的诗，从内容来说，都是很空洞的。赵执信抨击他说：

> 昆山吴修龄，论诗甚精，……见其《与友人书》一篇，中有云："诗之中须有人在"，余服膺以为名言。……司寇（指渔洋）昔以少詹事兼翰林侍讲学士，奉使祭告南海，著《南海集》，其首章留别相送诸子云："芦沟桥上望，落日风尘昏。万里自兹始，孤怀谁与论！"又云："此去珠江水，相思寄断猿"，不识谪宦迁客，更作何语？"（《谈龙录》）

讽刺得颇为刻辣。

吴乔也说他为"清秀李于鳞"。意思是说，变于鳞粗豪的面貌而为韶秀，骨子里仍然是摹仿唐人。貌异心同，实际上还是半斤八两而已！

袁枚在《随园诗话》中也批评他说：

> 阮亭主修饰不主性情，观其所到之处必有诗，诗中必用典，可以想见其喜怒哀乐之不真矣。

个人的情感还是制造出来的，对当前社会的治乱、人民的痛苦，当然漠不关心，这是严重地脱离现实的诗论所导致的必然结果。

(二) 沈德潜 (1673—1769)

王渔洋的神韵说，风靡于清初，到了乾隆时代，沈德潜的诗论，则颇占重要地位。

沈德潜，字确士，号归愚，乾隆间进士，累官至礼部侍郎。他论诗的主张约可分述如下。

(1) 主张温柔敦厚。

他说：

> 诗之为道，不外孔子教小子教伯鱼数言，而其立言一归于温柔敦厚，无古今一也。(《清诗别裁·凡例》)
> 讽刺之道，直诘易尽，婉道无穷。(《说诗晬语》)
> 事难显陈，理难言罄，每托物连类以形之；郁情欲抒，天机随触，每借物引怀以抒之。比兴互陈，反复唱叹，而中藏之欢愉惨戚，隐约欲传，其言浅，其情深也。倘质直敷陈，绝无蕴蓄，以无情之语，而欲动人之情，难矣！(同上)

照他看来，诗贵比兴，不贵直陈；贵委婉，不贵揭露，欢愉惨戚之情，只能隐约传达，率直说破，不但了无余味，而且指陈过于露骨，便违反"发乎情，止乎礼义"的主旨。照这样推演下去，凡是大胆地抨击腐恶的政治制度和封建统治者的作品，都是他所反对的，这很明显地是站在统治阶级的立场为封建主子服务的。在《说诗晬语》中，还有一段话可以做绝好的证明：

> 州吁之乱，庄公致之，而《燕燕》一诗，犹念先君之思。七子之母，不安其室，非七子之不令，而《凯风》之诗，犹云莫慰母心。温柔敦厚，斯为极则。

在他看来，"君""亲"虽然不好，都不能直接指陈，只能引咎自责，才合乎温柔敦厚之义。这可不是"天王明圣，臣罪当诛"？

《诗经》里头的《巷伯》，指斥谗人是很露骨的，沈德潜也曲为解说：

《巷伯》恶恶，至欲投畀豺虎，投畀有北，何尝留一余地！然想其用意，正欲激发其羞恶之本心，使之同归于善，则仍是温厚和平之旨也。（《说诗晬语》）

这真是一派胡言。
《唐诗别裁·凡例》又说：

诗本六籍之一，王者以之观民风，考得失，非为艳情发也。虽三百以后，《离骚》兴美人之诗，平子有定情之咏，然词则托之男女，义实关乎君臣友朋。自《子夜》《读曲》，专咏艳情，而唐末"香奁体"，抑又甚焉，去风人远矣！

他认为歌咏男女爱情之诗，实寓君臣朋友之义。像这样婉而多讽，也无非是温柔敦厚的一种表现。如果直接表现男女爱情的，便应该加以排斥了。其实郑卫之风，大部分是直接表现男女爱情的，流行的民歌，也不少这一类的作品，难道这些都是毫无价值的、应该加以排斥的么？

即如假借美人香草来寄托深意的《离骚》，在我们看来，也不见得是温柔敦厚。《离骚》说："怨灵修之浩荡兮，终不察夫民心。众女嫉余之蛾眉兮，谣诼谓余以善淫。"这难道不是很悲愤地指斥楚怀王的昏庸和令尹子兰上官大夫之极意排挤么？"固时俗之流从兮，又孰能无变化？览椒兰其若兹兮，又况揭车与江离！"这可不是很悲愤地指斥那些以清高自命最后还是同流合污的脆弱分子么？唯屈原敢于声诉他的悲愤，敢于表现他的爱憎，才能发出高亢的音节，如果一味温柔敦厚下去，简直是"妾妇之道"而已！

沈德潜这种主张，无疑是为封建统治服务的，我们应加以严格批判。

（2）推尊汉魏盛唐，赞美明代的李、何、王、李，走上形式主义、复古主义的道路。

沈德潜讥讽浙派的诗，沿宋之习，败唐之风，而以厉樊榭为戎首。他所推尊的是汉魏盛唐，而李、何、王、李，是主张"诗必盛唐"的，所以他也相当崇拜。他以为：

> 李献吉雄浑悲壮，鼓荡飞扬。何仲默秀朗俊逸，回翔驰骤。同是宪章少陵，而所造各异，骎骎乎一代之盛矣。钱牧斋信口掎摭，谓其摹拟剽贼，同于婴儿学语，至谓读书种子，从此断绝，此为门户起见，后人勿矮人看场可也。
>
> 王元美天分既高，学殖亦富。……乐府古体，卓尔成家，七言近体，亦规大方，而锻炼未纯，且多酬应率率之态。
>
> 李于鳞拟古诗，临摹已甚，尺寸不离，固足招訾诼之口，而七言近体，高华矜贵，脱去凡庸，正使金沙并见，自足名家。（《说诗晬语》）

对李、何极口赞美，对王、李虽微有贬词，然犹以为"卓尔成家""自足名家"的，因为他和复古派是站在同一个立场的缘故。

他又以为：

> 王、李既兴，辅翼之者，病在沿袭雷同，攻击之者，又病在翻新吊诡。一变为袁中郎兄弟之诙谐，再变为钟伯敬、谭友夏之僻涩，三变为陈仲醇、程孟阳之纤佻，回视嘉靖诸子，又古民之三疾矣。论者独推孟阳，归咎王、李，而并刻论李、何为作俑之始，其然岂其然乎？（同上）

对袁中郎那些反复古派，投以蔑视的眼光，也可以看清他的文学路线。

（3）着重格调。

沈德潜论诗是推尊李、何的，而李、何对格调是相当着重的，沈不能不受其影响。

李梦阳说：

> 诗有七难：格古，调逸，气舒，句浑，音圆，思冲，情以发之，七者备而后诗昌也。（《潜虬山人记》）

又说：

> 高古者格，宛亮者调。(《驳何氏论文书》)

何景明论诗也极重音调。以为："子美辞固沈著，而调失流转，而初唐四子之作，往往可歌，反在少陵之上。"(见《明月篇序》)

这两人都是格调派的前驱。沈德潜在《说诗晬语》中，对格调也反复论及。如说：

> 诗以声为用者也，其微妙在抑扬抗坠之间。读者静气按节，密咏恬吟，觉前人声中难写，响外别传之妙，一齐俱出。
>
> 乐府之妙，全在繁音促节。其来于于，其去徐徐，往往于回翔屈折处感人，是即依永和声之遗意也。

这是论音调的。

> 五言古，长篇难于铺叙，铺叙中有峰峦起伏，则长而不漫；短篇难于收敛，收敛中能含蕴无穷，则短而不促。又长篇必伦次整齐，起结完备，方为合格；短篇超然而起，悠然而止，不必另缀起结。苟反其位，两者俱偾。
>
> 七言古或杂以两言、三言、四言、五六言，皆七言之短句也；或杂以八九言，十余言，皆伸以长句，而故欲振荡其势，回旋其姿也。其间忽疾，忽徐，忽翕，忽张，忽淳漾，忽转掣，乍阴乍阳，屡迁光景，莫不有浩气鼓荡其机，如吹万之不穷，如江河之滔滔而奔放，斯长篇之能事极矣。四语一转，蝉联而下，特初唐人一法，所谓王、杨、卢、骆当时体也。
>
> 歌行起步，宜高唱而入，有黄河落天走东海之势。以下随手波折，随步换形，苍苍莽莽中，自有灰线蛇踪，蛛丝马迹，使人眩其奇变，仍服其警严。至收结处纡徐而来者，防其平衍，须作斗健语以止之；一往峭折者，防其气促，不妨作悠扬摇曳语以送之，不可以一格论。

这是论格式的。

唯其讲究格式音调,所以评论诗歌,多从此着眼,遂走到形式主义一条路向去。和沈同时的袁枚,对格调派大加抨击,见解是比较进步的。

但沈德潜在《说诗晬语》中,也有一些可取的意见。如说:

> 有第一等襟抱,第一等学识,斯有第一等真诗。如太空之中,不着一点,如星宿之海,万源涌出,如土膏既厚,春雷一动,万物发生。古来可语此者,屈大夫以下,数人而已!

作者对政治社会能具有高远的理想,对学术能有高度的修养,发为诗歌,才能有伟大的丰富的内容,不会仅从格律声调方面兜圈子,这种看法,已经突破形式主义的束缚,理解到思想内容的重要性。

又说:

> 诗贵性情,亦须论法。乱杂而无章,非诗也。然所谓法者,行所不得不行,止所不得不止,而起伏照应,承接转换,自神明变化于其中。若泥定此处应如何,彼处应如何,不以意运法,转以意从法,则死法矣。试看天地间水流云在,月到风来,何处着得死法?

"以意从法",是死法,作出来的是死文;"以意运法",是活法,作出来的是活文。法无一定,唯意所之。行乎所不得不行,止乎所不得不止。水流云在,月到风来,是何等自由自在的境界?这比格调派的言论便高明得多了。

他对王渔洋所主张的神韵说,也颇能指出它的短处。如说:

> 司空表圣云:"不着一字,尽得风流","采采流水,蓬蓬远春"。严沧浪云:"羚羊挂角,无迹可求。"苏东坡云,"空山无人,水流花开",王阮亭本此数语,定《唐贤三昧集》。木云虚云:"浮天无岸。"杜少陵云:"鲸鱼碧海。"韩昌黎云:"巨刃摩天。"惜无人本此定诗。

这是讥讽渔洋只看到王孟一类所谓"自然""超诣"的诗篇,而对于李、杜一派气魄雄放悲壮沉郁的作品,则毫无所见,未免成为小家数。
这些意见还是值得我们注意的。

（三）桐城派的古文

桐城派的古文，以方苞、刘海峰、姚鼐为其领袖。姚鼐《刘海峰先生八十寿序》说：

> 曩者鼐在京师，歙程吏部（晋芳），历城周编修（书昌）语曰：为文章者，有所法而后能，有所变而后大。维盛清治迈逾前古千百，独士能为古文者未广。昔有方侍郎（望溪），今有刘先生（海峰），天下文章，其出于桐城乎？

吴敏树《与欧阳筱岑书》亦说：

> 今之所称桐城文派者，始自乾隆间姚郎中姬传，称私淑于其乡先辈望溪先生之门人刘海峰，又以望溪接续明人归震川，而为《古文辞类纂》一书，直以归方续八家，刘氏嗣之，其意盖以古今文章之传系已也。

这是桐城派名称的起源。

桐城派已兴，后来流传甚广。江西有新城鲁絜非，南丰吴嘉宾，广西有临桂朱琦、龙启瑞、马平王拯、永福吕璜，湖南有新化邓显鹤、溆浦舒伯鲁、武陵杨彝珍、湘潭欧阳兆熊等。后来的如黎庶昌、吴汝纶、林纾等，皆属桐城派的继承人。在五四运动以前，文坛上拥有相当势力。

但这一派古文家，基本上说来，都是形式主义者、复古主义者。文章虽然雅洁，内容却非常薄弱。现在且从方苞说起。

方 苞（1668—1749）

方苞，字灵皋，号望溪，桐城（今属安徽）人。康熙四十五年（1706）进士，累官礼部侍郎。乾隆十四年（1749）卒，年八十二。所著有《周官集注》《礼记析疑》及《望溪文集》等。

望溪和姜宸英论及自己的志向是："学行继程朱之后，文章介韩欧之间。"可见他论学不出程朱的范围，论文以韩欧为宗法。他更推而上之，以为"古文所从来远矣，六经《语》《孟》，其根源也。得其枝流而义法最精者，莫如《左传》《史记》"（《古文约选叙例》）。

他对义法的解释是：

> 春秋之制义法，自太史公发之，而后之深于文者亦具焉。义，即《易》之所谓言有物也，法，即《易》之所谓言有序也。义以为经，而法纬之，然后为成体之文。(《又书货殖传后》)

"言有物"，是文章要有充实的内容；"言有序"，是文章要有合度的形式。"有物""有序"，是把内容和形式统一起来，这从原则上说，是对的。但方苞的文章实无深厚的内容，不过形式方面达到"谨严"与"雅洁"而已！

沈廷芳曾称述望溪的话：

> 南宋、元、明以来，古文义法，不讲久矣。吴越间遗老尤放恣，或杂小说，或沿翰林旧体，无雅洁者。古文中不可入语录中语，魏晋六朝人藻丽俳语，汉赋中板重字法，诗歌中隽语，南北史俳巧语。(《书方望溪先生传后》)

清规戒律这么多，结果仅能做到"雅洁"二字。内容深厚，气魄雄大，当然谈不上了。汪中平生好骂人①，但他以为像方苞、袁枚一流人，是他所不屑骂的。(见江藩《汉学师承记·汪中传》)钱大昕说："方所谓古文义法者，特世俗选本之古文，未尝博观而求其法也。法且不知，于义何有？昔刘原父讥欧阳公不读书，原父博闻诚胜于欧阳，然其言未免太过，若方氏乃真不读书之甚者。"(《与友人书》)

这些学问比较渊博的人都轻视他，可知他虽号为古文一代正宗，内容实薄弱得可怜。

刘海峰（1698—1780）

刘海峰论文，不着重义法，而着重神、气、音节。他以为：

---

① 汪中（1743—1794），字容甫，江苏江都（扬州）人。平生恃才傲物，敢于指摘人们的过失。卢文弨祭他的文章中，有"众畏其口，誓欲杀之"的话，可想象他的为人。所著有《述学》一书。

> 义理、书卷、经济者，行文之实，若行文自另是一事。譬如大匠操斤，无土木材料，纵有成风尽垩①手段，何处设施？然有土木材料而不善设施者甚多，终不可为大匠。故文人者，大匠也。神、气音节者，匠人之能事也。义理、书卷、经济者，匠人之材料也。（《论文偶记》）

材料是所有充实文章的内容，神、气、音节，是属于艺术技巧的一种表现，他不着重材料而着重神、气、音节，即为他偏重艺术技巧的表示。然而神、气是非常抽象的，他以为可在音节中来体会它。他说：

> 音节者，神、气之迹也。
> 神、气不可见，于音节见之。
> 音节高，则神、气必高，音节下，则神、气必下。

但是音节拿什么来做标准？他说：

> 音节无可准，以字句准之。
> 一句之中，或多一字，或少一字，一句之中，或用平声，或用仄声，同一平字，仄字，或用阴平，阳平，上声，去声，入声，则音节迥异。
> 论文而至于字句，则文之能事尽矣。

他不教人从大处落墨，而斤斤于字句的平仄，以为可尽神、气、音节之妙，而不知神、气、音节是和内容联系在一起的，有可歌可泣的英雄人物事迹，才有可歌可泣的文章，仅从神、气、音节上去揣摩，结果却毫不济事。他的看法十足是形式主义的。

姚 鼐（1731—1815）

姚鼐是方、刘的继承人。他提出义理、考据、文章，三者互相为用之说。

---

① 《庄子》："郢人垩漫其鼻端，若蝇翼，使匠石斫之。匠石运斤成风，听而斫之，尽垩而鼻不伤，郢人立不失容。"

《述庵文钞序》说：

> 余尝论学问之事，有三端焉：曰，义理也，考证也，文章也。是三者苟善用之，则皆足以相济，苟不善用之，则或至于相害。今夫博学强识而善言德行者，固文之贵也，寡闻而浅识者，固文之陋也。然而世有言义理之过者，其辞芜杂俚近，如语录而不文，为考证之过者，至繁碎缴绕，而语不可了。当以为文之至美，而反以为病者，何哉？其故由于自喜之太过，而智昧于所当择也。夫天之生才虽美，不能无偏，故以能兼长者为贵，而兼之中又有害焉，岂非能尽其天所与之量而不以才自蔽者之难得欤？

所谓"义理"，即宋学（以程朱为主），"考证"，即汉学。他调和汉宋，与文章合而为一。

《与汪辉祖书》说：

> 夫古人之文，岂第文焉而已？明道义，维风俗，以诏世者，君子之志，而辞足以尽其志者，君子之文也。达其辞，则道以明，昧于文，则志以晦。

此为义理与文章合一之证。

《与陈硕士书》说：

> 以考证累其文，则是弊耳，以考证助文之境，正有佳处，夫何病哉？

此为考证与文章合一之证。

然而义理、考证、文章三者合一，事实上殊不容易达到。因为桐城派的文人，在学问上并没有什么充实的基础，汉学固非所长，宋学也不过用来装装门面，实际上不过作得几篇"雅洁"的文章而已！他们的文章，也不过取法于归有光，规模非常狭小，丝毫没有雄奇伟大的气象，成就并不很高。前人批评姚鼐的文章"有序之言虽多，有物之言则少"，这固足以证明他内容薄弱，而所谓"有序之言"，除"雅洁"外，也说不上什么!

他又把文章分为阳刚、阴柔两种。《复鲁絜非书》说：

> 鼐闻天地之道，阴阳刚柔而已。文者，天地之精英，而阴阳刚柔之发也。……其得于阳与刚之美者，则其文如霆，如电，如长风之出谷，如崇山峻崖，如决大川，如奔骐骥。其光也，如杲日，如火，如金镠铁。其于人也，如凭高视远，如君而朝万众，如鼓万勇士而战之。其得于阴与柔之美者，则其文如升初日，如清风，如云，如霞，如烟，如幽林曲涧，如沦，如漾，如珠玉之辉，如鸿鹄之鸣而入寥廓。其于人也，漻乎其如叹，邈乎其如有思，暖乎其如喜，愀乎其如悲。观其文，讽其音，则为文者之性情形状举以殊焉。

他在文中所举的，如崇山、峻崖、大川、杲日，都是壮美的象征；清风、云霞、幽林、曲涧，都是优美的象征。在大自然中，有这两种美的形象，在文学上，也有这两种不同的风格，这基本上说来是对的。但是一个伟大的作家，也并不这么单纯。"落日照大旗，马鸣风萧萧"，是杜诗，"细雨鱼儿出，微风燕子斜"，又何尝不是杜诗？"江头风怒，潮来波浪翻屋"，是辛词，"小楼春色里，幽梦雨声中"，又何尝不是辛词？这就要从变化错综中去理解它了。

姚氏尝为《古文辞类纂》一书，于序目后，复论古文八要："曰神，理，气，味，格，律，声，色。"这些都是非常抽象的，是从形式主义上来看问题的，实在没有什么价值。

桐城派的文章，风靡一代，其实内容空疏得很！才力薄弱得很！这一派中，有些识见的，也未尝没有看到。刘开《与阮云台论文书》说：

> 学《史》《汉》者，由八家而入，学八家者，由震川、望溪而入，则不误于所向，然不可以律非常绝特之才也。

黎庶昌《续古文辞类纂自序》说：

> 桐城宗派之说，流俗相沿，既逾百岁，其弊至于浅弱不振，为有识者所讥。

这些话都是很有斤两的。

梁任公在《清代学术概论》中，有更为概括的评论。他说：

> 桐城开派诸人，本涓洁自好。当汉学全盛时，而奋然与抗，亦可谓有勇，不能以其末流之堕落而归罪于作始。然此派者，以文而论，因袭矫揉，无所取材，以学而论，则奖空疏，阏创获，无益于社会。

唯其这样，所以五四运动一来，便如摧枯拉朽，林纾虽然出死力来拥护，也无济于事了！

（四）叶　燮（1627—1703）

叶燮，字星期，嘉善人，康熙进士。官宝应知县，被劾归，居吴县之横山，学者称为横山先生。著《原诗内外篇》，极论诗之源流正变，能自成一家之言。

他以为"诗之为道，未有一日不相续相禅而或息者"。"续"是继承，"禅"是变化发展。无继承当然不能空言创造，但我们不是为继承而继承，而是为创造而继承。唯能变化发展，才能推陈出新，才不会陷于僵死的状态，所以继承和创造是分不开的。

他根据这种理论，来驳倒明代前后七子复古的主张。李于鳞说，"唐无古诗"，"陈子昂以其古诗为古诗"。横山驳他说：

> 盛唐诸诗人，惟能不为建安之古诗，吾乃谓唐有古诗，若必摹汉魏之声调字句，此汉魏有诗，而唐无古诗矣。且彼所谓陈子昂以其古诗为古诗，正惟子昂能自为古诗，所以为子昂之诗耳。……杜甫之诗，包源流，综正变，自甫以前，如汉魏之浑朴古雅，六朝之藻丽秾纤，澹远韶秀，甫诗无一不备，然出于甫，皆甫之诗，无一字句为前人之诗也。

这种变古的主张，是继承公安派而来的，但说得更为透彻。

他认为"人之智慧心思，在古人始用之，又渐出之，而未穷未尽者，得后人精求之，而益用之，出之，乾坤一日不息，则人之智慧心思必无尽与穷之日"。

智慧心思已为人人所具有，由于社会的发展、知识的积累，后人的智慧心思，不但不让古人，而且比古人更为丰富。尽可取前人未竟之业，加以光大发扬，而且更可奋其智慧心思，创造古人未有的境界，这样相续相禅和乾坤的寿命永垂无穷，才能做到"春兰兮秋菊，长无绝兮终古"（《楚辞·九歌·礼魂》）。

他提出这种进步的意见，对复古主义者加以无情的嘲讽。他说：

> 古今作者，卓然自命，必以其才智与古人相衡，不肯稍为依傍，寄人篱下以窃其余唾。窃之而似，则优孟衣冠，窃之而不似，则画虎不成矣。故宁甘作偏裨，自领一队，如皮陆诸人是也。乃才不及健儿，假他人余焰，妄自僭王称霸，实则一土偶耳！生机既无，面目涂饰，洪潦一至，皮骨不存，而犹侈口而谈，亦何谓耶？惟有明末诸称诗者，专以依傍临摹为能事，不能得古人之兴会神理，句剽字窃，依样葫芦，如小儿学语，徒有喔咿，声音虽似，都无成说，令人哕而却走耳！

真可谓极痛快淋漓之能事。

其次，复古派以时代的先后，来判定诗的盛衰，宋诗不如唐诗，晚唐又不如盛唐。他认为这种看法，是不懂得变化发展的原理的。他说：

> 韩愈为唐诗之一大变。……愈尝自谓陈言之务去。……天下人之心思智慧，日腐烂埋没于陈言中，排之者比于救焚振溺，可不力乎？……至于宋人之心手日益以启，纵横钩致，发挥无余蕴。非故好为穿凿也，譬之石中有宝，不穿之，凿之，则宝不出，且未穿未凿以前，人人皆作模棱皮相之语，何如穿之凿之之实有得也。如苏轼之诗，其境界皆开辟古今之所未有，天地万物，嬉笑怒骂，无不鼓舞于笔端，而适如其意之所欲出，此韩愈后一大变也，而盛极矣。

他以为宋人变唐人之面目而自成其为宋，如苏轼且开辟前人未有的境界而自成其为不朽之诗，是愈变而愈盛，非愈变而愈衰。袁中郎说过："代有升降，法不相沿，各极其变，各穷其趣。"横山根据这种理论再加以充分发挥，这是合乎文学发展的趋势的。

他在唐诗中又把晚唐和盛唐作一比较。以为：

> 盛唐之诗，春花也。桃李之秾华，牡丹芍药之妍艳，其品华美贵重，略无寒瘦俭薄之态，固足美也。晚唐之诗，秋花也。江上之芙蓉，篱边之丛菊，极幽艳晚香之韵，可不为美乎？

这种比喻自然不很恰当。（如李杜的作品，绝不能说像桃李牡丹芍药的秾华妍艳，晚唐的诗趋于尖新纤巧，也绝不能用篱边丛菊来作比方。）但他主要的意思，还在于说明它各有时代的特色，所以晚唐的诗，也未可菲薄。从这个角度来看，基本上还是对的。

复古主义者，同时又是形式主义者。形式主义者，以为体格、声调等是诗歌最主要的条件，横山则以为主要还在诗的内容，即所谓诗的本质。一切形式都是由内容来决定的。他说：

> 体格，声调，……何尝非诗家要言妙义，然而……其实皆诗之文也，非诗之质也，所以相诗之皮也，非所以相诗之骨也。……言乎体格，譬之于造器，体是其制，格是其形也。将造是器，得般倕运斤，公输挥削，器成而肖形合制，无毫发遗憾，体格则至美矣，乃按其质，则枯木朽株也，可以为美乎？……言乎声调，声则宫商叶韵，调则高下得宜，而中乎律吕，铿锵乎听闻也，……然必须其人之发于喉吐于口之音以为之质，然后其声绕梁，其调遏云，乃为美也。

文有待于质，即形式有待于内容。这种形式为内容服务的看法，也是比较进步的。

他自己提出来的意见，为前人所未说到的，则有下面的一段话：

> 曰理，曰事，曰情，此三言者，足以穷尽万有之变态，凡形形色色，音声状貌，举不能越乎此，此举在物者而为言，而无一物之或能去此者也。曰才，曰胆，曰识，曰力，此四言者，所以穷尽此心之神明，凡形形色色，声音状貌，无不待于此而为之发宣昭著，此举在我者而为言，而无一不如此心以出之者也。以在我之四，衡在物之三，

合而为作者之文章。大之经纬天地，细而一动一植，咏叹讴吟，俱不能离是而为言者矣。

理、事、情，都属于物，即都属于客观；才、胆、识、力，都属于我，即都属于主观。以在我之四，衡在物之三，合而为作者之文章，即主观和客观统一起来，才能产生文学。属于客观的理、事、情，包括一切自然现象和社会现象，这些是文学无尽的泉源，我们要穷究事物的条理，洞察事物的本质和变化的情状，把它在文学上反映出来，所以横山说："文章者，所以表天地万物之情状也。"但是文章反映客观现实，并不是毫无选择地把它记录下来，而是有作者的立场、观点。一切材料，都通过主观的选择，把他所认识的，所理解的，用美妙的艺术形象表达出来，这样，作者的才、胆、识、力，便显示出巨大的作用。

他这种看法，比公安派一般反复古主义者较高明。公安派主张独抒性灵，不拘格套，他们所谓性灵，属于主观的，你想什么，把它写出来就好了！不懂得"文学反映客观现实"的重要意义。他们仅凭自己的意趣来写文章，对当前社会重大的观象，反而熟视无睹。尽管在反复古主义方面有很大的进步意义，但是他们创作的内容却是空虚得很、薄弱得很！横山能注意到理事情是客观的，文章是用来表达天地万物之情状的，光靠主观的性灵，是不济于事的，他继承公安派反复古主义的理论，而又能看出它的错误，提出自己新的意见来，这也是"相续相禅"的一个好例。

横山唯能注意到客观事物，所以说："善学诗者，必从事于格物。""格物"是"即物而穷其理"，不是徒然在脑子里打回旋。能从客观现实去汲取文章的材料，则内容必不会流于空虚，这是他立说的长处。

他在才、胆、识、力四者当中，特别注重一个"识"字。他说：

人惟中藏无识，则理事情错陈于前，而浑然茫然，是非可否，妍媸黑白，悉眩惑而不能辨。

惟有识，则是非明，是非明，则取舍定，不但不随世人脚跟，并亦不随古人脚跟。

识明则胆张，任其发宣而无所于怯。横说竖说，左宜而右有，直造化在手，无有一之不肖乎物也。

且夫胸中无识之人，即终日勤于学，而亦无益。俗谚谓为"两脚书橱"。记诵日多,多益为累。及伸纸落笔时,胸如乱丝,头绪既纷,无从割择,中且馁而胆愈怯,欲言而不能言,或能言而不敢言。……因无识,故无胆,使笔墨不能自由,是为操觚家之苦趣,不可不察也。

根据他的意见,客观事物之妍媸黑白,是非可否,全靠"识"来辨别。如果是非不明、可否不分,必然眼花缭乱,无法把客观现实在文章中正确地反映出来。因为文章中所反映的客观现实,不是杂乱无章的记录,而是有取舍爱憎存乎其间的。是非不明、黑白不分,脑子里一塌糊涂,文章的内容,也当然就一塌糊涂了!

我们今天认为有正确的世界观,才能正确地反映客观现实,否则必然会歪曲客观现实。生在两百多年前的叶燮,受着历史的局限、阶级的局限,当然无法看到这一点,但他在当时能特别标出一个"识"字来,作为创作文学的指导,也就难能可贵了。

他认为有"识"才能有"胆",彷徨于是非之途,不能有勇决的态度,必不敢放胆发议论、写文章。有"识"才能有"力","有力者神旺而气足,径往直前,不待有所攀援假借"(《原诗》),这样独往独来的气魄,必然是在确定是非,确定方向之后,才产生出来。他又说:"立言者无力,则不能自成一家。"(亦见《原诗》)但如果没有"识"来作指导,是非不明,黑白不分,又怎能产生力量,又怎能自成一家之言呢?至于"才",也是运用"识"来辨别是非黑白之后,才可以纵其心思所至,上下纵横,自由抒写的。"学",也是靠有"识"才能运用的,否则变为一大堆废料。他把"识"作为先决条件,来贯穿一切。他说:

惟有识,则能知所从,知所奋,知所决,而后才与胆力,皆确然有以自信,举世非之,举世誉之,而不为其所摇,安有随人之是非以为是非者哉?其胸中之愉快自足,宁独在诗文一道已也?

这种理论是以前的文学批评家所没有提出来的,不能不说是他独到的地方。

在王渔洋"神韵说"流行之后,把文学引导到虚无飘渺的境界中,叶燮的主张是和他对立的,是含有唯物的因素的,是比较健全的。

他的局限性，在今天看来，是只看到了文学不断地向前发展，并没有看到它是在矛盾斗争中发展；虽然看到文章是表天地万物之情状，并没有着重地指出反映当前的社会现实为其最大的任务，而只泛泛地提到理、事、情三者，未免太笼统了！至于反映人民的疾苦更谈不上！而在理、事、情当中，又提出什么"惟不可名言之理，不可施见之事，不可径达之情，则幽渺以为理，想象以为事，惝恍以为情，方为理至事至情至之语"，又未免引导人走向虚无飘渺的境界了！他虽然标出一个"识"字来，作为创作文学的先决条件，至于"识"是怎样产生出来的，怎样发展出来的，也丝毫没有提到。他不知道先有实践而后有"识"，在剧烈的生产斗争中、阶级斗争中，经过严格的锻炼，而后能把坚定的"识"建立起来，光是说明"识"有辨别是非、妍媸黑白的作用，还是很不够的。他虽然说"以在我之四，衡在物之三，合而为作者之文章"，认为必须主客观统一起来，才能产生文学，但"物质是第一性的，思维是第二性的"，他受着历史的局限却无法指出来。诚然，我们决不能用今天的标准来要求古人，这样要求便是违反历史唯物主义，但也还需要把他的看法和我们今天的看法区别开来，才可以看出他历史的局限性和阶级的局限性，不会毫无批判地把它接受过来。

(五) 袁枚（1715—1797）

袁枚，字子才，号简斋，浙江钱塘（今杭州）人，乾隆进士。出知江宁等县，年三十余，即告归。筑室小仓山下，榜曰随园，世称随园先生。年八十二卒。有《小仓山房集》《随园诗话》等。

他的学问基础，诚然浅薄，创作亦很平平，无足称述，但他在论诗方面颇有进步的见解，尤其是在沈德潜提倡复古、提倡格调风靡一世的时候，他敢于大胆地和沈氏抗争，总算难能可贵。

他和沈氏不同的看法约有数点。

(1) 沈氏论诗，推尊盛唐汉魏，菲薄宋人，他则以为诗有工拙而无古今，尊汉魏盛唐者固非，尊宋者亦妄。他说：

> 尝谓诗有工拙而无古今。自葛天氏之歌至今日，皆有工有拙，未必古人皆工，今人皆拙。即三百篇中颇有未工不必学者，不徒汉魏唐宋也，今人诗有极工极宜学者，亦不徒汉魏唐宋也。然格律莫备于

古，学者宗师，自有渊源。至于性情遭际，人人有我在焉，不可貌古人而袭之，畏古人而拘之也。天籁一日不断，则人籁一日不绝。孟子曰："今之乐，犹古之乐也。"乐，即诗也。唐人学汉魏，变汉魏，宋学唐变唐，其变也，非有心于变也，乃不得不变也，使不变则不足以为唐，亦不足以为宋也。(《答沈大宗伯论诗书》)

他看清了时代不同，性情各异，是以诗之为道，虽欲不变而不可能。而且主张以工拙论诗，不以今古论诗，一反崇古保守的看法，思想是相当进步的。

他又认为只当问作者性情之真不真，不当问国号之唐不唐、宋不宋。《答施兰垞论诗书》说：

夫诗无所谓唐宋也。唐宋者，一代之国号耳，与诗无与也。诗者，各人之性情耳，与唐宋无与也。若拘拘焉持唐宋以相敌，是子之胸中有已亡之国号，而无自得之性情，于诗之本旨已失矣。

像这样干脆利落，真可以斩断许多葛藤。

(2) 沈氏论诗主张温柔敦厚，他则以为这种诗说的来源是靠不住的，让一步来说，也是很片面的。《答沈大宗伯论诗书》说：

所云诗贵温柔，不可说尽，又必关系人伦日用，此数语有褒衣大袑气象，仆口不敢非先生，而心不敢是先生，何也？孔子之言，《戴经》不足据也，惟《论语》为足据。子曰："可以兴，可以群"，此指含蓄者言之，如《柏舟》《中谷》是也。曰："可以观，可以怨"，此指说尽者言之，如"艳妻煽方处"，"投畀豺虎"之类是也。

又说：

《礼记》一书，汉人所述，未必皆圣人之言。即如温柔敦厚四字，亦不过诗教之一端，不必篇篇如是。二雅中之"上帝板板，下民卒瘅"，"投畀豺虎，投畀有北"，未尝不裂眦攘臂而呼，何敦厚之有？故仆以为孔子论诗，可信者兴观群怨也，不可信者，温柔敦厚

也，或者夫子有为言之也。夫言岂一端而已，亦各有所当也。(《再答李少鹤书》)

他从《诗经》中来找出反证，用《论语》来驳倒《礼记》，使"温柔敦厚"本身的根据发生动摇，这种辩论极为有力。

(3) 沈氏论诗主张格调，他则力反其说。《随园诗话》卷一说：

须知有性情，则有格律，格律不在性情之外。三百篇半是劳人思妇，率意言情，谁为之格？谁为之律？而今谈格调者，能出其范围否耶？况皋禹之歌，不同三百篇，《国风》之格，不同《雅》《颂》，格岂一定耶？

《随园诗话》卷五说：

从三百篇至今日，凡诗之传者，都因于性灵，不关堆垛。

这是继承袁宏道"独抒性灵，不拘格套"的理论，并非有什么新的发明，但用来反对沈氏的格调说，也未尝不可以增强斗争的力量。

(4) 沈氏主张摹古，他则力主"有我"。

他说：

(诗) 有人无我，是傀儡也。(《随园诗话》卷七)
为人不可以有我，有我则自恃恨用之病多，孔子所以无固无我也。作诗不可以无我，无我则剽袭敷衍之弊大，韩昌黎所以惟古于辞必己出也。北魏祖莹云："文章当自出机杼，成一家风骨，不可寄人篱下。"(同上)
人闲居时不可一刻无古人，落笔时不可一刻有古人。平居有古人，而学问方深，落笔无古人，而精神始出。(《随园诗话》卷十)
不学古人，法无一可。竟似古人，何处著我？(《续诗品·著我》)

这里所谓"我"，即作者的个性、作者的性情（也即性灵）。性情遭际，各有不同，所以人人有我在。在诗歌上反映出来，也各有其不同的内容与风格，绝不能从古人处贩贩过来。他批评明七子说：

> 学唐诗者，莫善于宋元，莫不善于明七子。何也？当变而变，其相传者心也，当变而不变，其拘守者迹也。鹦鹉能言，而不得其所以言，夫非以迹乎？（《答沈大宗伯论诗书》）
>
> 人悦西施，不悦西施之影，明七子之学唐，是西施之影也。（《随园诗话》卷五）

他讥讽当时一般摹古的人说：

> 抱杜韩以凌人，而粗脚笨手者，谓之权门托足；仿王孟以矜高，而半吞半吐者，谓之贫贱骄人；开口言盛唐及好用古人韵者，谓之木偶演戏；故意走宋人冷径者，谓之乞儿搬家。（亦见《随园诗话》）

真可谓痛快淋漓之至！

他和洪稚存论诗说：

> 古之学杜者，无虑数千百家，其传者皆不似杜者也。唐之昌黎、义山、牧之、微之，宋之半山、山谷、后村、放翁，谁非学杜者？今观其诗，皆不类杜。

唯其不类杜，才有真我，才不傍古人走路。这从反复古主义的角度来说，是有其巨大意义的。

但他虽不主张摹仿古人，却也未尝废弃向古人学习。

《随园诗话》卷十三说：

> 或问诗既不用典，何以少陵有读破万卷之说？不知"破"之一字，与"有神"之二字，全是教人读书作文之法。盖破其卷而取其神，非囫囵用其糟粕也。蚕食桑，而所吐者丝也，非桑也；蜂采花，而所酿者，蜜也，非花也。读书如吃饭，善吃饭者长精神，不善吃者生痰瘤。

他叫我们把古人的材料消化过来，成为自己的创作，才能"字字古有，言言古无"。这种向古人学习而又不会让死人拖住活人的做法，是值得我们注意的。

《蒋心余藏园诗序》说：

> 有所余于诗之外，故能有所立于诗之中。

也看到了作者之性情遭际和道德品质，等等，对诗歌有绝大的影响，如果诗之外全无余事，徒然死于书本，死于章句，必不能自成其为一家之诗。这种见解是很可贵的。可惜他仅仅提出来，不能给予充分的发挥，未免有很大的遗憾！

他和沈德潜辩论也有些似是而非的。如沈不选艳诗，他则以为"《关雎》，即艳诗也。以求淑女之故，至于辗转反侧，使文王生于今，遇先生，危矣哉！易曰：'一阴一阳之谓道。'又曰：'有夫妇然后有父子。'阴阳，夫妇，艳诗之祖也。"（《答沈大宗伯论诗书》）

《关雎》诚然是爱情诗，袁枚的看法，殊胜于儒家正统派腐朽的意见，但和艳诗的含义，则不相当。袁以王次回的《疑雨集》为香奁绝调，为书难沈，不选其诗。是则他所指的艳诗，纯粹是黄色的毒物，乃用《关雎》来为之辩护，这是一种重大的歪曲。他的生活豪奢荒淫，漫无检束，他的诗歌也有许多是属于猥淫腐烂的，不能不说是这种落后意识在指导着他。

他提倡"性灵"来反对格调，提倡"有我"来反对复古，诚然有很大的进步意义，但他所谓性灵，无非局限于士大夫的浓厚阶级意识，并没有注视到人民的思想感情。在他的集子中，很难找到反映人民疾苦、代表人民群众呼声的诗篇。所谓"有我"，也只局限于表现他个人的闲情逸趣，并非有什么独特的意见和伟大丰富的感情。他的诗论，诚然是进步的，他的创作，则是微乎不足道的。

在散文方面，他也有一些大胆的理论。他打垮了"文以载道"的招牌，把文人虚伪的面目揭穿。他说：

> 三代后圣人不生，文之与道离也久矣。然文人学士，必有所持以

占地步，故一则曰明道，再则曰明道，直是文章家习气如此，而推究作者之心，都是道其所道，未必果文王周公孔子之道也。夫道若大路然，亦非待文章而后明者也。仁义之人，其言蔼如，则又不求合而合者。若矜矜然认门面语为真谛，而时时作学究塾师之状，则持论必庸，而下笔多滞，将终其身得人之得而不自得其得矣。（《答友人论文第二书》）

作者能自得其得而不得人之得，然后有一段精光，不可磨灭，如必以明道相矜，则腐论而已！陈言而已！这对古文家捐大招牌，支空架子，诚然是当头一棒！

对于"道统"说，他抨击尤力。《策秀才文五道》说：

道者乃空虚无形之物，曰某传统，某受统，谁见其荷于肩而担于背欤？尧、舜、禹、皋，并时而生，是一时有四统也，统不太密欤？孔孟后直接程朱，是千年无一统也，统不太疏欤？其有绘旁行斜上之谱以序道统之宗支者，倘有隐居求志之人，遁世不见知而不悔者，何以处之？或曰，以所所著述者为统也，倘有躬行君子，不肯托诸空言者，又何以处之？……废道统之说，而后圣人之教大欤？

重重诘问，一层推进一层，使妄想担负道统的理学家、古文家，毫无辩解之余地，可谓快人快语。唯其能从封建统治下定于一尊的思想中解放出来，才能信笔发抒，达到"海阔凭鱼跃，天高任鸟飞"的境界。袁枚的思想是具有反封建传统的伟大力量的。

此外，对于严羽、王士禛的诗说和赵执信的《声调谱》，他都颇有中肯的批评。

《随园诗话》卷八说：

严沧浪借禅喻诗，所谓羚羊挂角，香象渡河，有神韵可味，无迹象可寻，此说甚是，然不过诗中一格耳。阮亭奉为至论，冯钝吟笑为谬谈，皆非知诗者。诗不必首首如是，亦不可不知此种境界。如作近体短章，不是半吞半吐，超超玄著，断不能得弦外之音，甘余之味，沧浪之言，如何可诋？若作七古长篇，五言百韵，即以禅喻，自当天魔献舞,花雨弥空,虽造八万四千宝塔,不为多也,又何能一羊一象,显渡河挂角之小神通哉?总在相题行事,能放能收,方称作手。

他以为"兴趣""神韵",只适宜于小诗(如五七绝之类),而不适于鸿篇巨制,这虽然仅就体裁方面来看问题,但体裁的运用是由内容决定的。刹那的情感,自宜运用小诗来表现,如果事象复杂,情节曲折,便非鸿篇巨制,不能为功。而这一类的诗歌,都好像长江黄河,一泻千里,绝不能有所谓"弦外之音,味外之味",所以袁枚的看法,基本上还是对的。

赵执信著《声调谱》,揭露渔洋以来所谓不传之秘的古诗的声调。袁枚批评他说:

> 夫诗为天地元音,有定而无定,恰到好处,自成音节。……试观《国风》《雅》《颂》《离骚》、"乐府",各有声调,无谱可填。杜甫、王维,七古中平仄均调,竟有如七律者。韩文公七字皆平,七字皆仄,阮亭不能以四仄三平之例缚之也。倘必照曲谱排填,则四始六义之风扫地矣。此阮亭之七古,所以如杞国伯姬,不敢那移半步。(《随园诗话》卷四)

胶滞于字句的平仄来限制纵横变化的诗篇,便无异于刻舟求剑。袁枚的指谪是深中形式主义者的流弊的。

(六) 章学诚(1738—1801)

章学诚,字实斋,浙江会稽人。乾隆进士,官国子监典籍。长于史学,所著有《文史通义》《校雠通义》等书。

他生在考证学盛行的时代,独不为风气所转移,对这种烦琐的学问,尝采取抨击的态度,主张学者要能"全其所自得"。

《与邵二云书》说:

> 学问为铜,文章为釜,而要知炊黍芼羹之用,所为道也。风尚所趋,但知聚铜,不解铸釜。其下焉者,则沙砾粪土,亦曰聚之而已!

考证学家唯知搬弄许多材料，不能自成一家之言，甚或把许多废料积聚起来，向人们自夸渊博，都为章氏所不取。渊博如王伯厚，他也认为他著书是功力而非学问。《文史通义内篇·博约》中说：

> 王氏诸书，谓之纂辑可也，谓之著述则不可也；谓之学者求知之功力可也，谓之成家之学术，则未可也。今之博雅君子，疲精劳神于经传子史而终身无得于学者，正坐宗仰王氏，而误执求知之功力以为学即在是尔！学与功力，实相似而不同。学不可以骤几，人当致攻乎功力则可耳；指功力以谓学，是犹指秫黍以谓酒也。

功力虽然不可少，但止于材料的搜集和积聚，谈不上成家的学术，他以为：

> 就经传而作训故，虽伏郑大儒，不能无强求失实之弊，……离经传而说大义，虽诸子百家，未尝无精微神妙之解。（《校雠通义外篇·吴澄野太史历代诗钞商语》）

"精微神妙之解"，是能"全其所自得"而不雷同于人的。他自己说：

> 学诚从事于文史、校雠，盖将有所发明。然辩论之间，颇乖时人好恶，故不欲多为人知。（《上钱辛楣宫詹书》）

又自以为：

> 神解精识，能窥及前人所未到处。（《家书三》）

可知反对烦琐的考证归于深造自得，是他一贯的治学精神。把这种精神运用到文学批评中，则主张文学要能写其"中之所见"。《文史通义·文理篇》说：

> 夫立言之要，在于有物。古人著为文章，皆本于中之所见，初非好为炳炳烺烺，如锦工绣女之矜夸采色已也。富贵公子，虽醉梦中不

能作寒酸求乞语，疾痛患难之人，虽置之丝竹华宴之场，不能易其呻吟而作欢笑，此声之所以肖其心，而文之所以不能彼此相易各自成家者也。今舍己之所求，而摹古人之形似，是杞梁之妻善哭其夫，而西家偕老之妇，亦学其悲号；屈子自沈汨罗，而同心一德之朝，其臣亦宜作楚怨也。不亦慎乎！

文章要各自成家，不能彼此相易，这对摹古的形式主义者，是一种有力的打击。

《文史通义·原道》下说：

> 夫子曰："予欲无言。"欲无言者，不能不有所言也。孟子曰："予岂好辩哉，予不得已也！"后世载笔之士，作为文章，将以信今而传后，其亦尚念欲无言之旨，与夫不得已之情，庶几哉！言出于我，而所以为言者初非由我也。……太上立德，其次立功，其次立言。立言与功德相准，盖必有所需，而后从而给之，有所郁，而后从而宣之，有所弊，而后从而救之，而非徒夸声音采色以为一己之名也。

照他看来，由于作家对当前的社会政治和生活等，有了许多认识和感想，才借文章倾吐出来，有欲罢不能的趋势。这种文章是在反映现实、批判现实、改进现实，有它明确的目的性，而非在出自己的风头，所以相当可贵。这对唯美主义、形式主义者，也是当头一棒。

他更在《质性篇》中，指斥一般无病呻吟的文人。

> 《易》曰："言有物而行有恒。"《书》曰："诗言志。"吾观立言之君子，歌咏之诗人，何其纷纷耶？求其物而不得也，探其志而茫然也，然而皆曰吾以立言也，吾以赋诗也。无言而有言，无诗而有诗，即其所谓物与志也。然而自此纷纷矣！

这些人也未尝没有一些牢骚，如应科第而被摈落、争势利而被倾轧等，但都属于个人的得失利害，与人民大众无关。诚如实斋所说：

> 科举擢百十高第，必有数千贾谊，痛哭以吊湘江，江不闻矣；吏部叙千百有位，必有盈万屈原，搔首以赋天问，天厌之矣。吾谓牢骚者，有屈贾之志则可，无屈贾之志则鄙也。然而自命为骚者且纷纷矣！（亦见《质性篇》）

这些追逐科名势利而遭到了失败的人，借文章以鸣其不平，用心是可鄙的。

唯其他着重文章要能表达自己的创见，要有明确的目的，而文辞不过是表达的一种工具，所以认为形式是为内容服务的。他说：

> 文生于质，视其质之如何而施吾文焉。（《砭俗》）
> 质去而文不能独存。（《黜陋》）
> 与其文而失实，何如质以传真。（《古文十弊》）

意义非常明白。

当日的桐城派倡为古文，专门讲求神、理、气、味、格、律、声、色，而宗法归有光以为大师，实斋针对这些人加以有力的抨击。

他首先批评归有光评点的《史记》说：

> 五色标识，各为义例，不相混乱，若者为全篇结构，若者为逐段精彩，若者为意度波澜，若者为精神气魄，以例分类，便于拳服揣摩，号为古文秘传。……近代时文家之言古文者，多宗归氏。唐宋八家之选，人几等于五经四子，所由来矣。惟归唐之集，其论说文字，皆以《史记》为宗，而其所以得力于《史记》者，乃颇怪其不类！盖《史记》体本苍质，而司马才大，故运之以轻灵，今归唐之所谓疏宕顿挫，其中无物，遂不免于浮滑而开后人以描摹浅陋之习，故疑归唐诸子得力于《史记》者，特其皮毛，而于古人深际，未之有见。今观诸君所传五色订本，然后知归氏之所以不能至古人者，正坐此也。（《文理篇》）

归有光仅从形式方面去追摹《史记》，并不能"闳中肆外，言以声其心之所得"，所以止于猎取皮毛。而宗法归氏的人，又仅从归氏所谓意度波澜，疏宕顿挫方面去追求归氏，诚不免每况愈下！章氏更作为《古文十弊》之说，对古文家痛下箴砭：①剜肉为疮；②八面求圆；③削趾适履；④私署头衔；⑤不达时势；⑥同里铭旌；⑦画蛇添足；⑧优伶演剧；⑨井底天文；⑩误学邯郸。

于古文家之奴事古人，拘牵成法，妄加雕饰，影附名流，一一痛陈其弊，真可使形式主义者俯首无辞！

他对文章和当前社会现实的联系，也看得很真切。《与史余邨书》说：

> 文章经世之业，立业亦期有补于世，否则古人著述已厌其多，岂容更易简编，撑床叠架为哉？

《答沈枫墀论学书》说：

> 学资博览，须兼阅历，文贵发明，亦期用世，斯可与进于道矣。

《又与朱少白书》说：

> 鄙著《通义》之书，诸知己者许其可与论文，不知中多有为之言，不尽为文史计者。关于身世有所怅触，发愤而笔于书。尝谓百年而后，有能许《通义》文辞与老杜歌诗同其沈郁，是仆身后之桓谭也。

可知道文章是有为而发，并非徒托空言。凡脱离现实的文章，都等于陈言废纸。他这种看法，也从他论学的主张推演出来。

他说：

> 天人性命之学，不可以空言讲也。……儒者欲尊德行而空言义理以为功，此宋学之所以见讥于大雅也。……故善言天人性命，未有不切于人事者。（《浙东学术》）

> 知春秋之将以经世，则知性命无可空言，而讲学者必有事事。（同上）

> 君子苟有志于学，则必求当代典章，以切于人伦日用，必求官司掌故，而通于经术精微，则学为实事，而文非空言，所谓有体必有用也。……不知当代而言好古，不通掌故而言经术，则擘悦之文，射复之学，虽极精能，其无当于实用也审矣。（《史释》）

学问不可以空言，文章也不可以瞎吹，道理原来是一贯的。
他反对烦琐的考证，也反对空谈性理，对古文家之空言无实，斤斤于法度规矩，音节神味，也在排击之列。以为：

> 学文之事，可授受者，规矩方圆，其不可授受者，心营意造。
> 执古文而示人以法度，则文章变化，非一成之文所能限也。
> 诗之音节，文之法度，君子以谓可不学而能。如啼笑之有收纵，歌哭之有抑扬，必欲揭以示人，人反拘而不得歌哭啼笑之至情矣。
> （以上所引均见《文理篇》）

姚姬传倡言义理考证文章三者合一，他则运用批判的眼光，指出三者的流弊。以为：

> 鹜于博者，终身敝精劳神以徇之，不思博之何所取也。……擅于文者，终身苦心焦思以构之，不思文之何所用也。言义理者，似能思矣，而不知义理虚悬而无薄，则义理亦无当于道矣。（《原学》下）

这种批判的精神，是非姚姬传所敢望的。
他在《答客问中》说：

> 专门之学，未有不孤行其意，虽使同侪争之而不疑，举世非之而不顾。……经生决科之策括，不敢抒一独得之见，标一法外之意，而奄然媚世为乡愿，至于古人著书之义旨，不可得而闻也。

这可以看出他破除迷信、大胆创造的精神。
但是他的思想，也不能无所局限。譬如当时的袁枚以性灵之说，倾动一时，而且招邀许多女弟子作诗歌，并在《随园诗话》中为之宣扬，章氏直斥为伤风败俗。《妇学篇》说：

> 夫才须学也，学贵识也。才而不学，是为小慧；小慧无识，是为不才；不才小慧之人，无所不至。以纤佻轻薄为风雅，以造饰标榜为声名；炫耀后生，猖狼士女。人心风俗，流弊不可胜言矣！

这是露骨地对袁子才的挪揄和指斥，维护封建礼教的色彩极为浓厚。《妇学篇书后》又说：

> 从来诗贵风雅。……彼不学之徒，无端标为风趣之目，尽抹邪正贞淫，是非得失，而使人但求风趣。甚至言采兰赠芍之诗，有何关系？而夫子录之，以证风趣之说。无知妇女，顿忘廉检，从风披靡，是以六经为导欲宣淫之具，则非圣无法矣！

题《随园诗话》说：

> 诬枉风骚误后生，猖狂相率赋闲情。春风花树多蜂蝶，都是随园蛊变成。
> 江湖轻薄号斯文，前辈风规误见闻。诗佛诗仙浑标榜，谁当霹雳净妖氛。

真可谓一场恶骂。平心而论，袁枚的诗，虽然纤佻轻薄，然而他的诗论，是可以自成家数的，是具有反封建的精神的。他能够掀起一代的思潮，不肯依附流俗，和一般无识的文士也是不可相提并论的。章氏完全站在封建礼教的立场来驳斥他，卫道先生的气氛，未免太浓厚了吧！

十二、近代的文学批评

（一）龚自珍（1792—1841）

龚自珍，字璱人，号定庵，浙江仁和（今杭州）人。出生于官僚地主家庭。清道光九年进士。曾做过内阁中书和礼部祠祭司、行走等小官，仕途很不得意。四十八岁，辞官南归。五十岁暴卒于丹阳云阳书院。

他所处的时代，是中国由封建社会向半封建半殖民地转化的初期，内忧外患，咄咄相迫。他以敏锐的眼光观察到大变行将到来，想在政治上加以变革，如更法度，均平富，巩固西北边防、东南海防，严禁鸦片，等等，然而更不得行。同时，鉴于清王朝屡代君主，逞其专制的淫威，压迫人民，摧残士气；而官僚集团的腐朽、人才的空虚、风气的败坏，更使他触目惊心，因此发愤著书，以宣泄其胸中不平之气。所著有《定庵文集》。

《定庵文集》中，并没有专门评论文学的文章。他自己说：

> 不幸不发于言，言满南北。口绝论文，喑于苦甘。言之不戢，以为口实，独不论文得失。未尝为文一通，高扃箧中。效韩媲柳，以笔代口，以论文名，覆按无有。（《定庵续集》卷三《绩溪胡户部文集序》）

关于论文之作，既然"覆按无有"，我们又将从何说起呢？

其实系统的理论，虽然找不出来，而其论文的趋向，则时时散见于各篇，还是有线索可寻的。

（1）他以为文章之作，由于作者情有所不能自已。

他说：

> 言也者，不得已而有者也。如其胸臆本无所欲言，其才识又未

能达于言，强之使言，茫然不知为何等言？不得已……姑效他人之言，……实不知其所以言，于是剽窃错误，摹拟慎到①，如醉如寐以言。（《定庵文集》卷二《述思古子议》）

所谓不得已而有言，有如李贽所说：

其胸中有如许无状可怪之事，其喉间有如许欲吐而不敢吐之物，其口头又时时有许多欲语而莫可所以告语之处，一旦见景生情，触目兴叹。借他人之酒杯，浇自己之垒块。诉心中之不平，感数奇于千载。（《焚书》卷三《杂说》）

这样的文章，必然是精光发越，具有绝大的感人力量，才是天下之真文。如果才识卑下，胸中茫无所有，勉强写起文章来，也就茫然无所归宿，这样的文章，简直是颠倒醉梦而已！

他又说：

古之民莫或强之言也，忽然而自言。或言情焉，或言事焉，言之质弗同，既皆毕所欲言而去矣，后有文章家强尊为文章祖，彼民也，生之年意计岂有是哉？（《定庵续集》卷三《绩溪胡户部文集序》）

"莫或强之言""忽然而自言"，也就是说，其胸中有大不得已者在，非尽情倾吐，则郁邑不舒。这种文章，是由作者心坎中流露出来的，绝非无病呻吟。

他勉励胡户部说：

胡子所言，不一言者也。……其率是以言，继是以言，勤勤恳恳以毕其所欲言，其胸臆涤除余事之甘苦与名而专一以言。（同上）

尽管所欲言的有多种多样的不同，但不妨就作者所看到的诚诚恳恳地说出来，心里头不要计较甘苦，追求名誉。这比较"姑效他人之言，实

---

① 慎到，即颠倒。

不知所以言"的，便有根本的区别了。

他更谈到他作文的经历：

> 顾发语言，简文字，省中年之心力，外境迭至，如风吹水，万态皆有，皆成夋彰①，水何容拒之哉？（《定庵文集》卷下《与江居士笺》）

他主观上本来想深自韬晦，屏绝语言，节省精力，但为外境所触发，万种心潮，都激荡起来，所谓"如风吹水，万态皆有"，想不写文章，也就不可得了。这是"言也者，不得已而有也"的说明。

他又在《长短言自序》（《定庵续集》卷三）中说：

> 情之为物也，亦尝有意乎锄之矣；锄之不能，而反宥之；宥之不已，而反尊之。龚子之为长短言，何为者耶？其殆尊情者耶？

他最初想挖掉情根；挖不掉时，只好让它自然生长，更进一步，且对感情加以珍视，发而为长短句，也就是文章起于"情所不能自已"的说明。

但是他所谓"情所不能自已"的内容是什么？概括说来，就是对于清王朝残酷腐朽的政治的不满，对于国家前途的焦虑。他的文章处处都呈现着这种强烈的感情。

他指斥清王朝统治者摧残士气说：

> 积百年之力，以震荡摧锄天下之廉耻。既殄，既狝，既夷；顾乃席虎视之余荫，一旦责有气于臣，不亦暮②乎？（《定庵续集》卷二《古史钩沈论》）

百年来士气既受到严重的摧残，士大夫亦只得阿谀取悦于专制帝王，恬然不以为耻。一旦希望他能蹈厉奋发，不顾一己的利害，为国家有所尽力，那是必不可得的。因为颓风既成，想挽回它也就太迟了。

---

① 夋彰，即文章。
② 莫，同暮，迟缓的意思。

他又说：

> 士不知耻，为国之大耻。……官愈久则气愈媮①，望愈崇则谄愈固，地愈近则媚愈工。……臣节之盛，扫地尽矣！……窃窥今政要之官，知车马服饰言词捷给而已，此外非所知也。清暇之官，知作书法赓诗而已，此外非所问也。堂陛之言，探喜怒以为之节。蒙色笑获燕闲之赏，则扬扬然以喜，出夸其门生妻子，小不霁则头抢地而出，别求乎可以受眷之法，……如是如封疆万万之一有缓急，则纷纷鸠燕逝而已，伏栋下，求俱压焉者憖②矣！（《定庵文拾遗·明良论二》）

布满政治场中的都是工于阿媚毫无骨气的人物，而时势在急剧变迁。大变一来，他们只好像鸠燕一样纷纷逃匿，不要说如何转危为安，连愿意和统治者一同遭受覆亡的命运的，也找不到好几个来，这使他对国家的前途感到焦虑。

他指斥他所处的时代是衰世。

> 左无才相，右无才史，阃无才将，庠序无才士，陇无才民，廛无才工，衢无才商；抑巷无才偷，市无才驵，薮泽无才盗。则非但憖君子也，抑小人甚憖。当彼其世也，而才士与才民出，则百不才督之缚之，以至于戮之。戮之非刀非锯，……徒戮其心。戮其能忧心，能愤心，能思虑心，能作为心，能有廉耻心，能无渣滓心。……才者自度将见戮，则蚤③夜号以求治；求治而不得，诤悍者则蚤夜号以求乱。夫悖且悍暗然憕然以思世之一便已，才不可问矣！乡④之伦憖有辞矣。然而起视其世，乱亦不远矣！（《定庵文集》卷上《乙丙之际著议》第九）

由于清王朝统治者千方百计辱戮人才，不唯迫之以刀锯，而且腐蚀他

---

① 媮，同偷。
② 憖，同少。
③ 蚤，同早。
④ 乡，同向

们的心理，使之不能忧愤，不能思虑，而唯俯首帖耳，听命于统治者。而其中有本领、有才干、不甘受辱僇的人，虽然日夜在奔走呼号，希望能打出一条治平的道路，然而感到纵横荆棘，寸步难移，于是其中反抗性较强的号为谞悍的，则激而思乱，希望从变乱中能舒展自己的才能。人心如此，大乱不久就要到来了！

他以为当前这样的局势，是无法维持下去的。一般郁处草野的志士，必将毅然奋起，发出震动天地的呼声，冲破重重罗网，创造一个新的世界。所谓："山中之民，有大声音起，天地为之钟鼓，神人为之波涛。"有人以为定庵能预见到新的农民革命运动即将到来，那当然是穿凿附会，然而希望风雷发动起来，打破万马齐喑的局面，则是他新的憧憬。（《己亥杂诗》有云："九州生气恃风雷，万马齐喑究可哀，我劝天公重抖擞，不拘一格降人才。"用意是相同的。）

他对当时人民的苦难也颇为关注。《己亥杂诗》有说：

> 不论盐铁不筹河，独倚东南涕泪多。国赋三升民一斗，屠牛那不胜栽禾！

由于统治者不知开发富源、兴修水利，唯知加重人民的负担，东南虽然是财富之区，人民也负担不了！其他贫瘠的地方，就更用不说了。他于是愤慨地说："把牛宰掉，总比种庄稼好些吧！"

《己亥杂诗》又说：

> 只筹一缆十夫多，细算千艘度此河。我亦曾縻太仓粟，夜闻邪许泪滂沱！

其实縻太仓粟的，又岂止他一人？整个政治场中的人，都是在虚耗人民的财产，骑在人民的头上作威作福的吧！

这些社会现实都激荡着他的心灵，他感到不能自已时，才借诗文来倾吐。从他的诗作中可以印证他的主流。

自然，他也有许多表现恋情的诗歌，也不少个人感伤离别之作，不能认为所谓"情所不能自已"，都是关于社会生民之大，而且他胸中有许多愤慨，也渲染着个人主义的色彩，但在当时的封建士大夫中，总算是思想比较进步的人物。他是资产阶级改良主义者的前驱,后来的康有为、梁启超,都受到他不少的影响。

（2）他以为文章要独辟蹊径,不要依傍古人。

他在《文体箴》中说:

> 乌乎!予欲慕古人之能创兮,予命不丁其时;予欲因今人之所以因兮,予菔然而耻之。耻之奈何,穷其大原。抱不甘以为质,再已成之纷纭。虽天地之久定位,亦心审而后许其然。苟心察而弗许,我安能颔彼久定之云?乌乎颠矣!已有年矣!一创一蹶,众不怜兮。大变忽开,请俟天兮。寿云几何?乐少苦多。圆乐有规,方乐有巨(矩)。文心古无,文体寄于古。（《定庵文集补编》卷四）

他要运用自己的头脑,深思熟虑,探究文学的大原,不肯因袭古人的体制,也不屑随今人的脚跟,而思独创一格。因为"文心"（即作者的思想感情）是古人所无,"文体"虽"寄于古",而为表达"文心"计,也就不能"遵古法制"了,我有我的崭新的思想内容,又何妨运用崭新的体裁来表达呢?

他这种主张,在他的创作实践中,也充分表现出来。他的散文,雄奇瑰丽,自成一家。尽管刻意求奇,有时甚至钩章棘句,但绝非孱弱的桐城派敢望其项背的。七言绝句,亦雄丽过人。王渔洋七绝,以神韵胜,只能达到优美的境界,合优美壮美为一手,定庵以外,便很难找到第二个人了。

（3）对陶潜、李白的批评。

《己亥杂诗》说:

> 陶潜诗喜说荆轲,想见《停云》发浩歌。吟到恩仇心事涌,江湖侠骨已无多!

> 陶潜酷似卧龙豪,万古浔阳松菊高。莫信诗人竟平淡,二分《梁父》一分《骚》。

从前评论陶潜的,多以他为隐逸诗人,飘飘然远离现实,对国家社会毫不关心,这种看法是相当片面的。陶潜在《杂诗》中说:"忆我少壮时，无乐自欣豫。猛志逸四海，骞翮思远翥。"可见他志不在田园而在天下。后来由于看不惯政治场中的污浊，不甘屈节以事王公贵人，他终于不得不走向田园，过其艰苦的生活，他高咏荆轲为燕国献出自己的生命，是一个侠烈的男儿，可见他对国家兴亡还是相当注视的。诸葛亮躬耕南阳，而志在天下，定庵以为陶潜也有同样的情怀。《读山海经》中说："精卫衔微木，将以填沧海。刑天舞干戚，猛志固常在。"可见他对人生社会，还是想做出一些贡献来，并非漠不关心。所谓"平淡"，不过是不和人家竞争名利而已！定庵说他"二分《梁父》一分《骚》"，是不无所见的。韩愈说："尝读阮籍、陶潜诗，及知彼虽偃蹇不欲与世接，然犹未能平其心，或为事物是非相感发，于是有托而逃焉者也。"（《送王含秀才序》）朱熹说："语健而意闲隐者，多是带气负性之人为之，陶，欲有为而不能者也。"这些话都是看到陶潜内心深处的。定庵之"莫信诗人竟平淡"，也是透进一层的说话。鲁迅先生认为陶潜不光是飘飘然，还有其"金刚怒目"的一面，则更给我们以批评陶潜的正确标准了。

定庵批评李白说：

> 庄、屈实二，不可以并，并之以为心，自白始。儒、仙、侠实三，不可以合，合之以为气，又自白始也。（《定庵文集补编》卷三《最录李白集》）

寥寥数语概括了太白诗的思想内容和艺术风格。

李白是一个积极浪漫主义的作家，蔑视王公贵人，追求个性解放，在这一面，深受到庄周的影响。他的《大鹏赋》有说：

> 刷渤澥之春流，晞扶桑之朝暾。燀赫乎宇宙，凭陵乎昆仑。一鼓一舞，烟蒙沙昏。五岳为之震荡，百川为之崩奔。

这种掀天揭地的气势、翱翔宇宙的精神，正是他追求个性解放的表现，也就是从庄子的《逍遥游》中蜕化而出。《逍遥游》说："鹏之徙于南溟也，水击三千里，搏扶摇而上者九万里，去以六月息者也。"这便是李白《大鹏赋》的原型。

然而，庄周的精神，是倾向出世的，如果李白和他同一个路向，便要严重脱离现实。可是他对国家社会还具有热忱，尽管为群小所不容，还是想努力干下去。"长风破浪会有时，直挂云帆济沧海。"可以看出他入世的精神。在这一方面，他就和屈原相类似。屈原憎恶腐恶的现实，而又不忍远离现实，惓怀邦国之意，具见于《离骚》中。"陟陞皇之赫戏兮，忽临睨夫旧乡。仆夫悲余马怀兮，蜷局顾而不行。"这和李白假想和"明星"（仙女名）升到西岳莲花山上空，飘飘然远离人世，然而"俯视洛阳川，茫茫走胡兵。流血涂野草，豺狼尽冠缨"。（《古风》其十九）又不禁惓然顾念，由天国而回到人间，有同样的意境。而"美人出南国，灼灼芙蓉姿。皓齿终不发，芳心空自持"，（《古风》其五十）也和《离骚》的"制芰荷以为衣兮，集芙蓉以为裳。不吾知其亦已兮，苟余情其信芳"仿佛相类。此外如"梧桐巢燕雀，枳棘栖鸳鸯"（《古风》其十四），"苍榛蔽层丘，琼草隐深谷"（《古风》其五十五）纯用象征的手法，显示贤人受到群小的排挤，也是《离骚》的继承。"庄、屈实二，不可以并，并之以为心，自白始。"可谓透顶之论。

李白歌颂游侠（如《侠客行》），也歌唱神仙（如《梦游天姥吟留别》："霓为衣兮风为马，云之君兮纷纷而来下。虎鼓瑟兮鸾回车，仙之人兮列如麻"），侠气、仙气，在他纸上回旋。而《古风》其四十三"周穆八荒意"，《古风》其五十一"殷后乱天纪"，又在讽刺李隆基之追求长生，讽刺杨贵妃之浊乱朝政，严肃的态度又类似儒家。"儒、仙、侠实三，不可以合，合之以为气，又自白始也。"也突出地指出李白诗歌的特色。

李白的思想是复杂而矛盾的，李白的诗篇是飞行绝迹、变化无端的，然而他的主导思想是道家，他的诗歌是侠气、仙气多于儒气，这一点需要指出来。

定庵自己也颇受到《庄》《骚》的影响。他说：

  名理孕异梦，秀句镌春心。《庄》《骚》两灵鬼，盘踞肝肠深。（《自春徂秋，颇有所触。拉杂书之，漫不诠次。得十五首》）

《庄》《骚》两灵鬼深深地盘踞他的肝肠，也时时旋绕其笔端。他和李白都是属于积极浪漫主义的作家，"旷百世而相感"，也无怪其能揭露李诗之真原了。

总的说来，他认为文章是"发于情所不能已"，要变化古人文体而自成一家。从他批评陶潜、李白中也能看出他的内心深处。这些在当时来说都是卓有所见的。

然而，文学是一定的社会生活在人类头脑中的反映，定庵文章"发于情所不能自已"的论调，还是属于唯心主义的范畴。尽管说情感的发动，由于外境的刺激，"如风吹水，万态皆有"，然而心物交感说，是"二元论"，归根到底，还是唯心论。"物质是第一性，精神是第二性"，精神是由精密的物质基构产生出来，这种唯物主义的看法，定庵受着历史的局限，是无法能认识到的。

而且他到底还是封建士大夫，站在统治阶级的立场，虽然大声疾呼，敢于揭露清王朝腐朽的政治，企图加以改革，也不能超出改良主义的范畴。所以在晚清时代，只能影响到梁启超一班维新党人，对资产阶级民主革命，便不能有所推动了。

至于他认为"文心"异于古人，"文体"虽然"寄于古"，但也不能遵古法制，尽可独创一格。不迷信古人，而敢于大胆地创新，在今天看来，还是值得我们借鉴的。

他对陶潜、李白的批评，是卓有所见的，但是我们今天所走的路向，绝不是退回田园，而是向前奋发，也不是和李白一样追求个性解放，而是要充分发挥集体主义的精神，这一点也需认识清楚。

（二）魏源（1794—1856）

魏源，字默深，湖南邵阳人。他和龚自珍同时目击清王朝的腐朽和帝国主义的侵略日益加剧，慨然思有以挽救之。他主张"师夷之长技以制夷"，即学习西方资产阶级优良的技术反过来宰制西方。这不是"洋奴哲学"，而是吸收异国之所长以丰富国力，巩固国防，这样才能制人而不制于人，是资产阶级改良主义的前驱。

他颇留心世界大势，作《海国图志》，使人们明了世界地理的形势，不妄以天朝自居。他看清当时清王朝危急的情势，以为非变革不可。"变古愈尽，便民愈甚。"和一般守旧的士大夫相较，算是进步得多了。

此外，他还著有《古微堂集》《古微堂诗集》《诗古微》等。他并没有什么专门的文学理论，但从他的著作中，也可看出一些趋向来。

（1）着重生活实践。

他说：

> 读父书者，不可与言兵；守陈案者，不可以言律；好抄袭者，不可以言文。善琴弈者不视谱；善相马者不按图；善治民者不泥法。无他，亲历诸身而已！（《古微堂集·默觚·治篇》）

文学家各有其自身的经历。时局的治乱，生活道路的夷险，思想的前进与落后，都各有不同，作为文章，悲愉苦乐，都是其生活实践的表现，不是从他人那假借得来。唯其情感真，境界真，运用优美的艺术手法来表现，便具有强大的感染力量。

如果以抄袭为工，或篡取前人的思想，或模拟前人的艺术表现手法，毫不见作者的眼孔、胸襟，闻不到作者一些生活气息，这是僵死的文学，应在摒除之列。

顾亭林《日知录·论文》说：

> 效《楚辞》者，必不如《楚辞》；效《七发》者，必不如《七发》。盖其意中先有一人在前，既恐失之，而其笔力复不能自遂，此寿陵馀子学步邯郸之说也。

《与人书》又说：

> 君诗之病，在于有杜，君文之病，在于有韩、欧。有此蹊径于胸中，便终身不脱"依傍"二字。

这些话是值得我们深省的。

（2）重视文学实质。

他说：

> 羽翼美者，伤其骸，枝叶茂者，伤其菱，经霜雪而后凋之木，必非有灼灼夭艳之材也。故饰其外，伤其内，扶其情，害其神；见其文，蔽其真。（《古微堂集·默觚·学篇》）

文章必须有深厚的思想内容,然后用美妙的艺术手腕来表达。内容和形式达到高度的统一,自然是文学的上乘;有深厚的思想内容而其艺术表现手法未达到美妙的境界,虽然还有些缺憾,到底不失为好的东西。如果内容空虚,只追求辞藻华美、音调铿锵、对仗工整,这是六朝文士浮华的文章,殊不足贵。即如清代桐城派姚姬传讲求所谓"阳刚之美""阴柔之美",也不过是文章的表象而已,于实质无与也。

刘勰说:

> 夫铅黛所以饰容,而盼倩生于淑姿;文采所以饰言,而辩丽本于情性。故情者,文之经;辞者,理之纬。经正而后纬成,理定而后辞畅;此立文之本源也。(《文心雕龙·情采篇》)

这是直接地探索到文学实质的。

刘勰对文章重文轻质之弊,也有中肯的批评。他说:

> 昔诗人什篇,为情而造文;辞人赋颂,为文而造情。……为情者要约而写真;为文者淫丽而烦滥。而后之作者,采滥忽真,远弃风雅,近师辞赋,故体情之制日疏;逐文之篇愈盛。……固知翠纶桂饵,反所以失鱼。言隐荣华,殆谓此也。(同上)

这即魏源所谓"饰其外,伤其内,见其文,蔽其真"。见解是相当正确的。

(3)时代对文学的影响。

他在《简学斋诗集序》中说:

> 昔人有言,欢娱之辞难工,愁苦之音易好。
>
> 使李、杜但在天宝以前,除《清平调》及《何将军山林》外,亦无以鸣豫而鼓盛。故诗人之境,类多萧瑟嵯峨,而三百篇,皆仁贤发愤之所作焉。

封建统治时代所谓"承平之世",诚然潜伏着尖锐的阶级矛盾,但从表面上看，是一片昌盛繁荣。诗人的心灵，没有什么重大的刺激，所以没有什么强烈的反应，作为诗歌，不过歌颂升平而已。此类作品，流于铺张粉饰，实在没有什么价值。唯其时值乱离，民生痛苦，而诗人自己亦常在风雨飘摇中。"屈之甚者信（伸）必烈；伏之久者飞必决。"（《古微堂集·默觚·学篇》）所以其作品也具有强烈的感人的力量。

刘勰论建安文学说：

良由世积乱离，风衰俗怨。并志深而笔长，故梗概而多气也。（《文心雕龙·时序》）

这种看法是相当中肯的。而唐代的李、杜所以能成为伟大的作家，亦由于他们经过天宝时期乱离的痛苦，接触到血淋淋的现实，所以他们的诗歌能成为时代的呼声。从杜甫的"万国尽征戍，烽火被冈峦。积尸草木腥，流血川原丹"（《垂老别》）可以看出当时兵烽遍地、人民遭受惨重牺牲的情状。"久行见空巷，日瘦气惨凄。但对狐与狸，竖毛怒我啼。"（《无家别》）可以看出安史之乱后农村一片残破的情形。从李白的"俯视洛阳川，茫茫走胡兵。流血涂野草，豺狼尽冠缨"（《古风》其十九），"洛阳三月飞胡沙，洛阳城中人怨嗟。天津流水波赤血，白骨相撑如乱麻"（《扶风豪士歌》），也可以看出洛阳人民在安史之乱期间如何遭到残酷的屠杀！这些都是当时社会现实的反映，绝不能产生在天宝以前。可以知道时代对诗人有如何的影响！他举出李、杜来，不过作为一个显著的例子，其实如南宋的陆游、辛弃疾，明末的顾亭林、屈大均等，他们辉煌的诗篇也是由时代造成的。

魏源对陈沆感叹着说：

使君至今日，目击东南之民物事变，其感怆承平清宴之福，又当何如？（《简学斋诗集序》）

陈沆没有能看到东南的民物事变，所以不能有所反映。假如他寿命长一些，能看到这些现象，必然有慷慨悲壮的诗篇出现。而他的诗不能有伟大的成就，也就是受着时代的局限吧！

(4) 着重比兴的表现手法。

魏源在《诗比兴笺序》中说：

> 《诗比兴笺》何为而作也？蕲水陈太初修撰以笺古诗三百篇之法，笺汉、魏、唐之诗，使读者知比兴之所起，即志之所之也。
>
> 《离骚》之文，依《诗》取兴，因类譬喻。词不可径也，故有曲而达；情不可激也，故有譬而喻焉。善鸟香草，以配忠贞；恶禽臭物，以比谗佞；灵修美人，以媲君王，宓妃佚女，以譬贤臣；虬龙鸾凤，以托君子；飘风雷电，以喻小人。……诵者论世，知人阐幽，以意逆志，始知三百篇皆仁圣贤人发愤之所作焉，岂第藻绘虚车已哉！

"比"和"兴"，都是艺术表现手法。"比"是"借物以托情"，即把主观的情感寄托在客观事物当中而表现出来。如《诗经·大东》："维南有箕，不可以簸扬；维北有斗，不可以挹酒浆。"是借箕斗列星来比喻人们之徒有虚名而无实际。如《隰有苌楚》："隰有苌楚，猗傩其枝。夭之沃沃，乐子之无知"，是借苌楚之无觉无知，来反喻自己生在乱离之世时常感到痛苦。这就是"比"的手法。如屈原《离骚》："制芰荷以为衣兮，集芙蓉以为裳。不吾知其亦已兮，苟余情其信芳。"是借被服芳馨来比喻他高尚的人格。陶渊明的"芳菊开林曜，青松冠岩列。怀此贞秀姿，卓为霜下杰"，是借凌霜傲雪的松菊，来比喻他坚贞不移的志操。这种例子，随处可见。最突出的如于谦《咏石灰诗》："千锤百炼出深山，烈火焚烧若等闲。粉身碎骨皆不顾，只留清白在人间。"句句是咏石灰，却句句表现他不怕牺牲的伟大精神，我们读起来觉得很感动。

"兴"是"触物以起情"，即由客观事物的触动而生出主观的情感。如《诗经·黍离》："彼黍离离，彼稷之苗。行迈靡靡，中心摇摇。"由于旧日繁华的宫殿，现在却变为禾黍丛生之场，周大夫因而发出邦国覆亡之感。如《采薇》："昔我往矣，杨柳依依。今我来思，雨雪霏霏。行道迟迟，载渴载饥。我心伤悲，莫知我哀。"诗人因归途的景物，回忆起来时的风光，无限感触，都从此勾起，这便是"兴"的手法。又如屈原《离骚》："日月忽其不淹兮，春与秋其代序。惟草木之零落兮，恐美人之迟暮。"诗人所接触到的，是草木零落的景象，而所触发的是"时光易逝，志业难成"的感情。这种例子很多，不能一一列举了。

有人以为比兴是封建士大夫制造出来的名词，而且解者纷纭。我们实在不必再在这些问题上兜圈子。这种看法是错误的。笔者以为"比""兴"是在民间文学中生长出来的，并不是由于封建士大夫的捏造。人们生活在自然和社会当中，对围绕着他们的事物，必不能无所感动，发为诗歌，也是很自然的。如："月子弯弯照九州，几家欢乐几家愁？几家夫妇同衾帐？几家飘散在它州？"在弯弯的月儿照临之下，人们所产生的悲欢离合之感有所不同，因而出现这种民歌，这难道不是"兴"吗？又由于人们的感情，有时不欲直接流露，因而借事物来寄托。如"入山看见藤缠树，出山看见树缠藤。树死藤生缠到死，树生藤死死都缠。"（《客家民歌》）男女缠绵胶葛的恋情，假借藤树互相纠缠来表现，这可不是"比"吗？我们再看南朝的《子夜歌》，喜欢用双关语。如"桐树生门前，出入见梧子（吾子）。/雾露隐芙蓉（夫容），见莲（怜）不分明"，这可不是"比"吗？"朝日照北林，初花锦绣色。谁能不相思，独在机中织。"这可不是"兴"吗？可见"比"和"兴"在民歌中经常运用，而且各具有它的内容，认为这种名词是封建士大夫制造出来的，是毫无根据的。

比兴的艺术表现手法，直到现在，还为人们所运用。如毛主席的《卜算子》："已是悬崖百丈冰，犹有花枝俏。"是隐喻帝修反的势力虽然猖獗一时，然而坚持马列主义的革命战士，却敢于和他们做激烈的斗争，显示出傲然不屈的姿态，好像梅花在百丈层冰封住悬崖的时候，还开出俊俏的花枝，这便是"比"的手法。又如《冬云》"高天滚滚寒流急，大地微微暖气吹"，是隐喻帝修反的势力虽然像滚滚寒流一样，然而社会主义的力量仍然不断地增长，像微微的暖气在吹，逐渐布满大地，这也是"比"的手法。又如《沁园春·长沙》"鹰击长空，鱼翔浅底，万类霜天竞自由"，由于鱼跃鸢飞，而生出万物竞争自由的思想，这是"比"的手法。又如《水调歌头·游泳》"风樯动，龟蛇静，起宏图。一桥飞架南北，天堑变通途"。眼前所见到的，水上是风樯竞发，陆上是龟蛇静峙，风景和旧时差不多，然而社会变了，劳动人民要创建祖国美丽的山河，打破了"长江天堑"的界限，因而生出架设长桥贯通南北的思想，这也是"兴"的手法。

比兴手法的优越性，在于有寄托、有含蓄，能引起读者的深思，不使人一览而尽。魏源说："词不可径也，故有曲而达，情不可激也，故有譬而喻焉。"（《诗比兴笺序》）曲折以达情，取譬以喻情，这期间便有许多回旋的余地，可以引起人无穷之思。如果一切都是"开门见山"，便没有什么余味了。

岑嘉州形容胡天的飞雪"忽如一夜春风来，千树万树梨花开"，不但使人看到银白的雪花，洒遍千树万树的枝头，而且使人感到春天的气息。苏轼《念奴娇》："乱石穿空，惊涛拍岸，卷起千堆雪。江山如画，一时多少豪杰！"不但使人看到赤壁雄伟的景象，而且使人联想到当年周瑜、诸葛亮、曹操那些英雄人物活动的情况。他们运用比兴，各尽其妙。

但是比兴的手法，也不是通乎一切的。如谢灵运之"池塘生春草""明月照积雪"，孟浩然之"微云澹河汉，疏雨滴梧桐"，是在写出自然之美，并没有什么比兴的意义。王维的"大漠孤烟直，长河落日圆"，杜甫的"落日照大旗，马鸣风萧萧"，也意在写出边塞雄壮的景色，也并没有什么比兴的意义。如果像张惠言一样，认为温飞卿的《菩萨蛮》也有《离骚》的遗意，便不免牵强附会了。（陈沆的《诗比兴笺》也不少牵强附会的地方，这里不再说及。）

（5）魏源在文学上所表现的一些复古思想。

从基本上说，魏源在当时是思想比较进步的人物，但也不免存在着复古的思想。他在《定庵文录序》中，提出一个"逆"字。以为"小者逆谣俗，逆风土，大者逆运会。所逆愈甚，则所复愈大。大则复于古；古则复于本"。初看起来，敢于逆谣俗、逆风土、逆运会的人，必然是气魄非常伟大，敢于冲破旧的一切藩篱，开辟新的境界的人物，眼睛是向前看而不是向后看的。然而，魏源乃以为"所逆愈甚，则所复愈大。大则复于古；古则复于本"。想"复古"还不算，还要进到"复本"。"复本"的内容是什么？就是"复于圣人之道"。"圣人之道"，可以牢笼今古一切文人，那还有什么自由思想可说？有什么新辟的境界可言？他以为"（荀况、扬雄）去圣未远，为圣舌人，故至今其言犹立"（《定庵文录序》）。定庵"生百世之下，能为百世以上之语言，能驾宕百世以下之魂魄。春如古春，秋如古秋，与圣诏告，与王献酬"（同上），可以进入荀况、扬雄的境界。充其所至，亦不过"为圣舌人"而已！这完全是一套倒退的复古的思想。我们以为定庵文章的好处，是在能深刻地揭露清王朝之腐朽无能，以致内忧外患，相迫而来，引起人们的警惕，企图变革腐恶的现实，并不在于"为圣舌人"。魏源对他的评论，并没有击中要害。

他又说：

> 火日外景则内暗，金水内景则外暗。外暗斯内照愈专。君愤于外事，而文字突奥洞辟，自成宇宙，其金水内景者欤？（《定庵文录序》）

是以为定庵对事情懵懂，而专力为文，所以能有卓越的成就。然又谓定庵之文"以朝章国故，世情民隐为质干"，这可不是自相矛盾？试问对事情懵懂的人，于朝章国故、世情民隐，是否能观察得清楚？一切情况都看不清，又怎能把它来作为文章的质干呢？

至于说对事情懵懂而文章能独辟境界，这简直是说，文章和社会可以截然分开，作者尽可以关起门来凭虚臆造，也无需有丰富的阅历、精密的观察，这可不是和上面所说文章要着重生活实践相矛盾么？这些地方是必须提出来批判的。

（三）李兆洛（1769—1841）

李兆洛，字申耆，江苏阳湖（今常州）人。嘉庆九年（1804）举于乡，次年成进士。出任安徽凤台县知县，修水利，增堤坊，设沟闸，深耕耘，这些在客观上是有利于人民的。在任七年，后随康兆镛来广东，又随赴扬州，如此作四方游者数年。所至辄考其山川形势，民俗利病。晚年主讲江苏江阴暨阳书院，凡二十年。卒年七十三。所著有《养一斋文集》《历代舆地沿革图》《历代地理韵编》《历代纪元编》等。所纂《骈体文钞》，盛行于世。

李兆洛对于诗文都有所论列。他论诗推本于性情，一反唐宋门户之争。他在《刘海树诗集序》（《养一斋文集》卷二）说：

> 诗固无所为唐宋也。……夫诗之道，性情而已矣。性情之所至，神采附焉，肌肉附焉，辞藻饰附焉。其所附者，无不适随其性情之所至以为量焉。诗之善者，其性情之深者也。性情益深，其为诗益工，其传之亦益远。而读诗者又各如其性情之所至而学之，而嗜之。老与少不同候，南与北不同地，忧与乐不同遇。作之者然，读之者亦然，而有其无不同者，性情为之也。……且不同者有其同者也，而必造作

诡异以求立异，是知其不同而不知其同也；同者有其不同者也，而必刻眉画目，以求其相肖，是知其同而不知其不同也，是皆自忘其性情者也。

唐宋人之诗境有所不同，是由于作者所处的时代不同，性情各异，而诗的表现风格亦各有其特点，不能勉强地同出于一途。明代复古派以为"文必秦、汉，诗必盛唐"，袁中郎驳他说："曾不知文准秦、汉矣，秦、汉人曷尝字字学六经欤？诗准盛唐矣，盛唐人曷尝字字学汉、魏欤？秦、汉而学六经，岂复有秦汉之文？盛唐而学汉魏，岂复有盛唐之诗？惟夫代有升降，法不相沿。各极其变，各穷其趣，所以可贵，原不可以优劣论也。"（《袁中郎全集·小修集序》）

"代有升降，法不相沿。各极其变，各穷其趣"（同上），这样，文学才能不断地发展。如果宋人死守唐规，必不能有新面目出现。

袁枚亦说："夫诗无所谓唐宋也。唐宋者，一代之国号耳，与诗无与也。诗者，各人之性情耳，与唐宋无与也。若拘拘焉持唐宋以相敌，是子之胸中有已亡之国号，而无自得之性情，诗之本旨已失矣。"（《答施兰垞论诗书》）

国号自国号，性情自性情，诗出于性情而不出于国号，则于唐宋诗纷争无已者，也可以停止下来了。如果说，唐宋是标明时代的不同，在不同的时代中，作者各有其精神面目，这样看是可以的，但不必执着唐人胜于宋人的偏见。

傅玉露《宋诗百一钞序》说：

> 云霞傅天，异彩同烂，花萼发树，殊色互妍。……变化者，前人所以日出不穷，以罄天地之藏，而泄灵府之秘。

从变化发展来看问题，这种意见是合理的。

李兆洛在《翰林院庶吉士孙君墓志铭》（《养一斋文集》卷十）中，也引用了孙子潇的一段话：

> 一人有一人之性情，无性情不可言诗。……若徒以格律、体裁、规模唐宋者，则失己之本来面目，而真性情亡矣。

这种论点基本上是和他自己相符合的,也和袁枚的论点相符合的,但是他分析问题比较深入。现分述如下。

(1) 形式是为内容服务的。

诗以性情为主,所谓"神采""肌肉""藻饰",都是附着于性情,离开性情而空谈"神采""肌肉""藻饰",则不免走上形式主义这条路,这是说明先有内容而后有形式,形式是为内容服务的。

(2) 性情愈深,其为诗亦愈工。

譬如杜甫生于唐代民族矛盾、阶级矛盾极端尖锐的时期,身历死亡流离的痛苦,感情上之刺激极深,所以能写出《三吏》《三别》杰出的诗篇。南宋的陆游、文天祥,明末的屈大均等,也是生于民族矛盾、阶级矛盾极端尖锐的时期,感情上受到强烈的刺激,倾泻而为悲愤慷慨的诗歌,具有深刻的感人力量。翻澜的大海,不似池塘皱起的波纹。若永嘉四灵之诗,只落得小家数而已。

文学是具有感染的力量的,好的诗歌不但感人于一时,而且可留传于后世。我们并不是说"文学有其永久性",但认为历史上具有高度的思想性和高度的艺术性统一的作品,有许多到现在还是可以供我们借鉴的。

(3) 作品随作者的年龄、处境和心情忧乐之不同而异其面目。

人的思想感情,随着他的生活实践,不断地在变化发展,所以作者的年龄不同,处境不同,忧乐不同,作品表现出来的风格也就不一样。如庾信壮年在南朝的时候,过着官僚的安逸生活,精神上没有什么很大的刺激,只能作浮艳的诗文,和徐陵相角逐。等到他转入北朝以后,家国兴亡之感甚深,自己亦饱历流离奔窜之苦,所以能写出《哀江南赋》这样深刻动人的作品来。杜甫说"庾信平生最萧瑟,暮年诗赋动江关",是一个很好的说明。

又如陆游壮岁参加南郑从戎的生活,抱着恢复中原的壮志雄心,他的诗歌,充分表现出反侵略的精神。到了晚年,投闲置散,便出现了一些闲适的作品。白居易做谏官的时候,斗志昂扬,敢于揭露腐恶的现实,对权贵人加以深刻的讽刺,因而产生了《秦中吟》《新乐府》一类可贵的诗章。到了晚年,斗志衰颓,感情上起了很大的变化,诗歌也就黯然无色了。

(4) 诗歌有其共性,亦有其个性。

所谓"共性",即诗歌同出于性情;所谓"个性",即作者的性情各有不同，表现出来，各有其特殊的面目。譬如李白、杜甫的诗歌，同是性情的表现，而李则豪放飘逸，杜则悲凉沉郁，这便不能不追溯到他们个性的不同。所以我们作诗，不必刻画他人的面目以求其相肖，也不必矜奇立异以炫耀自己，总之，随其性情之所至罢了！

（5）关于读者的感受。

读者身世的遭遇和感情的倾向，各有不同，因而对作家诗歌感受的强弱也就不一样。"富贵他人合，贫贱亲戚离"（曹颜远《感旧》），在封建社会中没有尝过世态炎凉的滋味的人，是不能有所体会的。文天祥《集杜诗自序》说："余坐幽燕狱中，……诵杜诗……集为绝句。……凡吾意所欲言者，子美先为代言之。日玩之不置，但觉为吾诗，忘其为子美诗也。……子美与吾隔数百年，而其言语为吾用，非性情同哉！"（《文山先生全集》卷十六）

他对杜甫诗感受如此亲切，是由于他处于国家民族存亡绝续之交，感情上的刺激和杜甫有相通之处。

诗歌本自性情，但性情是怎样产生出来的？李兆洛并没有加以阐明，大概是由于诗人身世不同，感受各异吧！论诗以性情为本，还是属于唯心主义的范畴，"文艺作品是一定的社会生活在人类头脑中的反映"，所以社会生活才是诗歌的泉源，而个人的情性并不是诗歌的泉源。而且"在阶级社会中，每一个人都在一定的阶级地位中生活，各种思想，无不打上了阶级的烙印"（毛泽东：《在延安文艺座谈会上的讲话》）。李兆洛所谓的性情，是超阶级的，跳不出唯心主义的泥坑，这固然是由于历史的局限，但也不能不提出来批判。

对于骈文和散文之争，他也提出了他自己的看法。

他在《骈体文钞序》（《养一斋文集》卷二）中说：

> 阴阳相并俱生，故奇偶不能相离，方圆必相为用。……分阴分阳，迭用柔刚。故易六位而成章，相杂而迭用。文章之用，其尽于此乎？……吾甚惜夫歧奇偶而二之者之毗于阴阳也。毗阳则躁剽，毗阴则沉膇，理所必至也。于相杂迭用之旨均无当也。

他反对把骈文和散文对立起来，违反刚柔迭用之旨。古文家以散为主，也往往杂用偶句，于气势流荡中见其整炼。骈文家也要吸收散文动荡的气势，才不至流于呆板。一切文章，都是奇偶互用，骈散兼行，把它截然分开，是不合道理的。但他所编纂的《骈体文钞》，却把许多散文都包括在里面，当作骈文来看待，使人感到舍骈文外无所谓散文，这也是一种偏见。如果要平息骈散之争，把它叫作《历代文钞》便好了。

此外，他评论人们的诗歌，有时完全采用象征的手法，初看起来，不着边际，而主要的意旨即在其中。如《题黎二樵诗集后》（《养一斋文集》卷六）：

> 去年来广州，踰岭入舟，道韶阳，见濒江之山，突兀恣肆，倏忽变现，或不缘尺土，拗怒特出；或掩映竹木，清超自奇。盖气盛力大，不主故常，不畏世俗惊骇，可喜可愕而不可名状，私叹造物者之伟，乃有此奇踪也。归舟遇雨，船篷尽闭，仅启一窦如碗大，就窦读二樵诗，则恍然如见山时。一推篷对山而笑，饱看诗如饱看山，不以盲雨妒游为恨矣。

初看起来，是写北江山势的奇峭，实际上是用以形容二樵的诗境。对二樵诗，正面无一语道及，只用"饱看诗如饱看山"一句，把它融合起来，二樵诗境，即完全涌现于读者眼前，这种写法，也是很奇特的。

他在《赵厚子岱顶看云图序》（《养一斋文集》卷四）中，也有一段精辟的议论。虽然不是直接论文的，但也可以运用它来作为一种文艺批评。

他说：

> 且所贵乎处乎云之上者，辨岩麓，分迳遂，别川原，云昏昏而我昭昭，云扰扰而我闲闲，然后知天地之不可以无云，而云之不碍于天地也。故必尝处乎云之上，殚睹其纷幻，而后入乎云之中而无所迷谬焉。

"处乎云之上"，然后能把物象观察得清楚，然后"入乎云之中"，才不至于迷失在岩麓、迳遂、川原的真相，所以作者对各种事物的观察，要能高出一层，才不至为扰攘纷纭的物象所蒙蔽，才能把它的真面目表现出来。王安石说，"不畏浮云遮望眼，只缘身在最高层"，王国维说，"出乎其外，故能观之；入乎其内，故能写之"（《人间词话》），也就是这种道理。

李兆洛颇能用辩证的眼光来看问题，所以对诗之同异，分析得比较清楚。他的评论，不轻易随人脚跟，也不故意矜奇立异。他在《诗古微序》（《养一斋文集》卷三）中说：

> 无独是之见者，不可与治经，蔽于所不见也。众喙若雷，此挽彼推，颓靡而已。守独是之见者，不可与治经，蔽于其所见也。盛气所铄，不顾迕错，虚诡而已。

这虽然是从治经方面说，其实也可以运用到文学批评方面。无独是之见，则俯仰随人；守独是之见，则主观一套。要通过深入分析，才能得出一种比较合理的意见来。

（四）刘熙载（1813—1881）

刘熙载，号融斋，江苏兴化人。擅长文学批评。他的《艺概》一书，辑于清同治癸酉（1873）。全书包括《文概》《诗概》《赋概》《词曲概》《书概》《经义概》六大部分。《经义概》系对八股文的批评，今天已没有什么研究的价值。《书概》讲论书法，有许多与诗文相通之处，可供采择。融斋于曲，只从声韵方面表示一些意见，于戏曲演变的源流及元代伟大的剧作家在历史上所起的进步作用和作品的价值，毫无论及。这并非由于作者的粗疏，其实他不敢强不知以为知，还可以看出他治学严谨的态度。他最精彩的部分，还在于评论诗、词、散文三方面。论赋也相当中肯。这些部分，往往用最精炼的词句，来做最深刻的批评，即通过高度的概括来显示复杂的内容，耐人咀嚼，耐人思索，在文学批评史上放射出一道光芒。

他在《艺概·自序》中说：

> 艺者，道之形也。学者兼通六艺，尚矣，次则文章名类，各举一端，莫不为艺，即莫不根极于道。顾或谓艺之条绪綦繁，言艺者非至详不足以备道。虽然，欲极其详，详有极乎？若举此以概乎彼，举少以概乎多，亦何必殚竭无余，始足以明指要乎？是故余平昔言艺，好

言其概,今复于存者辑之,以名其名也。庄子取"概乎皆尝有闻",太史公叹"文辞不少概见",闻见皆以概为言,非限于一曲也。盖得其大意,则小缺为无伤,且触类引申,安知显缺者非即隐备者哉?抑闻之《大戴记》曰:"通道必简",概之云者,知为简而已矣。至果为通道与否,则存乎人之所见,余初不敢意必于其间焉。

这篇简短的叙文,无异说明他治学的方法。即将平日研究所得,高度集中起来,作为重点突出的批评。所谓"概",并不等于简略粗疏,而是"举此以概乎彼,举少以概乎多",从特殊中显现一般,具有典型的意义。而且由于高度概括的缘故,具有丰富的内容,足以引起人们的联想,即所谓"触类引申"。如是则虚实相生,隐显兼备。弦外有无尽之音,言外有无穷之意。诚如他所说:"安知显缺者非即隐备者哉?"他采用这种方法来批评,比那些破碎支离的诗话、词话,真不知高出多少倍!

融斋批评文学的标准,散见于对诗、词、散文和赋的批评中。总括起来,可以得出几个要点。

(1) 重视作者的志向和作品的思想内容。

在现实主义作家中去找寻他的志向和思想内容,是比较容易的,因为他们正视现实,直接对现实表示其爱憎的态度。而浪漫主义的作家,则往往通过他们理想的境界来反映现实,爱和憎的态度,不是直接表示出来,要寻找他们的志向和思想内容是比较困难的,而融斋则往往在这方面有深入的体会。现在且从他批评屈原说起。

他批评屈原,不从词采方面去理会,而首先着重其"志"与"其为人",以为史迁传赞,能得屈原的深心[1],其志是"风雨如晦,鸡鸣不已",是在"临睨乎旧乡",其人是"特立独行[2]",敢于和腐恶的势力做不调和的斗争。以为"升天飞云,役使百神"都不过是文章的表象。而惓怀祖国,热爱人民,才是屈原思想的中心,这是第一个好例。

他批评庄周,以为"庄子寓真于诞,寓实于玄",看似胡说、乱说,

---

[1] 见《文概》。
[2] 《赋概》说:"风雨如晦,鸡鸣不已,屈子言志之旨。""屈子《离骚》一往皆特立独行之意。""屈之旨盖在临睨乎旧乡,不在涉青云以泛滥游。"

骨子里却尽有分数。"彼固自谓猖狂妄行而蹈乎大方者也,学者何不从蹈大方处求之?"又以为庄子之文"意出尘外,怪生笔端",而其根极,则在"充实不可以已"(均见《文概》),寥寥数语,都能深中要害。庄周是愤世嫉俗的狂者,他的文章看似荒唐,实则荒唐处正是其正经处,不过通过生动的神话故事来表达其胸中所欲之言而已。如凿混沌之喻,蛮触之争,意在指斥人工戕贼自然的弊害,和封建统治者发动侵略的战争使人民遭受严重的灾祸。此外如"窃钩者诛,窃国者为诸侯,诸侯之门仁义存焉",也以嘲讽的态度来揭发封建统治者假借仁义圣智来蒙骗人民的伎俩。唯其有充实的思想内容,所以横说、竖说、正说、倒说,无不有分数存乎其间。学者如不从"真处""实处""蹈大方处""充实不可已处"去寻求,而徒然惊叹他的文章,庄周固然变作疯子,读者也就不免感到茫无边际了。所谓"寓真于诞,寓实于玄",是浪漫主义者的作风,即通过他们理想的境界来反映现实,而庄周是中国散文界第一个浪漫主义者,融斋首先把他提出来,且能着眼到内容的真实,不失为一种卓见。

他批评嵇康、郭璞,以为"皆亮节之士"。尽管贵"玄默",说"栖遁",而"激烈悲愤,自在言外"[1],从表象看,《游仙诗》一类的作品,似乎严重地脱离现实,其实是对腐恶的现实极度不满。如郭璞诗中所说,"赤松临上游,驾鸿乘紫烟。左挹浮丘袖,右拍洪崖肩。借问蜉蝣辈,宁知龟鹤年"(《游仙诗》第三首),是对当时权贵人极度蔑视的表现。嵇康"土木形骸,不自藻饰,而人以为龙章凤姿"(《晋书·嵇康传》)。钟会等必欲杀之而后快,尽管口谈玄默,也无法掩蔽其对司马氏屠杀知识分子的悲愤,融斋能不惑于表象,而深入注视到他们的思想内容,也可以看出其批评的尺度。

他批评李白,以为他的诗"以《庄》《骚》为大源"(《诗概》),而诗中多出世语,是和屈原《远游》一样,有其不得已的苦衷。"屈子《远游》曰:'悲时俗之迫厄兮,愿轻举而远游。'使疑太白诚欲出世,亦将疑屈子诚欲轻举耶?"(同上)这也很能看到太白的内心深处。我们试看太白的《古风第十九》"西岳莲花山",前半极言升天乘云驾鸿凌紫冥之乐,而最后却转到"俯视洛阳川,茫茫走胡兵。流血涂野草,豺狼尽冠缨",可不是和屈原"陟升皇之赫戏兮,忽临睨夫旧乡。仆夫悲余马怀

---

[1] 见《诗概》。

兮，蜷局顾而不行"（《离骚》），有同样的意境？至于他"安能摧眉折腰事权贵，使我不得开心颜"的那种傲岸态度，也和庄周的蔑视王侯有思想上的继承。他平日好以大鹏自比，如《大鹏赋》，如《上李邕诗》："大鹏一日因风起，扶摇直上九万里，假令风歇时下来，犹能簸却沧溟水。"也很明显地受到《逍遥游》的影响。庄周、屈原是浪漫主义的前驱，而李白却是庄、屈的伟大的继承人和积极发扬光大者。（庄周的文章，有许多是属于消极浪漫主义的，也给李白的思想上以一种不良的影响。）融斋能看到他们彼此之间的联系，眼光也自不凡。

他又以为"太白与少陵同一志在经世"，"太白云：'日为苍生忧'，即少陵'穷年忧黎元'之志也。'天地至广大，何惜遂物情'，即少陵'盘餐老夫食，分减及溪鱼'之志也"（《诗概》）。这比宋代的罗大经批评李白的诗以为"不过豪侠使气，狂醉于花月之间耳，社稷苍生，曾不系其心膂"的看法，要强得多了。太白的诗反映现实的深度和广度，比较杜甫，自然有程度上的差别，然而也怀着利济生民之志。在安史之乱后，平房收京，也是他唯一的愿望。如"戎房行当剪，鲸鲵立可诛"（《中丞宋公以吴兵三千赴河南军，次寻阳脱余之囚，参谋幕府，因而赠之》）、"左扫因右拂，旋收洛阳宫。回舆入咸京，席卷六合通"（《流夜郎，半道承恩放还，兼欣克复之美，书怀示息秀才》），心情跃然如见，和杜甫的愿望，并无不同。融斋能看到他的思想本质，也是可贵的。

（2）重视作者的道德品质。

这一点在《词曲概》中，表现得最为鲜明。

他认为温（飞卿）、韦（庄）、冯（延己）、柳（永）、周（美成）各家的词，流连光景，沈醉绮罗，虽然富艳精工，或凄清婉丽，都非词的上乘①。而读东坡的词，须从"尚余孤瘦雪霜姿""天然地别是风流标格"去领取（见《词曲概》）。"辛稼轩风节建竖，卓绝一时，惜每有成功，辄为议者所沮。其长短句悲壮激烈，无非假之为不平之鸣。"（同上）"文山词，有风雨如晦，鸡鸣不已之意。"（同上）黜温、韦而进苏、辛，于文山在民族矛盾极端尖锐中艰苦奋斗的精神，也特为表出。他们的词格，实

---

① 《词曲概》说："温飞卿精艳绝人，然类不出乎绮怨。韦端已、冯正中诸家词，留连光景，惆怅自怜，盖亦易飘扬于风雨者。……耆卿细密而妥溜，明白而家常，善于叙事，有过前人，惟绮罗香泽之态，所在多有，故觉风期未上耳。""美成词信富艳精工，只当不得个贞字。"

由他们的人格熔铸而成，他们的人格，也可以从悲壮激烈的词中去体会。词中有人在，是颇为深入的看法。

《诗概》中也说：

> 诗品出于人品。人品悃款朴忠者最上，超然高举诛茅力耕者次之，送往劳来，从俗富贵者无讥焉。
>
> 诗以悦人为心，与以夸人为心，品格何在？而犹諰諰于品格，其何异溺人必笑耶！

《赋概》亦说：

> 志士之赋，无一语随人笑叹，故虽或颠倒复沓，纠轇隐晦，而断非文人才客求慊人而不求自慊者所能拟效。

处处着眼于人品，而极端憎恶"悦人""夸人""随人"的卑鄙行为，以为胸次齷齪的人，是不会写出好的东西来的。我们试看过去封建社会的"江湖诗人""斗方名士"，工于奔走逢迎，究竟有什么好诗？融斋的话真可发人深省。

（3）重视独创的境界。

他批评先秦诸子说：

> 周秦间诸子之文，虽纯驳不同，皆有个自家在内。后世为文者，于彼于此，左顾右盼，以求当众人之意，宜亦诸子所深耻与！（见《文概》）

先秦诸子中，如老、庄之明自然，荀子在《天论》中所表现的利用自然征服自然的伟大思想，墨子的《非攻》，韩非的"法术"，都各有其独到的见解，所谓"越世高谈，自开户牖"，"非光不足而强照者所可与！"[①] 后代的文家，无此识见，无此魄力，徇人而不求己，文章也就黯

[①] 《文概》说："后世学诸子者，不求诸本领，专尚难字练句，此乃大误。欲为此体，须是神明过人，穷极精奥，斯能托寓方物，因浅见深，非光不足而强照者可与也。"

淡无光了。

他在东汉颇推崇王充、王符、仲长统三家，以为"三家文皆东京之骄骄者。范史讥三子好申一隅之说，然无害为各自成家"（见《文概》）。"王充《论衡》独抒己见，思力绝人，虽时有激而近僻者，然不掩其卓诣"。（同上）

这都可以看出他重视创造的精神。王充在《论衡》中严厉地批判了谶纬的支离荒诞，否定了天的意志的存在，否定了封建最高统治者受天之命而为君，对于学术界最有权威的孔、孟，也不惮加以怀疑和讽刺。融斋不骂他为非圣无法，以为纵有偏激，也无碍其独抒己见。而对著《太玄》以拟《易》，著《法言》以拟《论语》的扬雄，则以为"其病正坐近似圣人"（见《文概》），也就非迂腐的儒生所可同日而语了。

他又以为《离骚》不必学《诗》三百篇，《归去来辞》不必学《离骚》，而皆有其独至处（见《赋概》）。韩昌黎说"陈言务去"，只识见议论落于凡近，未能高出一头，深入一境，便是陈言，不必袭古人之说以为己有（见《文概》）。他用这样高的标准来衡量作者，那就非戞然独造不可了。

（4）重视各家的艺术特点。

他对各家的艺术特点，往往能用几句话突出地表现出来。如《文概》批评庄子说：

文之神妙，莫过于能飞。庄子之言鹏曰："怒而飞"，今观其文，无端而来，无端而去，殆得飞之机者，乌知非鹏之学为周耶？

这些话非常生动。而"飞"之一字，确能传出庄文之变化无端。

此外，如用柳子厚"漱涤万物，牢笼百态"的话，来形容他文境的峻洁。用东坡读庄子"吾昔有见，口未能言，今见是书，得吾心矣"的话，来形容他的文章，能深得庄周的神理，运用得都很恰当。

在《诗概》中，批评各家的艺术特点，也很中肯。

譬如他批评曹操为"气雄力坚，……建安诸子未有其匹"。我们试读其《苦寒行》《短歌行》《步出夏门行》，感到他悲壮激越，曹植、王粲，虽然慷慨任气，也不能和他抗手，便知融斋立说的不磨。他批评鲍明远为"孤蓬自振，惊沙坐飞"（见鲍明远《芜城赋》），我们试读《拟行路难》

十八首，便可体会其中的意味。他批评李白为"言在口头，想出天外"，也把他丰富的想象力充分显示出来。我们试看"黄河之水天上来"，"燕山雪花大如席，片片吹落轩辕台"，"花间一壶酒，独酌无相亲。举杯邀明月，对影成三人"。可不是"言在口头，想出天外"么？他批评杜甫，以为"高大深俱不可及。吐弃到人所不能吐弃为高，涵茹到人所不能涵茹为大，曲折到人所不能曲折为深"。杜甫自道其写诗的经历是："新诗改罢自长吟，语不惊人死不休。"一层剥进一层，才能达到出语惊人的境界，便是吐弃到人所不能吐弃。他的诗不但"上悯国难，下痛民穷"，即万里之行役，山川之夷险，烟云之变幻，鱼鸟之飞潜，无不可以入诗，从广度说，是"涵茹到人所不能涵茹"。他的诗用意遣词都非常精炼，尺幅中有江山万里之观。譬如《登高》诗："万里悲秋常作客，百年多病独登台"，仅仅十四个字，把万里飘蓬、孤零老病、九秋萧瑟、登台望远的悲苦心情，曲曲折折地传达出来，这便是"曲折到人所不能曲折"。融斋用高、大、深三字来批评全部杜诗，也是前人所没有见到的。

他批评东坡诗，以为善于"空诸所有"，又善于"无中生有"。"空诸所有"，是说能勘破一切死生忧患，揎臂游行。如"九死南荒吾不恨，兹游奇绝冠平生""日啖荔枝三百颗，不妨长作岭南人""梦里似曾迁海外，醉中不觉到江南"。经历瘴雨蛮烟，看起来若无其事。"无中生有"，是说能开展丰富的想象，构成美妙的境界。如"乔松百尺苍髯须，扰扰下笑柳与蒲"（《游灵隐寺》），"空肠得酒芒角出，肝肺槎枒生竹石"（《郭祥正家醉画竹石壁上》）。一种兀傲之气借乔松竹石吐露出来。东坡是继李太白以后又一个伟大的浪漫主义诗人，他的作品富于洒脱的情味和丰富的想象，融斋的说法是很中肯的。

他批评山谷诗，以为："未能若东坡之行所无事，然能于诗家因袭语，漱涤务尽，以归独得，乃如'潦水尽而寒潭清'矣。"山谷诗有意塑造，时露斧凿的痕迹，不像东坡之行云流水，出于自然，然而熔炼所到，也有一些独得的境界。如"桃李春风一杯酒，江湖夜雨十年灯"（《寄黄几复》），深厚的友谊跃然如见。"来酿百壶春酒味，怒流三峡夜泉声"，气象也相当雄大。"落木千山天远大，澄江一道月分明。朱弦已为佳人绝，青眼聊因美酒横。"（《登快阁》）也富有纵横兀傲之气，不能因为吕居仁把他列在江西诗派中，从而一笔抹杀。

此外，如在《词曲概》中，批评东坡、稼轩的词说：

> 东坡词颇似老杜诗，以其无意不可入，无事不可言也。若其豪放之致，则时与太白为近。

> 稼轩词龙腾虎掷，任古书中理语、廋语，一经运用，便得风流。天姿是何夐异！

东坡扩大词的内容，羁旅行役，死生新故，国家兴亡之感，无不可以入词，广度自当与杜甫为近。他能变绮罗香泽的作风而为豪放飘逸，使人登高望远，举首高歌，打破词的清规戒律，而为横放杰出，则有类乎太白之吐弃齐梁，标举清真，摧毁声病的枷锁，而成为长空蹴踏不可羁勒的天马。融斋所评，确能指出他的特点。

稼轩词纵横郁勃，比东坡尤进一步。又善于驱使典故，毫无堆砌的痕迹。如："九万里风斯在下，翻复云头雨脚，快直上昆仑濯发。"（《贺新郎》）把《庄子》《离骚》冶为一炉，然而毫无迹象。这种特点，也是他人所没有的。

周济论词，颠倒于飞卿、端己、梦窗、美成，融斋则推东坡、稼轩为词中的李、杜，比常州派的词人强得多了。

以上所说，是通过作家和作品而评论他们的思想内容和艺术特点的。还有是在原则上提出他的基本看法的。这一部分的理论也和上面密切地联系着。

融斋把文学内容分析为理、意、情三种。如《文概》说：

> 《孔丛子》：宰我问，"君子尚辞乎？"孔子曰："君子以理为尚。"
>
> 文中子曰："言文而不及理，是天下无文也。"
>
> 昌黎虽尝谓："辞不足，不可以为成文。"而必曰："学所以为道，文所以为理。"陆士衡《文赋》曰："理扶质以立干。"刘彦和《文心雕龙》曰："精理为文"。然则舍理而论文辞者奚取焉。
>
> 明理之文，大要有二：曰阐前人所已发，扩前人所未发。
>
> 论不可使辞胜于理，辞胜理，则以反人为实，以胜人为名，弊且

不可胜言也。

　　论事叙事，皆以穷尽事理为先。

他首先注重理论，其次才及文辞。文辞精工，而理论悖谬，固然是坏的文章；即使理论不会错误，而肤浅平庸，徒然靠文辞来争胜，也不是好的作品。文辞所以表达作者的理论，可知理在辞先。两者能达到高度统一，当然最好；其次宁舍辞而尚理。他对内容决定形式这一点，颇有清楚的认识。

明理之文，阐前人所已发，是继承前人正确的理论，更高度地加以发挥，在同一观点中，也还有许多新的意见，和因袭的有所不同。扩前人所未发，是从前人未见到的地方，提出崭新的意见，远远地超过前人。两者都是创造性的继承，而后者的成就尤为伟大。

《诗概》中也说："诗不可有我而无古，更不可有古而无我。"所谓"有我而无古"，是不肯虚心向古人学习，一味自作聪明，如是则不能继承前人优秀的传统而加以发展。所谓"有古而无我"，是自己毫无精神面貌，一味拜倒古人脚下，如是则有因袭而无创造，无从扩前人所未发。融斋看到了继承和创造两者的辩证关系，见解是很不错的。

至于理论怎样才能正确，他认为须从实事求是着手。他说：

　　言此事必深知此事，到得事理曲尽，则其文确凿不可磨灭。（《文概》）

如果不能曲尽事物的情状，便无从得到正确的理论。这是合乎实践论的精神的。

其次，文章须有充沛的感情。

《文概》说：

　　"圣人之情见乎辞"，为作《易》言也。作者情生文，斯读者文生情，《易》教之神，神以此也。使情不称文，岂惟人之难感，在己先不诚无物矣。

情至文生，是从作者本身来说；文至情生，是从读者得到感染来说。

无充沛的感情，必不能有深挚缠绵的文章，文章不能达到深挚缠绵，读者便不能有所感动。他以为"介甫（王安石）文每言及骨肉之情，酸恻呜咽，语语自肺腑中流出"（《文概》），所以能引起读者的同情。他文却不能本此意而扩充之，所以感染力也就不大。

又其次是贵意。

《文概》说：

> 古人意在笔先，故得举止闲暇，后人意在笔后，故至手脚忙乱。
> 《文赋》："意司契而为匠"，文之宜尚意明矣。推而上之，圣人书不尽言，言不尽意，正以意之无穷也。
> 庄子曰："语之所贵者意也。意有所随；意之所随者，不可以言传也，而世因贵言传书"，是知意之所以贵者，非徒然也。为文者苟不知贵意，何论意之所随者乎？

为文贵意，尤贵以精炼之辞，显无穷之意。文章之所以耐人思索，实由于言外有无穷之意，弦外有无尽之音。文辞的功用，是不能把人类内心所蕴蓄全部传达出来的，能给读者们以一种启示，使能"触类引申"便好了。但如果无意可传，便谈不到"言不尽意"，更谈不到"意之所随者不可以言传也"。试问内容空虚，而吞吐其辞，是否可以说富于含蓄的意味？

说到以文传意，他以为诗和散文有所不同。

《诗概》说：

> 文所不能言之意，诗或能言之。大抵文善醒，诗善醉。醉中语亦有醒时道不到者，盖其天机之发，不可思议也。

以醒醉来分别诗文，殊觉耐人寻味。散文比较明朗，作者的情感思想容易倾吐出来。诗歌比较含蓄，而又富于音乐性，需反复涵咏，才见其意味深长。正如陶渊明所说："悠悠迷所留，酒中有深味。"又由于散文比较明朗，作者有许多欲说而不敢直说出来的话，往往不在散文中吐露，而蕴蓄其意于诗歌中，使读者得之于言外。所以说："醉中语亦有醒时道不到者。"至如"天机之发，不可思议"，则未免神秘其辞。

他论词尤贵以有尽之言，显无穷之意。如《词曲概》说：

> 《说文》解词字曰："意内而言外也。"徐锴《通论》曰："音内而言外，在音之内，在言之外也。"故知词也者，言有尽而音意无穷也。
>
> 词之妙莫妙以不言言之。非不言也，寄言也。……司空表圣云："梅止于酸，盐止于咸，而美在酸咸之外"。严沧浪云："妙处透彻玲珑，不可凑泊。如水中之月，镜中之像。"此皆论诗也，词亦以得此境为超诣。
>
> 东坡《水龙吟》云："似花还似非花"，此句可作全词评语，盖不离不即也。

"言有尽而意无穷"即所谓"弦外之音，言外之意"。"不离不即"即不离现实，而又不拘于现实，可以使人触类旁通。"似花还似非花"确为一种妙喻。表圣所谓"味在酸咸之外"，沧浪所谓"透彻玲珑，不可凑泊"，都不过是"言有尽而意无穷"和"不离不即"的说明。"以不言言之"，也不过使人以言外会之而已。词的长调，要有魄力，含蓄之意较少，但悲壮淋漓如辛稼轩，也未尝不借斜阳烟柳以寄其悲愤之情，短调字少意多，就更非含蓄不行了。

情景交融为中国古典文学一种优良传统。融斋对两者交融的艺术境界，发挥得颇为透彻。这在《赋概》中表现得最为突出。如说：

> 叙物以言情谓之赋，余谓《楚辞·九歌》最得此诀。如"袅袅兮秋风，洞庭波兮木叶下"，正是写出"目眇眇兮愁予"来。"荒忽兮远望，观流水兮潺湲"，正是写出"思公子兮未敢言"来。

可见写景而情在其中，言情而情与景会，二者融合为一，并不是孤立的。

> 《楚辞·涉江》《哀郢》，"江""郢"，迹也。"涉""哀"，心也。推诸题之但有迹者亦见心，但言心者亦具迹也。

迹在外，心在内。一是景，一是情。"有迹者亦见心"，即景中有情。"言心者亦具迹"，即情中有景。这也是情景交融的一种很好的说明。

他在下面又说：

> 实事求是，因寄所托，一切文字，不外此两种，在赋则尤缺一不可。
> 赋必有关着自己痛痒处。如嵇康叙琴，向秀感笛，岂可与无病呻吟者同语？
> 在外者物色，在我者生意，二者相摩相荡而赋出焉。若与自家生意无相入处，则物色只成闲事，志士遑问及乎？

这里所谓"实事求是"，即真实地反映客观事物。所谓"因寄所托"，即借客观的事物以寄托主观的感情。前者是写景，后者是言情。然而景不自景，要和作者痛痒相关；情不自情，要待景物而现。如嵇康叙琴，向秀感笛，均是有为而发，意本不在于琴笛。赋自然要曲尽事物之妙，然尤贵蓬勃有生意，所谓蓬勃的生意，即情是也。物色、生意，相荡相摩而赋出，无非是说，情景交融而赋生，徒然模山范水，弄月吟风，实不能算是好赋。

他又说：

> 赋家之心，其小无内，其大无垠，故能随其所值，赋象班形，所谓"惟其有之，是以似之"也。

更指出由于心境之不同，物境之各别，随所接触而异其描写，然终不离夫情景交融的境界。而且由于作者想象力的丰富，进一步亦可以创造出美丽的境界来，并不以客观真实的事物为限。故说：

> 赋以象物。按实肖象易，凭虚构象难。能构象，象乃生生不穷矣。

指出想象力在文学上巨大的作用，更比前深入一层。

其实情景交融,并不以作赋为限,诗和词也是一样。
他在《词曲概》中说:

> 昔人咏古咏物,隐然只是咏怀,盖其中有我在也。
>
> 邻人之笛,怀旧者感之;斜谷之铃,溺爱者悲之。东坡《水龙吟·和章质夫咏杨花》云:"细看来不是杨花,点点是,离人泪。"亦同此意。

把物与我、花和泪,融成一片,也是情景交融的一种很好的说明。

融情于景,而情感亦有高尚真挚和庸俗鄙陋之分。作者要培养高洁的感情,才能"泥而不滓"。"其志洁,故其称物芳。"否则兰芷荃荪,亦将与江蓠萧艾同列。融斋看到这一点,所以又说:

> 人亦孰不有我?惟耿吾得此中正者尚耳。(《词曲概》)
>
> 昔我往矣,杨柳依依。今我来思,雨雪霏霏。雅人深致,正是借景言情。(《诗概》)
>
> 元微之作杜工部墓志,深薄宋齐间吟写性灵流连光景之文,其实性灵光景,自风雅肇兴,便不能离,在辨其归趣之正不正耳。(同上)

他看到情和景不是孤立的,要能借景言情,融情于景。作者的情趣不同,写在笔下的自然景物也就不一样。至于归趣之正不正,是要看其是否合乎比兴之旨。如白居易说:"兴发于此,而义归于彼。"如果徒然"嘲风雪,弄花草",也就为融斋所不赞同。

他在《赋概》中说:"若与自家生意无相入处,则物色只成闲事,志士遑问及乎?"可以看出他的意向。

最后,从他的《书概》中,可以看出书论和文论相通。如说:

> 以笔为质,以墨为文,是物之文见乎外者,无不以质有其内也。

有质有文,譬犹文章有内容而后有形式。"刚健笃实,辉光乃新",

道理原是一样的呵!

他又说:

> 书要力实而气空,然求空必于其实,未有不透纸而能离纸者也。(《书概》)

力透纸背,和神采飘逸,看似相反,其实和建筑楼台一样,有牢固的基础,才能耸立云霄,沙上起楼台,绝无成功之望。文章亦须精力弥满,才能变化纵横,飞行绝迹。前者是实,而后者是虚。虚实相生,乃见文章之妙。

他又说:

> 论书者谓晋人尚意,唐人尚法,此以舢棱间架之有无别之耳。实则晋无舢棱间架,而有无舢棱之舢棱,无间架之间架,是亦未尝非法也。唐有舢棱间架,而诸名家各自成体,不相因袭,是亦未尝非意也。(《书概》)

"意"是超乎规矩之外,"法"是周旋于规矩之中。然而善书者无法而有法,有法而无法。无法而有法,是纵横变化于法度之外,而又未尝离乎法度;有法而无法,是不离法度,而又能纵横变化,不为法度所拘。以文章论,纵横变化如庄子,也有一贯的线索可寻。诗律精严如杜甫,也未尝不纵横变化。以论书之意论文,也可以看出它一贯的道理。

他在下面又说:

> 灵和殿前之柳,令人生爱,孔明庙前之柏,令人起敬。以此论书,取姿致何如尚气格耶?
> 笔性墨情,皆以其人之性情为本,是则理性情者,书之首务也。
> 钟繇笔法曰:"笔迹者,界也。流美者,人也。"右军《兰亭序》言:"因寄所托","取诸怀抱"似亦隐喻书旨。(《书概》)
> 书,如也。如其学,如其才,如其志,总之曰如其人而已。

论书说到气格,说到人的性情,说到取诸怀抱,因寄所托,这和他论散文诗词一样。试看颜真卿书,刚正如其为人,赵子昂书,姿媚也和他的人品相肖。推本此意来论李、杜之诗,李之豪放飘逸,杜之悲壮沉郁,可不是和他的人品相肖么?

此外他又谈到法古与变古的问题。

> 东坡论吴道子画"出新意于法度之中,寄妙理于豪放之外"。推之于书,但尚法度与豪放,而无新意妙理,未矣!
>
> 书贵入神,而神有我神他神之别。入他神者,我化为古也;入我神者,古化为我也。(《书概》)

法度之中,能有新意;豪放之外,能有妙理,是法古而能变古。"我化为古",是虚心向古人学习,而深得古人之神。"古化为我",是吸收古人的精华,创造成自己的风格。这和文学上所谓创造性的继承,道理也是一贯的。

现在把上面所说,作一个小结如下。

他对作家和作品的批评是:

（1）重视作者的志向和道德品质。

（2）重视作品的思想内容和艺术特点。

（3）重视创造的境界。

他把文学的内容分为理、意、情三部分,以为要能阐前人所已发,扩前人所未发之理,要能以有尽之言,显无穷之意,要能达深挚之情,充分发挥情景交融的古典文学优良传统。阐述书论和文论相通。

《艺概》的优点,前面已加以阐述。现在且指出它一些缺点。

（1）对文学产生的社会根源和它的战斗作用,未能作为重点来阐述,是全书最大的漏洞。

（2）在《文概》中,对司马迁文章的战斗性、反抗性全没理会。如《封禅书》之讽刺汉武帝好方士,求神仙;《酷吏列传》抨击汉武帝之纵容酷吏,屠杀人民;《陈涉世家》之赞扬陈涉领导农民起义和汤放桀、武王伐纣、孔子作春秋一样,有其伟大的意义;《廉颇蔺相如列传》之赞扬他两个人之捐弃小嫌,同心卫国等全没注意,而只说"末世争利,惟彼奔义,太史公于叙伯夷列传发之,而《史记》全书重义之旨,亦不异是"

而已。于史迁之刻画人物，神情面目，栩栩如生，而且贯穿着鲜明的倾向性这种艺术特点，也没有指出来，而只说"太史公文，精神血气，无所不具""太史公文疏与密皆诣其极"而已。这些不着边际的批评，是不能解决问题的。笔者看他只有几句话比较落实："学《离骚》得其情者，为太史公；得其辞者，为司马长卿，……离形得似，当以史公为尚。"这和鲁迅先生批评《史记》为"史家之绝唱，无韵之《离骚》"，精神上有相通之处。

在《诗概》中，对陆游爱国主义的精神，也没有加以发挥，而且以为他"有意要做诗人"。照这样说来，"老子犹堪绝大漠，诸君何至泣新亭。一身报国有万死，双鬓向人无再青"，也不过为着作诗吹吹法螺而已！至于他沉郁悲壮的艺术风格，是继承杜甫而来，融斋对这种传承关系也毫无说到，只认为"浅中有深，平中有奇，故足令人咀味"。"能于易处见工，便觉清切有味"，和白香山同一擅长而已！这些批评都未能抓住要点。

在《词曲概》中，如岳飞《满江红》之悲壮激越，并没有把他提出来；张孝祥《于湖词》之豪宕纵横，也未曾加以重视，对他的爱国思想也未能积极发扬。元代伟大的戏剧家关汉卿，一生写了六十多个剧本，对当时异族统治者之骄横专恣压迫人民群众，加以无情的揭露，而融斋不过列举其名，更谈不到他的作品有什么反抗性了。我在前面说过，融斋于戏曲不是内行，也就无足深责了。

《艺概》虽然有相当的缺点，但到底还是一部好书。

（五）黄遵宪（1848—1905）

黄遵宪，字公度，广东嘉应州（今梅县）人。清光绪二年（1876）举人。次年，偕何如璋东渡日本，为驻日使馆参赞，凡历五年。旋任旧金山总领事，驻英使馆二等参赞，新加坡总领事等职。回国后参加以康有为、梁启超为首的强学会。1896年，在上海创办《时务报》，以梁启超为主笔，风动一时。1897年（清光绪二十三年）任湖南长宝盐法道，署理湖南按察使。与陈宝箴等厉行新政，扫除积弊，风气为之一变。次年，以病解任。旋充出使日本大臣，未赴任而戊戌之祸作，那拉氏大杀维新党人，黄亦被放归。在家完成《人境庐诗草》一书。1905年（清光绪三十一年）卒，年五十八。所著除《人境庐诗草》外，尚有《日本国志》

《日本杂事诗》等。

公度长期在外交界活动，足历欧、亚、美三大洲，亲自接触了西方资本主义文化，以为中国再不能闭关自守，必须变法图强。东渡后看见日本效法西方，曾有显著的成绩，以为中国也要步武日本。《日本国志》《日本杂事诗》的著作，即体现这种精神。然其最后的倾向，是在学习西方资本主义的文化。但是他仆仆宦途，戊戌政变后，遭到重大的挫折，遂不得不以诗人终老。

当日维新党人，如梁启超、谭嗣同等，曾提倡诗界革命，然实际上不过运用一些新名词以自表异，没有什么新的内容，而且不免生搬硬造。黄公度的诗，能以"旧风格含新意境"，反映了当时的社会现实，充分发挥了反帝反侵略的精神，在当时来说，是比较进步的。

他的论诗的主张，主要见于《人境庐诗草自序》中。如《杂感》《与丘菽园书》《山歌题记》等，亦可供参考。

《人境庐诗草自序》说：

> 士生古人之后，古人之诗，号专门名家者，无虑百数十家，欲弃去古人之糟粕，而不为古人所束缚，诚戛戛乎其难。虽然，仆尝以为诗之外有事，诗之中有人。今之世异于古，今之人亦何必与古人同？尝于胸中设一诗境：一曰，复古人比兴之体；一曰，以单行之神、运排偶之体；一曰，取《离骚》"乐府"之神理而不袭其貌；一曰，用古文家伸缩离合之法以入诗。其取材也，自群经、三史，逮于周、秦诸子之书，许、郑诸家之注，凡事名、物名，切于今者，皆采取而假借之。其述事也，举今日之官书、会典、方言、俗谚，以及古人未有之物，未辟之境，耳目所历，皆笔而书之。其炼格也，自曹、刘、鲍、陶、谢、李、杜、韩、苏，迄于晚近小家，不名一格，不专一体，要不失乎为我之诗。诚如是，虽未必遽跻古人，其亦足以自立矣。

这里首要注意的，是"诗之外有事，诗之中有人"两句。所谓"事"，即当前的社会现实。所谓"人"，即作者所独具的精神面目。诗是用来反映社会现实的，如果对当前的社会现实不加以精密的观察，深知其利病所在，而贸然为诗，则必不能真实地反映时代的面貌，必不能成为时代的一面镜子。或者是"模山范水,弄月吟风",完全脱离社会现实。这种诗虽然艺术精工,亦不过供茶余酒后的消遣而已!所以必先注意诗外之事,才能写出反映现实的诗。然而对待社会现实,随作者个人的感受而有所不同,喜怒哀乐之情,亦因之而异。处在同一时代,也不会写成一模一样的诗。所以诗之中亦各有作者的精神面目在,不能移之于他人。何况现在的时代,大大不同于古人,作者所具的精神面目也就和古人有绝大的差异,作为诗歌,又何必步趋古人呢?公度晚年在《与梁启超书》中也说:"用今人所见之理,所用之器,所遭之时势,一寓之于诗。务使诗中有人,诗外有事。不能施之于他日,用之于他人。"也是在阐发这个道理,至于事和人在诗歌上要怎样才能表达?他以为有下列的几点。

(1) 复古比兴之体。

"比"是"借物以托情",即把主观的感情寄托在客观事物当中而表现出来。"兴"是"触物以起情",即由客观事物的触动,而生发主观的感情。如《诗经·硕鼠》,用大鼠来比喻残酷剥削人民的暴君,显示出人民愤怒的呼声,这是"比"的手法。《何草不黄》,因草木萎黄而感念到征人的憔悴,这是"兴"的手法。《离骚》中之香草美人,女萝山鬼,也是通过比兴来表达的。比兴之所以可贵,是在有寄托、有含蓄,能引起读者的深思和联想,不使人一览而尽。这种表现手法是可以继承的。

(2) 以单行之神运排偶之体。

在中国过去文学界,常有骈散之争。骈文家根据南朝人"有韵为文,无韵为笔"的说法,以为古文家的散文都是"笔"而不是"文",唯对仗工整、辞藻华美、声韵和谐的骈体,才算是"文"。在诗歌中,也有专讲对仗,严守声律的,以为这才算是好诗,如果运用单行之笔,便要破坏诗歌的完整性、音乐性。这些都是形式主义的看法。其实,单行和排偶,何尝不可融合为一块?古乐府如《木兰诗》,在开阖动荡中具见其整炼,就是以单行之神运排偶之体的最好例证。杜甫的五七言律诗,也极其开阖动荡,并不专以对仗工整、声律和谐见长。诗歌偏于单行,则流于冗散,偏于骈丽,则流于呆板。唯能"以单行之神,运排偶之体"才能达到"端庄杂流丽,刚健含婀娜"的境界。

(3) 取《离骚》、乐府之神而不袭其貌。

汉代的词赋家,如司马相如、扬雄等,只从《离骚》中吸收美丽的辞藻、和谐的音节,加以铺张扬厉,写成大篇的词赋。内容除描写宫室的壮丽、田猎的盛况和都市的表面繁荣外，实在没有什么。他们效法《离骚》，正如班固《汉书·艺文志》所说："竞为侈丽闳衍之辞，没其风谕之义。"不过是袭其貌而遗其神罢了。明代前后七子，对汉、魏乐府全从模拟字句下功夫，也把汉乐府抨击腐恶现实的精神完全抛弃了。公度主张遗貌取神，意在继承它反映现实这一条正确的道路，不作形式的模拟。他的诗歌能充分反映清王朝之腐败无能和帝国主义的侵略，表现了反帝反侵略的精神，从实质上看，也可以说是《离骚》、乐府的继承者。

（4）用古文家伸缩离合之法以入诗。

这是把散文的作法运用到诗歌中。所谓"伸缩离合"，即打破了诗歌固定的形式，加以错综变化，来表达作者的思想感情。长短的句子，可以杂在一块来运用，不是纯粹的五言或七言。在一篇中，用韵也可以随时转换，不受严格的限制。

这种比较自由化的诗，在汉乐府中，如《有所思》《战城南》《孤儿行》《妇病行》等，已经体现了。后来如鲍明远的《拟行路难》，杂用五七言，动荡开阖，颇有散文的气势。唐代的韩愈，"以文为诗"，明显地把散文的作法，运用到诗歌中；可是他缺乏艺术的治炼，往往流于粗糙生硬。宋代的苏轼，继承了韩的作风，艺术的治炼比较好些，然往往好发议论。黄公度在汉乐府、韩、苏的基础上加以发展，颇有成功的作品。如《聂将军歌》中的一段：

> 雷声砍砍起，起处无处觅。一炮空中来，敌人对案不能食；一炮足底轰，敌人绕床不得息。朝飞弹雨红，暮卷枪云黑。百马横冲刀雪色，周旋进退来夹击。黄龙旗下有此军，西人东人惊动色。（《人境庐诗草》卷十一）

读起来气势流荡、声情激越。一方面是受了鲍明远《拟行路难》的影响，另一方面也体现了"用古文伸缩离合之法以入诗"的精神。

（5）取材。

> 自群经、三史逮于周、秦诸子之书，许、郑诸家之注，凡事名、物名切于今者，皆取采而假借之。（《人境庐诗草·自序》）

这是利用古籍中的事名、物名来表达新的思想内容。我们一方面固然要"有作于新名",另一方面也不妨"有循于旧名"。用旧为新,是把死的化为活的,并不是让死人统治活人。如《以莲菊桃杂供一瓶作歌》:

> 即今种花术益工,移枝接叶争天功。安知莲不变桃,桃不变为菊,回黄转绿谁能穷?化工造物先造质,控抟众质亦多术。安知夺胎换骨无金丹,不使此莲此菊此桃万亿化身合为一?众生后果本前因,汝花未必原花身。动物植物轮回作生死,安知人不变花,花不变为人?(《人境庐诗草》卷七)

这全是崭新的想象,然其中如"移枝接叶""回黄转绿""化工""造物""控抟"(贾谊《鵩鸟赋》:"忽然为人兮,何足控抟。")"脱胎换骨""金丹""万亿化身""众生""后果""前因""轮回生死",都是旧的词汇,运用起来还是生趣盎然。

(6)述事。

> 举今日之官书、会典、方言、俗谚,以及古人未有之物,未辟之境,耳目所历,皆笔而书之。(《人境庐诗草·自序》)

官书、会典,所用的是驯雅的语言。方言、俗谚,是通俗的语言。公度以为驯雅的语言固可采用;而方言、俗谚,也不妨运用它。他在《杂感》中说:"即今流俗语,我若登简编。五千年后人,惊为古斓斑。"这是他敢于使用方言俗谚有力的说明。他是主张语言和文字合一的。以为"语言与文字离,则通文者少,语言与文字合,则通文者多。""若小说家言,更有直用方言以笔之于书者,则语言文字,几几乎复合矣。"(《日本国志,学术志·文学》)

他既然看到了语言文字合一的功用,所以认为在诗歌中也不妨大胆采用方言俗谚,这是当时旧派诗人所不敢尝试的,而且也不愿尝试的。他在《己亥杂诗》中进行了尝试,如"荷荷引睡施施溺,竟夕闻娘唤女声"。"荷荷"是客家妇女唱婴孩入睡的声音,"施施"是客家妇女引逗婴孩撒尿的声音,运用起来,真觉神情活现。如《拜曾祖母李太夫人墓》中的"上树不停脚,偷芋信手爬",写来也是很生动的。

然而最重要的是"古人未有之物,未辟之境,耳目所历,皆笔而书之"这一点。许多古代伟大诗人的著作,紧紧地压在我们的头上,究竟要怎样才能伸起脖子呢,那就靠我们能自辟新境了。在崭新的世界中,如哲学、科学、文学、政治制度等,皆远远超过古人。五大洲的文化互相交流,更绝不能求之于古代。我们既然另有一个新天地,就不妨开辟一个新诗国。这样,就可以自立于古人之外了。公度唯能抓住这一点,把自己在新世界中,所历所闻所感,一一笔之于书,遂能于旧诗中树立一面新的旗帜,这是当时同光派诗人和王闿运一派专门摸仿汉、魏、六朝的假古董所不能企及的。

(7) 炼格。

他主张"自曹、刘、鲍、陶、谢、李、杜、韩、苏,迄于晚近小家,不名一格,不专一体,要不失为我之诗"(《人境庐诗草·自序》),即博取诸家之长,加以治炼,而成为自己的风格。一方面有所继承,另一方面有所创造。这种意见也是值得我们参考的。

在一篇短短的自序中,黄公度能把他的诗歌理论作概括的说明,在他的创作实践中,也按着这条路子发展下去,也是难能可贵的。

他是富于创造性的诗人。在他少年时代所作的《杂感》中也可以看出他的趋向。

　　大块凿浑沌,浑浑旋大圜。隶首不能算,知有几万年?羲轩造书契,今始岁五千。以我视后人,若居三代先。俗儒好尊古,日日故纸研。六经字所无,不敢入诗篇。古人弃糟粕,见之口流涎。沿袭甘剽盗,妄造丛罪愆。黄土同抟人,今古何愚贤?即今忽已古,断自何代前?明窗敞流离,高炉爇香烟。左陈端溪砚,右列薛涛笺。我手写吾口,古岂能拘牵?即今流俗语,我若登简编。五千年后人,惊为古斓斑。(《人境庐诗草》卷一)

他以为时间是无尽的长流。在这无尽的长流中,有历史的记载,不过几千年。把我们来比三代的人,固然相距很远;但把我们来比后代的人,我们又远远地站在前头。在他们看来,也可以说是三代以上的人吧!古人,今人,究竟断自何代?又何必崇拜古人?又何妨自我作古呢?从人的智慧来说,今人的智慧,绝对不让古人,不能说今愚而古智;从历史的积累来看，今人的智慧，必然超过古人，我们尽可以用我们的手写出我们口里头要说的东西，又何必拜倒古人脚下呢？这是他对诗坛改革的第一声。他后来的创作实践，也是朝着这个方面发展的。

他晚年在《与丘菽园书》中也说：

思少日喜为诗，谬有别创诗界之论，然才力薄弱，终不克自践其言。譬之西半球新国，弟不过独立风雪中清教徒之一人耳，若华盛顿、哲非逊、富兰克林，不能不属望于诸君子也。诗虽小道，然欧洲诗人，出其鼓吹文明之笔，竟有左右世界之力！仆老且病，无能为役矣！执事其有意乎？

可见他革新诗坛的主张，始终一贯，而且希望后来者发扬而光大之。这种看法是比较前进的。

此外，他对民歌也相当重视。

《山歌题记》说：

十五国风，妙绝古今，正以妇人女子矢口而成，使学士大夫操笔为之，反不能尔。以人籁易为，天籁难学也。余离家日久，乡音渐忘，辑录此歌谣，往往半日不成一字，因念彼冈头溪尾，肩挑一担，竟日往复，歌声不歇者，何其才之大也？……又有乞儿歌，沿门拍板。……仆记一歌曰："一日只有十二时，一时只走两三间，一间只讨一文钱，苍天苍天真可怜！"悲壮苍凉，仆破费青蚨百文，并软语慰之，故能记也。

从这段话，可以看出他对民歌欣慕的心情。对"冈头溪尾，肩挑一担，竟往复，歌声不停"的劳动人民，赞叹其才之大。这是当时学士大夫所不屑闻、不屑道的，眼光也自胜人一等。

根据他诗坛革新的主张，贯彻到他的创作实践中，确能为当时旧诗界开一新面目。《人境庐诗草》中，如《悲平壤》《东沟行》《哭威海》《台湾行》《冯将军歌》《降将军歌》《渡辽将军歌》，充分发挥了反帝反侵略的精神，同时对清王朝腐朽无能的官吏加以辛辣的讽刺，这些诗都是具备时代特色的。如《今别离》《锡兰岛卧佛诗》《八月十五日夜太平洋舟中望月放歌》，也反映了许多新事物和作者新的思想感情，都可以说是"古人未有之物，未辟之境"，其广度、深度和雄大的气魄，都远远超过当时的诗人。可以说是资产阶级改良主义者一员健将，也可以说是晚清时代诗坛中一个代表作家。

但是公度虽然具有反帝反侵略的精神，然而他的政治主张，始终跳不出资产阶级改良主义的范畴。他希望清王朝能推行君主立宪制度，把它的统治权永远维持下去，整个中国也就可以安然无事了，而不知腐朽无能的清政府，不把它根本推翻，中国永远无复兴之望。徒然把旧制度改良一番是无济于事的。他虽然认识到将来的世界，必趋于大同，然而他理想当中的大同，也不过是资产阶级的民主政治制度，并非无产阶级所要达到的无压迫、无剥削的大同社会。他对农民革命是根本反对的，所以咒骂太平军为"贼"。从《喜闻恪靖伯左公至官军收复嘉应有感》诗中，便可以看出他对农民军的态度。他晚年的思想，有了一些改变，如署名法时尚任斋主人《论学笺》批评曾国藩说："彼视洪杨之徒，张（总愚）、陈（玉成）之辈，犹瞥窃盗贼，而忘其为赤子，为吾民也。"虽然把"贼"的尊号取消，但还没脱离"赤子潢池盗弄兵"的思想，并非赞同他革命的行动。他对义和团反帝反侵略的性质是毫无认识的，咒骂他们为"造乱""为左道惑人"。《初闻京师义和团事感赋》云："今日黄天传角道，非徒赤子弄潢池。"这些都是他思想上极大的局限，因而他的诗歌也就不能再进一步转到为资产阶级民主革命服务一条路向去了。

他虽然主张"我手写吾口"，主张采用方言俗谚，但并未能根本贯彻。《人境庐诗草》中，运用典故的诗，实属不在少数。有些作品是完全用典故组成的，如《天津纪乱十二首》，不但无首不用典，而且无句不用典。《酬丘仲阏》诗至于八用前韵，每首每句，也全用典故组成。这些诗就是古典文学很有根底的人，读起来也不免感到头痛。从艺术上说，也全没有生动的形象，不过炫耀作者读书很渊博罢了。自然，他传诵人口的诗，全不在这一类，然而这一类的诗，却占去数量不少，可见他旧传统的习气很深，也是资产阶级改良主义者不彻底的表现。

钱萼孙《〈人境庐诗草〉笺注发凡》说：

> 黄先生自序其诗，谓"自群经、三史，逮于周，秦诸子之书，许、郑诸家之注，故事名、物名切于今者，皆采取而假借之。"故其

诗奥衍精赡，几可谓无一字无来历。今悉为拈出，从知先生杂感诗所谓"我手写我口"者，实不过少年兴到之语。时流论先生诗，喜标举此语，以为一生宗旨所在，所见浅矣。

他所欣赏的是"奥衍精赡，几可谓无一字无来历"，我们要批评的，正是由于他"无一字无来历"，因而跳不出旧诗的束缚，未能贯彻"我手写吾口"的主张，也就不能真正完成诗界革命的任务。

他重视民歌，《人境庐诗草》中也曾有《山歌》数首，但并非他所自作，不过把流行的民歌加以点定而已。晚年所作《幼稚园上学歌》，诚然富有客家民歌的气息，然所占数量微乎其微，并不像唐代刘禹锡受到了民歌的影响，大写其《竹枝词》《杨柳枝》《纥那曲》一类的诗篇，还不过注视到民歌的价值而已。有些人以为他的诗深受民歌的影响，是不足信的。

此外，他的诗除《逐客篇》反映了对华工遭受美帝国主义奴役和驱逐表示无限的愤慨外，很少客观上反映人民痛苦的作品（《武清道中作》一类的诗，占最少数）。也可能因为他长期做外交官，和下层民众极少接触的缘故，但也不能不说是他诗中薄弱的一环。

总的来说，黄公度的诗歌理论及其创作实践，在当时曾起过进步的作用，在今天也还有借鉴的价值，但他所能做到的只是"旧瓶装新酒"。至于"茫茫诗海，手辟新洲"，"变旧诗国为新诗国"（丘逢甲《人境庐诗草·跋》），作者还当不起这种称赞，还有待于后人的努力。

（六）康有为（1858—1927）

康有为，字广厦，号长素，广东南海人。生于鸦片战争（1840）之后十八年，英法联军（1857）侵入广州之后一年，此时世界资本主义发展到帝国主义的阶段。它们不断地向中国进行侵略压迫，而作为封建帝国的中国也就成为瓜分豆剖的对象。危亡之祸，近在目前。有为幼年曾受过封建正统教育，但由于现实的刺激，使他对传统的学术文化产生了怀疑，感到它不能挽回危亡的命运，于是向西方寻找真理，传以孔家的学说。1884年中法战争，1894年中日战争，中国都遭到惨败，愈使他惊动起来，认为非变法决不足以救亡图存。他曾前后七次上书清光绪帝，中间屡为顽固派所阻遏。1898年（清光绪二十四年）光绪终于采纳他的建议，"明定国是"，造成历史上所谓的"百日维新"。由于那拉氏和极端顽固派荣禄的反对，发动政变，幽禁光绪帝于瀛台。谭嗣同、林旭、杨锐、刘光第、杨深秀、康广仁等维新党人，均被杀戮，形势剧变，康有为乃于政变前一日逃出北京，开始他十多年的流亡生活，直到辛亥革命后，才从日本回来。

在他开始向西方寻求真理，直至戊戌政变期间，是起着进步作用的。尽管他属于资产阶级改良主义者，但也曾冲破旧势力的范围，认识到资本主义制度比封建制度优越，从而进行改革，是可以推动社会前进一步的。但当时孙中山先生所领导的资产阶级民主革命势力也在逐渐成长起来。他在流亡期间，却到处组织"保皇会"，和革命势力相对抗，便转到反动的政治路向去了。辛亥革命后，他又在日本大肆宣传"虚君共和制"，想保存清室的统治权。1917年复到北京参与军阀张勋图谋复辟的反革命叛乱，事败后又在美帝国主义武装保护下逃窜。此后十年奔走于封建余孽、军阀政客之间，甚至到天津朝见废帝溥仪，又成为极端反动的政治人物了。1927年在青岛病死，死前还写奏折向溥仪谢恩呢！

他现在留下来的著作，有《大同书》《康南海诗集》和《文集》等。

他是利用文学来宣传资产阶级改良主义的。在他的诗文集中，政论占绝大多数，纯粹评论文学的作品，为数极少。如《味梨集序》，作于1895年（清光绪二十一年），《人境庐诗草·序》《诗集自序》，作于1908年（清光绪三十四年），《江山万里楼词钞序》作于1924年。《人境庐杂事诗序》则不署年月。从这些作品中，可以看出他对诗词的见解。此外如《与菽园论诗兼寄任公孺博曼宣》（1909年作于槟榔屿），也可提供一些意见。《闻菽园欲为政变说部，诗以速之》（1900年作），则表示他对小说的一些看法。

他在《人境庐诗草·序》中，评黄公度的诗说：

上感国难，中伤种族，下哀生民，博以环球之游历，浩瀚恣肆，感激豪宕，情深而意远，益动于自然而华严随现矣，公度岂诗人哉？而家父、凡伯、苏武、李陵及李、杜、韩、苏诸巨子，孰非以磊砢英绝之才，郁积勃发而为诗人者耶？公度之诗乎！亦如磊砢千丈松，郁郁青葱，荫岩竦壑，上荫白云，下听流泉，而为人所瞻仰徘徊者也。

他以为黄公度并不欲自命为诗人，由于感于国家种族之颠危、民生之憔悴，更以其游历所及，沐浴西欧之文明，反观清廷之顽固守旧，思有以变革而莫展其抱负，因郁积勃发而为诗。其诗之"磊落恣肆，感激豪宕"，实由其人之"磊落英绝"，所谓"有所余于诗之外"，才能"有所立于诗之中"。他更推论到古代伟大诗人如李、杜之伦，都不是有意为诗，而是由于政治道途坎坷，所志郁积不达，才借诗为宣泄的工具。"其蓄之也厚，故其发之也无穷；其念之也深，故其言之也愈切"，并非无病呻吟的。

这种理论，诚然有其合理的所在，然不以诗为时代的呼声，只认为用以宣泄个人郁勃不平之气，对诗之社会作用，实未能有正确的认识。我们知道杜甫之"三吏""三别"《悲陈陶》《哀青坂》等，对唐代安史之乱，都邑之残破，农村之荒芜，人民遭受死亡流离之苦，都有深刻的反映。黄公度诗对甲午战后清廷之丧师辱国，腐败无能，以致帝国主义节节进迫，也表示无穷的愤慨。他们的伟大，不在于宣泄个人之郁勃不平，而在于能深刻地反映时代，康有为的看法是不免"局于一隅"的。

他在黄公度《日本杂事诗序》说：

> 黄子文而思，通以瑟。周历大地，略佐史辂。求百国之宝书，罗午旁魄，其故至博以滋。而日本同文，而讲其沿革、政教、学俗以成其国志，而聋吾国人，用意尤深，宜其达政专对绰绰也。杂事诗者，亦黄子威凤之一羽而已。
>
> 方今日本新强，争我于东方，考东国之故者，其事至急。诵是诗也，不出户牖，不泛海槎，有若臧旻之画，张骞之凿矣。

他认为诗歌有述国政、陈风俗的作用，而陈述外国的政治，风俗如《日本杂事诗》的，更可以供国人的借鉴，与黄所作《日本国志》用意相同，特彼详赡，而此则为"威凤"之一羽而已。

毛泽东同志在《论人民民主专政》一文中指出："自从一八四〇年鸦片战争失败那时起，先进的中国人，经过千辛万苦，向西方国家寻找真理。……要救国，只有维新，要维新，只有学外国。那时的外国只有西方资本主义国家是进步的，它们成功地建设了资产阶级的现代国家。日本人向西方学习有成效，中国人也想向日本人学。"黄公度的《日本国志》和

《日本杂事诗》，正体现了"也想向日本人学"的思想，对当时改良主义的变法运动，也起了推动作用。康有为的看法还是相当正确的。

他在《诗集自序》中说：

> 诗者，言之有节文者耶。凡人情志郁于中，境遇交于外；境遇之交压也瑰异，则情致之郁积也深厚。情者，阴也；境者，阳也。情幽幽而相袭，境嫮嫮而相发。阴阳愈交迫，则愈变化而旁薄。……故积极而发，泻如江河，舒如行云，奔如卷潮，怒如惊雷，咽如溜滩，折如引泉，飞如骤雨。其或因境而移情，乐喜不同，哀怒异时，则又玉磬铿铿，和管锵锵，铁笛裂裂，琴瑟愔愔，皆自然而不可以已者哉！

他推究诗歌产生的根源，是由于情境交迫。愈交迫，则愈变化而旁薄。情不能孤立产生，必待境而后发；境亦非孤立于情之外，必与情互相融合，而后能构成一种艺术境界。作者如不深涉世故，饱历险阻艰难，则所感不深；所感不深，则郁积不厚；郁积不厚，发而为诗，必不能"泻如江河，舒如行云，奔如卷潮，怒如惊雷……飞如骤雨"。而客观的境界，又复变化无端，喜怒哀乐的感情，亦随其变化而变化，于是随其所感而发出来的声音，又如"玉磬铿铿，和管锵锵，铁笛裂裂，琴瑟愔愔"。这些声音虽然不同，然皆出于自然而非由人们之矫揉造作。可以说，屈原之《离骚》，李白之诗歌，都是由于情境交迫产生出来的。而诗人所发出来的声音，有"壮美""优美"之不同，亦是随情境所感，而异其趋向的。

这种理论，基本上说来是对的，但所谓情境交迫的内容，还须进行具体的分析。

凡是具有正确的世界观的作家，情感是健康的，意志是坚强的，不管处境如何困难，绝不为之灰心短气，而且愈磨愈利，愈斗愈强，常思有以冲破困难，实现其美好的理想。他有时"因境而移情"，而最重要的还是"因境而练情""因情而造境"。他对腐恶的现实，常发出一种反抗的呼声，同时还表现他所憧憬的将来光明的境界，因而"阴阳愈交迫，则愈变化而旁薄"。如果世界观是落后的，虽然生活道路上几经波折，但由于看不出正确的方向，挡不住逆流的冲击，有如大海孤舟，逐浪漂流，亦只能发出叹息、哀号、死亡的声音而已。

即就康有为自身来说，前期抱着改革政治的企图，上书请求变法，以致"群疑交集"，不得不离开京师，一腔悲愤，在诗中迸发出来。如《出都留别诸公诗》："高峰突出诸山妒，上帝无言百鬼狞！""怀抱芳馨兰一握，纵横宙合雾千重。""抚剑长号归去也，千山风雨啸青锋。"慷慨激烈，足以动荡心魂。即如《去国吟》："此去东山与西山，白石齿齿松柏顽。或劝蹈海未忍去，且歌惜誓留人间。"也蕴藏着无限悲愤，但他并不因此而消极下来，经过曲折的道路，终于造成"百日维新"的局面。他的一些瑰奇伟丽的诗篇，可以说是"情境交迫"出来的。但是变法失败以后，流亡海外，虽然遍历异国，而由于世界观的倒退，不能认识到不经过革命，绝不能使中国重新站起来，还妄想依附清廷，以完成君主立宪的迷梦，于是发出"临睨旧乡，遭回故国。阅劫已多，世变日非。灵均之行吟泽畔，骚些多哀；子卿之啮雪海上，平生已矣！河梁陇首，游子何之？落月屋梁，水深波阔"（《诗集自序》）的感慨来，这是颓废没落的心情的表现。情境愈交迫，反而愈走下坡路了！如《八月十三日祭六君子于游存簃毕。素月已上，追念戊戌军舰还港时月色，感慨徘徊》一诗：

　　旧时月色雾难开，海上惊看十五回。偶免朝衣赴东市，忽经灰劫哭西台。永伤自首同归日，怕见黄图改色来。救国杀身谁念尔？惊涛拍海夜堪哀。

诗虽然写得悲凉沉郁，而所表现的，也不过保皇党，漂泊天涯，吊古伤今所发出来的哀鸣而已。

他也曾想在诗坛中开辟新境界，创造新风格。《与菽园论诗兼寄任公孺博曼宣》诗云：

　　新世瑰奇异境生，更搜欧亚造新声。深山大泽龙蛇起，瀛海九州云物惊。
　　意境几于无李杜，眼中何处着元明？飞腾作势风云起，奇变见犹神鬼惊。

他以为当前的世界，是崭新的世界，许多瑰奇的事物，都非古人所得见闻，应该把它作为崭新的诗材，营造崭新的诗境。我们不但可以藐视元明，而且可以超乎李杜。新声所播，叱咤风云，震惊神鬼，那些吟风弄月的作品，他们的诗篇，只可"覆酱烧薪"而已。（"吟风弄月各自得，覆酱烧薪空尔悲。"见《与菽园论诗兼寄任公孺博曼宣》第一首）

这可以看出他大胆地革新诗坛的精神，惊破了崇古保守的迷梦。从理论上来说，是进步的。可惜他作此诗时（1900年作于槟榔屿），已经走上了反动的政治路向，崭新的世界中诸种瑰奇的事物，都不能刺激他再向前发展一步，走向资产阶级民主革命的道途。

在论词方面，可举《味梨集序》《江山万里楼词钞序》为例。

他在《味梨集序》中，力辟尊诗卑词的谬论。他以为"四五七言长短句，其体同肇始于三百篇。墨子称'歌诗三百，舞诗三百，弦诗三百'，故三百篇皆入乐之章也。乐章以咏叹淫佚，感移人心为要眇，故其为声高下急曼曲折，亦以长短为宜。……（宋人）实合诗骚乐府绝句而一协于律，盖集辞之大成，文之有滋味者也"。

他以为词是乐章，与三百篇同一系列。《诗》《骚》乐府与唐人绝句皆可歌，宋人实集其大成，从发展上看，比诗为进一步。尊诗卑词，实违反文学发展的趋势。这种看法是合理的。

他以为词的境界，有种种的不同。如"水云曲曲，灯火重重。林谷奥郁，山海苍琅，波涛相撞。天龙神鬼，洲岛渺茫"。（《味梨集序》）

这是说，词的境界，有些是曲折重叠的，有些是深静幽奥的，有些是气魄雄大，如山海之环峙，波涛之相击的，有些是变化无方，如天龙神鬼，隐现出没的，有些是辽廓浩渺，如海上洲岛，渺茫无际的。而这些境界，都是作者从内心磅礴地倾吐出来，益以芬芳之辞，微眇之音，于是乎读者亦随作者之哀乐而哀乐，起着强烈的感染作用，并不光是从欣赏他的艺术境界得来的。所谓"吐旁沛于寸心，既华严以芬芳。忽感入于神思，彻八极乎徬徨。信哀乐之移人，欲揽涕乎大荒。惟情深而文明者，能依声而厉长"。（《味梨集序》）

他把词的内容和艺术形式结合起来是对的，但是作者的思想感情是否健康，是一个关键所在。如果内容淫靡腐烂，或感情极端颓废，这些词对读者是起着腐蚀作用的。如果对阶级矛盾或民族矛盾能有比较深刻的反映，如辛弃疾、张孝祥、张元幹、陆游诸人的词，慷慨激昂，足以作人志气，这些词是应该肯定的。然而作者对词的内容，并没有作具体的分析，是一个很大的漏洞。

《江山万里楼词钞序》说：

> 以绮靡瑰丽之词，达娟婷悱恻之情。运以绵邈哀厉之声，芬芳馨远之气，而词之能事毕。

这和《味梨集序》所说，基本上是相同的。但他以为："韵味之隽，含蓄之深，神情之远，词句之逸，未有若三李者（李白、李中主、李后主）。结唐诗之终局，开宋词之先声，实词家元始之音。"是又在词家中标出三李以为极致。对清初之纳兰容若，以为："《饮水》《侧帽》，庶几乎清水出芙蓉矣。然杂于宋元焉。"可见他对宋词犹有所不满，和《味梨集序》所说有所出入。在我们今天看来，李白的《忆秦娥》《菩萨蛮》，固未可征信。李中主词，除"细雨梦回鸡塞远，小楼吹彻玉笙寒"。为人传诵外，余无可称。李后主前期的词，不脱淫丽之习。后期如"小楼昨夜又东风，故国不堪回首月明中"，"流水落花春去也，天上人间"等词句，诚然脍炙人口，然不过亡国之君回忆过去繁华的宫廷生活所发出来的绝望的声音。其气颓靡，其声凄厉。尽管艺术上的成就很高，而这种不健康的情感，对青年人的影响是很坏的。我们今天所要肯定的，还是辛弃疾、张孝祥一类富于反侵略精神的作品，声情悲壮，气势宏伟，足以使人荡气回肠。康有为的说法，是不免落后的。而以宋词不及三李，也是自相矛盾的。

他对小说的评价，见于《闻菽园居士欲为政变说部，诗以速之》一诗。有人以为"这首诗里，关于小说的巨大的社会作用的理论，关于小说为政治宣传服务的理论，正是梁启超的著名论文《小说与群治之关系》的理论根据"。（见《康有为诗文集·前言》，人民文学出版社1958年版）这些话不免夸大。他虽然看到无论封建士大夫或市井老百姓都很高兴地在阅读小说，小说的地位将要和六经争衡，并立为七。（"衿缨市井皆快睹，上达下达真妙音。方今大地此学盛，欲争六艺为七岑"。亦见《闻菽园欲为政变说部，诗以速之》诗）但也并不是能真正认识到小说能负起为政治服务的职责来，发挥它巨大的教育作用，不过是"茶余酒醒用戏谑"而已。在他看来，小说是"郑声"，不是"雅乐"。不过"郑声"为人情所好，从前孔子要"放郑声"，他则以为不必加以呵责而已。（"郑声不倦雅乐睡，人情所好圣不呵"，同上诗）这样对小说是否能做出正确的评价呢?

综上所述,康有为对诗词小说的评论,互有得失,仅可以供我们参考。他平生最大的成就,实在散文方面。瑰奇雄丽,于清末自成一家,远挹先秦诸子,近继定庵遗绪。如《诗集自序》,诚为不可多得之作。《大同书》中,也有不少好的文章,可惜他没有评论散文的专篇,也就没法加以评述了。

(七) 谭嗣同(1865—1898)

谭嗣同,字复生,湖南浏阳人,出身于大官僚地主家庭中。中日甲午战争后,签订了卖国的《马关条约》,他对清政府之丧师失地,感到非常愤激,强烈地要求变法维新,以拯救中国之危亡。他在当时资产阶级改良主义运动中是比较激进的。对维持封建社会之三纲五常,曾有激烈的批评,对两千年来之专制君主,也加以强烈的指斥,不愧为反封建的一员健将。1898年他在湖南参与组织南学会和创办《湘报》的活动,提倡资产阶级的民权思想。同年秋,参加戊戌变法活动。变法失败后,他和杨锐、刘光第、林旭、杨深秀、康广仁等,一同遭到那拉氏的杀戮。他在未被捕以前,日本公使馆人员曾劝他逃往日本,被他拒绝。他说:"各国变法,无不从流血而成,今中国未闻有因变法而流血者,此国之所以不昌也,有之,请自嗣同始。"这种不怕流血牺牲的精神是难能可贵的。

他的文学主张在《三十自纪》中曾有所论述。他说:

> 嗣同少颇为桐城所震,刻意规之数年,久自以为似矣,出以示人,亦以为似。诵书偶多,广识当世淹通专一之士,稍稍自惭即又无以自达。或授以魏、晋间文,乃大喜,时时籀绎,益笃耆之,由是上溯秦、汉,下徇六朝,始悟心好沈博绝丽之文,子云所以独辽辽焉。旧所为遗弃殆尽。……昔侯方域少喜骈文,壮而悔之。……嗣同亦既壮,所悔乃不在此不在彼。窃意侯氏之骈文,特伪体,非然,正尔不容悔也。所谓骈文,非四六排偶之谓,体例气息之谓也。……子云抑有言:"雕虫篆刻,壮夫不为。"处中外虎争文无所用之日,当盛衰互纽膂力方刚之年,行并其所悔者悔矣。由是自名壮飞……

可知他最初是宗法桐城,其后加以摒弃,进而师法魏、晋,最后谓文无所用,以为"天发杀机,龙蛇起陆,……三十年之精力,敝于所谓考据、词章,垂垂尽矣!勉于世无一当焉,愤而发箧毕弃之"。(见《莽苍苍斋诗·补遗》)

他所以摒弃桐城,师法魏、晋,其原因具见于《论艺绝句六篇》中:

千年暗室任喧豗,汪(中)、魏(源)、龚(定庵)、王(壬秋)始是才。万物昭苏天地曙,要凭南岳一声雷。

自注云:

文至唐已少替,宋后几绝。国朝衡阳王子,膺五百年之运,发斯道之光。出其绪余,犹当空绝千古。下此若魏默深、龚定庵、王壬秋,皆能独往独来,不因人热,其余则章摹句效,终身役于古人而已。至于汪容甫,世所称骈文家,然高者直逼魏、晋,又乌得仅目曰骈文哉?自欧曾归方以来,凡为八家者,始得谓之古文,虽汉、魏,亦鄙为骈俪,狭为范以束迫天下之才,千夫秉笔,若出一手。使无方者有方,而无体者有体,其归卒与时文律赋之雕镂声律,墨守章句,局促辕下而不敢放辔驰骋者无异,于是鸿文硕学,耻其所为,而不欲受其束迫,遂甘自绝于古文,而总括三代两汉,或被以骈文之目,以摈八家之古文于不足道,为八家者,不深观其所以,而徒幸其不与争古文之名,遂亦曰,"此骈文云尔!"呜呼!骈散分途,而文乃益衰,则虽骏发若恽子居,犹未能蠲除习气,其他又何道哉!

桐城派内容空疏,规模狭窄,如方望溪自谓:"学行继程,朱之后,文章在欧、韩之间。"实际上程、朱的哲学,已成为当时御用的哲学,封建统治者,以此来束缚人们的思想,使人们不能自由发抒;而望溪之于程、朱,也并没有什么研究,不过用它来装装门面,以迎合当时君主的嗜好。他的文章,实际上是宗法归有光,远非韩、欧能比,不过敢为大言而已!刘大櫆以为古文当从音节字句间求之,规模愈狭。姚姬传以为"义理""考据""词章"三者不能偏废,其实他所谓"义理",亦不过程、朱之陈言,"考据"非其所长,"词章"方面亦只做到简净的地步。他倡为古文义法,以神、理、气、味、格、律、声、色来衡量文章,把文章局限于狭窄的范围,使作者不能自抒其才气。文章本来是没有固定的方式,固定的体裁的,现在是使无方者有方,无体者有体,于是文章僵化了,毫无创造的精神。谭嗣同所以提出汪、魏、龚、王来,因为他们所走的,都不是桐城派一条路向。汪中"孤秀独出,凌铄一时"(阮元《述学叙录》)。"为文根柢经史,陶冶汉、魏,不沿欧、曾、王、苏之派……卓然成一家言。"(王伯申《容甫先生行状》)章太炎先生,亦谓其"文质相扶,词气异于通俗。上法东汉,下亦旁皇晋、宋之间,而文士以为别传异趣。"(《太炎文录·说林下》)谭嗣同对他极意推崇,和阮、王、章三家的意见,大体是一致的。魏源、龚自珍亦自成一家。王壬秋师法八代,与桐城派完全异趣,然而他对八代之文,字摹句拟,只能成为假古董。谭把他与汪、魏、龚并列,殊不相称。谭认为他能不依傍桐城,所以一律加以赞扬。他不主张骈散分途,要融合二者为一而趋向魏、晋,章太炎先生也有这种主张,不过谭还要特别标出骈文的名称,显示他不屑于桐城之意,还不免于门户之见。而为文师法魏、晋,也可说是冲破了一种旧的范围,又形成了一种新的束缚。作者固不妨涉猎各家而自出新意,自铸伟词,又何必斤斤以魏、晋为法呢?

谭嗣同以为"所谓骈文,非四六排偶之谓,而体例气息之谓"。所谓"体例",是骈散兼行;所谓"气息",是吐辞驯雅,起止自如,无桐城派首尾呼应的痕迹。这些都是属于文章的体裁和艺术表现手法的问题,对文学的思想内容,完全没有涉及。如果思想内容是腐朽的,尽管把骈散融为一体,也还是坏的文章;如果思想内容是进步的,即采用古文的形式来表达,也还是好的作品。这是关键性所在,然而他却把它忽略过去。

至于说"中外虎争,文无所用",亦只能说那些旧的"考据""词章"毫无所用罢了。如果能针对当前的社会现实,深刻地揭露它腐朽的一面,指出一个正确的方向来,则利用文章为宣传的工具,可以使人们的思想意识发生重大的变革,影响是很大的。就他的《仁学》来说,大力批判三纲五常和历代封建帝王的罪恶,尤其是对清廷的腐恶的统治者加以严刻的批评,也给封建统治者以极大的打击,使旧礼教发生根本的动摇,怎能说是"文无所用"呢?不过他到底还是资产阶级改良主义者,想依附光绪来推行新政,变革社会,不敢走向革命一途,终以悲剧收场,不免使人惋惜。

《仁学》是他平生最有名的著作。他写这本书的时候,把桐城文和魏、晋文都抛在一边，非桐城，非魏晋，而是自由奔放，气魄雄大，批评刻辣的文章。

试举其中一两段：

> 天下为君主囊橐中之私产，不始今日，固数千年以来矣。然而有知辽、金、元之罪浮于前此之君主者乎？其土则秽壤也，其人则膻种也，其心则禽心也，其俗则毳俗也，一旦逞其凶残淫杀之威，以攫取中原之子女玉帛，砺狲獝之巨齿，效盗跖之奸人，马足蹴中原，中原墟矣；锋刃拟华人，华人靡矣，乃犹以为未餍，峻死灰复燃之防，为盗憎主人之计，锢其耳目，桎其手足，压制其心思，绝其利源，穷其生计，塞蔽其智术，繁拜跪之仪以挫其气节，而士大夫之才窭矣；立著书之禁以缄其口说，而文字之祸烈矣。且即挟此土所崇之孔教，为缘饰史传以愚其人，而为藏身之固！悲夫！悲夫！王道圣教典章文物之亡也，此而已矣！

深刻地指斥异族统治中国之残忍狡诈，以激起民族反抗精神，文章则一气呵成，毫无斧凿之痕，在桐城文和魏、晋文之外自成一派，到了这个时候，谭嗣同的文章，才可说是卓然有以自立了。

他在维新党人中，胆子是比较大的。他的矛头，直指向清朝政府。他说：

> 夫彼君主……果何所恃以虐四万万之众哉？则赖乎早有三纲五常字样，能制人之身者，兼能制人之心，如庄子所谓："窃钩者诛，窃国者侯。"田成子窃齐国，举仁义圣智之法而窃之也。窃之而同为中国之人，……不可言而犹可言也；奈何使素不知中国……之奇渥温爱新觉罗诸贱类异种，亦得凭陵乎蛮野凶杀之性气以窃中国。及既窃之，即以所窃之法还制其主人。……焚诗书以愚黔首，不如即以诗书愚黔首，嬴政犹钝汉矣乎！（《仁学》）

这样词锋犀利的文章，不但不合桐城的义法，气息亦绝不如魏、晋之雅训。在前一个时期，他有意摒弃桐城而师法魏、晋，到了这个时候，他唯知奋笔疾书，以发抒其对腐恶的现实愤懑憎恶的情绪，文章属于哪一派,他是无暇顾及的,这才把他的真面目显露出来,我们也由此可以知道,一味模仿前人是毫无出路的。

胡适在他所作《五十年来中国之文学》中,认为谭嗣同这类的文章是八股文的变种,这种看法是非常荒谬的。谭嗣同在1884—1894年的十年中,曾六赴南北省试,然而屡试不第。这不但由于他的思想不合时宜,也可以说是他的文章不中八股的程式。他对八股文是抱着轻蔑憎恶的态度的,以轻蔑憎恶八股文的人,乃能写出八股文变种的文章,岂非咄咄怪事!

其次,谈谈谭嗣同对诗的看法。

一是对陶渊明的批评。

他说:

> 陶公慷慨悲歌之士也,非无意于世者。世人惟以冲澹目之,失远矣!(《致刘淞芙书》二)

这种看法,和龚定庵差不多,但他以为陶"学本经术","'道丧向千载'云云,'汲汲鲁中叟'云云,'遥遥沮溺心'云云,皆足为证。"(同上)其诗所以"转多中正和平也者,斯其涵养深纯,经术之效也"。(同上)

说陶为慷慨悲歌之士,而不举他的"精卫衔微木,将以填沧海。刑天舞干戚,猛志固常在"(《读山海经》)。"忆我少壮时,无乐自欣豫。猛志逸四海,骞翮思远翥。"(《杂诗》)来作证明,而拳拳于他的"经术",这是儒家正统派的看法。

其实,陶渊明之所以慷慨悲歌,是由于腐恶现实的刺激。他说:

> 自真风告逝,大伪斯兴,闾阎懈廉退之节,市朝驱易进之心。怀正志道之士,或潜玉于当年;洁己清操之人,或没世以徒勤。故夷皓有安归之叹,三闾发已矣之哀。(《感士不遇赋》)

又说:

> 终日驰车走,不见所问津。若复不快饮,空负头上巾。(《饮

酒》)

唯其看不惯腐恶的现实,而自己又"性刚才拙,与物多忤"。虽有用世之心,而无从施展其抱负,遂发为慷慨悲歌,这和"学本经术"并没有什么直接的关系。

至于说其诗多中正和平之音,是由于他性情率真,不惯于雕琢辞藻,讲求声律,只求把心中所欲言的,用自然流畅的句子写出来,而且不是有意想作诗人,所以和当时异趣,也和经术无关。何况其中多辛酸郁勃之词,并非中正和平所能包括。

他又说:

> 尝云学诗宜穷经,方不终身囿于词人。(《致刘淞芙书》二)

其实"穷经"是一回事,作诗又是一回事。试问经学湛深的汉儒,有谁能写得出好诗来?宋儒当中除了朱熹,明儒当中除了陈白沙以外,又有谁能写得出好诗来?谭嗣同是思想比较前进的人,乃发为此种言论,殊可诧异。

二是论自己作诗的途径。

他说:

> 嗣同于韵语,初亦从长吉、飞卿入手,旋转而太白,又转而昌黎,又转而六朝,近又欲从事玉溪……(《致刘淞芙书》二)

说他自己辗转效法他人,并不能指出作者自有其身世,自有其思想感情,自有其精神面目,并不是效法他人所能为功(这并不是说不要认真读前人的著作),这也是形式主义者的看法。

他的《莽苍苍斋诗》,如:

> 河流大野犹嫌束,山入潼关不解平。(《潼关》)
> 入塞万山青露顶,穿林一磬响摩空。(《登山观雨》)
> 烟消大漠群山出,河入长天落日浮。(《和景秋坪……拂云楼诗》)

> 万山迎落日，一鸟堕孤烟。(《病起》)
> 地沉星尽没，天跃日初镕。(《晨登衡岳祝融峰》)

这些都气势雄放，不唯描绘祖国伟丽的山河，也显示了他胸襟的伟大。这些都是触景而发，并不是从模拟长吉、飞卿、玉溪等得来的。

他后来是如何转向新诗的？

所谓"新诗"，其内容是怎样的？

梁任公《饮冰室诗话》说：

> 复生（谭嗣同）自喜其新学之诗。……盖当时所谓新诗者，颇喜挦扯新名词以自表异，……而复生亦篡嗜之。其《金陵听说法》云："纲伦惨以喀私德（印度分人为等级之制），法令盛于巴力门（议院）。"

有意创新，实际上不过搬弄新名词。不独不能开辟新路，而且走入魔道。当时的中国，受到英、法、俄等帝国主义的侵略，酿成瓜分的局面，可以刺激人们的心目的至多，谭嗣同没有大力提倡诗歌应为时代的一面镜子，而着意搬弄新名词，比起黄公度来，便差得远了。（谭主要的成就在哲学方面，这也难怪。）

(八) 梁启超 (1873—1929)

梁启超，字卓如，号任公，广东新会人。出生于一个小地主家庭。1889年，举于乡。1890年，从学于康有为。1894年，入京会试，值中日甲午战争，感到非常愤慨。次年，《马关条约》订立，同康有为公车上书。强学会成立，梁任书记。1896年，在上海主编《时务报》，发表《变法通议》等论文，风靡海内，声名鹊起。1897年，任长沙时务学堂总教习，与谭嗣同、黄遵宪等创办南学会，创刊《湘学报》。1898年，清光绪帝召见，令办大学堂译书局事务，助康有为变法，失败后逃亡日本。

他是康有为的信徒，走的是改良主义政治路线。当时主张变法维新，意在救亡图存，具有进步意义。他用学会、学堂、报馆等武器向古老陈旧的封建社会进攻，打破了顽固守旧的传统，促使中国人民觉醒，向西方寻找真理，开辟了一条新路，影响是很大的。

戊戌政变、义和团运动和八国联军之役，一再暴露了清政府的腐朽无能，广大知识分子，都认为清政府非推翻不可，孙中山领导的资产阶级民主革命势力，遂顺应客观形势不断地发展起来，可是梁启超却没有从失败中获得教训，与时代背道而驰。他逃亡日本后，成立保皇会，创办《清议报》《新民丛报》，鼓吹改良主义思想，和民主革命势力相对抗。他虽然咒骂"逆后""贼臣""豺狼枭獍"，实际上还是拥护光绪帝，维护清政权，阻碍新生革命势力的发展的。他虽然有时也谈"革命"，但正如孙中山先生所说："彼谈革命者，欲笼络革命志士也。"

随着民主革命势力的发展，同盟会在日本东京成立，创刊了《民报》，与改良主义者展开大论战，梁启超反动面目愈加暴露。1911年，爆发了辛亥革命，推翻清王朝的统治，结束了两千多年来封建专制制度，然而北洋军阀袁世凯，却起来篡夺了革命成果。梁启超便于1912年回国，向袁投靠为司法总长。后来袁世凯想做皇帝，他曾作《异哉！所谓国体问题者》一文，表示反对的意见，也曾轰动一时。1916年袁世凯称帝倒台后，他又投靠皖系军阀段祺瑞为财政总长。段倒台后，梁乃游历欧洲。1919年回国，宣告"政治退隐"，从事教育与讲学生活。五四运动后，中国共产党成立，中国革命进入一个新的历史时期，梁便把反对资产阶级革命派的锋芒转而指向共产党。鼓吹中国社会，根本不存在阶级斗争，中国人民几千年来一直生活在"自由""平等"的社会中的谬论。1929年死去。所著有《饮冰室合集》。以《墨经校释》《中国历史研究法》《清代学术概论》为较好的作品。

梁启超对文学的看法随着时代的变化和他自己的感受而有所不同。

他在《三十自纪》中说：

> 八岁为文，九岁能缀千言，十二岁应试学院补博士弟子员。日治帖括，虽心不慊之，然不知天地间于帖括外有所谓学也。……家贫，无书可读，惟有《史记》一，《纲鉴易知录》一，王父父母日以课之，故至今《史记》之文，能成诵者八九。父执有爱其慧者，赠以《汉书》一，姚氏《古文辞类纂》一，则大喜，读之卒业焉。

可知他对桐城派古文也曾诵习过，但他对这一派的文章却有所不满。他说：

> 方苞与同里姚范、刘大櫆共学文，诵法曾巩、归有光，造立所谓古文义法，号曰桐城派。……咸同间，曾国藩善为文，而极尊桐城……，桐城亦缘以增重，至今犹有挟之以媚权贵、欺流俗者。……然此派者，以文而论，因袭矫揉，无所取材；以学而论，则奖空疏，阏创获，无益于社会。……（《清代学术概论》）

曾国藩，号为桐城派后劲，以推尊桐城故，因而奔走天下之人，此派文章竟成为"媚权贵、欺流俗"的工具，梁的指斥是对的。这一派到了五四运动的时候，以林纾为其代表，出死力与新文学运动相抵抗，是反动的、落后的。

梁启超又说：

> 启超夙不喜桐城派古文，幼年为文，学晚汉、魏、晋，颇尚矜炼。（《清代学术概论》）

但到了后来，他要利用文学来宣传改良主义的思想，感到要使他的主张深入到群众当中，引起思想上重大的变化，无论学桐城，学魏、晋，都不免使人感到艰深，不能达到目的，所以他在编辑《新民丛报》《新小说》时，便创出一种新文体来。他说：

> 至是自解放，务为平易畅达，时杂以俚语、韵语及外国语法，纵笔所至不检束，学者竞效之，号新文体，老辈则痛恨，诋为野狐禅。然其文条理明晰，笔锋常带情感，对于读者，别有一种魔力焉。（《清代学术概论》）

这种自述，并不算夸张，在宣传改良主义思想上确曾起了很大的作用。然就他的流弊说，是"堆砌""排比""空洞""浮夸"，往往一句话可衍为数十句。如他的《少年中国说》：

> 老年人如夕照，少年人如朝阳。老年人如瘠牛，少年人如乳虎。老年人如僧，少年人如侠。老年人如字典，少年人如戏文。老年人如

鸦片烟，少年人如勃兰地酒。老年人如别行星之陨石，少年人如大海洋之珊瑚岛。老年人如埃及沙漠之金字塔，少年人如西比利亚之铁道。老年人如秋后之柳，少年人如春前之草。老年人如死海之潴为泽，少年人如长江之初发源。此老年人与少年人性格不同之大略也。

这种文章，实在是浪费笔墨。以后他自己也逐步转变过来了。

就他写作的思想内容来说，他自己的批评也有值得我们注意的地方。他说：

> 启超务广而荒，每一学稍涉其樊，便加论列，故所述著多模糊影响笼统之谈，甚者纯然错误，及其自发现而自谋矫正，则已前后矛盾矣。(《清代学术概论》)

唯其思想上没有酝酿成熟而轻于下笔，以致前后矛盾，"不惜以今日之我与昨日之我挑战"，这样变来变去，不过投机取巧而已！

他又有诗题其女令娴，《艺蘅馆日记》第一编云：

> 吾学病爱博，是用浅且芜。尤病在无恒，有获旋失诸。凡百可效我，此二无我如。(《梁任公诗稿手迹》)

唯其"爱博"，唯其"无恒"，所以他的著述，大抵只可为启蒙之用，精深者绝少，这也是值得我们鉴戒的。

梁启超对文学的看法最突出的，是把小说的地位空前提高。从前以为小说是不登大雅之堂的，不承认它在文学上有若何重大的价值。梁则以此为宣传政治思想的最好工具。他在《译印政治小说序》中说：

> 在昔欧洲各国变革之始，其魁儒硕学，仁人志士，往往以其身之所经历及其胸中所怀政治之议论，一寄之于小说。于是彼中辍学之子，黉塾之暇，手之，口之，而兵丁，而市侩，而农氓，而工匠，而车夫马卒，而妇女，而童孺，靡不手之，口之。往往每一书出，而全国之议论为之一变。彼英、美、奥、意、日本各国政界之日进，则政治小说为功最高焉。

他认为要改变全国之舆论,促进政治之发展,小说之功为最高。结合他当前的现实,无疑是用小说来宣传改良主义的思想。

1902 年变法维新运动失败后,他写了一篇《论小说与群治之关系》的长文,以为要革新政治、风俗、道德、宗教、艺术、人心,必先革新小说。

他以为小说所以能深入人心的原因:①是能引导人游于理想世界,弥补现实世界的缺憾。②是对于现实世界的情状,能彻底揭露、写出人心中所欲言。这是说,小说可分为理想与写实两派,都能使人深深感动。

他认为小说有四种力量:①是熏。即小说的感染作用。如入云烟中而为其所烘,如近墨朱处而为其所染。②是浸。即小说的沉浸作用。读《红楼梦》者,必有余恋,有余悲。读《水浒》者,必有余快,有余怒。③是刺。即小说的刺激作用。如读林冲雪天三限,武松飞云浦一厄,……忽然发指。读晴雯出大观园,黛玉死于潇湘馆,忽然泪流。④是提。即小说的同化作用。"凡读小说者,必常若自化其身焉,入于其中而为其书之主人翁"。

对小说之艺术特点,都能扼要指出。

其次论小说与群治之关系,像空气菽粟之于人。空气而苟含秽质,菽粟而苟含毒性,则必使人憔悴、萎病、惨死。因而推论空国群治腐化的总根源,都受小说的影响。如"状元宰相""才子佳人""江湖盗贼""妖巫狐鬼",种种思想,都是从小说中来。甚至"国民轻信义,权谋诡诈,苛刻浮薄,沉溺声色,……曰唯小说之故"。更厉害的指责是:"今我国民,绿林豪杰,遍地皆是。日日有桃园之拜,处处为梁山之盟。所谓大碗酒,大块肉,分秤称金银,论套穿衣服等思想,充塞于下等社会之脑中,遂成为哥老、大刀等会。卒至有如义和拳者起,沦陷京师,启召外戎,曰惟小说之故。"因而他最后提出:"今日欲改良群治,必自小说革命始。欲新民,必自新小说始。"

他重视小说的功用和影响,把它的地位空前提高,提出了"小说革命"的口号,企图把小说的内容从封建传统思想的束缚中解放出来,为当前的政治服务,用以改变人民的思想,推动社会前进,在当时来说,是具有进步意义的。然而其中有许多错误,必须加以指出和批判。

他把小说分为理想和现实两派,大体说来是对的,然而两者的关系,他却没有指出来。

所谓"写实",并不是对客观现实刻板的描写,必须通过作者主观的选择;不徒为消极的反映,而且要能起一种积极推动作用。它"从现实出发而又高于现实",在黑暗社会中也隐隐透露出曙光,引导人们向前进,其间便有作者的理想存在。在社会主义社会,现实虽然是光明的,但不能说是完美的,伟大的作家,还要运用崇高的理想,使它再向前发展一步,"从胜利走向胜利"。所以写实派是不能脱离理想的。反过来说,所谓理想派,境界虽然是虚构的,而构成艺术的材料,必须从现实中来,对虚构的人物性格,也必须从现实人物中吸取。如《西游记》中孙行者的机智,猪八戒的贪图逸乐、爱说谎话,唐三藏的信念专一而胆小怕事等,都是具有真实人物的性格的。而具有崇高理想的伟大作家,他的理想,也不是完全脱离现实的,而是将来可能实现的,是可以把黑暗转为光明的。如果徒然驰骋想象,和现实毫不发生关系,这样的作品,是没有什么意义的。梁氏看到了两种派别之不同,而对其互相关系之点,却没有指出。

至于他把中国群治腐化之总根源通通归到小说方面去,这完全是一套唯心主义的看法。小说是文学的一部门,是人类一种意识形态的表现。不是人类的意识决定社会的存在,而是社会存在决定人类的意识。由于不平等的封建社会制度存在,封建统治者加深对人民的剥削,人民生活在水深火热中,到了忍无可忍的时候,便纷纷起来反抗,这便是所谓"社会动乱的根源"。如果把封建制度根本打垮了,骑在人民头上的封建统治者也垮台了,是可以把腐恶的社会转到光明方面去的,是可以使社会安定下来的。梁氏不从社会制度去找总根源,却把种种腐恶的现象都归结为是受小说的影响,是非常错误的。

当时清王朝的统治已摇摇欲坠,革命的浪潮已经汹涌澎湃起来,各地的会党和起义的人民,已经汇合成时代的巨流,然而作者却恶毒地诅咒:"今我国民,绿林豪杰,遍地皆是。日日有桃园之拜,处处为梁山之盟。"把所谓"充塞于下等社会的"江湖盗贼思想,看作毒蛇猛兽,而且诅咒义和团"沦陷京国,启召外戎",这正反映出改良主义者对革命仇视的态度,暴露了他们反动阶级的本质。

作者提倡"小说革命",同时还提出"诗界革命"。不过他也和谭嗣同一样,搬弄一些新名词,闯不出一条新路来。而推崇黄公度为能"以旧风格含新意境""熔铸新理想以入旧风格",推为诗界革命的巨子,其实黄诗也还是属于改良主义的范畴,并不能真正举起革命的旗帜,但在晚清来说,还是有代表性的反帝反侵略的诗人,梁的推崇还是有眼光的。

梁启超最后十年的生活,是讲学的生活。在他的讲演中,在文学上也暴露了许多错误的观点,即以《情圣杜甫》(1922年5月21日为诗学研究会讲演)为例。

(1) 艺术是情感的表现。

他说:

> 艺术是情感的表现。情感是不受社会进化法则支配的,不能说现代人的情感一定比古人优美,所以不能说现代人的艺术一定比古人进步。

"作为观念形态的文艺作品,都是一定的社会生活在人类头脑中的反映的产物。"(毛泽东《在延安文艺座谈会上的讲话》)梁以为艺术是情感的表现,是属于唯情论的范畴,这是唯心主义者的看法。

客观存在的社会生活,必须通过作者主观情感的理会,才能在艺术上表现出来,固然是对的,但绝不能把艺术只看作主观情感的表现。如果这样,便是承认艺术的泉源只存在于人的主观世界,而不是反映客观世界了。这是唯心论与唯物论的分歧。

而且梁所说的感情是抽象的,是超阶级的。"在阶级社会中,只有阶级感情,而没有超阶级的感情。"(毛泽东《在延安文艺座谈会上的讲话》)由于作者的阶级不同,爱和憎的感情也就随着不同。资产阶级的文学作家,对无产阶级的文学采取敌视的态度,就是阶级立场不同的缘故。

梁实秋曾说过:"从人心深处流露出来的情思,才是好的文学。""文学家所代表的,是普遍的人性,一切人类的情思。"梁启超的看法和他是一致的,还不能超越唯心主义的范畴的。

在漫长的历史阶段中,阶级斗争不断地继续,人类的感情也随着不断地变化,也绝不能说感情是不受进化法则支配的,也绝不能说今人的感情一定不比古人优美,所以也不能说现代人的艺术一定不比古人进步。

(2) 对写实派的看法不正确。

他把杜甫当作"半写实派",理由是:"他处处把自己主观情感暴露,原不算写实派的做法。但如《羌村》《北征》等篇,多用第三者客观的资格，描写所观察得来的环境和别人情感，从极琐碎的断片详密刻画，确是近世写实派用的方法，所以可叫'半写实'。"

其实，所谓写实派也未尝不暴露他自己主观的情感、对社会现象的爱和憎，在他所描写的客观环境中，也还不断地透露出来，不过不那么明显罢了。照梁的看法，必须是"自然主义"，才可以当得起写实派的名称，其实所谓纯客观的描写，在文学上实际是不存在的。

至于所谓"从极琐碎的断片详密刻画"，在我们看来，所谓"极琐碎的断片"，也必然是有代表性的，譬如《儒林外史》中的严贡生，临死时看见油盏中燃烧着两根灯草，伸出两个指头来，可以显示他到死还是非常悭吝，也并不是枝枝节节的描写。梁的说法也还是没有经过分析的。

（3）他主张"为美的艺术"。

他表面上对当时争论的"为人生的艺术"和"为美的艺术"，不作若何袒护，其实他所着重的还是在后者。他说：

> 人生的目的，不是单调的，美也不是单调的。为爱美而爱美，也可以说为的是人生目的，因为爱美本来是人生目的的一部分。诉人生痛苦，写人生黑暗，也不能不说是美。因为美的作用，不外令自己或别人起快感。痛楚的刺激，也是快感之一。……像情感怎么热烈的杜工部，他的作品，自然是刺激性极强，近于骂叫人生目的那一路，主张人生艺术观的人固然要读它；但他的哭声，是三板一眼地哭出来，节节含着真美，主张为美艺术观的人，也非读它不可。

说来说去，还是把"为人生的艺术"，也归到"为美的艺术"这条路去。因为哭的人生，也未尝不是美呀！在我们看来，艺术是一定的社会生活在人类头脑中反映的产物，一切艺术，皆离不了人生。而且所谓美，也是有阶级性的，封建士大夫以"弱不禁风"的女性为美，无产阶级则以体魄强健者为美，而梁氏所谓美，则是抽象的、超阶级的。"在现在世界上，一切文化或文学艺术都是属于一定的阶级，属于一定的政治路线的。为艺术的艺术，超阶级的艺术，和政治并行或互相独立的艺术，实际上是不存在的。"（毛泽东《在延安文艺座谈会上的讲话》）梁启超主张"为美的艺术"实际上是属于资产阶级的范畴。

（九）严复（1854—1921）

严复，字幾道，福建侯官（今福州）人。家道很贫穷，父亲是一个儒医，在严复十四岁那一年，便死了，全靠母亲做女红维持生活。严复考进了洋务派举办的船政学堂，毕业后于1877年派往英国留学。那时正是达尔文《物种原始》出版二十年之后，它以大量事实论证了生物界"物竞天择，适者生存"的变化发展规律，严复受到了很大的影响，认为中华民族必须奋发图强，才能生存。那时也是马克思长期侨居英国的时候，《资本论》也已出版了十多年，但严复是一心向往资产阶级的改良主义者，这种学说却对他没有产生丝毫影响。

严复到英国，本来是学海军，但他却留心西洋的政治、学术，为他后来回国后介绍西洋文化打好了基础。

1879年严复回国，担任北洋水师学堂总教习。甲午战争失败后，他发表文章，主张变法维新。1895年，他翻译了英人赫胥黎的《天演论》，1898年正式出版。于是，"物竞天择，适者生存"之说轰动一时，在中国思想界起了很大的影响。他是中国近代最早系统地介绍西方资产阶级哲学、政治学、经济学、逻辑学等的启蒙思想家，但他也是一个"教育救国论"者。对康有为、梁启超的变法运动，他都认为操之过急，是资产阶级改良主义中一个右倾的人物。晚年主张尊孔读经，参加了袁世凯称帝的复辟活动，为"筹安会"六君子之一，完全站到封建主义反动派一边去了，于是声名堕地，于1921年死去。他所翻译的书籍，除赫胥黎的《天演论》外，还有亚当·斯密的《原富》、孟德斯鸠的《法意》、约翰·穆勒的《群己权界论》和《名学》（未译完）、斯宾塞的《群学肄言》、耶方斯的《名学浅说》等。他早期的著作，如《原强》《论世变之亟》《救亡决论》《辟韩》等，都是重要的作品。

严复并没有批评文学的专论，但在他的早期著作中，可以找出一些重要的论点来。

（1）是对"义理""考据""词章"的大胆抨击。

桐城派古文家姚鼐认为"义理""考据""词章"三者不可偏废。曾国藩极尊桐城，在他的《圣哲画像记》中把姚鼐跻到周公、孔子之列，以为他"粗解文章，实姚先生启之"（《圣哲画像记》）。"举天下之美，无以易乎桐城"《欧阳生文集序》。而且极力赞同姚鼐"义理、考据、词章三者不可偏废，必以义理为质，而后文有所附，考据有所归"（《欧阳生文集序》）之说，曾风靡一时。严复自己所写的文章，虽然还是属于桐城派，但他早年锐意向西方探求真理，却把所谓"义理""考据""词章"全部加以否定。

他在《救亡决论》中说：

> 超俗之士，厌制义，则治古文词；恶试律，则为古今体。鄙折间者，则争碑版篆隶之上游；薄讲章者，则标汉学考据之赤帜。于是此追秦、汉，彼尚八家。归、方、姚、刘，恽、魏、方、龚。唐祖李、杜，宋称苏、黄。七子优孟，六家鼓吹。魏碑、晋帖、南北派分。……戴阮秦王，直闯许郑。……诸如此伦，不可殚述。然吾得一言以蔽之，曰：无用。非无用也，凡此皆富强而后，物阜民康，以为怡情适兴之用，而非今日救弱救贫之切用也。

这是对"词章""考据"的否定。认为这些东西，只可以点缀升平，排遣情性，对当前贫弱的中国，毫无作用。

他又说：

> 其最高者，侈陈礼乐，广说性理。周、程、张、朱、关、闽、濂、洛。学案几部，语录百篇。……经营八表，牢笼天地。夫如是，吾又得一言以蔽之曰：无实。非果无实也，救死不赡，宏愿长赊。所托愈高，去实滋远。徒多伪道，何裨民生也哉？（《救亡决论》）

这是对"义理"的否定。他以为这些高谈阔论，完全和实际脱离，徒然增长许多虚伪的道学家，对中国当前危急的局势，却丝毫不能挽救。他对这些高谈"义理"的人，还指名攻击。他说：

> 西洋晚近言学，则先物理而后文词，重达用而薄藻饰。且其教子弟也，必使其自竭其耳目，自致其心思。贵自得而贱因人；喜善疑而慎信古。故赫胥黎曰："读书得智，是第二手事，惟能以宇宙为我简编，名物为我文字者，斯真学耳！……"而回观中国则何如？夫朱子以即物穷理释格物致知，是也；至以读书穷理言之，风斯在下矣。

> 且中土之学，必求古训。古人之说，既不能明，即古人之是，亦不知其所以是。记诵词章既已误，训诂注疏又甚拘。江河日下，以致于今日之经义八股，则适足以破坏人才，复何民智之开之与有耶？（《原强》）

他以为西方的学问，以实际的事物为研究对象，直接地加以探索。自运其心思才力，不肯迷信古人、书本的学问，不过聊供参考而已。而我们中国，则直接以书本为研究对象，读书就是学问，这样便跳不出古人的圈子，而且和当前的现实有绝大的距离。闭门造车，怎么能出门合辙呢？朱子教人即物而穷其理，是对的，教人读书穷理，便发生重大的错误。

明末的颜习斋曾批评朱熹说："朱子论学，只是论读书。"（《存学篇》）"千余年来，率天下人入故纸堆中，耗尽身心气力，作弱人、病人、无用人者，皆晦庵为之也。"（《朱子语类评》）

严复的批评是中肯的。

此外，是对陆象山、王阳明的批评。他说：

> 夫陆、王之学，质而言之，直师心自用而已。自以为不出户，可以知天下，而天下事与其所知者果相合否？不径庭否？不复问也，自以为闭门造车，出而合辙，而门外之辙与其所造之车果相合否？不龃龉否？又不察也。……持之似有故，言之若成理。其甚也，如骊山博士说瓜，不问瓜之有无，议论先行蜂起，秦王坑之，未为过也。……惟其自视太高，所以强物就我。后世学者乐其径易，……遂群焉趋之。……其为祸也，始于学术，终于国家。……（《救亡决论》）

无论是客观唯心主义的朱熹，或是主观唯心主义的陆象山、王阳明，他认为都是要不得的，这样，姚鼐所谓以义理为质的，便完全垮台了。

他对"义理""考据""词章"的否定，当然不是直接批评姚鼐的，也不是专门针对文学来批评的。然而这些大胆的否定，实足以惊醒守旧的封建文人，使他们睁开眼睛来看看世界。

（2）是对韩愈的批评。

韩愈是被认为"文起八代之衰，道济天下之溺"（苏轼《潮州韩文公庙碑》）的伟大文学家，他的《原道》篇，尤为后世封建文人所传诵。他在里边阐明儒家的道统是:"尧以是传之舜,舜以是传之禹,禹以是传之汤,汤以是传之文武周公,文武周公传之孔子,孔子传之孟轲,轲之死不得其传焉。"实际上是说他自己是孟轲的继承人,是正统派封建文人,也承认他是负担起儒家道统来的,这是何等尊严!但严复写了一篇《辟韩》的文章,把他根本驳倒。

韩愈以为古时候人之祸患很多,如虫蛇禽兽的侵袭、饥寒的压迫、巢居穴处的危险、疾病的威胁等。有圣人出来,为之驱除虫蛇禽兽,为之供给粮食,制造衣裳,为之居室,为之解决医药问题,并作为礼乐刑政以教化他们,防止侵夺,等等。

> 如古之无圣人,则人之类灭久矣。何也?无羽毛鳞介以居寒热也,无爪牙以争食也。(《原道》)

严复驳他说:

> 如韩子之言,则彼圣人者其身与先祖父,必皆非人焉而后可⋯⋯使圣人与其先祖父而皆人也,则未及其生,未及成长,其被虫蛇禽兽寒饥土木之害而夭死者,固已久矣,又乌能为之礼乐刑政以为他人防备患害也哉?
>
> 且使民与禽兽杂居,寒至而不知衣,饥至而不知食,凡所谓宫室器用,医药埋葬之事,举皆待教而后知为之,则人之类灭久矣!(《辟韩》)

人类社会一切事业之进步发展,都靠人民群众的力量,并非靠一两个"圣人"。"圣人"在古代既无羽毛鳞介爪牙,也便要和常人一样活活死掉,绝不能超出人群之外,制作礼教刑政来教化人民。人民群众如果连衣食住等问题都要靠"圣人"来解决,也就老早灭亡了,"圣人"也无从作为礼乐刑政来教育他们了。这是何等尖锐的驳斥!

韩愈又说:

> 是故君者,出令者也;臣者,行君之令而致之民者也;民者,出粟米丝麻,作器皿,通货财以事其上者也。君不出令,则失其所以为

君;臣不行君之令,则失其所以为臣,民不出粟米、丝麻,作器皿,通货财以事其上,则诛。(《原道》)

严复驳他说:

> 孟子曰:"民为贵,社稷次之,君为轻。"此古今之通义也。而韩子不云尔者,知有一人而不知有亿兆也。老子言曰:"窃钩者诛,窃国者诸侯。"夫自秦以来为中国之君者,皆其尤强梗者也,最能欺夺者也。秦以来之君,正所谓大盗窃国者耳。国谁窃?转相窃之于民而已。既已窃之矣,又恐其主之或觉而复之也,于是其法与令猬毛而起,谁知患常出于所虑之外也哉?(《辟韩》)
>
> 今韩子务尊其尤强梗最能欺夺之一人,使安坐而出其为所欲为之令,而使天下之民各出其苦筋力、劳神虑者以供其欲,少不如意焉则诛之,天之意固如是乎?道之原固如是乎?(同上)

他以为主权是属于人民的,秦以来的君主,以暴力窃取人民的主权,都是窃国的大盗,然而却安稳地坐下来,向人民发号施令,来满足他个人的私欲,谁敢不服从,就砍掉他的头,韩愈以为这是天经地义,难道道的大原就是这样的吗?这是资产阶级一种民权思想的表现,在今天看来,当然不算什么,但在当时来说,曾经掀起政治界、学术界的轩然大波,不可忽视。

谭嗣同在《仁学》里,也有同样的论调。

他说:

> 故尝以为二千年之政,秦政也,皆大盗也。……天下为君主囊橐中之私产,不始今日,固数千年以来矣。
>
> 生民之初,本无所谓君臣,则皆民也。民不能相治,亦不暇治,于是共举一民为君,……夫曰共举之,则因有民而后有君,君,末也;民,本也。天下无有因末而累及本者,亦岂可因君而累及民哉?……岂谓举之,戴之,乃以竭天下之身命膏血,供其盘乐怠傲,骄奢而淫杀乎?供一身之不足,又滥纵其百官,又欲传之世世代代子孙,一切酷毒不可思议之法,由此其繁兴矣。

谭之持论，比严为激烈，然而他的《仁学》，成书于1896—1897年间，而且在谭的生前深恐触犯忌讳，不敢出版。严复的《辟韩》，作于1895年，而且在同年发表，应该说是在中国近代史上最早的猛烈反对专制、提倡民主的一篇理论文章。

一年以后，梁启超在上海发行《时务报》时，还把它转载。《辟韩》发表了两个月之后，张之洞就叫屠守仁写了一篇《辨〈辟韩〉书》，也在《时务报》上发表。痛骂严复说："今《辟韩》者溺于异学，纯任胸臆。义理则以是为非，文辞则以辞害意，乖戾矛盾之端，不胜枚举。"据说严复当时还要罹不测之祸，经过人们的疏通，才平息下去。可见当时使顽固的守旧派震惊的情形。

《辟韩》意在宣传民权思想，当然不是意在文艺批评，然而韩愈在中国传统的封建文人中，有着崇高的地位，而《原道》又是一篇所谓"煌煌大文"，为他们所钦式，把它大力地加以抨击，对当时文艺批评界的影响是相当大的。

以上是说到严复思想进步的一面，下面再就他反动的、落后的一面谈一谈。

（1）坚持用古文来从事翻译，不肯有所改进。

他标出翻译的三个标准：一是"信"，二是"达"，三是"雅"。

"信"是真实，"达"即达诣，即意义不背乎本文，而词句时有所颠倒附益。或将"全文神理融会于心"，"前后引衬，以达其意"。凡此经营，皆所以为"达"，为"达"，即所以为"信"也。他以为"精理微言，用汉以前字法句法，则为达易；用近世利俗文字，则求达难"（《天演论·导言》）。所以他采用古文而不用通俗文字。又恐"言之无文，行而不远"，故又"求其尔雅"。他的说法是不足令人信服的。我们现在所翻译的外国作品，都是不用古文而用语体文来翻译的，也就是严复所谓"近世利俗文字"。从"信"和"达"来说，都远远超过前人。那自然是现代的人积累了许多前人翻译的经验而有所提高，但也很清楚地说明运用"近世利俗文字"来翻译，并不难做到"信""达"二字。严复之所以不肯这样做，是有他的原因的。梁启超在《新民丛报》曾和严复讨论过《原富》的翻译，说他对文字的结习未除，所以还喜用高深的文辞，希望他把文辞通俗化，提出一个"文界革命"来。严复在复书上却说：

> 窃以为文辞者，载理想之羽翼，而以达情感之音声也。是故理之精者，不能载以粗犷之辞；而情之正者，不可达以鄙倍之气。……目前执事已知文体变化与时代之文明程度为比例矣，而其论中国学术也又谓战国、隋、唐为达于全盛而放大光明之世矣，则宜用之文体，舍二代其谁属焉？……若徒为近俗之辞以取便乡僻市井乡僻之不学，此于文界乃所谓陵迟，非革命也。且不佞之所从事者，学理邃积之书也，非所以饷学童而望其受益也。吾译正以待中国多读古书之人，使其目未睹中国之古书而欲稗贩吾译者，此其过在读者，而译者不任受责也。……苟然为之，言庞意纤，使其文之行于时，若蜉蝣旦暮之已化，此报馆之文章，亦大雅之所讳也。故曰：声之妙者，不可同于众人之耳；形之妙者，不可混于世俗之目；辞之衍者，不可同于庸夫之听。非不欲其喻诸人人也，势不可也。（《与梁任公论所译〈原富〉书》）

他认为他所翻译的书，是意义深邃、文辞美妙的，是用以供给中国多读古书之人，而不在于"世俗""众人""庸夫"。这些人民群众，他是极端瞧不起的，他们是无法了解他所翻译的高深的作品的。"阳春之曲，和者必寡"，那是当然的呵！

他以为他所用的文体，是汉、唐两代以至战国的文体。那些"近世利俗文字"，是报馆的文章，如蜉蝣一样，朝生暮死，绝不能传诸久远，是"大雅"所不为的。

唯其他的对象，是在"中国多读古书之人"，所以他的影响只限于上层的封建士大夫，而不是人民群众，而所谓"鼓民力""开民智""新民德"的实际的效果，也就微乎其微了。

他的文章也未见得若何高明。章太炎先生批评他说："复辞虽饰，气体比于制举。"（《太炎文录·说林下》）

这是说，八股文的气味很深。在桐城派中也不过充充数而已。和汉、唐两代以至战国时代相距甚远，乃欲以此垂名千古，也未免太不自量了！

（2）谓古文辞有永久的生命，绝不会死亡。

严复到了晚年，一切都在开倒车。早期以为"义理""考据""词章"都是"无用""无实"，后期却以为古文辞绝不会死亡。他在《涵芬楼文钞序》中说：

> 物之存亡，系其精气。咸其自取，莫或致之。……自宋历明以至于今，古文辞未尝亡也。以向之未尝亡，则后之必有存，固可决也。
> 若夫古之治文辞而遂至于其极者，岂非意有所愤懑，以为必待是而有以自通者欤？非与古为徒，冥然独往，而不关世之所向背者欤？非神来会辞，卓若有立，虽无所得，乃以为至得者欤？

他以为古代作文章的人，由于对当时现实有所不满，而又无法加以变革，于是把愤懑不平之气一泄之于文辞。这种文辞，是他的精神所寄，是不可磨灭的。他神往于古人，不随世俗为向背，情感是很高洁的。他胸中超然自得，不像世人"为帖括，为院体书，浸假而为汉人学"，"为诗歌，为韩、欧，苏氏之文樊然不同而其弋声称，罔利禄也"（《涵芬楼文钞序》）。是以无所得为至得的。这些说法，看起来是很空洞，实际上是严复自己的写照。他到了晚年，看见了革命的浪潮日益高涨，而他的思想却回到尊孔读经一条路，感到非常愤懑而又无法挽回，于是借古文辞为发抒的工具，以之为自己的小天地，从而陶醉其中，和时代背道而驰，也在所不惜，而且以为自己能特立独行，这种立场完全是反动的、落后的。

至于他论诗，倒还有一些合理的见解。他说：

> 光景随世开，不必唐宋判。大抵论诗功，天人各分半。诗中常有人，对卷若可唤。（《说诗·用琥韵》）

封建文人喜欢尊唐抑宋，在他看来，时代不同，诗的内容和风格也就不一样。唯其不相沿袭，所以能开拓出一种新境界来。唐、宋诗各有其精彩的地方，不必故为轩轾。这和叶燮、袁枚的看法是前后相承的。

谓诗功"天人各半"，则殊未必然。诗人当然有些比较聪明的，然而要达到成功的境界，主要是靠丰富的生活实践和高度的艺术修养。在复杂的社会中经过长时期的艰苦奋斗的，诗的内容必然比较丰富，诗的境界也变化较多；如果生活圈子太小，那就写不出什么好的东西来。我们把永嘉四灵的诗和陆游比较一下，境界的大小，也就很容易看出来。但是诗的表现，还要靠高度的艺术修养，如果修养不够，虽有好的诗境，也不能充分表现出来。至于专靠一点小聪明，那就全不济事，王安石《伤仲永》一篇小文章，是很值得我们借鉴的。

"诗中常有人，对卷若可唤。"即所谓"此中有人，呼之欲出"。唯其诗中各有我在，所以在同一时代中，作家的面目也就不同。李白不能为杜甫之沉郁顿挫，杜甫不能为李白之豪放飘逸，这是由于人的生活实践、情性、风格各有不同，是不能勉强的。但是严复所看到的，是"诗之中有人"，至于"诗之外有事"这一个要点，他却没有注意到。如果没有深刻地观察复杂的社会现实，对时代也就不能有深刻的反映，材料也就不免流于简单，这样，想把诗歌作为时代的一面镜子，完全是不可能的。

（十）章炳麟（1868—1936）

章炳麟，字枚叔，号太炎，浙江余杭人，是富有强烈的民族意识的一个革命家。1894年中日战争，清王朝割地求和，1898年戊戌政变，维新党人惨遭杀戮，暴露了清王朝的顽固腐朽，太炎以为非把它根本推翻，决不能挽救中国危亡的命运，因而加入了孙中山先生所领导的资产阶级民主革命集团，为革命事业而奋斗。在清政府压制之下，他受到七次追捕，三次坐牢，而革命之志，不挠不屈。他亡命日本时，曾为《民报》的编辑，大力阐扬革命的理论，推动了革命事业的发展。辛亥革命以后，袁世凯窃国，他直捣总统府之门，大声呵骂。袁害怕他口诛笔伐，竟把他囚禁起来。旋因国内纷纷树立讨袁的旗帜，袁竟以愤死，他才得脱身南归。晚年讲学江苏无锡，卒年六十九。

太炎在少年时代，曾师事俞樾，研究经学、小学。对先秦诸子，尤多发明。在上海西牢时，曾深心研究唯识家言，东渡日本后，更涉猎西洋哲学，学问极为渊博。所著有《章氏丛书》。其中如《国故论衡》《检论》《文始》《齐物论释》等，尤为有数的作品。但是他的文学见解，却偏于保守方面。

他在《文学总略》中说：

> 文学者，以有文字，著于竹帛，故谓之文。论其法式，谓之文学。……夫命其形质曰文，状其华美曰彣，指其起止曰章，道其素绚曰彰。凡彣者必皆成文，凡成文者不皆彣。是故榷论文学，以文字为

准,不以尨彰为准。

我们所谓文章,是具有丰富的思想内容和优美的艺术形式的作品,他所谓文学,则包括一切写在竹帛上的文字,范围的广狭,截然不同。

他说:

> 凡云文者,包括一切著于竹帛者而为言,故有成句读文,有不成句读文。兼此二事,通谓之文。

他所谓成句读文,已经有许多不属于我们所谓文学范围之内。而不成句读文,如表谱、簿录、算草、地图,他通通算在文学里面。这样一来,则一切用文字作为符号的,都无不可以称为"文学"了。不但文学和哲学、科学没有什么区别,而且和地图、算草也没有什么区别,那么,所谓文学的特征又是什么呢?

文学和哲学是有区别的。"学说以启人思,文辞以增人感"(见《文学总略》)。一是意在启发人们的思想,二是意在激发人们的感情。启发人们的思想的,不必一定有感染作用,而文学则非有感染作用不行。这样划分,本来是合理的,但太炎却不以为然。

他说:

> 若相如有《子虚》,扬雄有《甘泉》《羽猎》《长杨》《河东》,左思有《三都》,郭璞、木华有《江》《海》,奥博翔实,极赋家之能事矣,其亦动人哀乐未也?其专赋一物者,若孙卿有《蚕赋》《箴赋》,王延寿有《王孙赋》,祢衡有《鹦鹉赋》,俳色揣称,曲成形相,嫠妇孽子读之不为泣,介胄戎士咏之不为奋。(见《文学总略》)

可见号称美丽的词赋,并没有什么感人的作用,则文章之作,并不在于激发人们的感情了。

他以为文章能否感人,不在于文章自身,而在于读者本身。他说:

> 凡感于文言者,在其得我心。……身有疾痛,闻幼眇之音,则感慨随之矣。心有疑滞,睹辨析之论,则悦怿随之矣。(同上)

如果读者本身没有什么疾痛疑滞，则必然无所感动。

其实他并没有看到《子虚》《甘泉》一类的辞赋，所以不能感人，是由于作者本身并没有什么真正的感情，唯知堆砌典故，铺张辞藻，完全走到形式主义一条路向。试问这样的文章，能引起读者的共鸣吗？如贾谊的《吊屈原赋》，王粲的《登楼赋》，感怀身世，由真实的情感倾注出来，这些作品难道也没有什么感人的作用？

至于读者之所以会受到感染，决不仅由于读者的自身，而是作品的思想内容和艺术形式有足以动人心曲的所在。至于感受程度的深浅，才可说是由于读者自身的经历而有所不同。太炎的说法是片面的。

中国文坛上向来有骈散之争，太炎在《文学总略》中对阮元一派"文以骈俪为主"的偏见，却驳得很透彻。

阮元以为孔子赞易，始著《文言》，而《文言》是偶而非散，所以文章应以骈俪为主。又牵引六朝人文笔之说，以证明自己的主张，以为一切散行的文章，都是"笔"而非"文"。太炎驳他说：

> 夫有韵为文，无韵为笔，是则骈散诸体，一切是"笔"非"文"，藉此证成，适足自陷。既以"文言"为文，《序卦》《说卦》又何说焉？……盖人有陪贰，物有匹耦，爱恶相攻，刚柔相易，人情不能无然，故辞语应以为俪。……反是引端竟末，若《礼经》《春秋经》《九章算术》者，虽欲为俪无由。犹耳目不可只，而胸腹不可双，各任其事。舍是二者，单复固恣意矣。未有一用单者，亦未有一用复者，顾弛张有殊耳。文之名实，亦未在是也。（《文学总略》）

自南朝文士提倡骈俪之文，以辞藻、典故、声律，相竞相矜，而文章乃纯粹走上唯美主义一条路向。唐代韩愈提倡古文运动，打垮了骈文统治文坛的局面，使文章较适宜于说理、叙事、抒情。宋代欧阳修、苏轼等，继承韩的遗风，一反西昆体之富丽精工，而代以自然流畅的散文，从此所谓古文的地位，遂日以巩固。清代的桐城派，益扬其波，卑视骈文为"俳体"，阮元乃起而与之相抗，提出《易经》的《文言》来证实文章应以骈俪为主，一切古文，都是"笔"而非"文"，而仪征派遂在文坛上形成一巨大势力。太炎驳斥他以为《文言》固骈而非散，而《说卦》《序卦》则散而非骈，不得谓《文言》为文，而《说卦》《序卦》非文。如果引用南朝人"有韵为文无韵为笔"之说，则骈文、古文，都在无韵之列，都是"笔"而非"文"。其实文之单复各有所宜，而且二者不能截然分开，往往一篇之中，单复互见。我们试看古文家韩愈、柳宗元的作品，也未尝不杂用偶句；而在骈文中，在有韵的诗歌中，也可以运用古文家伸缩离合之法，也可以使用长短不齐的句调。骈散之争，纯就形式上来看问题，实无多大的价值。太炎的说法是正确的。

他自己竭力提倡魏、晋之文，以为"魏、晋之文，大体皆埤于汉，独持论仿佛晚周。气体虽异，要其守己有度，伐人有序，和理在中，孚尹旁达，可以为百世师矣……夫雅而不核，近于诵数，汉人之短也。廉而不节，近于疆钳，肆而不制，近于流荡，清而不根，近于草野，唐、宋之过也。有其利无有病者，莫若魏、晋。……效唐、宋之持论者，利其齿牙；效汉之持论者，多其记诵；斯已给矣。效魏、晋之持论者，上不徒守文，下不可御人以口，必先豫之以学"。（《国故论衡·论式》）

他以为汉代的论文，偏于记诵；唐、宋的论文，虽然齿牙犀利，然往往空疏无学，敢为大言。魏、晋的文人，对道家、名家之学，有深厚的根柢。他们和人家辩论，一方面能站稳自己的立脚点，纪律森严，不为论敌所乘（守己有度），另一方面攻击敌方，也能够事理密察，条理秩然（伐人有序）；不侈陈故实，也不流于叫嚣纵肆，尽管气格上比不上先秦诸子，而持论则仿佛相似，所以可法。但是要学魏、晋的文章，必先有深厚的学问根柢才行。其实有深厚的学问根柢，才能写出充实的辩论文章，并不以魏、晋文为限，而且也不必一定要效法魏、晋。魏、晋人的持论，亦不过"仿佛晚周"而已！我们直接效法晚周，可不是更好一些么？何况魏、晋人士，崇尚玄虚，持论大都不能超越老庄的范围，用这样的文章，作为政治战斗的工具，必然无法胜任。我们生在大动荡大变革的时代，尽可针对当前的社会现实，来发挥自己的主张；不但不必拜倒魏、晋人脚下，也不是晚周诸子所能范围。太炎的看法是不免有浓厚的复古意味的。

他评论自己的文章说：

> 仆之文辞，为雅俗所知者，盖论事数首而已！斯皆浅露其辞，取足便俗，无当于文苑。向作《訄书》，文实宏雅，箧中所藏，视此者

亦数十首，盖博而有约，文不奄（掩）质，以是为文章职墨，流俗或未之好也。（《太炎文录·与邓实书》）

在他看来，文章愈为流俗所不好，他的价值就愈高。好在他还肯写一些"浅露""便俗"的文章，如果一切作品，都和《訄书》所载的一样，那对宣传民主革命，岂非起了绝大的障碍？

对于诗的看法，太炎认为诗和辩论的文章不同。"论辩之辞，综持名理，久而愈出，不专以情文贵。"（《辩诗》）而诗则"由其发扬意气"，故感慨之士擅焉。聪明思慧，去之则弥远。……是故史传所记，文辞凌厉，精爽不沫者，若荆轲、项羽、李陵、魏武、刘琨之伦，非奇材剑客，则命世之将帅也。"（同上）是辩论所贵，在于精研名理，发抒智慧，而诗则偏重激情，慷慨凌厉，两者界域不同，这种看法是对的。

他以为诗"情性之用长，而问学之助薄"（《辩诗》），即诗当以发抒性情为主，非搬弄学问所能为功。作者的情感，"愤懑而不得舒，其辞从之。无取一通之书，数言之训。及其流风所扇，极乎王粲、曹植、阮籍、左思、刘琨、郭璞诸家，其气可以抗浮云，其诚可以比金石。终之上念国政，下悲小己，与十五国风同流"。（同上）诗既由于激情所发，而激情的产生，是由于作者对当前的社会现实有很深的感触，郁积极久，才倾吐出来，曹、王、阮、刘，俱无二致，并非炫示渊博的学问者所能比拟。这种见解是正确的。

他又说："诗又与奏议异状，无取数典。"因为用典愈多，性情愈晦。这是从钟嵘所谓"吟咏情性，亦何贵于用事"（《诗品》）推衍出来的。

他痛斥清诗用典的流弊。他说：

> 考证之士，睹一器，说一事，则纪之五言。陈数首尾，比于马医歌括。及曾国藩自以为功，诵法江西诸家。矜其奇诡，天下鹜逐，古诗多佶屈不可诵，近体乃与杯珓谶辞相等。江湖之士，艳而称之，以为至美，盖自商颂以来，歌诗失纪，未有如今日者也。（《辩诗》）

他最后做出一个简单的概括："要之，本情性，限辞语，则诗盛；远情性，喜杂书，则诗衰。"（同上）可谓切中要害。

他又以为诗之体制，随时代而变迁。"数极而迁，虽才士弗能以为美。"（同上）三百篇以后，四言罕有佳者。"在汉独有韦孟。已稍淡泊，……若束皙之《补亡》诗，视韦孟犹登天。嵇、应、潘、陆，亦以梏窳。……非其才劣，固四言之势尽矣。"（同上）四言之势已尽，所以转到五言。王粲、曹植、阮籍、左思、刘琨、郭璞等，他认为都是出色的作家。到了唐代，"五言之势又尽，杜甫以下，辟旋以入七言"。（同上）他以为这些都是必然的趋势。看法是对的，然而他却不从发展来看问题，而要从事复古。"物极则变，今宜取近体一切断之。（唐以后诗，但以参考史事，存之可也，其语则不足诵）古诗断自简文以上。唐有陈、张、李、杜之徒，稍稍删取其要，足以继风雅，尽正变。"（同上）

他对近体诗全盘否定，古诗则简文以下，如唐之陈、张、李、杜，亦只能稍稍删取，其余全无足观。唐以下一千多年的诗坛，乃至完全空白。用这种观点去评诗，非大开倒车不可，这比之维新派黄遵宪、康有为，主张创造新诗国，可差得远了！

太炎对清代文士，少有许可。谓：

> 近代学者，率椎少文，文士亦多不学。兼是两者，惟阳湖之张生（张惠言），又非其至者也。……乃夫文质相扶，辞气异于通俗，上法东汉，下亦彷徨晋宋之间，而文士以为别传异趣，如汪中、李兆洛之徒，则可谓彬彬者矣。魏源、龚自珍，乃所谓伪体者也。源故不学，惟善说满洲故事，……其持论或中时弊，然往往怪迂。自珍……大抵剽窃成说，无自得者。……若其文辞侧媚，自以取法晚周诸子，然佻达无骨体，视晚唐皮陆且弗逮。以校近世，犹不如唐甄《潜书》近实。后生信其诳耀，以为巨子，诚以舒纵易效，又多淫丽之辞，中其所嗜，故少年靡然乡风。自自珍之文贵，则文学涂地垂尽，将汉种灭亡之妖耶？（《太炎文录·说林下》）

他推崇张惠言、汪中、李兆洛，我们都表示赞同，但对魏源、龚自珍大肆抨击，则殊不足以服人。魏源主张向西方资本主义国家学习，"师夷之长技以制夷"，即吸收西方技术的所长，以制止来自西方的侵略，是资产阶级改良主义的前驱。从思想上来说，在当时是比较进步的。魏所作的文章如《默觚》，颇有精粹的内容。如说："及之而后知，履之而后艰，乌有不行而能知者乎？……披五岳之图，以为知山，不如樵夫之一足；谈沧溟之广，以为知海，不如估客之一瞥；疏八珍之谱，以为知味，不如庖丁之一啜。""用智如水，水滥则溢；用勇如火，火烈则焚。""世味不澹者，道味不浓；熟处不生者，生处不熟。""喧而愈寂者，流泉也。……动而愈虚者，白云也。……山虚则云生，谷虚则泉出。"（《默觚·学篇》）

这些话都是耐人寻味的。而条理明晰、文辞精简，不能说是"近于怪迂"。太炎把他一笔抹杀，是不公正的。

龚自珍对清王朝之奴役人民，摧残士气，及官吏之腐朽无能，敢于大胆地暴露，无疑是时代的一面镜子。龚在政治上也有一番改革的企图（如禁鸦片、西域置行省等），虽然没有付诸实行，但也算是思想比较前进的一个。龚的文章，刻意求奇，有时难以句读，当然是一种毛病，但如《尊隐》《乙丙之际著议》《病梅馆记》等，从思想内容和艺术形式看，也可说卓然有以自立吧！太炎根本加以否定，且斥为"汉种灭亡之妖"，也未免过于偏激吧！

对于同时代的文人，他批评得也相当刻辣。

> 并世所见，王闿运能尽其雅，其次吴汝纶以下，有桐城马其昶为能尽俗。下流所仰，乃在严复、林纾之徒。复辞虽饰，气体比于制举，若将所谓曳行作姿者也。纾视复又弥下。辞无涓选，精采杂污，而更浸润唐人小说之风。夫欲物其体势，视若蔽尘，笑若龋齿，行若曲肩，自以为妍而只益其丑也，与蒲松龄相次。自饰其辞而祗敬之曰，此真司马迁、班固之言。若然者，既不能雅，又不能俗，则复不得比于吴蜀六士矣。（《太炎文录·与人论文书》）

他所谓能尽其雅的王闿运，是专门提倡摹仿汉、魏、六朝的人，文章虽雅，然毫无自己的真性情，纯然是僵化的古董。吴汝纶是桐城派著名的古文家，然乃欲尽废中国典籍，只留《古文辞类纂》一书，以供学者浏览，其余的时间，用来尽读西文，对于批判地继承古代文化这一点毫无所知，是一个崇洋分子。严复文章，虽然不算高明，然而在介绍西方学术方面，有显著的成绩。严所译的《天演论》，曾倾动一时，鲁迅先生也曾受到很大的影响（见《朝花夕拾·琐忆》）。严最大的错误，是害怕革命，晚年乃变为劝进帝制的筹安会六君子之一，从立身大节论，这才是应该严厉批判的。太炎把严在文化界的贡献完全抹掉也是不公平的。

林纾自辛亥革命后，以清朝遗老自居；曾十谒光绪的陵墓，大骂革命党人。在五四运动时期，燃起桐城派已死的余灰，企图制止新文化的发展，可说是时代的"绊脚石"，但在介绍西洋小说一面，也起了一定的作用，能够"与蒲松龄相次"，也就算了吧！

他对谭嗣同、黄公度，也不很瞧得起。他说：

> 二子志行，顾亦有可观者，然学术既疏，其文辞又少检格。复生气体骏利，以少习俪语，不能远师晋宋，喜用雕琢，掠而失粹，轻佻之病，往往相属。公度喜言经世，其体则同甫、贵与之俦，上距敬舆，下榷水心，犹不相逮，仆虽朴陋，未敢与二子比肩也。（《太炎文录·与邓实书》）

他对康有为则认为"时有善言，而稍谲奇自恣"（同上），也不是他眼中的对等人物。

从章太炎的学术根柢来说，诚然超过康有为、黄公度、谭嗣同诸人，但他对这些人一概投以蔑视的眼光，殊不免抬高其位置。

他认为中国文化萃于他的一身。"吾死以后，中夏文化亦亡矣！"（《章太炎先生家书》）其目空一切的态度从中可想见。

综上所述，太炎的文学见解是比较保守的，为什么一个资产阶级民主革命的先锋会发出这些言论呢？

照笔者看来，太炎提倡革命的主要动机，是根于顾炎武一贯传统下来的民族思想。意在推翻清王朝的统治，光复汉族的河山，而不是根于西方的资产阶级民主思想。他所研究的为"古文学"，和维新派所提倡的"公羊学派"的精神，又属背道而驰。"古文学派"富于保守精神，不像"公羊学派"敢于怀疑，敢于创造，敢于放言高论。他所以在政治上比维新派改良主义者为进步，能加进资产阶级民主革命的集团，是由于受到了传统的民族意识的激发；他所以在文学上所持的理论比维新派改良主义者为保守，是由于他受到了"古文学派"保守精神的影响。

再就政治上来说，辛亥革命成功以后，清王朝已被推翻，民族主义已经实现,他便不能像孙中山先生一样再把它向前推进一步,主张"联合世界上以平等待我之民族共同奋斗"了。中山先生晚年,主张"联俄、联共、扶助农工",他便要和中山先生分家了。中山先生死后停柩在碧云寺,他作挽联说:"举国尽苏俄,赤化不如陈独秀。满朝皆义子,碧云应继魏忠贤。"给予辛辣的讽刺。到了晚年,他便脱离政治,埋头讲学了。但从他毕生的革命历程来说,他到底还是一个资产阶级民主革命的先锋,我们应该加以肯定。

(十一) 王国维(1877—1927)

王国维,字静安,号观堂,浙江海宁人。早岁从日本藤田丰八学习西洋哲学、文学、美术,受到了资产阶级唯心主义的影响,尤以叔本华之厌世主义、康德形式主义美学的影响为最大。他早期所写的《红楼梦评论》,就是以叔本华的悲观论和康德无关心利害的美学观点来分析的。曾有《静安文集》行世。中年转而研究宋词和宋、元戏曲,著有《人间词话》《宋元戏曲考》等。《人间词话》颇有精彩的文艺理论。《宋元戏曲考》为他最惬意之作。尝说:"余读元人杂剧而善之,以为能道人情,状物态,词采俊拔而出乎自然,盖古所未有,而后人不能仿佛也。辄思究其渊源,明其变化之迹,以为非求诸唐、宋、辽、金之文学,弗能得也……世之为此学者自余始,其所贡于此学者,亦以此书为多。非吾辈才力过于古人,实以古人未尝为此学故也。"此书出后获得的评价亦甚高。晚岁专治殷墟龟甲文字,所撰《殷卜辞中所见先公先王考》及《殷周制度论》,有名于时。他平生和罗振玉关系至深,所受的影响亦最大,而罗是忠于清朝王室的,他的思想亦遂日趋顽固。1927年4月,自沉于颐和园之昆明湖,年五十一。后人辑他著作为《王忠悫公遗书》。

王国维早岁曾为《文学小言》,发抒其文学上一些意见,现在提出来加以批评。

> 文学有二原质焉;曰景,曰情。前者以描写自然及人生之事实为主,后者则吾人对此事实之精神的态度也。故前者客观的,后者主观的也;前者知识的,后者感情的也。自一方面言之,必吾胸中洞然无物,而后其观物也深,而其体物也切,即客观的知识,实与主观的情感为反比例。自他方面言之,则激烈之情感,亦得为直观之对象,文

学之材料。而观物与其描写之也,亦有无限之快乐伴之。要之,文学者,不处知识与感情交代之结果而已!苟无锐敏之知识与深邃之感情者,不足与于文学之事。此其所以但为天才游戏之事业,而不能以他道劝者也。(《文学小言》四)

他把景与情截然分开,以为描写自然及人生之事实,必须采取纯客观的态度:"必吾胸中洞然无物,而后其观物也深,而其体物也切。"而不知客观的自然和社会现象,通过作者的思想感情,在头脑中反映出来,各有其不同的色彩,因而作者笔下所描写的自然和社会现象,绝非纯客观的,而是有作者的意象融合在里边的。采取纯客观的态度,必不能构成文学。譬如摄影艺术,景物是客观的,由于摄影者所要摄取的景物,角度有所不同,因而摄到镜头中,遂形成种种差异。或着重表现天空中美丽的云彩,或着重表现地面上之杨柳、池塘,材料出自客观,而所构成的作品,则并非纯客观。他把景与情截然分开,知识与感情完全对立,这种看法是错误的。

他自己又说:

"燕燕于飞,差池其羽""燕燕于飞,颉之颃之""睍睆黄鸟,载好其音""昔我往矣,杨柳依依"诗人体物之妙,侔于造化,然皆出自离人孽子征夫之口,故知感情真者,其观物亦真。(《文学小言》八)

"感情真者,其观物亦真。"则观物不但不把感情排除,而且要有真实的感情,才能察见事物的真相。这可不是自相矛盾?

至于以为文学"但为天才游戏之事业",则纯为唯心主义的看法。从文学发展来看,第一个时期是歌谣时期。而歌谣是起于民间,用以表现人民之思想感情和各地的风俗习惯,绝不属于天才游戏之事业。而在社会人生道路上饱历艰难痛苦的,往往能成为卓越的文学家,为王国维所推崇的屈原、渊明、子美、子瞻,都不在例外。这几个都是王国维所谓"天才",他们是不是在饭饱茶余之后,由于游戏的冲动而创作出文学来呢?他的看法是严重错误的。

王国维又说：

> 古今之成大事业大学问者，不可不历三种之阶段："昨夜西风凋碧树，独上高楼，望尽天涯路"（晏同叔《蝶恋花》），此第一阶段也。"衣带渐宽终不悔，为伊消得人憔悴"（欧阳永叔《蝶恋花》），此第二阶段也。"众里寻他千百度，回首蓦见①，那人却在，灯火阑珊处"（辛幼安《青玉案》），此第三阶段也。未有未阅第一第二阶段而能遽跻第三阶段者，文学亦然。此有文学上之天才者，所以又需莫大之修养也。（《文学小言》五）

"昨夜西风凋碧树，独上高楼，望尽天涯路"，是说研究学问的人，不要为前人的成说所束缚，把种种障蔽一扫而空，自己能远瞩高瞻，才能开出一条新路。"衣带渐宽终不悔，为伊消得人憔悴"，是说为着研究学问，不惜付出最大的精力，弄到形神憔悴，都有所不恤，这样，才能攒到深处。"众里寻他千百度，回首蓦见，那人正在，灯火阑珊处"，是说寻求真理，要经许多曲折的道路，最后才能达到目的。

反过来说，如果给前人的意见缠绕着，不能冲破重围，脑子里头只有别人的意见，而没有自己的意见，新的境界，是不能开拓出来的。自己有了一些独到的意见，然而用力不专，只能接触到皮层，不能深入里面，也就没有什么好的成就的。唯其能独立思考，又能用力精勤，经过百折千回，真理最后始能获得。这三个阶段，是紧密相连的，不能把它分割开来。王国维的看法，是合理的。

他归结道："有文学上之天才"，又"需有莫大之修养"，光靠一点聪明，必不能有卓越的成就，这和一般"天才论"者，是有区别的。

他又说：

> 三代以下之诗人，无过于屈子、渊明、子美、子瞻者。此四子者，若无文学之天才，其人格亦足千古。故无高尚伟大之人格，而有高尚伟大文章者，殆未之有也。（《文学小言》六）

---

① "回首蓦见"，当作"蓦然回首"。

有高尚伟大之人格，才有高尚伟大的文章，这是精确的理论。有高尚伟大的人格，才有高尚伟大的思想感情；有高尚伟大的思想感情，然后能表现为高尚伟大的文章。如人格卑下，则思想感情亦随之卑下，思想感情卑下，又怎能写出高尚伟大的作品来呢？自然，也有些擅长文章技术的人，能说出一套好听的话，如严嵩的《钤山堂集》、阮大铖的《咏怀堂诗》，看起来非常超脱，其实他们都是热衷名利、存心险恶的人，然而这些都是虚伪的文章，绝不能在高尚伟大之列。

王国维又说：

> 天才者，或数十年而一出，或数百年而一出，而又须济之以学问，助之以德性，始能产真正之大文学，此屈子、渊明、子美、子瞻等，所以旷世而不一遇也。（《文学小言》七）

他过于强调天才，是错误的，但认为"学问""德性"，都是造成真正大文学家不可缺少的条件，见解还是有可取的。

其次，他以为文学必须从自己出，不能向他人假借。

他说：

> 屈子感自己之感，言自己之言者也。（《文学小言》十）
> 屈子之后，文学上之雄者，渊明其尤也。……彼感他人之所感，而言他人之所言，宜其不如李、杜也。（《文学小言》十一）
> 宋以后感自己之感，言自己之言者，其惟东坡乎？山谷能言其言矣，未可谓能感所感也。遗山以下亦然。若国朝之新城，岂徒一人之言而已哉？所谓"莺偷百舌声"是也。（《文学小言》十二）

他着重"感自己之感，言自己之言"，反对"感他人之感，言他人之言"，意思是说，文学要从作者肺腑中流出，摹仿他人，毫无是处。这种见解也是可取的。不过要能"感自己之感"，才能"言自己之言"，他以为山谷能言其言而未能感所感，大概以为他造辞有独到处，不是从别人处摹仿得来，然只从词句方面下功夫，必不能免于形式主义。忽略内容而专论形式，也是不对的。

王国维对屈原的看法，也值得一提。他以为屈原的思想，是北方的思想，而其文学形式，则出于南方。

> 观屈子之文，可以徵之。其所称之圣王，则有若高辛、尧舜、禹、汤、少康、武丁、文、武，贤人则有若皋陶、挚说、彭、咸、比干、伯夷、吕望、宁戚、百里、介推、子胥。暴君则有若夏启、羿、浞、桀、纣，皆北方学者之所常称道，而于南方学者所称黄帝、广成等，不一及焉。……然就屈子文学之形式言之，……彼之丰富之想象力，实与庄、列为近。《天问》《远游》凿空之谈，求女谬悠之语。庄语之不足，而继之以谐，于是思想之游戏，更为自由矣。变三百篇之体而为长句，变短什而为长篇，于是感情之发表，更为婉转矣。此皆古代北方文学之所未有，而其端自屈子开之。（《屈子文学之精神》）

他的看法，未甚正确。从文学的角度看，北方主要是现实主义的倾向，南方主要是浪漫主义的倾向。唯其注重现实，所以对社会之治乱，政治之良窳，民生之休戚，非常关心；唯其倾向于浪漫主义，所以一方面憎恶现实的丑恶，对腐朽的社会和政治，给予辛辣的讽刺，投以蔑视的眼光；一方面又憧憬着一种理想的境界，然而无法实现，因而走上虚无缥缈的一条路向。这两种思想，屈原都有，在《离骚》一篇中，可以看出他两种思想的矛盾。由现实而走向天国，又由天国而回到人间。"陟升皇之赫戏兮，忽临睨夫旧乡。仆夫悲余马怀兮，蜷局顾而不行。"是最好的写照。而其最后的结果，是"现实"战胜了"虚无"，终于沉渊而不悔。王国维把屈原的思想，纯粹看作北方的，是没有看清他思想斗争的过程的。

至于《楚辞》的构成，黄伯思谓："《离骚》之文，书楚语，作楚声，纪楚地，名楚物，故谓之《楚辞》。"是彻头彻尾的"楚人文学"。唯其地方色彩浓厚，所以和北方文学，有着很大的差异，在《诗经》三百篇外，成为积极浪漫主义伟大的诗篇。这一点也是王国维所没有注意到的。

谈谈王国维的《红楼梦评论》。

王国维《红楼梦评论》一文，全从叔本华悲观主义出发。以生活之欲，为无穷痛苦之原，最后必求其解脱，超然于利害之外。

他说：

> 生活之本质何？欲而已矣！欲之为性无厌，而其原生于不足。不足之状态，苦痛是也。既偿此欲，则此欲以终，然欲之被偿也一，而不偿者什佰，一欲已终，他欲随之，故究竟之慰藉，终不可得也。即使吾人之欲悉偿，而更无所欲之对象，倦厌之情，即起而乘之，于是吾人自己之生活，若负之而不胜其重。故人生者，如钟表之摆，实往复于苦痛与倦厌之间者也。

而《红楼梦》中之宝玉，即为生活之欲之代表。

他说：

> 所谓"玉"者，不过生活之欲之代表而已矣！……生活之于痛苦，二者一而非二，……而《红楼梦》一书，实示此生活此苦痛之由于自造，又示其解脱之道，不可不由自己求之者出。而解脱之道，在于出世。（《红楼梦评论》）

宝玉之做和尚，即出世之表现，亦即寻求解脱的道途。到此境地，才是"无挂碍，无恐怖，远离颠倒梦想"。

他这样看《红楼梦》，实际上是肯定了《红楼梦》的消极成分，对它伟大的价值却丝毫没有看到。

我们知道，曹雪芹对封建贵族之荒淫腐化，是非常憎恶的，对封建社会必然走向灭亡的道路，也是看得很清楚的，然而他的阶级立场，并没有转变，他根本没有打垮封建制度的意图，对它的走向灭亡，还是抱着惋惜的态度。他想"补天"而无才可补，又看不到前路有什么光明，于是走到一种虚无缥缈的境界。所谓"白茫茫一片大地真干净"，实际上是"空空如也！"宝玉的出家，也就是由这种消极思想表现出来的，并不是什么为否定生活之欲而寻求解脱的道路。

笔者以为《红楼梦》的特色，有下列几点。

（1）反映当时封建贵族的骄淫奢侈，结果必然趋于没落。

曹雪芹的笔尖，集中在贾家的荣宁二府。这个封建贵族家庭，在残酷地剥削农民，作践奴隶，勾结地方官吏来舞弊营私，而他们的内部又互相倾轧，只为个人的利益打算，加上生活的奢侈和荒淫无耻，便使他们的大厦不能不倒下来了。

《红楼梦》第五十三回写黑山村庄头乌进孝来贾府缴租，逢着下雨和雹子成灾的年头，农民生活极其痛苦，然在缴租的账单上，数目正自不少。但贾珍、贾蓉都说："外头体面里头苦。""这几年添了许多花钱的事，……却又不添些银子产业……不和你们要，找谁去？"

他们大量地花钱，而对生活极端痛苦的农民，却丝毫不肯放松。"不和你们要，找谁去？"真是如闻其声。

从这件事，也可以看出当时封建贵族如何残酷剥削农民的情形。

《红楼梦》所描写的住在荣宁二府的主子，不过三十人左右，但奴隶的人数，大概在他们十倍以上。这些奴隶，有的是积了好几代的世奴，如鸳鸯及其父亲哥哥一家人；有的是本身被买了进来的，如袭人等。他们都没有人身自由，主子不喜欢的时候，可以把他们打板子撵出去，把丫头配给小厮，或交由官媒婆发卖。被惩处的丫环，如金钏、司棋自杀了，主子也毫无责任。主奴两方面对立的尖锐，也可以看出当时剥削者和被剥削者对立的尖锐。

曹雪芹还在贾府的人与人之间的关系中，揭露出这个封建贵族内部倾轧排挤、钩心斗角的情形。表面上充满了虚伪的笑容，实际上是怀着害人的机心。正如探春所说："咱们倒是一家子骨肉呢？一个个都像乌眼鸡，恨不得你吃了我，我吃了你！"这些话也反映出当时满洲集团内部矛盾尖锐的斗争。譬如因争夺皇储，弄到兄弟互相仇视，互相残杀，还连累了许多人。曹府的被抄，就是一个很好的例子。

《红楼梦》也写了封建贵族和地方官吏互相勾结，欺压平民的事实。

薛蟠打死冯渊，带走香菱，而作应天府的贾雨村，因自身受贾府抬举，而薛蟠又是贾府的亲戚，遂糊糊涂涂地结束了这场案子。

馒头庵老尼为求凤姐假冒贾琏之名托了长安节度使，强迫别人离婚，结果张家的女儿和某守备的儿子双双自尽，而凤姐安然得贿三千两。

当时的封建贵族和地方官吏狼狈为奸，已经不是偶然的了。

《红楼梦》也充分描写了贾府生活的豪奢。曹雪芹借乡间一个老妇人刘姥姥初进大观园参加宴会，在吃螃蟹时说：

> 这样的螃蟹，今年就值五分一斤，十斤五钱。五五二两五，三五一十五，再搭上酒菜，一共倒有二十多两银子。阿弥陀佛！这一顿的钱，够我们庄稼人过一年多了！

但是他们的幸福，是建立在使劳动人民受痛苦的基础上的。贾府的围墙内是红灯绿酒、欢喜连天，贾府的围墙外，又有多少劳动人民在残酷的剥削下呻吟痛苦！

曹雪芹在《红楼梦》中展示出一幅封建贵族罪恶的画图，加深了我们对剥削阶级的认识和憎恨，这是最主要的意义。

（2）表现了一些民主思想。

这些思想，集中地表现在宝玉、黛玉两人身上。

第一，反对男尊女卑。

宝玉说：

> 女儿是水做的骨肉，男人是泥做的骨肉，我见了女儿便清爽，见了男子便觉臭浊逼人。
>
> 凡山川日月之精华，只钟于女儿，须眉男子，不过是些渣滓浊沫而已！

这是对封建社会男尊女卑观念的大胆反抗。

第二，反对八股文。

宝玉对黛玉说：

> 还提什么念书？我最讨厌这些道学话。更可笑的，是八股文章，拿来诓功名混饭吃也罢了！还要说"代圣贤立言"！

这对封建帝王用来束缚人民思想的八股文，大胆地加以否定。

第三，蔑视功名利禄。

宝玉把一切读书上进的人都骂为"禄蠹"。薛宝钗劝他求取功名，他就把她看作"沽名钓誉""国贼禄蠹"之流。史湘云劝他谈什么"仕途经济"，他就斥为"混账话！"他对繁华富贵的生活感到冷漠。他的姐姐元春晋封贵妃，举家欢天喜地，他却"置若罔闻"。

这些"功名利禄"都是封建帝王用来引诱天下人士的，宝玉却完全投以蔑视的眼光。

第四，蔑视封建礼教，追求婚姻自由。

宝玉和黛玉是同路人。宝玉"偏僻乖张",黛玉"孤标傲世",都具有一种反抗精神。他们都蔑视科举制度和功名利禄;他们对腐恶的现实,都讽刺得很尖锐,他们的爱情是建立在思想一致的基础上的。他们都想摆脱封建礼教,追求婚姻自由,然而在封建旧势力高压之下,终于酿成了悲剧。尽管事实上闯不出一条新路来,然而这种思想还是可贵的。

上面对《红楼梦》做了一些具体的分析,它的伟大价值和某些弱点,也可略见一斑。王国维的看法是不对的。

最后说到他的《人间词话》。王国维在《人间词话》中,首先标出"境界"两字。他讲:"词以境界为最上,有境界则自成高格,自有名句,五代、北宋之词所以独绝者在此。"

首先,什么是"境界"?他有很清楚的说明:"境非独谓景物也,喜怒哀乐,亦人心中一境界。故能写真景物真感情者,谓之有境界,否则谓之无境界。"

照他的看法,心境和物境都包含在境界中。而两者是互相感发、互相推进的,即所谓"情景相生"。我们知道文学的内容是主体和客体的统一,是作者主观因素和所描写的对象的统一,也就是情与景的统一。王国维的境界实质,就是这个统一所达到的艺术境界。

他认为情与景是不可分的。他说:"昔人论词,有情语景语之别,不知一切景语皆情语也。"

情景交融,是中国诗歌的优良传统,王国维把它郑重地提出来,是确有所见的。

其次,是写境和造境的问题。《人间词话》说:

> 有造境,有写境,此理想与写实二派之所由分,然二者颇难分别。因大诗人所造之境,必合乎自然,所写之境,亦必邻于理想故也。

在文学创作上,有现实主义和浪漫主义两种不同的艺术方法。然而现实主义者不是消极地为反映现实而反映现实,而是为了积极地反映和推动现实,变革现实,因此不能不有高于现实的理想来鼓舞人们向前奋进,否则成为爬行的现实主义。浪漫主义者虽然在追求他理想的境界,然而这种理想是不能脱离现实完全虚构出来,而是建立在现实基础之上,从而引导现实向前发展，否则成为虚伪的浪漫主义。所以这两种艺术方法，很难区别开来。王国维所理解的内容，当然不能和我们今天所理解的相等，但现实和理想的密切关系，他已经意识到了。

《人间词话》又说：

> 多自然中之物，互相关系，互相限制，然其写之于文学艺术中也，必遗其关系限制之处，故写实家亦理想家也。又虽如何虚构之境，其材料必求之于自然，而其构造亦必从自然之法律，故虽理想家亦写实家也。

自然现象，互相关系，互相制约，然而作家尽可以不按照事物原来固定的状貌，从而运用自己的想象和艺术概括，创造出新的境界来，所以写实家亦是理想家。相反的，浪漫主义者无论怎样虚构艺术境界，而在进行艺术的想象和构思时候，不可能脱离现实生活，艺术虚构的材料，不能不从现实中来，而且具有真实性的虚构艺术境界也必须符合自然的规律（如人物虽然是虚构的，但须有鲜明的个性。孙行者自孙行者，猪八戒自猪八戒）。所以理想家亦是写实家。他对现实主义和浪漫主义相结合，虽然没有明确的认识和具体的说明，然而"两结合"的因素，已经透露出来了。

《人间词话》又说：

> 诗人对宇宙人生，须入乎其内，又须出乎其外。入乎其内，故能写之；出乎其外，故能观之。入乎其内，故有生气；出乎其外，故有高致。

这里所谓"入乎其内"，是说诗人必须深入地观察宇宙人生，才能写出具有丰富现实内容和生动的艺术作品。所谓"出乎其外"，是不为客观事物现象所局限而有自己的看法，这样才有高致。

这一段话，也是把"现实"和"理想"的关系着重地指出来。

再次，谈到"有我之境"与"无我之境"。

《人间词话》说：

有有我之境，有无我之境。"泪眼问花花不语，乱红飞过秋千去"，"可堪孤馆闭春寒，杜鹃声里斜阳暮"！有我之境也。"采菊东篱下，悠然见南山""寒波澹澹起，白鸟悠悠下"，无我之境也。有我之境，以我观物，故物皆着我之色彩。无我之境，以物观物，故不知何者为我，何者为物。

毛稚黄说：

永叔词"泪眼问花花不语，乱红飞过秋千去"……因花而有泪，此一层意也；因泪而问花，此一层意也；花竟不语，此一层意也；不但不语，又且乱落飞过秋千，此又一层意也。人愈伤心，花愈恼人。（见王又华《古今词论》引）

这里说明情与景互相生发，花愈落而情愈深。这样，不但作者直接表达出他的感情，而无情的花也鲜明地人性化了。这便是王国维所谓"有我之境"。至于他所谓"无我之境"，是"我"和自然融合为一，作者的情感，不在词中直接表现，看起来纯然是景物的描写，其实也是"有我之境"。他不是说过"一切景语皆情语"吗？既然情在景中，就是有"我"存在，强分为二，是矛盾自陷的。

又次，谈到主观的诗人和客观的诗人。

《人间词话》说：

客观之诗人，不可不多阅世，阅世愈深，则材料愈丰富，愈变化，《水浒传》《红楼梦》之作者是也。主观之诗人，不必多阅世，阅世愈浅，则性情愈真，李后主是也。

王国维又以为，"生于深宫之中，长于妇人之手，是后主为人君所短处，亦即为词人所长处"（《人间词话》）。那么，要做主观的诗人，生活圈子愈小愈好，这才不会"失其赤子之心"，才能吐露出真性情。试问李后主后期的词比前期较有感人的力量，是不是经过亡国的痛苦所造成？是不是由于生活圈子有所扩大，阅世较深？如果长期在深宫之中，亦不过多作几首"刬袜步香阶，手提金缕鞋"的艳词而已！王国维的说法，显然难以自圆其说,不免陷于主观唯心主义。

最后,谈到隔与不隔的问题。

王国维主张情景的表现,要直接、具体、鲜明,所谓"豁人耳目",所谓"语语都在目前",这便是所谓"不隔"。如果用替代字和用典,使人如雾里看花,那便是"隔"了。他以为"池塘生春草""空梁落燕泥"等二句,妙处在不隔。说桃,用"红雨""刘郎";说柳,用"章台""灞岸",那便是"隔"了。

他又说:

> 以《长恨歌》之壮采,而所隶之字,只小玉、双成四字,才有余也。梅村歌行,则非隶事不办,白吴优劣,即于此见。不独作诗为然,填词家亦不可不知也。(《人间词话》)

他这种说法,是有其历史根源的。钟嵘《诗品》说:

> 吟咏情性,亦何贵于用事?"思君如流水",既是即目,"高台多悲风",亦惟所见。"清晨登陇首",羌无故实;"明月照积雪",讵出经史?观古今胜语,多非补假,皆由直寻。

这便是王国维"隔与不隔"说的蓝本。但他还有一些新的意见。如说:"'西风吹渭水,落叶满长安',美成以之入词,白仁甫以之入曲,此借古人之境界为我之境界者也。然非自有境界,则古人亦不为我用。"(《人间词话》)

这说明了只有自己在生活感受中有了一种境界,然后古人的境界才能为"我"驱使,这和摹拟抄袭的不同。这种见解是合理的。

现在,我们再就《人间词话》中所提出的几个问题做一个概括的批评。

王国维说:"能写真景物真感情者谓之有境界,否则谓之无境界。"这比前人不着边际的说法,诚然是明朗得多,但所谓真景物、真感情的内容怎样,却没有明确地指出。我们且先看看所谓真感性的内容怎样。

我们知道,在阶级社会中,每个人的思想感情,无不具有阶级性。各个阶级的阶级感情,也是各不相同的。鲁迅先生说:

> 自然，喜怒哀乐，人之情也。然而穷人决无开交易所折本的懊恼，煤油大王，哪会知道北京捡煤渣老婆子身受的酸辛？饥区的灾民，大约总不去种兰花，象阔人的老太爷一样，贾府上的焦大，也不爱林妹妹的。(《鲁迅全集》第四卷第 165 页)

这是很具体的例证。既然各个阶级的阶级感情都是各不相同，绝没有所谓抽象的"真感情"存在。又由于各个人的阶级意识不同，和外物接触起来，也就涂上了种种不同的颜色。尽管事物是客观存在，而呈现在他们脑子里的物象，却不一样。譬如对于山水的描写，由于诗人的阶级情趣不同，爱好不同，对于山水之美，表现出来的也就不一样。为什么这一个诗人爱写雄丽的动荡的山川，而另一个诗人却爱写幽深的寂静的境界？这不是可以从里面曲折地找出诗人所写的诗的阶级性来吗？我们知道，山水诗究竟不是自然的本身，而是自然的复制品，因而也不能不有着诗人的阶级意识和美学观点包括在里面，而所谓"真感情"的描写，也决然不是抽象的、超阶级的。王国维的境界说，看起来很明朗，其实没有具体的阶级内容，还是跳不出资产阶级唯心主义的泥沼。

王国维又谓"诗人对宇宙人生，必须入乎其内，又须出乎其外"，从原则上看来，是对的。然而作家须有正确的世界观，而又参加火热的生活斗争，才真能"入乎其内"，在文学上反映出真实的面貌来。如果世界观是反动的，立场是反动的，就不能不对现实生活加以歪曲，纵然"入乎其内"，也不中用。而所谓"出乎其外"，也必然是在正确的世界观指导之下，从现实出发，而又高于现实，用他的崇高伟大的理想来推动社会前进，永远走在生活的最前面。假如世界观是反动的，他只能把前进的社会拉到后面，纵然"出乎其外"，也没有什么"高致"可言。

王国维所说"有我之境"基本上是对的，但是他受着历史局限，看不到我的阶级内容，而所谓"无我之境"，不但抹杀了写景诗的阶级性，而且否认了景中有我之存在。试问："采菊东篱下，悠然见南山"，采菊的是谁？悠然见南山的又是谁？"寒波澹澹起，白鸟悠悠下"，感到它澹澹、悠悠的又是谁？他这种以物观物的说法，是属于主观唯心主义的范畴的。

至于把诗人分为主观、客观两种，尤其说不通。李后主唯其阅世不深，所以材料不丰富，少变化，这是生活源泉限制了他，同时也限制他在艺术上有更高的成就。而所谓"不失其赤子之心"，亦不过"最是仓皇辞庙日，教坊犹奏别离歌，挥泪对宫娥"，和慨叹着"雕阑玉砌应犹在，只是朱颜改"而已！王国维乃谓"后主之词，真所谓以血书者"，且认为"俨有释迦基督担荷人类罪恶之意"，真所谓比拟不伦。

笔者以为在《人间词话》中，还是以论造景和写景这一节最为精彩，把现实主义和浪漫主义相结合的因素透露出来。在他以前，所有论词的人，都根本没有提到，这是由于王国维受到西欧文艺思想的影响而思索出来的，算是一大贡献。而"一切景语皆情语也"，尤能把中国古典诗歌的优良传统，一语道破，也是很难得的。境界说的提出，在今天看来，诚然跳不出资产阶级唯心主义的泥沼，但在当时来说，也是比较进步的。《人间词话》一书，总可以供我们借鉴吧！

（十二）刘师培（1884—1919）

刘师培，字申叔，江苏仪徵（今江苏扬州）人。曾祖文祺、祖毓崧、伯父寿曾，均以传《左氏春秋》名于清道、咸、同、光之世。师培少承先业，精研左氏，成《春秋左氏传例略》一卷。此外涉猎诸子，成《老子斠补》一卷，《庄子校义》一卷，《荀子斠补》若干卷。早岁与章太炎相友善，亦颇具排满复汉的思想，因自号刘光汉。他亡命日本时，曾加入同盟会，会中颇有排斥他的人，师培愤不能平，其妇何震遂牵引他转入清两江总督端方幕中，为之侦察革命党人。章太炎曾写信给他，希望他能"先迷后复，无减令名"，师培得书不报。既而端方去职，师培惘惘失志，遂入四川为国学院讲师。及革命军起，川人把他囚禁，且欲砍掉他的头颅，章太炎又为之解脱，且介绍他到北京大学任教。他说："刘生儒林之秀，使之讲学而不论政，亦足以扬明国故，牖迪我多士，未可以一眚废也。"然而师培终不安于其职。后来袁世凯想做皇帝，他便和杨度、严复等加入筹安会，为六君子之一。尝著《君政复古论》以明劝进之旨，名节丧尽，人咸耻之。袁世凯败，师培益为士论所不容。1919年卒，年三十六。所著有《左庵集》等，后人辑录他的著作，号《刘申叔先生遗书》。

综观他的生平，乃一反复小人。依附权奸，危害革命，罪恶是很大的，然而博览群书，淹贯经子，当时除章太炎外，罕有其比，而年龄不过三十余岁而已！未可以人废言也。

刘申叔论文，系继承阮元之说而加以发挥的。

《广阮氏文言说》云：

> 阮氏《揅经室集》列文言说，以俪辞韵语为文言；又征引六朝文笔之分以成其说。今考《说文》云："文，错画也。象交文"。又云："彣，𢧵也。"《广雅·释诂二》云："文，饰也。"《释名·释言语》云："文者，会集众采，以成锦绣，会集众字，以成词谊，如文绣也。"是文以藻绘成章为本训。《说文》𢧵字下云："有彣彰也。"盖"彣彰"即"文章"别体……《左传》曰："言之无文，行之不远。"又曰："非文辞不为功。"言语既然，则笔之于书，亦必象取交错，功施藻饰，始克被以文称。故魏晋六朝，悉以有韵偶行者为文，而《昭明文选》亦以沈思翰藻为文也。

以"辞藻""对偶""声律"为文，完全是形式主义的看法。

我们知道，"辞藻""对偶""声律"，都是用来表现作者的思想感情的。有了充实的内容，然后用美妙的艺术形式来表现，内容是在形式之先。

王充说：

> 有根株于下，有荣叶于上；有实核于内，有皮壳于外。文墨辞说，士之荣叶皮壳也。实诚在胸臆，文墨著竹帛。外内表里，自相副称。意奋而笔纵，故文见而实露也。（《论衡·超奇篇》）

又说：

> 文由胸而出，心以文为表。（同上）

刘勰亦说：

> 情者，文之经；辞者，理之纬。经正而后纬成；理定而后辞畅，此立文之本源也。（《文心雕龙·情采篇》）

刘师培却不顾文章的本源而侈谈"辞藻""对偶""声律",遂把一切散文都排诸文学范围之外。

他以为《昭明文选》,经史诸子,悉在屏遗。"是则文也者,乃经史诸子之外别为一体者也。"(《文章原始》,见《国粹学报》第一年第一期)

如是则先秦诸子以至汉代的司马迁、贾谊、晁错一类的散文,都不得在文之列。

他又说:

> 韩、柳之文,希跤子史,即传志碑版之作,亦媲美前贤,然绳以文体,特古人之语而六朝之笔耳!故唐代之时,亦称韩文为笔。刘禹锡《祭韩侍郎文》云:"子长在笔,予长在论,持矛举盾,卒不能困。"(《中山集》)赵璘《因话录》曰:"韩文公与孟东野友善,韩公文至高,孟长于五言,时称为孟诗韩笔。"是唐人不以散行者为文也。(亦见《文章原始》)

如是则韩、柳之作,亦不得在文之列。

他又以为"齐、梁以下,四六之体渐兴,以声色相矜,以藻绘相饰,靡曼纤冶,文体亦卑,然律以沈思翰藻之说,则骈文一体,实为文章之正宗"(同上)。

把齐梁人的骈体称为文章正宗,大概先秦诸子、贾谊、司马迁、晁错、韩愈、柳宗元,都是邪魔外道吧!

其实散文的功用,远胜骈文。说理叙事,都以散文为适当。说理之文,贵在深入浅出,造辞流畅,条理分明,如果运用骈文,牵于"辞藻""对偶""声律",便不能挥洒自如,便要把深邃的内容掩蔽了。叙事之文,贵在言简意赅,曲尽事物的形态,而骈文则铺张藻饰,意少词多,不能使事物得到充分的表现,韩、柳所以把骈俪相偶之辞易为长短相生之体,是由于实际的要求,不是由于他个人的好恶,乃以为:"屏斥偶体,崇尚奇词,是则返璞归真,力守老聃之论;舍文从质,转追棘子之谈,空疏之识,讵可免欤?"(《刘申叔先生遗书·文说》)

这全是一套"开倒车"的理论,对文学的发展是丝毫没有注意到的。

他所以强调骈体为文章正宗,其实不过想和桐城派争正统。
《文章原始》说:

> 北宋苏轼,推崇韩氏,以为"文起八代之衰"。明代以降,士学空疏,以六朝之前为骈体,以昌黎诸辈为古文,文之体例莫复辨,而文之制作亦不复睹矣!近代文学之士,谓天下之文章,莫大乎桐城,于方姚之文,奉为文章之正轨,由斯而上,则以经为文,以子史为文;由斯以降,则枵腹蔑古之徒,亦得以文章自耀,而文章之真源失矣!惟歙县凌次仲先生,以《文选》为古文正的,与阮氏《文言说》相符。而近世以骈文名者,若北江,容甫,步趋齐、梁;西堂、其年,导源徐、庾;即谷人、巽轩、稚威诸公,上者步武六朝,下者亦希跂四杰,文章正轨,赖此仅存。而无识者流,欲别骈文于古文之外,亦独何哉?

唯其桐城派以方、姚之文为文章正轨,卑视骈文,"欲别骈文于古文之外",所以他大力加以抨击,要把"文章正宗"的地位还诸骈文,其实不过门户水火之争而已。骈文,古文,都不过文章之一体,不能以偏概全,而且一篇之中,往往奇偶相生,骈散互用,《庄子》《淮南子》,是其著例,把文章局限于骈体,见解是非常偏狭的。

刘师培强调"辞藻""对偶""声律",在我们写起韵文来,尤其是写起近体诗来,诚然应该注意到的,但如乐府古诗,则往往不受这种局限。有些作品,是就眼前所见,胸中所触,喷薄而出,不假雕饰而富有感人的力量的。如《垓下歌》《大风歌》固不用说;即如《敕勒歌》:"敕勒川,阴山下,天似穹庐,笼盖四野。天苍苍,野茫茫,风吹草低见牛羊。"画出游牧民族的风光。陈子昂《登幽州台歌》:"前不见古人,后不见来者。念天地之悠悠,独怆然而涕下!"活现出登高怀远的感慨心情。

这些诗歌,都不是讲求"辞藻""对偶""声律"的人所能达到的。

讲求"辞藻""对偶""声律",莫过于齐、梁人,试问沈约、王融那些人能写出什么好诗?

师培所论,全是舍本逐末,经不起人们的诘难的。

其次,他对文学,颇着重南北之分。他在《南北文学不同论》中有说:

陆法言有言:"吴楚之音,时伤清浅;燕赵之音,多伤重浊。"此则音分南北之确证也。

河济之间,古称中夏,故北音谓之夏声。又谓之雅言。江汉之间,古称荆楚,故南音谓之楚声……声音既殊,故南方之文,亦与北方迥别。大抵北方之地,土厚水深,民生其间,多尚实际;南方之地,水势浩洋,民生其间,多尚虚无。民崇实际,故所著之文,不外记事、析理二端;民尚虚无,故所作之文,多为言志抒情之体。中国古籍,以六艺为最先,而《尚书》《春秋》,记动、记言,谨严简直。《礼》《乐》二经,例严辞约,平易不诬,记事之文,此其嚆矢。大《易》一书,索远钩深,精义曲隐,析理之作,此其权舆。……此皆古代北方之文也。……荆楚之地,僻处南方,故老子之文,其说杳冥而深远。及庄、列之徒承之,其旨远,其义隐,其为文也,纵而后反,寓实于虚,肆以荒唐谲怪之词,渊乎其有思,茫乎其不可测矣。屈平之文,采涉哀思,矢耿介,慕灵修,芳草美人,托情喻物。……而叙事纪游,遗尘超物,荒唐谲怪,复与庄、列相同,南方之文,此其选矣。(以下从汉迄清,他还举出许多例证,文繁不录)

由于风土之各别,声音清浊之不同,人民气质之差异,因而在文学上表现出不同的色彩,在文学发展过程来说,是有其相当理由的。

李延寿《北史·文苑传序》说:

自汉、魏以来,迄乎晋、宋,其体屡变。……洛阳江左,文雅尤盛……彼此好尚,互有异同:江左宫商发越,贵于清绮;河朔词义贞刚,重乎气质。气质则理胜其词,清绮则言过其意。理深者便于时用,文华者宜于咏歌,此其南北辞人得失之大较也。

是知北重气质,南贵清绮。北派真率悲壮,南派整齐柔婉,在古乐府中尤为显著。如北朝的《木兰辞》《企喻歌》《琅琊王歌辞》,与南朝的《子夜歌》《华山畿》,其作风有很大的差异。从这方面看,刘师培的说法,是可以成立的。然而地理环境不是一成不变的,语言经过复杂的交流,也在不断地变化,人们的气质经过社会的熏陶,也在不断地蜕化中,于是南北的分野，便逐渐融合起来。中国南北的交通，在唐代极为发达，文学上也呈现着南北互相融合的趋势。从诗歌方面看，那些著名的作家，一方面具有北方悲壮豪迈之风，另一方面也尽量吸收南方之"声律""辞藻"，来丰富他们艺术表现的手法。如杜甫之"熟知二谢将能事，颇学阴何苦用心"，知其对南朝文学也认真学习过。而杜诗之苍凉悲壮，则为南朝人所无。李白倾倒于谢朓，至欲携其惊人句上问青天，也可见其对南朝文学有所吸取，而他的豪放飘逸的风格，亦为南朝人所无。他们是融合南北文学之所长而自创新格的，到了这个阶段，便不必强为南北之分了。

刘师培也曾说过：

> 自子山（庾信）、总持（江总），身旅北方，南方轻绮之文，渐为北人所尚。又初明（沈炯）子渊（王褒）身居北土，耻操南音诗歌劲直，习为兆鄘之声，而六朝文体，亦自是而稍更矣。
>
> 隋炀诗文，远宗潘、陆，一洗浮荡之言，惟隶事研辞，尚近南方之体。杨（素）、薛（道衡）之作，间符隋炀。吐音近北，摛藻师南。故隋、唐文体，力刚于颜（延之）、谢（灵运），采缛于潘（岳）、张（载），折衷南体北体之间而别成一派。（《南北文学不同论》）

既然南体北体可以互相融合，而且可以折衷南体北体之间而别成一派，便不必坚执成见，以为整部中国文学都有南北之分了[1]。然而刘师培在下面谈到唐代文学时，在散文中，却以韩愈为北派，柳宗元为南派；在诗歌中，却以杜甫为北派，李白为南派，这完全出于主观的臆造，丝毫没有说服人的力量。

其实与其研讨南北文学之不同，还不如研讨各个时代对文学的影响。刘师培在《南北文学不同论》中也曾提到：

> 大抵治世之诗，从容愉扬，乱世之音，悲哀刚劲。

---

[1] 南北文学，到唐代融合为一，但不能说自此以后，各种类型的文学都全无南北之别。如明代之南曲、北曲，显然有异，所以不可单看。

然不过寥寥数语，没有写成专论加以发挥。
《礼记·乐记》曾说：

> 治世之音安以乐，其政和；乱世之音怨以怒，其政乖；亡国之音哀以思，其民困。

他已经很早地注意到时代对文学的影响。
后来刘勰在《文心雕龙·时序篇》中，也曾谈到这个问题。如说：

> 幽厉昏而板荡怒，平王微而黍离哀。
> 故知歌谣文理，与世推移。

而其论建安文学发达的原因，也说：

> 良由世积乱离，风衰俗怨。

这些话都是很中肯的。
李延寿《北史·文苑传序》论北朝文学的特点说：

> 中州板荡，戎狄交侵，僭伪相属，生民涂炭，故文学黜焉。其能潜思于战争之间，挥翰于锋镝之下，亦有时而间出矣，……然皆迫于仓卒，牵于战阵。章奏符檄，则灿然可观；体物缘情，则寂寥于世。非其才有优劣，时运然也。

也阐明时代对文学的影响。
如果本着这种路向探讨下去，对每一个时代与文学的关系，有了精确的说明，这对文学的历史发展有很大的帮助，可是刘师培全不注意到这一点。
最后，谈谈他对晚清文派的批评。
（1）对桐城派的批评。
他批评桐城派说：

> 望溪方氏，摹仿欧曾，明于呼应顿挫之法，以空议相演。又叙事贵简，或本末不具，舍事实而就空文，桐城文士多宗之。海内人士，亦震其名，至谓天下文章，莫大乎桐城。厥后桐城古文传于阳湖、金陵，又数传而至湘赣、西粤，然以空疏者为之，则枯木朽荄，索然寡味，仅得其转折波澜。(《论近世文学之变迁》，见《国粹学报》第二十六期)

桐城派巨擘为方望溪，刘师培评他"以空议相演"，"舍事实而就空文"，这是说明他思想内容空虚，"明于呼应顿挫之法"，也不过是文章的末技罢了。而宗法桐城的，多是空疏一流，在他看来，文派虽倾动一时，实际上是"枵然无物"。

(2) 对魏源、龚自珍的批评。

他说：

> 邵阳魏氏，仁和龚氏，亦治今文之学。魏氏之文，明畅条达，然刻意求新，故杂奇语以骇流俗。龚氏之文，自矜立异，语羞雷同。文气佶聱，不可卒读。或语求艰深，旨意转晦，此特玉川、彭原之流耳，或以为出于周秦诸子，则拟焉不伦。(《论近世文学之变迁》)

龚、魏之文，主要是在揭露清王朝的腐朽和官吏的阘茸无能，以至内忧日亟，外患频仍，因而提出自己一套主张，欲以改革时弊，创成新局，是有其一定的进步意义的。从文章论，魏源比较条畅明达，龚有豪放杰出处，然不免刻意求奇，流于矫揉造作，刘师培对他二人文章的评价，有其合理的所在，然舍内容而专论形式，不免流于一偏。

他又说：

> 近岁以来，作文者多师龚、魏，则以文不中律，便于放言，然袭其貌而遗其神。其墨守桐城文派者，又囿于义法，未能神明变化，故文学之衰，至近岁而极。(同上)

学龚、魏而未得其神，学桐城而拘守义法，可见一味摹仿是毫无出路的。以骈体为文章正宗的刘先生，也未能卓然有以自立呵！

（十三）况周颐（1861—1926）

况周颐，字夔笙，号蕙风，广西临桂（今桂林）人。是晚清一位有名的词家。与朱祖谋、王鹏运相友善，研磨砥砺，造诣日深。并治金石文字。早岁曾入清两江总督端方幕中，为之校定碑版文字。《陶斋藏石记》，即出其手。晚岁客居海上，以卖文为活，颇为潦倒。1926年卒，年六十六。所著有《蕙风词话》五卷，《蕙风词》二卷。

朱祖谋、王鹏运，都是晚清的词学大家，然而没有关于词的理论流传下来，况周颐的《蕙风词话》，倒还有一些精彩。

他论词首先提出一个"真"字。

他说：

"真"字是词骨。情真，景真，所作必佳。（《蕙风词话》卷一）

"真"和"伪"是相对的。伪词是言不由衷，无病呻吟，纵然艺术精工，也不过"剪彩为花"而已！无真色，无真味，殊不足贵。真词是从作者肺腑中流出，对自然景物的描写，亦通过作者精心体会而表现出来，即所谓"情真""景真"。

现在先从情的方面说起。

《蕙风词话》卷一有说：

吾听风雨，吾览江山，常觉风雨江山外，有万不得已者在。此万不得已者，即词心也。而能以吾言写吾心，即吾词也。此万不得已者，由吾心酝酿而出，即吾词之真也。非可强为，亦无庸强求，视吾心之酝酿何如耳。

他以为这种"万不得已"的感情，由吾心酝酿而出，并非突然涌现，而是逐渐积聚起来，到了"蓄极积久，势不能遏"的时候，才借词来表现。这种"万不得已"的感情，是为词心，"能以吾言写吾心，是为吾词"。

所谓"以吾言写吾心"即这种语言，是能够深刻地表现"我"自己内心的语言，不是从他人处假借得来的。这样写出的词，才是"吾词"。

"吾心""吾言""吾词",三者是融合为一的,而他特别提出一个"吾"字,可见他认为词中要有"我"在,词的境界,便是"我"的境界,这样的词,才有独具的精神面目,所以他反对摹仿他人。

他说:

> 吾有吾之性情,吾有吾之襟抱,与夫聪明才力,欲得人之似,先失己之真。得其似矣,即已落斯人后,吾词格不稍降乎?(《蕙风词话》卷一)

这样着重自我表现的精神,是可贵的。
他又以为人的真性情要靠平时的保养。

> 问:如何乃为有养?答:自善葆吾本有之清气始。问:清气如何善葆?答:花中疏梅、文杏,亦复托根尘世,甚且断井颓垣,乃至摧残为红雨犹香。(《蕙风词话》卷一)

这和陆游所说的"零落成泥碾作尘,只有香如故"(《卜算子》)是同一个意思。名花要能够经得起风雨的摧残,人们要能够经得起艰难痛苦的磨炼,才可以保持高尚的人格,不至如浮萍飞絮,随风水而漂流。

其次,谈到写景。
如何才是"景真"?
况周颐曾举一些例子来说明:

> 李方叔《虞美人》过拍云:"好风如扇雨如帘,时见岸花汀草涨痕添。"春夏之交,近水楼台,确有此景。(《蕙风词话》卷二)
>
> 罗子远《清平乐》"两桨能吴语",五字甚新。杨柳渡头,荷花荡口。暖风十里,剪水咿哑。声愈柔而景愈深。《蕙风词话》卷二)
>
> 许有壬《圭塘乐府》……《沁园春》云:"看平湖秋碧,净随天去;乱峰烟翠,飞入窗来。"……以景胜也。(《蕙风词话》卷三)

这类的例子很多。如宋子京的"绿杨烟外晓寒轻,红杏枝头春意闹"(《木兰花》),秦少游的"斜阳外,寒鸦万点,流水绕孤村"(《满庭芳》),

都可谓写景如在目前。

再次，谈到情景交融。

他说：

> 写景与言情非二事也。善言情者，但写景而情在其中。（《蕙风词话》卷二）

他曾举例来说明：

> 李德润《临江仙》云："强整娇姿临宝镜，小池一朵芙蓉。"是人，是花，一而二，二而一。（《蕙风词话》卷二）

例子甚为贴切。

我们再看范石湖之《眼儿媚》："春慵恰似春塘水，一片縠纹愁。溶溶泄泄，东风无力，欲皱还休。"春慵之态，借东风皱不起春塘之水来表现，春慵、春水，亦是一而二，二而一。

又如辛弃疾之《摸鱼儿》："休去倚危阑，斜阳正在，烟柳断肠处。"是写眼前所见斜阳暗淡，烟柳冥濛之景，亦是写他对国家前途暗淡的忧思。

张孝祥之"长驱万里山收瘴，径度层波海不风"（《鹧鸪天》），借景以写其净扫胡尘之想。"此心元自不惊鸥，卧看骇浪与天浮"（《浣溪沙》），借景以写其经得起惊涛骇浪的冒险精神。

王船山《夕堂永日绪论·内编》云："情景名为二而实不离，神于诗者，妙合无垠。"又说："景以情合，情以景生。"又说："含情而能达，会景而生心，体物而得神。"

情和景所以不能根本分开，因为作者对自然景物的描写，并不是纯客观的表现，而是有主观的情感渗透其间。随其感情之变化，而自然的景物亦涂上种种不同的颜色。潘安仁《哀永逝文》说：

> 谓原隰兮无畔，谓川流兮无岸。望山兮寥廓，临水兮浩汗。视天日兮苍茫，面邑里兮萧散。匪外物兮或改，固欢哀兮情换。

外物不改，而欢哀情换，于是乎非常美丽的自然景物，也变为暗淡凄凉了。这是很好的说明。

刘熙载论陶渊明诗云：

> 陶诗"吾亦爱吾庐"，我亦具物之情也；"良苗亦怀新"，物亦具我之情也。（《艺概》卷二）

由于草树扶疏，鸟儿欣欣栖托在里面，因而生出"吾亦爱吾庐"之感；由于远风交拂平畴，良苗欣欣向荣，因而感到它亦怀新意。人与物融合为一，这也是一个很好的说明。

可是况周颐在情景交融方面仅仅提了几句，不免使人感到遗憾。

最后，谈到词的寄托问题。

况周颐说：

> 词贵有寄托。所贵者，流露于不自知，触发于弗克自已。身世之感，通于性灵。即性灵，即寄托，非二物相比附也。横亘一寄托于搦管之先，此物此志，千首一律，则是门面语耳，略无变化之陈言耳。于无变化中求变化，而其所谓寄托，乃益非真。……夫词如唐之《金荃》，宋之《珠玉》，何尝有寄托？亦何尝不卓绝千古？何庸为是非真之寄托耶？（《蕙风词话》卷五）

他的看法和张惠言、周济，均有所不同。

张惠言《词选序》说：

> 传曰："意内而言外谓之词。"其缘情造端，兴于微言，以相感动。极命风谣，里巷男女，哀乐以道（导）。贤人君子幽约怨悱不能自言之情，低徊要眇，以喻其致。盖诗之比兴，变风之义，骚人之歌，则近之矣。然以其文小，其声哀。放者为之，或跌荡靡丽，杂以昌狂俳优。然要其至者，莫不恻隐盱愉，感物而发，触类条畅，各有所归，非苟为雕琢曼辞而已！

他以为贤人君子怨悱不能自言之情，都要借词来表达；而其表达不是直率的、显露的，而是低徊曲折的，是幽深微眇的。在表面上看来，是风云月露、花草虫鱼，其实在这些事物中都有很深的寄托。所谓"触类条畅，各有所归"。他以为词人的命意和诗人的比兴、变风的怨怒、骚人的悲愤，是同一系列的，并不是以雕琢辞藻为工。唯其这样，所以不能以词为小道而加以忽视。他的寄托说，是在加深词的内容，扩大词的作用，提高词的地位，举趺荡淫丽猥狂俳优，颓敝的词风一扫而空之，在词坛上是有一定的影响的。

所谓幽约怨悱，不能以自言之情借词来表达，如辛弃疾《菩萨蛮·书江西造口壁》"西北望长安，可怜无数山"，是慨叹中原之未复。"江晚正愁余，山深闻鹧鸪"，是慨叹主和派当国，匡复之议不行。姜白石《扬州慢》"自胡马窥江去后，废池乔木，犹厌言兵。渐黄昏，清角吹寒，都在空城"，具有无限荆榛黍离之感。王沂孙《眉妩·新月》"看云外山河，还老桂花旧影"，不胜怀念故国之情。这些所谓"寄托"，都是信而有征的。这就是况周颐所谓"流露于不自知，触发于弗克自已"而倾注出来的，不是搦管之先，横亘"寄托"二字于胸中而勉强造成的。

然而，张惠言胸中时时横亘着"寄托"二字，以为词人的作品，一切都是有寄托的，主观的臆断便由此产生出来。

他最倾倒于温飞卿的词，以为"深美闳约""寄托遥深"。于温飞卿所作《菩萨蛮》"小山重叠金明灭，鬓云欲度香腮雪。懒起画蛾眉，弄妆梳洗迟。照花前后镜，花面交相映。新贴绣罗襦，双双金鹧鸪"下面，评云："此感士不遇也。篇法仿佛《长门赋》。……'照花'四句，《离骚》初服之意。"

以温飞卿上比屈原，岂非比拟不伦？

《旧唐书·文苑传》说：温飞卿"士行尘杂，不修边幅。能逐弦吹之音，为侧艳之词"。孙光宪《北梦琐言》说："温词有《金荃集》，盖取其香而软也。"又香又软，是他词的风格，亦是他生活的写真，说什么"感士不遇"，恐不免痴人说梦吧！况周颐以为金荃词并没有什么寄托，见解还是比较正确的。

作者不能刻板式地横亘"寄托"二字于胸中，读者也就不能刻板式地用"寄托"二字来读一切的词，况周颐的看法，是比张惠言进步的。

继张惠言而起的有周济。他的看法和张惠言有些不同。

《介存斋论词杂著》说：

> 初学词求有寄托，有寄托则表里相宣，斐然成章；已成格调求无寄托，无寄托则指事类情，仁者见仁，智者见智。

他以为词必须有寄托，才有深厚的内容，不徒然追逐声律词藻之美，而是要达到内容和形式高度的统一，故说："表里相宣，斐然成章。"然而能自成格调的词家，表现其所寄托的内容，又是非常浑化，能高度概括，含蕴无穷，使读者生起种种联想，随其感受而有所不同，故说："仁者见仁，智者见智。"

以有寄托入，以无寄托出。而所谓无寄托，并不是没有寄托，不过不着寄托的痕迹，如水中着盐，饮水乃知咸味而已！

况周济的看法尽管和张惠言有些不同，而认为词必须有寄托则一。

况周颐以为词有寄托固佳，然而"《金荃》《珠玉》，何尝有寄托？何尝不卓绝千古？"他并不认为除了寄托以外，便没有好词，不假寄托而直接抒情的，也有很好的作品，这是他和况周济的不同之处。

我们试举《金荃》《珠玉》词为例："梳洗罢，独倚望江楼。过尽千帆皆不是，斜晖脉脉水悠悠，肠断白蘋洲。"（《金荃词·菩萨蛮》）"一向年光有限身，等闲离别易消魂，酒筵歌席莫辞频。满目山河空念远，落花风雨更伤春，不如怜取眼前人。"（《珠玉词·浣溪沙》）这两首词，都是不假寄托而直接抒情的，又何尝不"摇荡情灵"？

我们再看赵秉文的《促拍丑奴儿》："风雨替花愁，风雨罢，花也应休。劝君莫惜花前醉，今年花谢，明年花谢，白了人头！乘兴两三瓯，拣溪山好处追游。但教有酒身无事，有花也好，无花也好，选甚春秋！"脱口而出，全没有什么寄托在里头，却达到非常超妙的境界。

刘静修《清平乐·贺雨》："雨晴箫鼓，四野欢声举。平昔饮山今饮雨，来就老农歌舞。半生负郭无田，寸心万国丰年。谁识山翁乐处？野花啼鸟欣然。"写出久旱降雨后农民和自己喜悦的心情，非常生动、逼真，但并没有什么寄托在里面。

可知道"寄托"是词的一种表现手法，不能用它来概括一切的词。况周颐的看法，是比较全面的。

（十四）黄侃（1886—1935）

黄侃，字季刚，湖北蕲春人。出身于官僚地主家庭。曾东渡日本，师事章炳麟。精通小学，于音韵尤为擅长。文章亦宗法魏、晋，炳麟亟称道之。历任北京大学、武昌师范大学、南京大学文科教授，颇负盛名。而傲岸自许，常与侪辈不协。性嗜酒，1935 年，因饮酒过量而卒，年五十岁。后人辑其遗著为《黄侃论学近著》一书。其文学理论则见于《文心雕龙札记》。

现存《文心雕龙·隐秀篇》，原属伪作。宋张戒《岁寒堂诗话》引刘勰云："情在词外曰隐，状溢目前曰秀。"黄侃以为此真《隐秀篇》之文。原文已缺，乃为补作一篇，颇足以显示他的一种文学见解。

他说：

> 夫文以致曲为贵，故一义可以包余；辞以得当为先，故片言可以居要。盖言不尽意，必含余意以成巧；意不称物，宜资要言以助明。言含余意，则谓之隐；意资要言，则谓之秀。……隐以复意为工，而纤旨存乎文外；秀以卓绝为巧，而精语峙乎篇中。故曰："情在词外曰隐，状溢目前曰秀。"

他的意思是说，文章贵在以有限之言，显无穷之意。而在一篇中须有最精警的词句，把事物的精神状态突出地表现出来。前者叫作"隐"，后者叫作"秀"。"隐"，贵在含意丰富，而微妙的意义在乎文字之外；"秀"，贵在造辞卓绝，在一篇之中独见精奇。故曰："情在词外曰隐，状溢目前曰秀。"

于有限中显示无限，于无言中体会有言，即所谓"弦外之音""象外之象"。司空图说"味在咸酸之外"，严沧浪说"言有尽而意无穷"，都是"隐"字的说明。陆机《文赋》说"立片言以居要，乃一篇之警策"，则是"秀"字的说明。

梅圣俞说："写难状之景，如在目前；含不尽之意，见于言外。"则包含"隐""秀"二义。明白些说，"隐"即含蓄，"秀"即警句。

"含蓄"是中国诗歌的优秀传统。长篇的诗歌，贵在气魄雄厚，有波澜汹涌之观，不必一定要含蓄；短篇则词句简单，便要含意深厚，使人有

"尺幅千里"之观,如果言尽意亦尽,便了无余味。

举些例子来说,如李商隐的"嫦娥应悔偷灵药,碧海青天夜夜心",显示出无限寂寞之情;李益的"无限塞鸿飞不度,秋风吹入小单于",引起人无限思乡之感;李白的"桃花潭水深千尺,不及汪伦送我情",使人感到友谊的深厚;王维的"劝君更尽一杯酒,西出阳关无故人",使人感到别绪的缠绵。这种含蓄的表现手法,直至毛泽东同志还在运用它。如《沁园春·长沙》:"问苍茫大地,谁主沉浮?"《浪淘沙·北戴河》:"萧瑟秋风今又是,换了人间。"究竟主沉浮的是谁?换了的人间怎样?只好由你自己去体会。唯其含蓄深厚,所以使人感到意味无穷。

至于警句,在前人诗词中,例子更属不少。如谢灵运之"明月照积雪,北风劲且哀",谢朓之"余霞散成绮,澄江净如练",孟浩然之"微云澹河汉,疏雨滴梧桐",韦应物之"寒雨暗深更,流萤度高阁",王维之"大漠孤烟直,长河落日圆",杜甫之"吴楚东南坼,乾坤日夜浮",处处皆是。在毛泽东同志的诗词中,如"万山红遍,层林尽染;漫江碧透,百舸争流"(《沁园春·长沙》),"山舞银蛇,原驰蜡象,欲与天公试比高"(《沁园春·雪》),都可以说是警句。

但是,含蓄贵有深意,如意义平庸,而造辞隐晦,便无法引人深思。警句要能全篇气脉贯注,从中显出异彩,如果东拼西凑,纵然有些夺目的句子,也不能算是好的作品。

其次,谈到神思。

黄侃《文心雕龙札记·神思篇》说:

"文之思也,其神远矣。"此言思心之用,不限于身观,或感物而造端,或凭心而构象,无有幽深远近,皆思理之所行也。

这是说,人们运用神思,不限于所接触到的客观事物,而且可以运用想象,构成另一种境界。即对于客观事物的描写,也不是刻板式的,而是触物生情而表达出来的。所谓"造端",即引其端绪,即由事物触动感情。这样所描写的客观事物,便是作者自身所感受的,并不和客观事物一模一样,这便是神思的一种功用。至于"凭心构象",这纯属于主观境界,也可以说是一种理想的境界,这当然更可以显出神思的功用了。无论

"写境""造境",均有赖于神思,所以说"无有幽深远近,皆思理之所行也",这种见解是相当正确的。

他解释"神与物游"说:

> 此言内心与外境相接也。内心与外境非能一往相符会。……以心求境,境足以役心;取境赴心,心难于照境;必令心境相得,见相交融,斯则成连所以移情,庖丁所以满志也。

"神与物游",即内心与外境相接,然而心境相接,并非就能把事物的真相表现出来。由于外界的事物非常复杂,用主观的心来摄取它,往往苦其纷乱,如是则心为境所使(境足以役心);把外界的事物摄取到主观的心灵中,又往往苦其难以表现得透彻明朗(心难于照境);必须游心于事物之中,深入体会事物之精神状貌,然后用精彩的词句把它表现出来。即刘勰所谓:"写气图貌,既随物以宛转;属采附声,亦与心而徘徊。"也即所谓"心境相得,见相交融",也即心和境的统一,主观和客观的统一。纯主观是脱离现实,不免蹈空;纯客观是呆板的照相,毫无艺术的趣味。黄侃能综合此两者,见解是相当可取的。

再其次,谈到骈散之争。

他在《文心雕龙札记·丽辞篇》中说:

> 奇偶之用,变化无方;文质之宜,所施各别。或鉴于对偶之末流,遂谓骈文为下格;或惩于俗流之恣肆,遂谓非骈体不得名文。斯皆拘滞于一隅,非闳通之论也。惟彦和此篇所言,最合中道。……曰:"迭用奇偶,节以杂佩。"明缀文之士,于用奇用偶,勿师成心。或舍偶用奇,或专崇俪对,皆非为文之正轨也。

视文质之所宜,奇偶迭相为用,这样自不流于偏蔽。

他以为骈体之变为古文,实由矫浮丽之风而起。他说:

> 降至齐、梁以下,……致力宫商,研精对偶。文已驰于新巧,义又乖于典则。……魏征所以讥流宕,子昂所以革浮侈。而退之于文,或至比之于武事,有摧陷廓清之功,则骈俪之末流,亦诚有以致讥召

谤者乎?(《文心雕龙札记·丽辞篇》)

然而,唐、宋的古文家抹杀骈文,他以为也是一偏之见。他说:

> 唐世复古之风,始于伯玉,而大于昌黎。其后遂别有所谓古文者,其视骈文以为衰敝之音。苏子瞻至谓昌黎起八代之衰,直举汉、魏、晋、宋而一切抹搽之。宋子京修《唐书》,以为对偶之文,不可以入史策,斯又偏滞之见,不可以适变者也。(同上)

其言甚为公允。

他又说:

> 近世祸隘者流,竞称唐宋古文,而于前此之文,类多讥诮。……自尔以后,骈散竟判若胡秦。为散文者,力避对偶,为骈文者,又自安于声韵、对仗,而无复迭用奇偶之能。(同上)

"奇偶迭用",所以能"端庄杂流利,刚健含婀娜",偏向一边,便成为拘迂之见。黄侃的看法,是比较合理的。

再其次,他对声律说大胆排斥,亦不失为一种卓见。

声律之论,实以永明为极盛。沈约等为文皆用宫商,倡为"四声八病"之说。"五字之中,轻重悉异;两句之内,角徵不同。不可增减,世呼为'永明体'。"钟嵘批评他以为:"襞积细微,专相凌架。……文制本须讽读,不可蹇碍。但令清浊通流,口吻调利,斯为足矣。"(《诗品》)

黄侃对钟说颇为折服,对刘勰的声律说则致其不满,以为枉道从人,以期见誉。他说:

> 文章原于言语,疾徐高下,本自天倪。宣之于口而顺,听之于耳而调,斯已矣。……观夫虞夏之籍,姬孔之书,诸子之文,辞人之作,虽高下洪细,判然有殊,至于便籀诵,利称说者,总归一揆,亦何必拘拘于浮切,龂:龂于宫徵,然后为贵乎?(《文心雕龙札记·声律篇》)

他以为独抒己见，不从风而靡者，唯有钟记室一人。若举此一节，钟实视刘为远胜。他能不囿于刘勰之说，是可贵的。

我们试看，沈约是精研声律的，何曾有什么好诗。李白是不受声律束缚的，而其诗光芒万丈，诗的好坏，远非声律所能限制的！

但是，他在《文心雕龙札记》中也有一些不正确的见解。如《原道篇札记》说：

> 案彦和之意，以为文章本由自然生，故篇中数言自然。一则曰："心生而言立，言立而文明，自然之道也。"再则曰："夫岂外饰？盖自然耳。"三则曰："谁其尸之？亦神理而已。"寻绎其旨，甚为平易。盖人有思心，即有言语，既有言语，即有文章。言语以表思心，文章以代言语，惟圣人为能尽文之妙，所谓道者，如此而已！此与后世言文以载道者，截然不同。

照他的看法，道即自然。《原道篇》的意思，是在阐明文章由自然生，并不是用来载圣人之道的。

如果作为他自己的主张，是好的，用以解释原道，则未完全切合。

笔者以为《原道篇》既阐述自然之道，也阐述圣人之道。如果刘勰所说的真与圣人无关，则《宗经》《征圣》，便根本不能成立。圣人之道，虽不能和自然之道等同起来，然而两者是互相联系的。在刘勰看来，人类中的圣哲是最杰出的，而这些圣哲，又是最能观察自然，观察人事的。所谓"观天文以极变，察人文以成化"（《原道篇》），"写天地之辉光，晓生民之耳目"（同上）。他能洞察自然现象，得其变化之理；又能深入观察人事，来建立教化伦理以为统治人类的工具。而《易》《诗》《书》等经典，又是圣人心力的结晶，所以作为文章，要"师乎圣""宗乎经"，而所谓"本乎道"，则是包括自然和圣人所建立的教化伦理来说的，而圣人之道，尤重于自然。黄以为刘勰专明自然之道，与后世"文以载道"之说无关，恐不免得其一而遗其一。

《风骨篇札记》说：

> 文之有意，所以宣达思理，纲维全篇，譬之于物，则犹风也。文之有辞，所以摅写中怀，显明条贯，譬之于物，则犹骨也。必知风即

文意，骨即文辞，然后不蹈空虚之弊。

"结言端直，则文骨成焉；意气骏爽，则文风清焉"者，明言外无骨，结言之端直者，即文骨也；意外无风，意气之骏爽者，即文风也。

对风骨的解释，初看起来，似乎很明朗，再看一下，则觉其有不少问题。

其实精炼的文辞，还有待于精炼的意义；骏爽的意气，还有待于生动活泼的文辞来表现它，内容和形式是紧密地联系着的。如黄的解释，风即文意，骨即文辞，则"辞之待骨，如体之树骸；情之含风，犹形之包气"，可不是变成"辞之待辞（骨即文辞），如体之树骸；情之含意（风即文意），犹形之包气"么？这样一来，便不免使人头脑糊涂了。

笔者以为风和骨是包括思想内容和艺术形式来说的，要明白怎样叫作有骨有风，先要看怎样叫作无骨无风。

《文心雕龙·风骨》说：

> 若瘠义肥辞，繁杂失统，则无骨之征也。思不环周，索莫乏气，则无风之验也。

"瘠义"，是意义贫乏；"肥辞"，是文辞臃肿；"繁杂失统"，是结构散乱，毫无统系。这样的文章叫作"无骨"。反过来说，则意义充实、文辞精炼、结构严密、系统分明的文章，必然是"有骨"的了。"思不环周"，意谓感情不充沛；"索莫乏气"，谓写出来像干巴巴的几条筋，缺乏生动的形象。这样的文章叫作"无风"。反过来说，则感情充沛，写得生动活泼的文章，必然是"有风"的了。

所以"风"和"骨"是贯穿着思想内容和艺术形式来说的，仅从片面去理解，是不符合刘勰原来的意思的。所以黄侃的解释是很成问题的。

《通变篇札记》说：

> 此篇大指，示人勿为循俗之文，宜反之于古。其要语曰："矫讹翻浅，还宗经诰。斯斟酌乎质文之间，而隐括乎雅俗之际，可与言通变矣。"

文有可变革者，有不可变革者。可变革者，遣辞、捶字、宅句、

> 安章，随手之变，人各不同；不可变革者，规矩、法律是也。……彦和此篇，既以通变为旨，而章内乃历举古人转相因袭之文，可知通变之道，惟在师古。

这一段话充满了复古的意味。今试评其得失。

《文心雕龙·通变》说：

> 文律运周，日新其业。变则可久，通则不乏。

这是说，文章的法则，不是一成不变的，而是运行不息、日新又新的。唯其长在变化发展当中，所以一方面有所继承，另一方面也有所创造，所以永不感到缺乏。他认为文章的发展，是由质而文的。故说"黄、唐淳而质，虞、夏质而辨，商、周丽而雅，楚、汉侈而艳，魏、晋浅而绮，宋初讹而新"。时代不同，风格各异，然而"序志述时，其揆一也"。"序志"，是抒发作者的情志；"述时"，是反映时代的面目，而作者和时代，又紧密地联系在一块。时代的治乱兴衰，又直接影响到作者的思想感情，所以"序志""述时"，不能根本划分为二。《文心雕龙·时序》说"歌谣文理，与世推移"，"文变染乎世情，兴废系乎时序"。明白了这种道理，则文学的变迁，是有其不得不变的所在，但就他的功用说，还是一致的，所以说"序志述时，其揆一也"。这是第一点。

其次，文章的体裁如诗、赋、书、记等，后代和前代，名目相同，而就中国传统的说法，诗主言志，赋尚铺陈。一则着重主观情志的表现，一则着重客观事物的描写，后代和前代，倾向还是一致的，然而文体的繁简、气势的刚柔，却有各种各样的不同。同在一个艺术园地中，可以开出各样的奇花。所谓"根干丽土而同性，臭味晞阳而异品"。所以就"名理相因"来看，是有常；而从文辞气力来看，则不碍其为通变。这是第二点。

可是刘勰在《通变篇》中，并没有把序志、述时当作重点来发挥，而只简略地滑过去，且以为九代咏歌，虽有不同，而"从质及讹，弥近弥澹"。换句话说，尽管是愈变而愈新，其实是愈变而愈奇诡、愈乏味。所以"矫讹翻浅，还宗经诰"，这样一来，可不是文风日下，须走回头路么？

最后，文章的功用，既然在序志、述时，而他却专从形式上去找通变的例子，以为《七发》《上林》《广成》《校猎》《西京》，作者虽有五家，而形容事物之声音状貌，根本相似。而且以为"夸张声貌，汉初已极。自兹厥后，循环相因。虽轩翥出辙，而终入笼内"。这样变来变去，终不能超出古人的范围，更说不到有什么创新的意义。复古、因袭的臭味，不是很浓厚吗？

黄侃不就篇中内容加以精细地分析，而只以为可变者遣词、捶字、宅句、安章，而不可变者，规矩、法律，全没有切中要害。

附：三　家

（一）陈廷焯（1853—1892）

陈廷焯，字亦峰，江苏丹徒人。著有《白雨斋词话》。自视甚高，以为："国初诸老，多究心于倚声。取材宏富，则朱氏（彝尊）《词综》，持法精严，则万氏（树）《词律》。他如彭氏（孙遹）《词藻》《金粟词话》《西河词话》（毛奇龄）、《词苑丛谈》（徐釚）等类，或讲声律，或极艳雅，或肆辩难，各有可观，顾于此中真消息，皆未能洞悉本源，直揭三昧。余窃不自量，撰为此编。尽扫陈言，独标真谛。"（《白雨斋词话》卷一）可谓目无余子。此中得失，且待我们来探讨一番。

廷焯于词，倡为沉郁之说。以为"作词之法，首贵沉郁。沉则不浮，郁则不薄"（《白雨斋词话》卷一）。看似标新立异，而其源实出于张惠言。张惠言以为词"近于变风之义，骚人之歌"。廷焯亦说：

> 沉郁未易强求，不根柢于风骚，乌能沉郁？十三国变风，二十五篇楚词，忠厚之至，亦沉郁之至，词之源也。（《白雨斋词话》卷一）

张惠言以为词"极命风谣，里巷男女，哀乐以道（导）。贤人君子幽约怨悱不能自言之情，低徊要眇，以喻其致"（《词选》序）。

廷焯亦说：

> 所谓沉郁者，意在笔先，神余言外。写怨夫思妇之怀，寓孽子孤臣之感。凡交情之冷淡，身世之飘零，皆可于一草一木发之。而发之又必若隐若现，欲露不露，反复缠绵，终不许一语道破。（同上）

其推究词的起源同，其著重寄托同，而其表现手法，重在含蓄委婉，亦无不同（廷焯所谓"若隐若现，欲露不露"，即张惠言所谓"低徊要眇，以喻其致"的意思）。对温飞卿的推崇，尤与张惠言一致。张惠言以温飞卿的《菩萨蛮》为感士不遇，廷焯亦说：

> 飞卿词如"懒起画蛾眉，弄妆梳洗迟"，无限伤心，溢于言表。又"春梦正关情，镜中蝉鬓轻"，凄凉哀怨，真有欲言难言之苦。又"花落子规啼，绿窗残梦迷"，又"鸾镜与花枝，此情谁得知"，皆含深意。（同上）

在他们眼中，温飞卿的词，乃词的最高峰。
《白雨斋词话》卷一中有说：

> 飞卿词全祖《离骚》，所以独绝千古。《菩萨蛮》《更漏子》诸阕，已臻绝诣，后来无能为继。

从以上各点看来，廷焯是常州派继承人，可谓毫无疑义。

提倡"沉郁"，用意是很好的。假如"沉郁"的内容如杜诗辛词，自可以跳出常州派的范围而独树一帜，可奈他以为最沉郁的，是温飞卿《菩萨蛮》一类的作品，并非能深刻地反映时代具有沉雄悲壮的风格的词，那就不免使我们大失所望了。其实《菩萨蛮》是侧艳之词，所谓"无限伤心""欲言难言之苦"，全是廷焯个人的臆想。谈到什么"沉郁"，更是"玄之又玄"。

假如温飞卿真是词人的最高峰，则词至两宋不但毫无发展，而且愈来愈不像样。纵然在宋人中推崇某某，亦不过不得已而思其次而已！这无疑是"开倒车"的思想。

但是廷焯对词的批评，亦有些独到的地方。

常州派词人周济，于宋词极推清真而贬抑姜张。以为"近人颇知北宋之妙"。而于南宋，"终不免有姜张二字横亘胸中，岂知姜张在南宋亦非巨擘乎？""白石词如明七子诗，看是高格、响调，不耐人细思。"（《介存斋论词杂著》）

而廷焯则以为：

> 姜尧章词，清虚骚雅，每于伊郁中饶蕴藉。清真之劲敌，南宋一

大家也。(《白雨斋词话》卷二)

美成、白石，各有至处，不必过为轩轾。顿挫之妙，理法之精，千古词宗，自属美成；而气体之超妙，则白石独有千古，美成亦不能至。(同上)

美成词于浑灏流转中，下字用意皆有法度。白石则如白云在空，随风变灭，所谓各有独至处。(同上)

白石《扬州慢》（淳熙丙申至日过扬州）云："自胡马窥江去后，废池乔木，犹厌言兵。渐黄昏，清角吹寒，都在空城。"数语写兵燹后情景逼真。"犹厌言兵"四字，包括无限伤乱语。(同上)

白石《长亭怨慢》云："阅人多矣，谁得似，长亭树？树若有情时，不会得青青如此！"惟此数语最沉痛迫烈。(《白雨斋词话》卷八)

于姜词的佳处，体会颇深。认为介存尊周抑姜，不过为一偏之见。推崇常州派的词论，而仍有取于浙派的主张，是他自己一种特殊的意见。

周介存对苏、辛的评价，廷焯也有不同的看法。

介存说：

世以苏、辛并称。苏之自在处，辛偶能到，辛之当行处，苏必不能到。二公之词，不可同日语也。(《介存斋论词杂著》)

苏、辛并称，东坡天趣独到处，殆成绝诣，而苦不经意，完璧甚少。稼轩则沉着痛快，有辙可寻，南宋诸公，无不传其衣钵，固未可同年而语也。(《宋四家词选·序》)

根据他这种看法，所以在《宋四家词选》中，把东坡词当作稼轩的附庸，而廷焯则持相反的意见。其以为：

苏、辛并称，然两人决不相似。魄力之大，苏不如辛，气体之高，辛不逮苏远矣！东坡词寓意高远，运笔空灵，措语忠厚，其独至处，美成、白石亦不能到，昔人谓东坡词非正声，此特拘于音调言之，而不究本原之所在，眼光如豆，不足与之辩也。(《白雨斋词话》卷一)

又说：

> 东坡诗文，纵列上品，亦不过为上之中下，若词则几为上之上矣。此老生平第一绝诣，惜所传不多也。（《白雨斋词话》卷七）

我们对苏、辛诚不必为左右袒，但认为东坡是北宋词坛上转变词风的主将，绮罗香泽，一扫而空，使人登高望远，举首高歌，开出一种新的境界。加深词的内容，扩大词的领域，而且为辛词的前导。稼轩慷慨悲歌，是由民族矛盾极端尖锐所造成，假如东坡生在稼轩的时代，也可以造成同样的风格，不仅以豪放飘逸见长。廷焯在苏的作品中推崇他的词为上之上，看到了他成就的特点，比介存为高一着。

又廷焯对清初竹垞、其年、樊榭三家词的评论，也颇有斤两。他说：

> 陈以雄阔胜，可药纤小之病。朱以隽逸胜，可药拙滞之病。厉以幽峭胜，可药陈俗之病。（《白雨斋词话》卷六）
>
> 迦陵雄劲之气，竹垞清隽之思，樊榭幽艳之笔，得其一节，亦足自豪；若兼有众长，加以沉郁，本诸忠厚，便是词中圣境。（同上）

但他以为三家"不得不谓之作手"，而"不可谓之正声"（同上）。又谓三家"负其才力，皆欲于宋贤外别开天地，而不知宋贤范围必不可越。陈、朱固非正声，樊榭亦属别调"（《白雨斋词话》卷四）。

从词的发展说，宋人可于唐五代外别开天地，清初词人，又何尝不可于宋贤外别开天地呢？唯其能别开天地，所以一代有一代之词，不至陷于僵死的境地。廷焯以为"宋词可以越五代，而不能越飞卿、端己"，清初词人也绝不可越出宋贤的范围，也是一种非常落后的意见。

对于同时代的作者，他以为"庄中白夐乎不可尚"，"匪独一代之冠，实能超越三唐两宋，与风骚、汉乐府相表里"（《白雨斋词话》卷五），这简直是瞎吹。

我们且看庄中白的词：

买陂塘

问西风、数行新雁，故人今向何许？衔来音信从谁至？宛转似将人语。休轻顾，便拆得封时、都是伤心句。此情最苦，剩凉月三更，盈盈血泪，化作杜鹃去。空阶外，往日佳期已误。凄凉说与迟暮。清商一曲原萧爽，消受几多霜露？情莫诉，休再望南天、渺渺衡阳浦。锦笺附与，回首绛云飞，伤心只在，一点相思处。

廷焯评他说：

骚情雅意，词品超绝。其年、竹垞，才气虽高，此境却未梦见。（同上）

这首词的警动之处，不过是"剩凉月三更，盈盈血泪，化作杜鹃去"数语而已！难道这样的词，竹垞、其年，都未梦见么？难道这样的词，就可以"超越三唐两宋与风骚、汉乐府相表里"吗？

与廷焯同时的蒋春霖，为词悲壮苍凉，谭献以为"咸同兵事，天挺此才，为倚声家杜老"，可谓清代一个伟大词人，而廷焯欲辑《古今二十九家词选》，在清代词人中，竟选八家，而以蒋春霖、谭仲修附在庄中白下面，大概以蒋词为金戈铁马之音，不合他所谓"沉郁"的标准吧！尤其令人诧异的，他对于项莲生竟一字不提。廷焯极推飞卿，而项莲生《忆云词丁稿》中《菩萨蛮》（拟温飞卿）乃极为神似。我们且看：

绿阴铺地无人影，乌龙自在眠莎径。多事卷罗帏，满阶蝴蝶飞。回文挑锦字，斜界行行泪。难话此时心，恨深愁更深。
夕阳山映宫黄頩，杏花楼外春芜碧。花命薄如人，峭风吹作尘。日长榆影瘦，慊漾晴波纥。肠断掩金铺，近来肠也无！
辘轳金井鸦啼晓，映帘红日梳头早。闻道尺书来，锦笺和泪开。如何归计误，南下潇湘去。望断草芊绵，雁飞秋满天。
钿筝弦促银簧冻，雁钗麟带愁香重。此夕黯销魂，月中斜闭门。冷霜凝缥瓦，香辬秦篝扡。梦见更相思，不如无梦时。

以神似飞卿的词人，亦可以屏诸词家之外，而把史位存、赵璞函等，摆在八家里面，且以庄中白为冠绝古今。颠倒是非，莫此为甚！

但是廷焯有些意见，也还是可取的。如说：

> 诗外有诗，方是好诗，词外有词，方是好词。（《白雨斋词话》卷八）

意思是说，诗词都要于言外见意，于无言处能引起人们的深思。如画家所谓："虚实相生，无画处皆成妙境。"如词尽意亦尽，便毫无余味了。

他又说：

> 情有所感，不能无所寄；意有所郁，不能无所泄。古之为词者，自抒其性情，所以悦己也；今之为词者，多为其粉饰，务以悦人而不恤其丧己。（同上）

词由心坎中流露出来，积郁既吐，自己能感到快慰，那便是真词。粉饰其词以猎取名誉，迎合他人，作者并没有骨鲠在喉、不吐不快之感，这便是伪词。无词心则无词笔，这是吃紧的地方。

又说：

> 言近旨远，其味乃厚；节短韵长，其情乃深。（同上）

于浅近的语言中，显示深远的意义，于简短的音节中，包含悠扬的声韵，才可以说"厚"，说"深"。

又说：

> 文采可也，浮艳不可也；朴实可也，鄙陋不可也。（同上）
> 丽而不浮，朴而不野，乃为出色当行。
> 情以郁而后深，词以婉而善讽。（同上）

这些都是深造自得之言。

最后他提出词人未造之境。他说：

> 诗有诗境，词有词境，诗词一理也。然有诗人所辟之境，词人尚

未见者，则以时代先后远近不同之故。一则如渊明之诗，淡而弥永，朴而愈厚。极疏、极冷、极平、极正之中，自有一片热肠，缠绵往复，此陶公所以独有千古，无能为继也。求之于词，未见有造此境者。一则如杜陵之诗，包括万有，空诸依傍，纵横博大，千变万化之中，却极沉郁顿挫忠厚和平。此子美之所以横绝古今，无与为敌也。求之于词，亦未见有造此境者。（同上）

在宋代词人中，苏东坡似太白而未接近于陶，辛弃疾似杜甫，而未有如廷焯所谓忠厚和平之境，此两种境界，诚未易求。其实时代各有不同，词人的感受亦有其特异之点，感情充沛，而能以美妙的艺术形式表现之，便不失为好的作品。高悬一种境界，作为趋向的目标，必然无法达到。以其人其境，各有不同，必不能勉强耳。

"词中未造之境以待后贤者尚多"（廷焯语），亦不必斤斤唯渊明杜甫是求也。

（二）林纾（1852—1924）

林纾，字琴南，号畏庐，福建闽县（今福州）人。光绪壬午（1882）举人。曾充京师大学堂文科教习，为晚清有名的古文家。所著有《畏庐文集》《畏庐续集》《畏庐三集》《畏庐诗存》等。卒年七十三岁。

在他前期作品中，较有一些进步的思想。如对陈衍等之大力提倡宋诗和桐城派之鄙视一切，都提出了批评。

他说：

> 诗之有性情境地，犹山水之各擅其胜。沧海旷渺，不能疚其不为潇湘、洞庭也；泰岱雄深，不能疚其不为武夷、匡庐也。汉之曹、刘，唐之李、杜，宋之苏、黄，六子成就，各雄于一代之间，不相沿袭以成家。即就一代之人言之，亦意境各别。凡侈言宗派，收合徒党，流极未有不衰者也。（《畏庐文集·郭兰石先生增默庵遗集序》）

由于性情之不同，境地之各别，发而为诗，亦遂苦乐殊途，甘辛异味。曹、刘、李、杜、苏、黄，各有其真面目，不相沿袭，如果标出一个宗派来评论各家之诗，便成为一种偏狭的意见。

其次，侈言宗派者，往往为格律所束缚。林纾以为："天下人之聪明，安能以我之格律齐一之？格律者，用以范性情之具，非谓格律即性情也。"（同上）

格律是一种形式，用来表现作者的思想感情，不顾作者的思想感情如何，而用一种固定的格律来限制他，且以为衡量优劣的标准，这是把诗歌公式化，走上一条僵死的道路。

林纾又说：

> 时彦务以西江立派，欲一时之后生小子，咸为寒涩之音。有力者既为之倡，而乱头粗服，亦自目为天趣以冒西江矣！识者即私病其鲜味，然宗派既立，亦强名之为涩体，吾未见其能欺天下也。陈后山之诗，犹寒潭瘦竹，光景清绝，性情稍弗近者，即弗能入，妄庸者乃极意张大之，力辟李杜，惟此是宗，然则菖蒲之菹，可加乎太牢之上矣。（同上）

对陈衍等力推后山，排斥李、杜，加以有力的抨击，是颇有胆识的。《梅花诗境记》又说：

> 诗之道以自然为工，以感人为能，凡有为而作，虽刻形镂法，玉振珠贯，皆务眩观者之耳目而已！
>
> 诗者，不得已之言也。忧国思家，叹逝怨别，吊古纪行，因人情之所本有者，播之音律，使循声而歌之，一触百应，乃有至于感泣者，若《谷风》《桑柔》《板》《荡》《离骚》杜甫《北征》诸作是尔！其次则闲适若陶韦之属，俯仰悠然，亦足自抒其乐。

认为诗歌是由于人类情感的触发自然流露出来的，而绝非勉强制造出来。这是说"为情造文"，不是"为文造情"。那些勉强制造出来的诗歌，刻镂虽工，亦不过借此眩人耳目，以猎取浮名，只如人造之花，了无生趣，是没有什么感染力量的。

"忧国思家，叹逝怨别，吊古纪行"，此皆人情之所本有，而各人之感触，有所不同，到了不能自已的时候，遂借诗歌迸发出来，能使读者无形中受到很大的感染。陶韦之诗，"俯仰悠然""自抒其乐"，也是内心的自然流露。论诗推本于自然,那是很有见地的。

但是他到了晚年,却极力推崇陈伯严、陈橘叟、郑苏堪。以为除了江西诗派之二三健者外,其他都无可推服之人,和他早期的看法,又不免发生很大的矛盾。

他早期对桐城派的看法是:

> 学者能溯源于古,多读书,多阅历,范以圣贤之言,成为坚确之论,韩、欧之法程自在,何必桐城?即桐城一派亦岂能超乎韩、欧而独立耶?(《春觉斋论文述旨》)

这是认为法桐城不如法韩、欧。
他又说:

> 姚(鼐)文最严净。吾人喜其严净,一沉溺其中,便成薄弱,法当溯源而上,求诸欧、曾。然归(有光)文正习此两家者,离合变化,较姚为优。总而言之,欧、曾二氏,不得韩亦无能超凡入圣也。(《桐城派古文说》)

意思是说学姚不如学欧、曾,学欧、曾又不如学韩。他说他"治韩文三十年",亦显示他"取法乎上"。

在我们看来,文章一味摹仿,是没有什么出息的,即把司马迁、先秦诸子朝夕研磨以求一似,也还不济事;以学韩为极致,见解就更为偏狭了。但是他不把桐城派尊为至高无上,也还算是有一些分寸的。

可是到了晚年,由于章炳麟鄙视桐城,他便极力为桐城派张目。
他说:

> 方沧溟、弇州之昌于明也,天下文章宗匠,若无敢外二子而立,而震川则恂恂于昆山以老孝廉起而与抗,二子卒莫之胜者,固不能以淫丽者蔑天下之正宗也。袁、赵、蒋三家之昌于乾、嘉之间也,浮嚣者群响而和之。阳湖诸老,复各树一帜,争为长雄。惜抱伏处钟山,无一息曾与之竞,不三十年间,诸子光焰皆熸,而天下正宗尊桐城焉。归、姚二公,岂蓄必胜之心?而古文一道,又岂为竞胜之具?然

人卒莫胜者，载道之文，固非缔句绘章者之所能掩也。（《畏庐三集·慎宜轩文集序》）

把桐城列为天下正宗，此外皆邪魔外道，学为文章的，非学桐城不可。舍桐城而直接学韩，恐怕也是走错门路了吧！

他对章炳麟严加指斥说：

今庸妄钜子（指章炳麟。明代归有光曾以此斥王世贞），钉饵过于汪伯玉，哮勃甚于祝枝山。用险句奇字以震眩俗目，鼓其赝力，斥桐城不值一钱，而无识之谬种，和者噪声彻天。（同上）

桐城派之钜子为方望溪、姚姬传，究竟二人之成就如何，且看他同派中的批评。

刘开说：

望溪……大体雅正，可以模楷后学。……学史汉者，由八家而入；学八家者，由震川、望溪而入，则不误于所向，然不可以律非常绝特之才也。（《与阮芸台宫保论文书》）

望溪丰于理而啬于辞，谨严精实则有余，雄奇变化则不足，亦能醇不能肆之故也。（同上）

是则学望溪为学八家之门径，更无论史汉矣！望溪的文章，亦不过做到雅正的地步，雄奇变化无论矣。以此为一代正宗，究竟有什么了不起。

姚姬传标榜义理、考据、词章三者并重，而于汉学毫无根柢，所著《汉庐江九江二郡沿革考》，乃为钱大昕所痛驳（见《潜研堂集·与姚姬传书》）。其推尊程、朱，亦不过用来装装幌子。号为桐城后劲之曾国藩曾议其"未得宋儒之精密。故有序之言虽多，而有物之言则少"。所可道者，词章而已！而词章之成就，亦不过"雅洁"而已！至于标举为文之要诀，所谓"神、理、气、味、格、律、声、色"，此亦纯为不着边际之谈，古文家专从此等处兜圈子，不从思想内容方面下功夫，结果便是"空虚无物"。

桐城派之大师，成就不过如此，而林纾晚年，乃大肆吹捧，亦不过为古文家争地位而已！

至于林纾斥章炳麟为"庸妄钜子"，章的学问根柢，绝非林所能企及，而林自命为归有光，实际上亦不过归有光之门徒而已！

有人以为林纾能用古文翻译外国小说至一百三十二种，把古文的范围扩大，替古文开辟一个新世界，替古文争得最后的光荣，这些说法，是似是而非的。古文大师方苞曾标出许多清规戒律。以为：

> 南宋、元、明以来，古文义法，不讲久矣！吴越间遗老尤放恣。或杂小说，或沿翰林旧体，无雅洁者。古文中不可入语录中语，魏、晋、六朝人藻丽俳语，汉赋中板重字法，诗歌中隽语，南北史佻巧语。（沈延芳《书方望溪先生传后》）

试问古文家不可杂小说语，翻译小说，又何能用古文呢？林纾于是不能不打破清规戒律，在古文中绝对不容许的"俳语""佻巧语"，如"恨绮愁罗""五朵云"等，也不断地在他翻译的作品中出现了。一些新名词，如"社会""个人""团体""幸福"等，也不断地在他翻译的作品中出现了。还有翻译过来的名词，如"密司脱""安琪儿"等，也不断地在他翻译的作品中出现了。这些东西，难道是讲求古文义法的人所能容许的吗？所以林纾所用的古文，决不是桐城派的古文，而是《聊斋志异》一类的笔墨。

他自己也认为作古文和翻译是两回事。他作古文非常审慎，或经月不得一字，或旬日始得一篇，然其译书，则运笔如风落霓转，口述者刚毕其词，他的笔也戛然而止，能一时左右，翻译千言，但他对自己翻译的作品，却未尝加以重视。康有为送他一首诗有"译才并世数严、林"之句，惹得他大发脾气。以为康有为不赏识他的古文而赏识他的翻译品，是完全不对的。可知道他认为翻译是比古文下一等的了。

其实他不懂外文，完全靠人口述，加以笔记，翻译出来的东西，错漏很多，也说不上什么"译才"。严复对康有为这首诗，也说是胡闹。天下哪里有一个外国字也不识的"译才"呢？（参看《文学研究集刊》第一册，钱钟书《林纾的翻译》）

可是当时风气闭塞，许多人对外国文学，茫然不知所谓，看了林纾翻译的小说以后，从而引起阅读外国文学的兴趣，在这一方面来说，林纾是起了一定的进步作用的。

他对外国小说某作家,也有一些较好的评论。如评狄更斯说:

> 若迭更司者,则扫荡名士美人之局,专为下等社会写照。奸狯驵酷,至于人意所未尝置想之局,幻为空中楼阁,使观者或笑或怒,一时颠倒至于不能自已,则文心之邃曲,宁可及耶?(《译〈孝女耐儿传〉序》)

"扫荡名士美人之局,专为下等社会写照",是西洋小说的一大转变,而狄更斯是转变风气的一个伟大作家。林纾能抓住这一点来说,是颇有见地的。然而像这样的评论不多,不过偶然的闪光而已。

林纾从事翻译,他的主要目的是在赚钱,并不在于介绍西洋文学,然而竟得到郑振铎等为之大事吹捧,也可说是意外的收获吧!

他极端拥护桐城派,而以古文大师自居,大骂章炳麟为"庸妄钜子",那还不算什么,到了五四运动以后,新文学随着时势的需要蓬勃地发展起来,林纾还要出死力来抗拒,还要抬出方、姚来使人们膜拜,可谓"蚍蜉撼大树,可笑不自量"。

其实桐城派自姚鼐以后五六十年间能造成极大的声势,并且继续煊赫了百余年,是赖曾国藩为之张目的。曾国藩在当时"炙手可热",经他大力提倡后,桐城派遂成为通向利禄的捷径,如王先谦、张裕钊、黎庶昌、薛福成之流,都纷纷趋集他的门下,桐城派之声势,因之大张,而他自己也成为此派中了不起的人物。

王先谦说:

> 道光末造,士多高语周、秦、汉、魏,薄清淡简朴之文为不足为,梅郎中、曾文正之伦相与修道立教,惜抱遗绪,赖以不坠。(《续古文辞类纂序》)
>
> 曾文正公以雄直之气,宏通之识,发为文章,冠绝今古。其于惜抱遗书,笃好深思,虽謦欬不亲,而涂迹并合。(续古文辞类纂·例略)

薛福成说:

> 桐城派……流衍益广，不能无窳弱之病，曾文正公出而振之。文正一代伟人，以理学经济发为文章，其阅历亲切，迥出诸先生上。早尝师义法于桐城，得其峻洁之诣。平时论文，必导源六经两汉。……故其文气清体闳，不名一家，足与方姚诸公并峙；其尤皢然者，几欲跨越前辈。(《寄龛文存序》)

黎庶昌说：

> 循曾氏之说，将尽取儒者之多识格物，博辨训诂，一内诸雄奇万变之中，以矫桐城末流虚车之饰。……本朝文章，至曾文正公，始变化以臻于大。(《续古文辞类纂自序》)
> 发为文章，冠绝今古""其尤皢然者，几欲跨越前辈"，"本朝文章，至曾文正始变化以臻于大"。

可谓极吹捧之能事。

曾国藩一方面在拉拢，他们一方面在吹捧，彼此都得意忘形，桐城派为反动统治者大张旗鼓的真面目，也就暴露无遗了。林纾亦不过反动统治者下面一个走卒而已！

（三）陈衍（1856—1937）

陈衍，字叔伊，号石遗老人，福建闽县人。曾任北京大学文科教授。平生喜说诗，而尤大力提倡宋诗。所著有《石遗室诗话》《石遗室文集》《石遗室诗集》等。

他对唐、宋诗，初看起来，似无所轩轾，而以能变化为工。《剑怀堂诗草序》说：

> 今之人喜分唐诗宋诗，以为浙派为宋诗，闽派为唐诗，咎同光以来闽人舍唐诗不为而为宋诗。夫学问之事，惟在至与不至耳。至则有变化之能事焉，不至则声音笑貌之为尔耳！……天地英灵之气，古之人盖先得取精而用宏矣。取之而不能尽，故三百篇、汉、魏、六朝而有开、天、元和、元祐以至于无穷，在为之至与不至耳。

照他看来，作为诗主要是在能尽变化之能事。宋代作家，如宛陵、东坡、临川、山谷、后山、放翁、诚斋，都是从唐代的岑、高、李、杜、韩、孟、元、白变化而来，而各自有其面目，不是摹其声音笑貌。诗已不可从声音笑貌上去探求，则强为唐、宋之分，亦不过从表面上看问题而已。然而他的趋向，实在宋诗一面。

《石遗室诗话》卷一说：

> 道咸以来，何子贞、祁春圃、魏默深、曾涤生、欧阳磵东、郑子尹、莫子偲诸老，始喜言宋诗。何、郑、莫皆出程春海侍郎门下，湘乡诗、文字，皆私淑江西，洞庭以南言声韵之学者稍改故步，而王壬秋则为骚选盛唐如故。都下亦变其宗尚张船山、黄仲则之风。……吾乡林欧斋布政，亦不复为张亨甫而学山谷。

"……曾涤生……诸老，喜言宋诗"，"湘乡诗文字，皆私淑江西"。宋诗有曾国藩为之提倡，自然风靡海内。在陈衍看起来，就是由唐入宋的一个大转折，也是一件非常了不起的事情。

他在《何心与诗序》中说：

> 寂者之事，一人而可为，为之而可常，喧者反是。故吾尝谓诗者，荒寒之路，无当乎利禄。肯与周旋，必其人者贤者也。……犹是诗也，一人而不为，虽为而不常。其为之也，唯恐不悦于人；其悦之也，惟恐其不竞于人；其需人也众矣。内摇心气，外集诟病，此何为者？一景一情也，人不及觉者，己独觉之。人如是观，彼不如是观也，人犹是言，彼不犹是言也，则喧寂之故也。清而有味，寒而有神，瘦而有筋力，己所自得，求助于人者得之乎？

他要人们走向孤寂，走向荒寒，作出"清而有味，寒而有神，瘦而有筋力"的诗，实际上是要人们走上陈后山一条路向。

谈到诗人要拿出自己一副眼光来，写出自己所要写的诗，不随他人的脚跟，不讨人们的爱好，基本上说来是对的。然而所谓伟大的诗人，需有丰富的生活实践，能深入社会，观察社会，才能写出反映社会现实的真诗，一味走向孤寂，走向荒寒，便要严重脱离现实，最多只能表现他个人狭隘的思想感情而已。谈到诗的风格，也有种种的不同：有些如绝壁悬崖，巉岩耸峙；有些如长江大河，浩瀚汪洋；有些如深山幽谷，无穷奥妙。所谓"清而有味，寒而有神，瘦而有筋力"，亦不过诗的一种风格而已，并不能代表整个诗坛。他要人们完全趋向陈后山一条路，是一种非常偏狭的意见。

他在宋人中，对苏轼时有所不满。

《知稼轩诗序》说：

> 君常文字，皆学苏者也。长公之诗，自南宋风行靡然，于金、元、明中熄，清而复炽。二百余年中，大人先生，无不濡染及之者。大略才富者喜其排奡，趣博者领其兴会，即学焉不至，亦盘硬而不入于生涩，流宕而不落于浅俗，视从事香山、山谷、后山者，受病较鲜，故为之者众。张广雅论诗，扬苏斥黄，略谓黄吐语多槎枒，无平直，三反难晓，读之梗胸臆，如佩玉琼琚，舍车而行荆棘；又如佳茶，可啜而不可食。子瞻与齐名，则坦荡殊雕饰。……亦可见大人先生之性情，乐广博而恶艰深。于山谷且然，况于东野、后山之伦乎？

他的用意，是要人舍广博而务艰深，舍东坡而趋向山谷、后山。于君常之学苏，亦时露微辞。谓其"中年以后，时时敛就幽夐，然终与坡公为近。其间有忧愁牢落，托于《庄》《骚》之旨者，亦坡公之忧愁牢落也。……君之于诗，亦尚为张广雅所谓坦荡者，勿过求幽夐为哉"（《知稼轩诗序》）。

其实他的用意，是讽刺君常不能舍弃东坡而走上山谷、后山一条路。我们以为东坡在诗坛的地位，并不因为张之洞一般大人先生之推崇而提高，亦不因陈衍一流之贬抑而落价。他在北宋来说，是一个有创造性的诗人。

我们试看赵瓯北对他的评价：

> 以文为诗，自昌黎始，至东坡益大放厥词，别开生面，成一代之大观。……大概才思横溢，触处生春。胸中书卷繁富，又足以供其左旋右抽，无不如志。其尤不可及者，天生健笔一支，爽如哀

> 梨，快如并剪，有必达之隐，无难显之情，此所以继李、杜后为一大家也。……李诗如高云之游空，杜诗如乔岳之矗天，苏诗如流水之行地。（《瓯北诗话》）

指出他在李、杜以外能自辟新途。他的七古诗，疏快流转，非李、杜所能范围，在宋代也无人追得上，可以说是艺苑中一朵奇花。

赵瓯北再评论他说：

> 坡诗实不以锻炼为工，其妙处在乎心地空明，自然流出，一似全不着力，而自然沁人心脾，此其独绝也。（《瓯北诗话》）

叶燮《原诗》也说：

> 苏轼之诗，其境界皆开辟古今之所未有，天地万物，嬉笑怒骂，无不鼓舞于笔端而适如其意之所欲出，此韩愈后之一大变也，而盛极矣。

这些批评，都可以说是确有所见，苏轼在诗坛的地位，也从可想见了。

山谷所长，唯在锻炼，而集其精粹于七律。如"桃李春风一杯酒，江湖夜雨十年灯""落木千山天远大，澄江一道月分明""来酿百壶春酒味，怒流三峡夜泉声""古庙藤萝穿户牖，断碑风雨碎文章"等，都是脍炙人口的，然而锻炼之弊，往往失去自然之美。五七古多艰涩不可读（如"司马寒如灰，礼乐卯金刀"之类），和苏轼相比，殊不免大有逊色。陈衍尊黄而抑苏，不过一人之偏见而已！

后山五七律，从杜甫出，而达到瘦硬通神的境界，是值得我们学习的，然而人各有其性情，各有其感触，也不能勉强人们一定要做到"清而有味，寒而有神，瘦而有筋力"的境界，而且依样画葫芦，也决不能画出什么好的东西来。

不过陈衍叫人学后山，也不是全无别择。

《重刻晚翠轩诗序》说：

> 后山学杜，其精者突过山谷，然粗涩者往往不类诗语。暾谷学后山，每学此类，在八音中，多枘敔，少丝竹，听之使人寡欢。……游淮北年余，所作数十首，则渊雅有味，迥非往日苦涩之境，方滋为暾谷喜，而暾谷遂陷不测之祸矣。

可见后山也不是全部可学的。在我们看来，还是用自己的手写自己心头所要说的东西，再加以艺术的陶炼，不必斤斤于效法什么人。陈散原说："要搏大块阴阳气，自发孤衾寱寐思。"此二语值得我们注意。

陈衍好谈山谷、后山，而其自作诗，境界平平，无甚动人处。写文章句子也时出毛病（如"必其人者贤者也""以为浙派为宋诗""南宋风行靡然，于金元明中熄，清而复炽"等），然而自视甚高，对朋友的诗，动辄说"痛下绳削""余痛删之"等。往往以自己的意见强加于人。其对陈伯严，最初推服其诗，其后乃谓"陈散原文胜于诗"。且批评他说："所谓高调者，音调响亮之谓也。如杜之'风急天高'是矣。《散原精舍诗》，则正与此相反。""《散原精舍诗》，专事生涩，盖欲免俗，免熟，其用心苦矣。"（见黄曾樾《陈石遗先生谈艺录》）

说散原五七古生涩可也，至如五七律，则气魄雄大，音调铿锵，决非陈衍所能企及。

他最初对黄晦闻亦颇推崇，其后来广州，乃极力赞美胡汉民而贬抑晦闻，盖当时胡在政治上地位很高，故不惜替胡捧场。他的人格如何，也从中可想见了。

《石遗室诗话》流传甚广，柳亚子曾批评他说：

> 今之称诗坛渠率者，日暮途穷，东山再出。曲学阿世，迎合时宰，不惜为盗臣民贼之功狗，不知于宋贤位置中当居何等也？其尤无耻者，妄窃汝南月旦之评，撰为诗话。己不能文，则假手捉刀，大书深刻，以欺当世。就而视之，外吏则道府，京秩则部曹。多材多艺，炳炳麟麟，而韦布之士独阒然无闻焉！呜呼！此与职官表、缙绅录何异，而诗话云乎哉！（柳亚子《胡寄尘诗序》）

可谓入木三分。

整理后记

黄海章先生《中国文学批评简史》是 1949 年以后较早新编出版的中国文学批评史。该书 1962 年初版，内容从先秦到清代；后又增补近代部分，成为一部简要的中国文学批评通史，增订本于 1981 年在广东人民出版社出版。此书在 20 世纪 60 年代出版以来，拥有众多读者，是一本影响较大的著作。在今天，仍然具有其独特的学术价值与学术史意义。

1982 年，我随先生攻读中国文学批评史硕士学位，承蒙赐赠此书。如今，手泽如新，而先生逝世已三十年矣。览物思人，不禁怆然。

吴承学

2018 年 9 月 28 日